악과
가면의
룰

악과
가면의
룰

나카무라 후미노리 장편소설
양윤옥 옮김

자음과모음

차례

그 엄청난 사건이 뜻하지 않은 형태로 해결되기 시작했을 때, 그 주변에서 몇 건의 부자연스러운 사체가 나왔다는 건 그다지 사람들의 입에 오르내리지 않았다.

사건과 정말 관련이 있는지도 아직 명확하지 않았고, 무엇보다 중요한 증거가 사라진 지금, 진실을 확인하는 건 불가능한 일이 되었다. 내가 조사한 건 한 남자였지만 나중에 생각해보니 그건 한 쌍의 남녀였다. 나는 수사를 담당한 한 사람으로서 그 사건을 지속적으로 추적해왔지만, 정말 이런 식으로 해결되어도 괜찮은 것인지, 이따금 자문해보곤 한다. 어쩌면 나는 내내 큰 착각을 했었는지도 모른다. 이제 와서 생각해보니 어떤 우연한 일을 통해, 이어질 듯하면서도 이어지지 않았던 그 일련의 사건의 진상에 나만은 가장 가까운 지점까지 갔었던 게 아닌가 하는 생각이 자꾸만 든다.

그 남녀가 어떤 관계였는지, 확실하게는 알지 못한다. 하지만 나는 한 가지 가설에 사로잡혀 있다. 그 남자가 만일 그 몇 건의 불가사의한 사건에 대해, 그리고 자신의 인생에 대해 모든 것을 털어놓겠다면 나는 꼭 들어보고 싶다. 사건을 해결한다기보다 한 인간으로서 들어보고 싶은 마음이 있는 것이다.

돌아보면 나는 나 자신의 인생을 거의 살지 않았다. 형사로서 항상 누군가의 인생에 관여하면서 살아왔다. 다른 사람의 인생에 끼어들어 얼굴을 들이밀고, 그것을 합당한(체포해서 죄를 갚게 하는) 방향으로 나아가게 하는 것이 내 인생이었다. 묘한 말이 되겠으나, 주인공은 항상 범인이었다. 나 자신의 인생이라기보다 범인에 대해서만 생각하며 살아온 인생이었다. 그런 의미에서는 타인을 주체로 하는, 다양한 인생에 대한 관찰자 같은 존재였다.

이 사건이 스토리라고 한다면 당연한 일이지만 나는 조연급이다. 등장하는 일이 적은, 그야말로 조연이다. 하지만 나는 어느 특이한 가계(家系)에서 태어나 성장한 그 남자와, 내 추측이 맞는다면 분명 인생을 잘못 살아버린 그 남자와, 다시 한 번 이야기를 해보고 싶다. 나는 이제야 진심으로 그의 모든 것을 알기를 원하고 있다.

형사라기보다는 한 인간으로서. 형사인데도 이 사회를 원망해온 한 인간으로서.

제1부

과거

1

과거

"지금부터 너의 인생에 매우 중요한 이야기를 하겠다."

열한 살 때, 아버지가 나를 서재로 불러 그렇게 말했다. 나이 든 아버지는 일어서는 것도 귀찮은지 검은 양복을 입은 채 가죽 소파에 깊숙이 몸을 기대고 있었다. 저물어가는 태양 빛이 커튼 틈새로 비쳐 들었다. 그 오렌지색 빛은 줄을 그리면서 아버지의 얼굴을 역광으로 그늘지게 했다. 나는 아직 타이어에 흙이 묻은 빨간 RC 모형 자동차를 손에 들고, 그 넓고 썰렁한 서재에서 내 몸이 몹시 작다는 것을 실감하고 있었다. 그때 아버지의 입에서는 희미한 술 냄새가 났다.

"너의 교육에 대해. 하지만 이건 너에게 기대를 한다는 뜻이 아니야. 이 세계에 하나의 **사(邪)**를 남겨놓기 위한 것이지. 너는 내 손에 의해 하나의 '사'가 될 것이다. 악의 한 조각이라고 해도 좋아."

아버지 얼굴은 보이지 않았지만 웃지는 않는 것 같았다. 항상 그의 얼굴이 띠고 있는 움직임 없는 무표정이었을 게 틀림없다.

"다른 자식들은 이미 성인이 되어 이 사회에서 중요한 위치를 차지하고 있어. 그건 저희들 멋대로 태어나 저희들 멋대로 자란 것뿐이야. 하지만 네 생명은 내가 의도적으로 만들어냈어, 예순 살이 지났을 때. 이건 나의, 아니, 우리 가계(家系)에서 이따금 행하는 관습이야."

아버지의 얼굴은 아직 역광이어서 잘 보이지 않았다.

"'사'란 이 세계를 불행하게 하는 존재야. 어느 누구도 이 세계에 태어나고 싶지 않았다고 생각하게 하는 것을 목표로 삼으며, 최소한 **선(善)**이 반짝이는 세계는 아니라고 생각하게 하기 위한 존재."

누군가 문을 두드렸고 아버지가 응하자 아직 어린 가정부가 들어왔다. 가정부는 눈이 또렷하고 콧날이 반듯하고 입술이 얄쩍해서 아마도 아버지가 좋아하는 취향의 얼굴일 거라고 나는 생각했다. 이 저택에는 적어도 일곱 명의 가정부가 있었다. 그녀가 뭔가 아버지에게 작은 소리로 말했고 아버지는 고개를 끄덕이며 이 방으로 안내하라고 중얼거리듯이 말했다.

"이 관습이 시행된 건, 가장 최근의 기록으로는 팔십여 년 전, 다

이쇼 시대 때야."

가정부가 조용히 방을 나갔다.

"선조 중의 한 사람이 나이 예순을 넘겼을 때, 그 관습을 부활시켰어. …… 이 세계에 '사'를 낳는 관습을. 그는 인생의 종말을 의식하던 참이었어. 자신의 인생이 끝나는데도 이 세상은 끝나지 않다니, 그것을 용서할 수 없었던 거야. …… 모든 것을 손아귀에 넣으며 살아오는 동안, 그는 나와 마찬가지로 오만했던 게야. 자신의 목숨이 끝나면 다른 모든 것도 끝나야 한다고. 그리고 1915년 6월 8일, 어느 젊은 여자와의 사이에 아이를 만들었어. 이 세계를 끝장나게 해줄, 아니, 정확히 말하면 이 세계에 **부(負)**로서 작용할 존재, 이 세계를 조금이라도 더 불행하게 할 존재를. 그는 그 아이가 이 세계의 '사'가 될 수 있도록 키웠어. 그 아이는 유능한 '사'가 되었지. 다양한 인간을 불행하게 만드는, 이 세계에 가치 따위 없다고 생각하는 인간을 확실하게 늘려가는 존재가 되었으니까. 노인은 병상에 누워서도 다가오는 죽음에 별로 공포를 느끼지 않았다고 하더군. 저 '사'가 불행하게 한 인간이 다시금 불행을 낳고, 차례차례 솟아오르는 거품처럼 '사'가 증식해나갈 것이라고 생각했기 때문이야. 그것이 계속되면 이 세계는 서서히 종말을 향해 다가가겠지. 아니, 자신이 죽은 다음에도 이 세계가 빛날 때, 최소한 자기 대신 그곳에 오물을 끼얹어줄 존재를 만들어냈다고 흐뭇해했어. 노인은 병석에서 태평양전쟁이 시작되었다는 소식을 들었어. 그

'사'는 전쟁을 향해 내달리는 풍조와는 전혀 관계가 없었지만, 군 고위직으로서 온갖 비도(非道)한 짓을 다 했어. 신조차 눈을 가려버릴 정도의 악행을."

문이 열리고, 낯선 소녀가 들어왔다. 열린 문틈으로 저택의 써늘하게 차가운 공기가 날아들고, 그 속을 소녀는 가느다란 다리로 천천히 다가왔다. 소녀의 얼굴은 금세 오렌지색이 감도는 햇빛에 물들어 커다란 두 눈이 그녀의 얼굴에서 또렷이 두드러져 보였다. 그 눈이 갑작스레 내 앞으로 쑥 다가드는 것 같아서, 빛에 녹아 사라지는 것 같아서, 나는 당황했고 숨이 막혔지만, 그걸 표정에 드러내지 않으려고 노력했다. 아버지는 소녀가 들어온 것에 어떤 반응도 보이지 않았다.

"대대로 전해온 재력과 권력으로 자신의 인생을 소비하며 다양한 뜻을 펼친다. 그리고 인생의 종말을 감지했을 때, 하나의 '사'를 키워놓고 그 여흥을 즐겁게 기대하는 것으로 죽음에 대한 공포를 달랜다…… 물론 그런 관습을 대대로 행해온 것은 아니야. 이따금 생각난 듯이 그 관습이 실행되었지. 나는 그 관습을 새롭게 부활시켰어. 몇 년 전, 어느 종교 단체가 원자력발전소 한 곳을 점거했다가 공안에게 계획이 들통 나자 집단 자살을 했지? 그 종교가 차츰 컬트가 되어갈 때, 그 핵심에서 중요한 역할을 맡은 사람은 어느 도쿄대 학생이었어. 근본을 따져보면 그는 우리 '사'의 가계에 속한 자야. 본가에서 가지를 쳐나간 방계의, 그 군인의 자식이야."

소녀는 나와 비슷한 나이였고 하얀 원피스를 입고 있었다. 큼직한 가방을 들고 아버지와 나를 신기한 듯 바라보았다. 그녀의 가슴이 살짝 봉긋한 것을 나는 멍하니 바라보았고, 그늘에 숨겨진 아버지의 얼굴로 시선을 돌린 뒤에도 그 오렌지색으로 물든 원피스의 하얀 빛깔이 언제까지고 내 눈 속에 남았다.

그녀는 나와 아버지뿐만 아니라 온갖 것을 신기하게 느끼는 것 같았다. 그 방은 널찍하고 따스한 온기도 없고 벽에는 사슴 머리의 박제가 장식되어 있었다. 사슴뿔은 좌우로 한껏 뻗쳤고 그것이 이미 물건이라는 것을 보여주듯이 털 표면에 엷은 먼지가 끼어 있었다. 검고 거대한 책상과 아버지가 앉은 소파가 있고 낡은 책장에는 무수한 도자기와 서적이 아무렇게나 꽂혀 있었다.

"우선 너는 유능해질 필요가 있어."

아버지의 말은 아직 끝나지 않았다.

"이 세계에서 힘 있는 인간이 되지 않으면 안 돼. 힘 있는 인간이 '사'가 되었을 때, 그건 보다 거대한 '사'가 되기 때문이야. 너는 지력(知力)이 우수하다고 들었다. 하지만 그건 지금까지 해온 교육 덕분이야. 인간과 원숭이의 차이만큼도 인간들끼리는 차이가 나지 않아. 재능이란, 곧 남보다 노력할 줄 아는 능력이고, 지금 너는 노력하는 습관, 즉 인내하는 습관과 의지력을 갖고 있어. 뭔가를 포기하는 성향을 뇌에서 지워버리기 위해 타성과 단념으로 흐르는 의식에 제동을 거는 습관도 너는 이제부터 배워나가야 해. 그리고 대인 관계를 빈틈없이 처리하는 커뮤니케이션 능력도 필요해. 일주일 전에 무차별 연쇄 살인을 저지른 젊은 사내가 있었지만 그런 시시한 범죄로 끝나지 않기를 바라기 때문이야. 너는 내 교육에 의해 우수한 '사'의 인간이 될 것이다. 그리고 열네 살이 되었을 때, 너에게 지옥을 보여주마."

아버지는 조금도 몸을 움직이지 않았다. 그 당시 나이 일흔을 넘겼을 터인 아버지의 다리는 지독히 가늘었다. 소녀는 가방을 내려놓는 것도 잊어버리고 그냥 내 옆에 계속 서 있었다.

"네가 이 세계를 부정하고 싶을 만큼의 지옥을 보여주지. 잔혹하고 압도적인 지옥을. 저 소녀는 그 지옥의 때에 중요한 역할을 하게 될 게야. …… 나이보다 약간 과도한 지성을 갖추게 된 네가 사춘기에 접어드는 시기를 기다려 지옥을 보여줄 것이다. 그때 너의 내면은 심리적인 균형이 무너지고 다양한 화학반응을 일으킬 것이야. 너는 악에 먹혀버리고, 그 악을 네 안에서 타인을 향해 뻗어보고 싶다는 욕구를 느끼게 되겠지. 하지만 그건 시작에 지나지 않아. 열다섯 살 때 한 번, 열여섯 살 때 두 번, 너는 다시 지옥을 보게 될 것이고, 열여덟 살 때에는 너의 존재에 관한 또 하나의 진실을 알게 될 게야. 이건 모두 미리 정해진 일이야. 변경이란 없어."

아버지가 슬쩍 몸을 일으켰고 그로 인해 그의 얼굴에 서린 그늘이 옅어졌다. 완전한 무표정이 얼핏 보였다가 다시 얼굴에 그늘이 졌다.

"너는 이 나라의 중심부, 혹은 이 나라와 대치 중인 어떤 곳의 중심부에 들어가 악을 성취할 것이다. 바라건대 이 세계가 언젠가 끝장이 나기를. 너에게는 그러기 위한 자금을 다른 아이들보다 많이 남겨줄 것이다."

아버지가 크게 숨을 토해냈다. 소녀의 겁에 질린 눈이, 기울어가는 오렌지색 빛을 계속 받고 있었다.

"내가 왜 이런 말을 지금 이 단계에서 너에게 했는가. 이유는 세 가지다. 하나는 지금 내가 지독히 취했다는 것. 두번째는, 네가 아직 어려서 어차피 이 말을 그리 오래 기억하지 못한다는 것. 아무튼 아직도 손에 장난감 자동차나 들고 다니고, 반바지를 입고 있으니까 말이야."

아버지가 웃었는가 했지만, 웃지 않았다.

"그리고 세번째는, 너의 어머니가 선량했기 때문이야. 나이 든 나와 밤을 함께한 끝에 너를 낳은 여자. 그녀는 끝까지 지니고 있었어, 내가 지금껏 살아오면서 멸시해 마지않던, 아니, 도저히 이해할 수 없었던 선(善)을. …… 그에 대한 경의야. 찬스라고 해도 무방하겠지. …… 하지만 너는 이제 곧 내 말을 잊어버릴 게야. 이해조차 못하겠지. 꿈같은 이야기니까."

아버지는 자리에서 일어섰다. 뒤에서 들어온 빛을 받아 몸 전체가 공중에 출현한 검은 결손(缺損)처럼 보였다.

"이 소녀는 저택에서 너와 함께 살게 된다. 너와 소녀는 이제부터 서로 친해져야 해. 앞으로 보게 될 지옥을 위해, 네가 '사'가 되기 위해. …… 하지만 너와 이 소녀가 맺어지는 일은 없어. 절대로. …… 이제 그만 가서 자라. 잠이 들면 아직 어린 너는 오늘 일을 꿈처럼 잊어버리겠지, 어리석게도. 어린애만큼 어리석은 존재는 없어."

아버지는 등을 돌렸고 더 이상 나와 소녀에 대해서는 잊어버린 것처럼 책상에 쌓인 서적 한 권을 손에 들고 안쪽으로 이어진 방문을 열었다. 아버지는 문을 열 때 항상 소리를 내지 않았다. 거대한 사슴 머리의 박제를 하얀 원피스의 소녀가 찬찬히 보고 있었다.

하지만 아버지는 잘못 알고 있었다. 나는 그때 이미 '사'였던 것이다. RC 모형 차를 들고 간 것은 아버지의 눈을 속이기 위해서였다. 나는 아버지를 없애버릴 계획을 세우고 거의 날마다 그 계획을 몽상하고 있었다.

2

그 저택에 방이 몇 개나 있었는지 그 당시 나는 알지 못했다.

숲 같은 뒷산이 있고 정원에는 돌로 둘러싸인 두 개의 연못이 있었다. 뒷산은 손질을 하지 않고 방치되었지만, 연못에는 수많은 잉어가 있었다. 잉어는 장수하는 물고기인데 이 저택의 잉어는 왜 그런지 걸핏하면 죽었다.

젊은 가정부들 외에 저택의 잡무를 책임진 다나베라는 조용한 중년 여자가 있었다. 처음에는 그녀가 내 어머니일 것이라고 생각했지만, 그게 아니었다. 어머니가 어디에 있는지, 나는 알지 못했다. 살았는지 죽었는지조차도 가르쳐준 적이 없었다.

하얀 원피스의 소녀는 이름이 '가오리(香織)'라고 했다. 그녀의 원래 성씨는 그녀 자신도 알지 못했지만, 아동보호시설에서 이 저택에 양녀로 들어오면서 구키(久喜)라는 성씨를 받아 '구키 가오리'가 되었다. 그 어둠침침한 저택은 아이치 현 나고야 시 외곽에 있었다. 지금도 건물이 그대로 있지만 이제 구키가(家) 사람은 아무도 살지 않는다.

나와 가오리는 근처의 공립초등학교에 다녔다. 원래 다른 구키가의 자식들과 마찬가지로 사립학교에 다녔어야 했지만 아버지가 허락하지 않았다. 다양한 계층의 사람들을 접하기에는 공립학교가 좋다는 게 아버지의 의견이었다. 나를 '사'로 만들기 위해서는 다양한 사람과 사귀는 방법을 배우게 할 필요가 있다. 아마도 아버지는 그렇게 생각했던 것이리라.

나에 대한 교육의 대부분은 세 명의 가정교사가 맡았다. 어떤 사람들이었는지 거의 다 잊어버렸지만, 그중 한 젊은 남자만은 똑똑히 기억이 난다. 짧은 기간 동안 저택에 머물렀던 그는 내 음울한 나날 속에서 그나마 마음이 환해지는 존재였다.

그는 근육이 울룩불룩해서 나와 가정부들은 뒤에서 '근육맨'이라고 불렀다. 자신이 그런 별명으로 불린다는 것을 알고는 그게 마음에 들었던지 자신이 먼저 나서서 그 별명을 대게 되었다. 어디에 쓰려고 근육을 붙였는가 싶을 만큼 힘이 약하고 동작도 둔했다. 양쪽 눈 사이가 약간 벌어진 가정부에게, 백팔십도 다 보여서 좋겠네요, 하고 진지한 얼굴로 말하는 등, 쓸데없는 우스갯소리를 한마디씩 던지는 버릇이 있었다. 이따금 어린애다운 순진함을 보여주기 위해 나는 그를 보며 깔깔거리곤 했지만, 가끔은 진심으로 웃음이 터진 적도 있었다. 그런 때, 나는 왠지 쓸쓸한 기분이 들었다.

초등학교에서의 생활은 지극히 평범하게 지나갔다. 주위 사람들에게 내 안에 자리한 음울함을 감추기 위해 몇 가지 노력을 했을 뿐이다. 저택 뒷산 절벽에 올라가 도마뱀 따위의 살아 있는 것들을 집요하게 아래로 내던진 것도, 저택 안에 떨어진 머리카락이나 손톱 중에 틀림없이 어머니 것도 있을 거라는 생각에 지속적으로 모아들여 그 묶음을 상자 안에 넣어 보관하는 아이라는 것도, 결코 들킬 수 없는 비밀이었다. 그것이 아니더라도 집안이 천박스러울 만큼 거대하고 공부만 잘하는 아이는 반에서 자칫 따돌림을 당할 가능성이 컸다. 나는 그것을 웃음이라는 껍데기로 감싸 대충 속여 넘겼다. 우리 반 아이들은 그런 나를 보며 마음을 열었을 것이다. 저 대단한 구키 집안의 아들인데도 자신들과 마찬가지로 우스꽝스러운 부분이 있고, 착실한 쪽보다는 오히려 불량한 쪽에 가까운 아이다, 하고. 이를테면 펑 터져버릴까 걱정스러울 만큼 뚱뚱하고, '구체적으로 말하면'이라는 말을 입버릇처럼 쓰면서도 전혀 구체적인 말은 하지 않는 담임선생에게 '구체적 폭탄'이라는 별명을 붙여주고, 수업 중에 그가 '구체적'이라는 말을 몇 번이나 하는지 그 숫자를 세어서 반 친구들에게 알려주었다.

"구체적으로 말하면, 분모와 분자라는 건 카레와 팥빵 같은 것이다……."

구체적 폭탄은 일 년 내내 뚱뚱한 몸으로 그런 식의 수업을 진행했다. '구체적'이라는 말이 마흔 번을 넘는 순간에 그의 배가 폭발하는 것으로 설정해서, 반 아이들과 함께 잔뜩 긴장한 채 수업을 들었다. 음울한 나 자신을 전혀 그렇지 않은 척 주위 사람들을 속이며 살아가는 건 추한 일이라고 느꼈지만, 나중에 그건 딱히 나만 그랬던 게 아니라 그런 어린 시절을 보낸 사람이 적지 않다는 것을 알게 되었다.

가오리는 나와 같은 반에 들어왔는데, 원래부터 키가 크고 눈이 큰 그녀는 첫날부터 반 아이들의 눈길을 끌었다. 구체적 폭탄이, 나와 먼 친척이라고 배려 있는 거짓말을 해주었다. 전학 첫날부터 체육 시간에 높이뛰기를 해서, 가오리가 여학생들은 아무도 넘지 못하던 높이를 뛰어넘었을 때, 작은 환성이 터졌다. 하지만 나는 그 높이보다 파란 매트를 배경으로 체육복 밑으로 길게 뻗은 가오리의 하얀 다리를 보며, 괴로웠다. 아직 어린 나이에 이런 욕망을 품었다는 것에 나는 어두운 수치감을 느꼈다. 그녀와 내가 친해질 필요가 있다고 아버지가 말했다면, 그건 친해져서는 안 된다는 뜻이었다. 나는 애써 눈을 돌려버렸지만, 어린아이의 의지는 약해서 문득 깨닫고 보면 내 눈은 다시 그녀를 찾고 있었다.

나와 가오리는 학교가 끝나면 나란히 집으로 향했다. 저택에 있던 운전기사를 아버지가 해고한 뒤로 나는 걸어서 집에 가는 게 습관이 되어 있었다.

"굉장해, 정말 부자야."

전학 첫날, 가오리는 나와 함께 집에 가면서 그렇게 말했다.

"굉장하진 않아."

"굉장하지. 게다가 공부도 잘하잖아? 난 아슬아슬해."

가오리는 그렇게 말하고 이를 내보이며 천진하게 웃었다. 팔다리가 유난히 길어서 그녀만큼 등에 멘 책가방이 어울리지 않는 여학생도 없을 거라고 나는 생각했다.

"부자여도 그건 내가 번 돈이 아니야. 공부도 가정교사가 있어서 잘하는 것뿐이니까 하나도 굉장할 거 없어."

그 무렵의 나는 연기(演技)를 해야 한다는 걸 깜빡 잊어버렸을 때는 작은 일에도 반사적으로 반발하는 버릇이 있었다. 그녀는 뭔가 생각하는 표정을 지었다. 내가 토라진 것으로 생각하면 안 되었기 때문에 뭔가 말을 계속할 필요가 있었다.

"그러니까 어서 빨리 어른이 되어야 해. 내 손으로 뭔가를 이룬다면 그건 굉장한 일이니까."

나는 마음에도 없는 소리를 했고, 그녀도 신기하다는 듯한 표정을 보였다. 우리는 잠시 아무 말 없이 걸었지만, 이윽고 그녀가 웃으며 말했다.

"그래도 '구체적 폭탄'이라는 별명을 붙인 건 구키, 너잖아?"

아버지의 다른 자식들, 즉 형과 누나가 다섯 명인 것으로 되어 있었지만, 당시 나는 그중 누구와도 만난 적이 없었다. 그들은 내가 태어났을 때도 오지 않았고 저택에 들르는 일도 없이 대부분 도쿄에 나가 살았다. 아버지의 이름은 구키 쇼조(久喜捷三)지만, 장남을 포함한 형과 누나들 누구에게도 그 이름자의 일부를 물려주지 않았다. 큰아들은 나와 스물다섯 살이나 나이 차가 나고, 둘째아들은 나와 스물세 살, 큰딸은 열여덟 살, 셋째아들은 열다섯 살, 둘째딸과는 열두 살 나이 차가 났다. 그리고 아버지가 말했던 컬트 교단의 주모자인 도쿄 대학 학생(그는 대학원에 적을 두고 있었다)에게도 자식이 있다는 것을 알았다. 그쪽은 나와 동갑이었다. 그 아이는 '사'가 되었을까 하고 생각하면서, 그 아이도 포함하여 형제들과는 언젠가 만나게 될 거라고 어렴풋이 예감하곤 했다.

그림자가 짙은 저택에 돌아오자 문 앞에 근육맨이 서 있었다. 그는 내게 왜 이렇게 늦었느냐고 잔소리를 했지만, 곧바로 가오리를 보고는 "안녕? 나는 근육맨이야" 하고 손을 내밀었다. 가오리는 그의 근육이 마음에 걸렸는지, 아니면 괜스레 줄줄 흘리는 땀이 마음에 걸렸는지, 선뜻 손을 내밀지 못하고 망설였다.

"늦게 왔다고 해도 아직 오 분 전이잖아요."

"아니, 나는 괜찮은데, 이 근육이 말이야."

그는 그렇게 중얼거리며 가슴근육을 꿈틀꿈틀 움직였다. 가오리는 깜짝 놀라며 웃었고, 쓸 데도 없는 그의 근육을 칭찬해주었다. 하지만 근육맨은 가오리를 보면서 기어코 "너는 어쩌면 후미히로하고 결혼할지도"라는 오지랖 넓은 한마디를 했다. 나는 무슨 말을 해야 할지 알 수 없었지만, 가오리는 어둠침침한 저택을 바라보며 "그럼 나는 공주가 되는 거죠"라고 스스럼없이 웃었다. 멀리서 본다면 그건 행복한 장면이었다. 아니, 그때 아직 우리는 행복했었는지도 모른다.

그날 밤인지 그다음 날 밤이었는지, 나는 다시 아버지에게 불려 갔다. 아버지가 나를 부른 건 그 교육 방침에 대해 말했던 날이 처음이었고 그때가 두번째였다. 그때까지 아버지는 내게 관심 따위는 보이지 않았다. 나를 또다시 불렀다는 건 분명 그 교육 이야기와 관련이 있을 터였다. 하긴 그런 게 아니더라도 나는 아버지를 만나는 것만으로도 긴장했다. 동요하는 나 자신을 억누르며 책상 서랍에서 딱지 묶음을 꺼내 손에 쥐었다.

불려간 곳은 긴 테이블과 텔레비전이 있고 칙칙한 적자색(赤紫

色) 카펫이 깔린 방이었다. 아버지는 항상 그 넓은 방에서 혼자 식사를 하고, 나와 가오리는 가정부들과 다른 방에서 먹는 게 보통이었다.

노크를 해도 대답이 없어서 나는 조용히 문을 열었다. 아버지는 여섯 개의 의자 중 한곳에 앉아 담배를 피우며 텔레비전을 보고 있었다. 표정이 없어서 기분이 어떤지 짐작할 수가 없었다. 아버지에게서는 또다시 술 냄새가 났고, 나는 아버지가 지금까지 그렇게 술을 좋아하는 사람이 아니었다는 생각을 했다. 방 안은 어슴푸레했지만 아버지의 얼굴은 확인할 수 있었다. 눈이 부자연스러울 만큼 가늘고 코가 커서 그의 얼굴은 역시 추했다. 아버지의 왼쪽 귀는 왜 그런지 부자연스럽게 반절이 떨어져 나가고 없었다.

"저 전쟁에는 둘째가 관여하고 있어."

아버지는 나를 쳐다보지 않고 텔레비전을 보며 그렇게 말했다. 그 당시 나는 전혀 아는 게 없었던, 아프리카의 작은 나라의 내전에 관한 보도였다. 아나운서가 사망자 숫자를 보도하고 있었다.

"잘 기억해둬. …… 민족 간의 대립이니 뭐니 하는 건 거짓말이야. 저들이 민족 간에 대립을 하도록 부추긴 것이지. …… 전후 부흥의 이권을 놓고 둘째가 활동하고 있어. 놈을 '사'로 키운 기억이 없는데 무슨 영문인지 계속 '사'로서 움직이고 있군. …… 뭔가 손을 쓸 필요가 있겠어."

아버지는 그렇게 말하고 내게 눈을 돌려 조용히 손끝을 까딱였다. 나는 그 의미를 알아듣지 못한 채 멀거니 서 있었고, 아버지는 "그거, 재떨이에 내려놔" 하고 말하며 다시 내 딱지를 가리켰다.

"그런 건 이 방에 들고 오지 마."

다리 힘이 풀리고 심장의 고동이 빨라졌다. 하라는 대로 딱지 묶음을 투명한 재떨이에 넣자 아버지는 피우던 담배를 그 위에 얹었다. 비벼 누른 것이 아니라 불붙은 담배를 그냥 그 위에 얹었다.

딱지는 표면이 그슬리다가 이윽고 불이 붙었다. 텔레비전에서 흘러나오는 전쟁 뉴스 속에서 그 작고 빨간 불은 하늘하늘 흔들렸다. 그 빨간색을 바라보며 나는 자꾸만 머리가 아득해져서 견딜 수 없었다. 그 딱지가 내 소중한 물건이었기 때문에 불태웠는지, 아니면 단지 경박하게 반짝거리는 초라한 물건이 불쾌했는지, 아버지의 내면은 판단되지 않았다. 빨간 불길이 커지면서 연기가 피어오르고 딱지가 불쾌한 냄새를 피웠을 때, 아버지는 무표정한 얼굴 그대로, 손에 들고 있던 잔의 술을 그 위에 부었다. 자신의 악에 의해 생겨난, 그 대가로서의 냄새조차 아버지는 받아들이려 하지 않는 것이라고 생각했다. 내 소유물이었던 딱지는 재가 되고 담배꽁초 속에서 시커멓게 젖었다. 나는 아버지가 언젠가 내게 보여줄 지옥에 대해 생각했다.

하지만 그것은 내 소중한 물건이 아니었다. 그저 어린애다운 모습을 보여주기 위해 갖고 있던 것이었기 때문에 그 불은 내게 별다른 상처를 주지 않았다. 나는 아버지에게서 시선을 돌리며 생각을 굴렸다. 아버지는 착각하고 있다. 나는 아직 아버지의 바깥 측에 있을 수 있다……. 하지만 그다음에 곧바로 가오리의 모습이 떠올랐다.

"그만 됐다. 돌아가."

아버지가 조용히 말했다.

"어린애다운 꼴을 연기하는 것도 잊어버리고 뭘 억울해하고 있어? 너는 아무것도 제대로 해내지를 못해. 어리석지. 어린애만큼 어리석은 존재는 없어."

나는 방을 나와 뒷산으로 갔다.

저택 뒷문을 빠져나와 손전등을 들고 정원을 지나 울타리에 뚫린 구멍으로 기어 나왔다. 나무들은 스스로 움직이는 것처럼 바람에 몸을 흔들며 버석거리고, 날벌레가 뺨을 스치고, 개 짖는 소리를 들을 때마다 발이 흠칫 멈췄다. 달빛이 비췄지만 그 어둠은 깊고 차가웠다. 내가 뒷산에 가는 것은 매번 햇빛이 어슴푸레하게 꼬리만 남은 저녁 시간이었다. 하지만 나는 그 공포감을 뛰어넘지 않으면 안 되었다.

내 최초의 기억은, 아버지였다. 가정부들이 웃으며 나를 잡으러 쫓아왔다. 나도 웃으며 가정부들에게서 달아나느라 뒤뚱뒤뚱 곧 넘어질 것 같았다. 내가 허공에 떠 있는 듯한 느낌인 것은 아직 걸음마를 시작한 단계여서 다리에 감각이 제대로 전달되지 않고 눈

높이가 갑자기 높아졌기 때문인지도 모른다. 어떤 빛의 잔상이 가장자리 선을 그리며 큼직한 원이 되어 흙벽에 비치고 있었다. 나는 다시 앞으로 걸어가려고 했고, 눈앞에 기둥 같은 것이 있어서 올려다보니 아버지였다. 걸음마를 하던 나는 왠지 그것이 아버지라는 것을 인식했다. 아버지는 무표정인 채로 나를 발로 밀쳤다. 걷어차는 것도 귀찮다는 듯이.

손전등이 풀을 가르고 흙길을 동그랗게 밝혀서 약간 마음이 놓였다. 여기까지만 오면 이제 그 동굴은 멀지 않다. 내가 내 뒷산을 두려워할 수는 없다. 아버지의 지하실을 처음 목격한 날이 생각났다. 그 저택에는 상당한 평수의 거대한 지하실이 있어서 몇십 년 세월 동안 쌓이고 쌓인 온갖 물건이며 오래된 가구가 엄청나게 방치되어 있었다. 초등학교 4학년 때, 어쩌다 그곳까지 헤매 들어갔고 그 뒤부터 은밀히 탐험했다. 그리고 그 지하실에서 다시 또 지하로 이어지는 입구 같은 것을 발견했다. 심하게 헐어빠진 타이어를 치우고 부자연스러운 낡은 천을 젖히자 네모난 덮개가 있었다. 열어보니 아래로 이어진 좁은 계단이 있고 그곳을 내려가자 안의 막다른 곳에 문이 보였다.

그 문을 발견했을 때, 나는 반사적으로 가슴이 술렁거렸다. 내가 와서는 안 될 곳에 와 있고 어떤 예정에서 일탈한 것만 같았다. 문 옆의 레버를 내렸다. 문에 자물쇠는 없었다.

안은 컴컴하고 그 압도적인 어둠이 나를 내리쳤다. 그토록 짙은 어둠을 나는 아직까지 본 적이 없다. 눈이 익숙해진 뒤에도 어둠의 밀도가 진해서 실제로 느껴질 만큼 묵직하게, 나를 국외자로 내몰며 지속적으로 압도했다. 그것은 아버지 같았다. 아버지는 오로지 공포의 대상이어서 그가 뭔가를 말할 때마다 내 팔과 다리와 가슴과 관자놀이는 위축되는 것이었다. 나는 발로 밀쳐지는 존재고, 그런 존재는 아버지가 뭔가 하는 겨를에 내 손안의 벌레처럼 짓눌릴 것이다. 시야 끝에서 검은 어둠에 뒤섞여 희미하게 흰색 전기 스위치가 보였다. 불을 켜자 빛이 수많은 칼날이 되어 눈을 때리고, 짙은 잔상 너머로 그 방 한가운데 침대가 보였다.

어머니가 누워 있다. 왠지 나는 그렇게 생각했다. 하지만 어느 누구의 모습도 없었다. 그 좁은 방에는 사람 없는 침대가 있었을 뿐이다. 침대에는 하얀 이불과 베개가 있고, 매트에는 시트도 씌워져 있었다. 온기는 없었지만 문 옆의 레버와 마찬가지로 먼지도 그다지 쌓이지 않았다. 침대 위에는 기다란 네 개의 로프가 있고, 하얀 베개와 덮는 이불 위에 부자연스러운 양의 오래된 머리카락이 뭉쳐진 채 어질러져 있었다.

나는 무슨 뜻인지도 모른 채 이곳은 뭔가의 중심일 거라고 생각했다. 아버지 내면의, 봐서는 안 될 뭔가일 거라고 생각했다. 어질러진 로프나 검은 머리카락 뭉치를 집어볼 용기는 없었다. 나는 그 이후로 잠들 때마다 암흑 속의 침대가 눈에 떠올랐다. 지하에서 나오는 여자 목소리를 들은 적도 있었다. 하지만 그런 소리가 들릴 리 없다. 그 방은 왜 그런지 철저히 방음이 되어 있어서, 안에서 어떤 소리가 나더라도 밖에까지 들릴 리 없었다.

그 어둠에 저항하는 의미로 뒷산에 드나들게 되었던 걸까. 나만의 어둠을 확보하고, 그걸로 나 자신을 지키기 위해서? 하지만 당시의 나는 그 같은 논리적인 능력을 내면에 지니고 있지 못했다. 다만 나는 형태를 이루지 못한 그 논리를 안고 뒷산에 갔던 것이라고 생각한다.

내 딱지가 아버지의 손에 불태워진 뒤, 손전등을 들고 뒷산 동굴로 향하던 그때의 나도 그 같은 논리를 언어의 형태로 갖고 있지 못했다. 단지 이 뒷산의 어둠을 두려워해서는 안 된다고 생각하며 걸음을 옮겼다. 눈앞에 철조망이 뒤엉킨, 사용처가 불분명한 절벽의 동굴이 보였다. 나는 주위의 어둠과 늘어선 나무들의 연속에 공포를 느끼면서 내가 안심하고 있다고 생각하려고 노력했다.

펜스를 타 넘고 들어가 풀밭에 던져진 베니어판을 젖히고 그 안에 감춰둔 곤충채집 바구니를 꺼냈다. 그곳에는 미리 잡아둔 도마뱀이며 달팽이가 들어 있었다. 나는 도마뱀을 집어내 펜스 너머로 팔을 내밀고 손바닥을 펼쳤다. 도마뱀은 소리도 없이 절벽의 어둠 속으로 빨려들어갔다. 땅바닥에 부딪히는 순간의 소리는 들리지 않았지만, 나는 그것을 상상했다. 달팽이를 손에 들고 다시 펜스 너머로 떨어뜨렸다. 나의 어둠은 그들의 희생에 의해 더욱 깊어지는 것이라고 생각했다. 아버지의 내면보다 더 깊게. 저 불가사의하고 사람을 공포에 떨게 하는 존재보다 더 강하게, 더 크게.

3

가오리는 가정부들에 의해 다양한 옷이 입혀졌다.

짧은 청 반바지, 노란색 무늬의 카디건, 하얀 면 스커트, 크림색 하프코트. 하늘색 가는 선이 들어간 핑크색 파카, 흰색의 두툼한 스웨터⋯⋯. 가오리는 너무 비싼 옷은 입고 싶지 않다고 매번 말했다. 반 친구들이 입는 평범한 옷을 원했고, 가방이나 우산도 가정부들이 알아보기 전까지는 지저분한 것을 그냥 들고 다녔다. 우리는 6학년이 되어 있었다.

나는 다양한 옷차림의 그녀를 눈으로 따라잡고 그녀가 내 시선을 눈치챌 것 같으면 얼른 눈을 돌려버렸다. 그녀는 내가 동요하고 있다는 것을 알지 못한 채, 가정교사가 돌아가면 항상 내 방에 놀러 왔다. 스커트 밑으로 나온 긴 다리를 내던지며 무방비하게 내 침대 위에 벌렁 눕기도 했다. 카드놀이를 하자며 그녀가 내 침대 위에 카드를 늘어놓았다. 나는 그녀를 바라보지 않는 척 바라보면서, 매번 숨이 막혔다.

한번은 가오리가 내가 갖고 있던 성인 잡지를 찾아낸 적이 있었다. 내가 화장실에 간 사이에 가오리가 내 방에 들어와 책상의 큼직한 서랍을 열었다. 가오리는 심각한 얼굴로 그것을 들여다보다가 내가 들어서자 앗, 했다. 하필 그날 나는 그 잡지를 제대로 감춰두지 못했다. 원래는 책상의 큼직한 서랍 안의 첩첩 쌓인 얇은 파일 아래보다 좀더 아래의 지도책보다 좀더 아래의 지역 정보지 안에 끼워져 있어야 했다.

나는 수치심에 혼란스러웠지만 가오리는 웃으면서 내게 조숙하다느니 야하다느니, 계속 말했다. 졸지에 옆자리의 이지마(飯島)라는 남학생이 떠올라서, 그에게서 빌려온 것이다, 진짜로 야한 건 그녀석이다, 하고 가엾은 이지마에게 누명을 씌웠다. 가오리는, 와아, 진짜 크다, 하고 사진 속 여자의 젖가슴을 가리켰다. 그리고 자신의 가슴을 더듬어보는 몸짓을 했다.

"이런 거에 관심이 있구나?"

"없다니까."

"흥분도 하고?"

"안 한다니까."

가오리가 웃으면서 나를 보고 있었다.

"후미히로는 야자키 같은 남자애들처럼 여학생 치마를 쳐들지 않아서 착실한 줄 알았는데."

나는 실제로 쳐들지는 않았지만, 야자키가 쳐든 장면은 분명하게 보고 있었다.

"그럼 정말 쳐들어볼까?"

가오리는 자기 스커트 자락을 손으로 잡으며 다시 웃었다.

가오리가 내 성인 잡지를 또 찾아내려다가 머리카락과 손톱이 든 상자를 발견한 것은 그로부터 석 달쯤 지났을 때였다. 어머니 것 인지도 모른다는 생각에 저택에 떨어져 있는 머리카락이며 손톱을 모아둔 상자. 가오리가 마음대로 내 방에 들어와 그 상자를 열고 멍해져 있을 때, 나는 내 방에 들어섰다.

상자 안은 대량의 머리카락과 손톱이 가득했다. 오래 묵은 머리 카락은 말라비틀어졌고 손톱은 제각각 오그라들어 그것이 인간의 일부라는 것을 보여주듯이 비비 꼬이면서 불그죽죽하게 변색되어 있었다. 오래된 것뿐만 아니라 새로 주워온 것도 들어 있다는 건 방 문을 연 내 위치에서도 알 수 있었다.

나는 스스로도 놀랄 만큼 동요했다. 내 비밀스러운 부분을 들켰 으니까, 하필이면 가오리에게 들켰으니까 동요하는 건 당연하지 만, 나는 어떻게 해야 좋을지, 어떤 말을 해야 좋을지 알지 못했다. 수치심보다, 수치심을 감추려는 분노보다, 우선 그것을 들킨 사실 이 없어졌으면 하는 바람밖에 없었다. 나는 가오리에게서 상자를 빼앗아 쓰레기통에 버리려고 했지만, 그렇게 하지 못했다. 그런 나 자신에 다시금 동요하고, 시선조차 어디에 두어야 할지 알 수 없었 을 때, 눈앞의 가오리와 눈이 마주쳤다.

"아무것도 아냐."

문득 깨닫고 보니 나는 그렇게 말하고 있었다. 하지만 그다음에 무슨 말을 해야 할지 알 수 없었다.

가오리는 하얀 스웨터에 하얀 면바지를 입고 있었다. 나는 상자를 덮어 책상 서랍에 넣었다. 그대로 방을 나가는 수밖에 없다고 생각했을 때, 가오리가 작은 소리로 물었다.

"저거, 뭐야?"

"아무것도 아니라니까."

"그래도……."

가오리가 어떻게 생각하건, 우선은 그녀에게서 벗어나고 싶었다. 뭔가 변명을 찾는 데도 시간이 필요했다. 하지만 가오리는 내게서 떠나려 하지 않고 방에 앉은 채, 서 있는 나를 계속 올려다보았다.

"너하고는 상관없는 일이야."

"…… 그건 그렇지만, 저거 뭐야?"

가오리는 내게서 떠나지 않았다. 올곧게, 나의 그것이 무엇인지 알려고 했다.

"어머니가……."

그렇게 말했을 때, 나는 내가 끝까지 모두 다 말하리라는 것을 알았다.

"어머니 것이 어딘가에 떨어져 있을 것 같아서 찾아다녔어. 그럴 리가 없는데, 다 줍고 다녔어."

숨이 막혔다.

"…… 지금도 모으고 있어. 물론 지금 주워들인 것 중에 어머니 것이 있을 리는 없어. …… 하지만 자꾸 줍고 싶어져. 모아놓지 않으면 그게 영원히 없어져버릴 것 같아서."

가오리에게서 나는 시선을 피했다.

"가정부들 것까지 주워들이게 돼. 줍지 않으면, 무서워. 무서워서 견딜 수가 없어. 그건 너에게는 불쾌할지도 모르지만 나한테는 전혀 불쾌하지 않아. …… 가정부들은 내 버릇을 대충 알고 있어. 창피해. …… 그래서 가정부들이 날마다 청소를 해."

나는 가오리의 얼굴을 마주 볼 수 없었다. 내 눈 속에, 조금 전 가오리 앞에 고스란히 폭로된, 말라비틀어지고 변색된 무수한 머리카락 묶음과 불그죽죽한 손톱 조각이 떠올랐다.

"…… 있어."

가오리가 불쑥 말했다.

"저 상자에는 네 어머니가 있어. 틀림없이 있어. 그러니까 내버리면 안 돼."

가오리는 어린아이의 표정으로 어린아이인 내게 진지하게 말했다. 긴 머리를 뒤로 묶고 커다란 눈으로, 멀거니 선 내 눈을 똑바로 바라보며 말했다. 내가 정말로 가오리를 좋아하게 된 건 그때부터였을 것이다. 잠시 뒤에 나는 가오리가 고아였다는 것이 생각났다.

초등학교를 졸업하고 나와 가오리는 그 지역 중학교에 다녔다.

나와 가오리는 다시 같은 반이 되었고 거기에는 아버지의 의지가 반영되었다고 나는 짐작했다. 중학생이 되자 가오리는 키가 보통보다 약간 큰 정도가 되었다. 그 대신 나는 키가 부쩍 컸다.

가오리는 반에서 운동을 제법 잘한다는 것뿐, 초등학교 때보다 그리 눈에 띄지 않았다. 명랑한 성격이라서 친구는 많았지만 반의 중심은 아니었다. 나는 여전히 공부만 잘하는 아이여서 농담과 불량기로 나 자신을 포장했다. 하지만 그건 거의 진실에 가까웠다. 상자 속의 머리카락이나 손톱을 없애지는 않았지만, 새로 모아들이는 일은 차츰 없어졌고 뒷산 절벽에서 살아 있는 동물을 떨어뜨리는 일도 없어졌다. 농담도 좋아했고 가정교사들에 의해 억지로 채워 넣는 것의 반복일 뿐인 공부는 이제 따분하기만 했다. 수업 중에는 가까운 자리의 친구들과 까불다가 자주 선생님에게 꾸지람을 듣기도 했다.

나는 가오리만을 생각하고, 그녀와 나의 미래를 날마다 몽상했다. 가오리와 결혼하고, 어떤 직업이든 좋으니 뭔가 일을 하고, 가오리는 일하고 싶다면 일하게 하고 집에 있고 싶다고 하면 집에 있으라고 하자. 아이가 생기면 그 아이에게는 내가 받지 못했던 것을 줄 수 있으리라. 이 집안의 음울한 혈통의 사념(思念)은 나에서 끝내고, 가오리를 행복하게 해주기 위해 번듯한 인간이 되자고 생각했다. 열심히 일해서 작은 집이라도 좋으니 어딘가 경치 좋은 곳에, 이를테면 바닷가에 집을 사서 저녁이면 그 바닷가를 가오리와 함께 산책하자고 생각했다. 둘이서 싸웠을 때는 내가 먼저 사과하겠지만, 아무리 생각해도 가오리가 잘못했다는 생각이 든다면 사과하는 것을 꾹 참자고 생각했다. 아니, 그래도 결국 나는 사과해버릴지도 모른다. 어떻든 가오리와 결혼하기 위해 나는 그녀에게 어울리는 남자가 될 필요가 있었다. 어떻게 해야 그녀에게 어울리는 남자가 될 수 있을지 아직은 잘 모르겠지만 일단 눈앞에 있는 따분하기 짝이 없는 공부만은 계속했다. 겉모습에 신경을 쓰고, 가오리를 웃길 수 있는 이야기를 밤새 연구했다. 나의 음울함은 내면의 밑바닥에 구겨 넣어져 있었다. 오래도록 가로막힌 채 음울함 속에 고여 있던 내 에너지는 텅 빈 동굴의 한 지점에서 힘차게, 약간 이상할 만큼 일직선으로 가오리에게로 향했다.

가오리와의 섹스를 매일 밤마다 상상했다. 그게 가능하기만 하다면 이 세상에서 가장 행복할 거라고 생각했다. 가오리의 몸을 보고, 가오리의 몸의 다양한 곳을 만지고, 내 성기를 가오리의 성기 속에서 움직인다. 그건 기적인 것만 같았다. 이런 행복을 어른이 된 인간 거의 대부분이 누린다고는 도저히 생각할 수 없어서, 분명 이렇게까지 큰 행복은 가오리를 좋아하는 나에게만 특별히 주어지는 것이라고 생각했다. 초등학교 때와 마찬가지로 가오리와 나는 친척인 것으로 알려졌지만, 둘이 나란히 집에 돌아오기는 어쩐지 쑥스러웠고, 가오리는 배구부 활동을 했기 때문에 하교 시간도 달라서 각자 따로 집에 돌아왔다. 하지만 가오리는 날마다 내 방에 와주었다.

눈앞에 행복의 모든 것이 있는데 그것을 만질 수는 없고, 그래도 그 행복은 분명하게 내 눈앞에, 내 곁에 존재하고 있었다. 괴롭기도 했지만 역시 행복한 일이었다. 그것은 중학생인 나의 모든 것을 채워주기에 충분했다. 보드랍고 동그스름한 그녀의 몸을 바라보고, 가슴의 봉긋함을 바라보고, 괴로워하면서도 역시 나는 행복 속에 있었다. 나의 내면은 주위의 아무것도 눈에 들어오지 않을 만큼 한사코 가오리에게로만 향했다.

가오리는 내 방에서 내 성인 잡지를 날마다 장난거리 삼아 찾곤 했다. 나는 그런 잡지를 책상에 감춰두었다. 백과사전 '나~다' 권의 알맹이를 빼고 그 케이스에 넣어두었기 때문에 가오리는 찾아내지 못했다. 하지만 그건 이미 내게는 필요 없는 물건이었다. 당시 내 순진한 성욕은 불가사의할 만큼 오로지 가오리에게로만 향했다.

"아니, 틀림없이 있어. 내가 꼭 찾아낼 거야."

가오리는 교복을 입은 채 내 방에 찾아와 내 앞에서 책상 서랍을 열었다.

"없다니까."

"이제 여자한테는 관심 없어?"

"그런 건 아니지만, 아무튼 잡지는 없어."

아버지가 내게 지옥을 보여주겠다고 한 열네 살을 일 년여 앞두고 우리는 그렇게 하루하루를 보냈다.

"후미히로는 아버지를 별로 안 닮았어."

가오리에게 그런 말을 들은 게 언제였을까. 가오리가 내 얼굴을 찬찬히 보는 바람에 나 혼자 긴장해서 우물쭈물하고 있을 때 그렇게 말했었다.

"그럴지도. 아버지 얼굴, 기분 나쁘지?"

그때 나는 가오리의 얼굴을 똑바로 바라볼 수 없어 시선을 다른 곳으로 돌렸다.

"으응, 그런 것 같기도 하고……."

저녁 무렵의, 이제 막 비가 걷힌 어딘가의 흙길을 나란히 걷고 있었다.

"어쩐지 너희 아버지 얼굴은 너희 아버지만의 것이 아니라는 느낌이 들어."

생각에 잠긴 모습의 가오리도 아름다웠다.

"다양한 일과 사람들의 얼굴이 겹쳐 있다고 할까……. 쓱 쳐다보기만 해도 엄청 무서워질 때가 있어. 얼굴 속에 옛날 구키가의 사람들이나 사건들이 이것저것 뒤섞여서 스르르 떠오르는 것 같아서……. 섬뜩하다고 하면 죄송하지만, 왠지 너무 무서워."

가오리가 문득 겁에 질린 듯 눈을 내리떴다. 가오리는 속눈썹이 길구나, 하고 나는 새삼 생각했다. 만일 연인이라면 이런 때, 어깨를 안아줄 것이다. 하지만 그때 나는 가오리의 손가락 끝조차 잡을 수 없었다.

"요시미 선생님을 계속 쳐다봤지?"

가오리가 그렇게 말한 것은 중학교 1학년 여름방학 직전이었다.

"좋아하는 거지?"

요시미 선생님은 음악 선생으로, 왜 그런지 항상 가슴을 강조하고 다녀서 남학생들에게 인기가 있었다. 그저 가슴을 강조한 것뿐인데 남학생들은 그녀를 음란한 여자라고 숙덕거렸다.

"아니, 안 쳐다봤어. 갑자기 왜?"

그즈음 나는 키가 훌쩍 커서 가오리의 얼굴을 보려면 약간 고개를 숙이지 않으면 안 되었다.

"마리가 슬퍼하던데? 요시미 선생님에게는 도저히 못 당한다고 눈물을 글썽였어."

가오리가 웃으면서 나를 빤히 쳐다보았다.

"무슨 소리야?"

"마리가 너한테 사랑을 고백할 생각인가 봐. 꼭 받아줘야 해."

마리는 얌전하고 그림을 잘 그리는 여학생이었다. 얼마 전 청소 시간에 양동이를 들고 가다가 비틀비틀 넘어질 뻔해서 내가 대신 들어준 적이 있었다.

"…… 받아줄 수 없어, 미안하지만."

"앗, 그럼 따로 좋아하는 사람 있어?"

가오리는 계속 웃으면서 내 눈을 들여다보았다. 오렌지색 햇빛을 받은 그 얼굴이 너무 아름다워서 중학생인 나는 마주 바라볼 수 없었다.

나는 당황하면서, 가오리가 읽던 소녀 만화와 텔레비전 드라마를 머릿속에 떠올렸다. 이런 건 자칫 오해해서 일이 잘 풀리지 않거나 서로 엇갈리거나 멀리 돌아가는 게 보통이다. 나는 그런 건 싫었다. 문득 깨닫고 보니 몸에 힘이 들어가 있었다.

"나는 너를 좋아하니까, 마리의 사랑 고백은 받아줄 수 없어."

그 무렵의 나는 조금 변해 있었는지도 모른다. 가오리도 깜짝 놀랐지만, 나 역시 나 자신이 한 말이 놀라웠다. 하지만 이미 어쩔 수 없었다.

"아니, 정식으로 사귀자는 건 아니고…… 어른이 되면 다시 말할 테니까 그때까지 보류해둔다고 할까……. 지금까지 했던 대로 해줬으면 고맙겠는데."

내가 그렇게 말하자 가오리는 대답했다.

"아니, 지금까지 했던 대로 하기는 어렵지."

차분하게 덧붙였다.

"용기가 대단하네."

그리고 원한다면 키스해달라고 했고, 내가 놀라서 멍하고 있으려니, 자기도 좋아하니까 키스해달라고 다시 정정해서 말했다.

나와 가오리는 고개를 숙인 채 손을 맞잡고 가까운 신사로 갔다. 신사 벤치에서 자고 있던 술 취한 아저씨가 나갈 때까지 참을성 있게 기다린 끝에 아주 짧은 키스를 했다. 나는 내가 미지의 세계에 와 있는 것 같다고 생각했고, 저택의 문이 보일 때까지 우리는 땀이 홍건하건 말건 계속 손을 맞잡고 있었다. 아버지가 내게 지옥을 보여준다고 했던 열네 살의 반 년 전 일이었다.

4

그리고 나와 멀리 떨어진 곳에서 여러 가지 일이 일어났다.

아버지의 둘째 아들, 즉 나의 둘째 형이 전후(戰後) 부흥의 이권을 위해 활동했던 아프리카 작은 나라의 분쟁은 서방 선진국의 의도대로 종결되고, 일본 정부에서 거액의 ODA 예산이 지급된다는 발표가 있었다. 집단 자살한 종교 단체의 원자력발전소 점거 사건은 계획을 세우고 그 준비에 관여했던 생존 신자들에 대한 상고 공판이 있었고, 존재가 희미한 시민 단체가 재판소 앞에서 연일 사형을 촉구하는 데모를 했다. 그런 일들은 당시의 내 위쪽을 그저 조용히 스쳐갔다. 아버지는 도쿄에 나간 채 한참 동안 돌아오지 않았다. 나와 가오리는 자그마한 공간 안에서 시간을 보냈다.

가오리는 매일 학교가 끝나면 내 방에 들어왔고, 다들 지나치게 조용하다고 생각할까 봐 음악을 크게 틀어놓고 키스를 했다. 서로의 혀를 핥고, 봉긋해진 가오리의 가슴을 옷 위로 더듬고, 끌어안은 채 시간을 보냈다. 아직 너무 때이른 짓이라고 느꼈지만, 주위의 가치관 따위는 아무려나 상관없었다.

이윽고 나는 가오리의 옷을 벗기고 직접 가오리의 젖꼭지를 입에 물게 되었다. 밤이면 밤마다 가오리는 내 방에 와주었다. 이불 속에서 벌거벗고 호기심과 서로를 원하는 감정이 시키는 대로 서로의 몸을 핥고 손을 움직였다. 실제로 성기를 넣는 것은 가오리가 무서워해서 하지 않았지만, 나에게는 그것만으로도 지나칠 만큼 충분했다. 아직 미숙한 의식 앞에 출현한 성은 압도적으로 나를 후려쳤다. 사회를 뒤흔드는 뉴스가 스쳐가는 동안 우리는 자그마한 방 안에서 지냈다. 나는 가오리의 손안에서 수없이 사정하고, 가오리에게 수없이 키스를 하고, 가오리의 성기를 수없이 핥았다. 눅눅해지는 목소리를 억누르면서 우리는 땀을 흘리며 작은 침대 안에 함께 있었다. 가오리는 어떤 결손감을 메우듯이 내게 수없이 기분 좋다고 말했고 나 또한 기분 좋다고 수없이 반복했다. 가오리의 손과 입술은 절실했다. 아동보호시설을 전전하는 동안 온갖 것을 참아가며 명랑함이라는 껍데기 안에서 살아온 가오리는 내 몸을 자기 마음대로 더듬고 여기저기서 얻어들은 것을 흉내 내어 내 성기를 입에 물었다.

가오리의 배구부 3학년 선배 중에는 고등학생 남자친구와 섹스한 적이 있는 여학생이 몇 명 있었고, 2학년 선배 중에도 한 명이 있는 모양이었다. 가오리는 그들을 기준으로 삼아 2학년이 되면 성기를 넣어도 좋다고 내게 말했다. 하지만 실제로 섹스를 하느냐 마느냐는 상관없었다. 그즈음에는 가오리와 함께 이렇게 할 수 있다는 것만으로도 너무나 행복했다.

가오리는 온몸으로 나를 원해주었다.

"네가 있는 것만으로도……."

내 몸의 윤곽을 확인하듯이 두 손으로 쓰다듬으며 가오리는 곧잘 그렇게 말하곤 했다.

"나는 마음이 행복해져. 네가 이렇게 숨을 쉬고 뭔가를 생각하면서 여기에 있는 것만으로도."

나는 처음으로 어떤 변명이나 어둠이나 굴절 없이 이 세계에 존재하는 것을 허락받은 듯한 감각을 느꼈다.

가오리와 함께하는 시간 말고는 모든 것이 재미없었다. 수업도, 텔레비전에서 보는 뉴스도, 반 친구들의 화제도, 다양한 오락도, 모든 것이 빛이 바래서 내게 와 닿지 않았다. 오직 가오리만 있어주면, 가오리가 이 세상에 있어주기만 하면, 그걸로 좋았다. 가오리의 검고 반짝거리는 머리칼, 큰 눈과 작은 입술, 작은 얼굴과 하얀 피부, 봉긋한 젖가슴, 발목이 잘록한 날씬한 다리, 가오리의 목소리, 가오리와 나누는 그저 그런 대화만 있으면, 그게 내 모든 것이었다.

하지만 어느 날부터 가오리가 내 방에 오지 않았다. 웬일인가 하고 가오리 방에 가보니 그녀는 자고 있었다. 깨우기가 미안해서 그대로 방을 나왔다. 다음 날도 가오리는 자고 있었다. 그다음 날은 더 이상 참을 수 없어 작은 소리로 가오리를 깨웠다. 깨우기가 미안하다는 마음과 그런데도 억제하기 힘든 감정을 담아 가오리에게 입을 맞췄다. 가오리는 처음에는 응해줬지만, 이윽고 오늘은 그만두자고 조그맣게 말했다. 가오리의 몸이 가늘게 떨리고 있었다. 떨고 있는 대상이 나라는 것을 감지하고, 그만 멍해져서 어떻게 해야 할지 알 수 없는 채 몇 번이나 미안하다고 말하고 방을 나왔다. 내가 뭔가 잘못한 걸까. 마지막으로 한 침대에 있을 때, 내가 무슨 이상한 짓을 한 건 아닐까, 생각하고 또 생각했다. 나는 혼란에 빠진 채 내 침대로 돌아왔지만, 커져가는 성기를 어떻게 할 수가 없었다. 가오리를 상상하며 나 스스로 처리하고, 침대에 멀거니 앉아 있었다. 뭔가 이유가 있는 거라면 알아두는 게 좋겠다는 생각에 다시 한 번 머뭇머뭇 가오리의 방에 갔다. 가오리는 없었다.

가오리의 방에서 기다렸지만, 화장실에 갔다고 하기에는 너무 오래 돌아오지 않았다. 정원에 나갔는지도 모른다. 나는 복도로 나가 가정부들이 깨지 않도록 조심조심 뒷문 쪽으로 향했다. 요즘 저택 정원에 고양이 몇 마리가 들어와 가오리가 뒷문 앞에서 먹이를 주곤 했기 때문이다. 하지만 그때 왜 아버지 방 앞에서 걸음을 멈췄을까. 심장이 빠르게 고동치는 가운데, 아버지 방의 문을 살짝 밀었다. 아버지는 이 주일쯤 전부터 저택에 돌아와 있었다. 책상의 노란

조명 불빛이 가오리를 비추고 있었다. 가오리는 발가벗은 모습으로 서 있고, 조금 떨어진 침대에서 아버지가 옷을 입은 채 그런 가오리를 바라보고 있었다.

나는 그 자리에서 소리를 지를 뻔했고 실제로 소리를 질렀다고 생각했지만 왠지 소리는 나오지 않았다. 가오리는 가늘게 몸을 떨면서 추한 아버지 앞에 꼿꼿이 서 있었다. 아버지가 다리를 벌리라고 말하자 바닥에 앉아 고개를 돌리고 가느다란 다리를 벌렸다. 아버지의 침대 옆 탁자에는 위스키 병이 있었다. 고개를 돌리지 말라고 아버지는 말했고, 가오리는 바들바들 떨면서 정면을 보았다.

나는 꼼짝도 하지 못했다. 그건 내가 잠시 잊고 있던 공포였다. 가슴이 쿵쾅거리고 팔이며 관자놀이가 오그라들고 다리 힘이 지겨울 만큼 스르르 빠져버렸다. 하지만 나는 그것을 뛰어넘지 않으면 안 되었다. 아버지를 죽이겠어. 어떤 방법으로든 지금 당장 아버지를 죽이겠어. 한 번도 경험한 적이 없는 돌발적인 증오에 휩싸여 나는 문을 밀었지만 실제로 내 팔은 움직이지 않았다. 왜 이 문은 틈새만큼에서 멈춰 있는 건가. 방금 내가 밀었을 텐데 왜? 그렇게 생각했을 때, 아버지는 그만 됐다고 말했고 가오리는 옷을 입기 시작했다.

나는 어리둥절한 채 그 자리에 서 있었다. 가오리가 옷을 다 입었고, 나는 퍼뜩 정신이 들어 문을 조금 열어놓은 채 그 자리를 떴다. 내 방으로 돌아가려다가 크게 숨을 들이쉬고 가오리 방에 가서 기다렸다.

가오리는 내 얼굴을 보자 아무 말 없이 침대에 들어가 이불로 자신을 가렸다.

"봤어."

내 말에도 가오리는 반응을 보이지 않았다.

"깜짝 놀랐어. 뭐야, 그거……?"

나는 나 자신에게 묻듯이 그렇게 말을 내밀었다.

"아버지에게, 뭘……?"

가오리는 이불 속에서 울고 있었다.

"아버지가, 뭘……?"

"몰라."

가오리는 울면서 작게 대답했다.

"방으로 너를 불러서…… 옷을 벗으라고?"

"응……."

"…… 그리고 또, 뭘?"

"몰라."

가오리는 그렇게 말하고는 미친 듯이 울었다.

"오늘은 옷만 벗었는데 나중에는…… 나중에는 모르겠어……. 너희 아버지가……."

"오늘은 옷을 벗었고, 아버지는 쳐다보기만 했고?"

"…… 응."

"그래……."

이불을 뒤집어쓴 가오리의 몸은 작디작았다.

"…… 너희 아버지, 그 무표정이…… 갑자기 원하는 것 같은 표정이 되어서, 그래서, 나는, 더 무서워져서…… 근데 꼼짝을 할 수가 없어서, 너희 아버지의 그 얼굴이, 뭔가 이상한 표정으로, 그 얼굴로, 나를, 계속……."

숨이 막혀왔다.

"…… 생각나? 가오리가 이 집에 왔을 때, 아버지가 했던 말. …… 내게 지옥을 보여준다던."

이불 사이로 가만히 몸을 일으킨 가오리는 울면서 고개를 저었다.

"내가 열네 살이 되었을 때 지옥을 보여준다고 했어. …… 앞으로 반년이야."

심장이 빠르게 두근거렸다.

"그때 아버지는, 가오리가 중요한 역할을 할 거라고 했어. 내가 보는 지옥에서 가오리가 중요한 역할을……. 그렇구나, 그런 거였어……. 미쳤어…… 아버지는, 역시 돌았어…… 머리가 돌아버렸어."

가오리의 방은 책상과 침대와 옷장밖에 없었다. 봉제 인형도 작은 장식품도 가오리는 사달라고 졸라본 적이 없었다.

"아버지는 가오리에게 좀더 추악한 짓을 할 작정이야. …… 아버지는 이미 노인네라서 어쩌면 누군가 사람을 써서…… 아주 많은 사람일지도 몰라. 그걸, 내 앞에서……?"

가오리가 눈물을 글썽이며 나를 보고 있었다.

"…… 아니, 그래도 걱정할 거 없어."

나는 그렇게 말하고 가오리의 눈을 보았다.

"내가 아버지를 죽이면 돼."

5

한 인간을 아무도 모르게 죽이기 위해서는 어떻게 해야 할까. 역사상 수많은 인간들이 연구해왔던 것을 당시의 나도 연구했다.

나는 아버지를 죽이는 것을 계속 몽상해왔지만, 열한 살 당시의 내 생각은 어린애 같은 것에 지나지 않았다. 그때도 아직 중학교 1학년의 어린 나이였지만 나는 그래도 실효성 있는 계획을 구체적으로 생각하지 않으면 안 되었다.

그것 외에 어떤 선택이 가능했을까. 그 같은 노인의 광기 앞에서 어린 내가 할 수 있는 일이 과연 얼마나 있었을까. 모든 일이 끝나고 난 뒤에도 나는 수없이 생각했었다. 경찰에 찾아가 아버지가 반년 뒤에 나한테 지옥을 보여주려 한다고 호소했더라면 좋았을까. 그랬다면 나는 정서불안의 아이로 보호조치를 받았을 것이다. 가오리를 바라보는 아버지를 비디오카메라로 찍어 그것을 경찰이나 가오리가 살았던 아동보호시설에 보내고, 가오리를 다시 데려가 달라고 호소했어야 할까. 그렇게 했다면 어쩌면 잘되었을지도 모른다. 하지만 그건 '—일지도 모른다'는 가정에 지나지 않았다.

그 아동보호시설의 최대 기부자는 구키 그룹, 즉 아버지였다. 구키가가 관여한 회사의 작은 부정에 대해 지역 경찰이 은근슬쩍 불문에 부쳐 유야무야된 적이 두 차례 있었던 것을 나는 알고 있었다. 하지만 그렇더라도 이 일에 관해서는 어쩌면 잘되었을지도 모른다. 가오리는 아버지의 손을 벗어나 무사히 원래의 보호시설로 돌아갔을 수도 있다. 하지만 그렇게 된다 해도 아버지가 포기할까? 이 일 하나만으로 아버지를 교도소에 집어넣는 건 일단 불가능했다. 그래도 어떻든 잘될 거라고 나 혼자 굳게 믿어버린다고 해도 실은 그렇게 되지 않을 가능성이 훨씬 더 컸다. 가오리가 무사히 원래의 아동보호시설로 가게 된다 해도 그 뒤에 아버지가 사람을 써서 가오리를 유괴 비슷한 방법으로 교묘히 끌고 오지 않는다고 백 퍼센트 확신할 수 없었다. 아버지는 내게 지옥을 보여준다는 여흥 때문만이 아니라 이미 가오리라는 존재 자체에도 관심을 품고 있었다. 내가 가오리를 데리고 어딘가로 도망쳤다면? 하지만 그렇게 큰 저택에 살면서도 나는 극히 적은 용돈밖에 받지 못했고, 돈 없는 중학생 커플 따위, 아버지에게 금세 들키고 말 터였다. 다양한 시도가 제대로 풀리지 않았을 때, 그 모든 것이 최악의 상태로 떨어질 가능성이 있었다. 아버지에게 반항했다는 것이 발각되면 내게 보여줄 지옥의 일정표는 좀더 당겨져 아버지는 그 무표정한 얼굴로 모든 일을 신속히 해치울 것이다. 나와 가오리가 무사할 가능성이 높은 경우는, 첫번째 반항으로 이 모든 일을 끝장내는 것, 즉 아버지를 없애는 것이었다. 아버지가 살아 있다는 건 나와 가오리에 대한 위험이 항상 존재한다는 것과 똑같은 의미였다.

인간을 죽이는 것이 어떤 경우에나 악일까. 내 인생과 나에게 가장 소중한 타자의 인생을 결정적으로 손상시키려고 하는 인간을 죽이는 것이 과연 악일까. 이건 나와 가오리만을 위한 에고이즘일까. 그토록 큰 힘을 쥔 미치광이에게서 우리 자신을 지키려면 우리도 뭔가 룰 위반을 하지 않으면 안 되는 게 아닐까. 아니, 하고 세상은 내게 말할지도 모른다. 너는 아버지를 죽여서는 안 된다, 아버지의 악행을 주위에 알리고, 설령 그것이 실패할 가능성이 있다고 해도 우선은 경찰이나 아동상담소에 도움을 청해야 한다. 실패할 경우에 너희에게 곧바로 지옥이 실행된다는 건 너의 상상에 지나지 않는다. 아버지가 너의 반항의 의지를 보고 마음을 바꿀 수도 있다. 너의 판단은 성급하고, 다양한 가능성을 무위로 돌리는 짓이다—. 세상은 내게 그렇게 말할지도 모른다. 나를 가리켜 악이라고 말할지도 모른다. 하지만 나는 악이어도 상관없다고 생각했다.

내 안의 최고 가치는 선도 아니고 세상도 아니고 신조차도 아니고, 오직 가오리였다. 내 인생 최고의 존재를 지키기 위해서라면 어떠한 악을 실행해도 상관없었다. 그것은 올바른 일은 아닐지 모르지만, 올바르지 않아도 상관없었다. 최고의 가치는 도덕이나 윤리를 뛰어넘는 것일 터라고 나는 생각했다. 이제 막 태어난 내 아이를 누군가 살해하려 할 때, 그냥 말없이 바라보고 있을 것인가. 그 상대를 죽일 수 있다면 죽여도 상관없는 게 아닐까. 죽이지 않아도 될 만한 상황이었다고 해도 죽이는 게 내 아이를 지키기 위해 보다 확실했다면, 그런 경우에는 살인을 해도 괜찮은 게 아닐까. 설령 그것이 옳지 않은 판단이라고 해도, 적어도 그즈음의 나는 그렇게 생각했다. 아버지가 갑작스럽게 사망하면 구키 그룹에 뭔가 지장이 발생하고 그것이 사회로 퍼져나갈 거라는 걱정도 있었지만, 그때의 내게는 당연하지만 그런 것 따위 아무려나 상관없었다. 나는 내 계획을 추진해나갔다.

우선 처음에 생각한 것은 독살이었다. 독약을 입수하는 건 어려운 일이지만, 저택 뒷산에는 다양한 버섯이 있고 그중에 독성이 강한 광대버섯이라는 게 있었다. 열한 살 때쯤에, 혹시 아버지를 죽인다면 이 버섯을 써먹자고 식물도감을 통해 미리 알아둔 것이었다. 하지만 아버지에게 어떻게 그 버섯을 먹이느냐 하는 것이 어려운 문제였다. 자살로 위장하기 위해 아버지가 마실 것에 섞어 넣는다 해도 그 버섯 독으로 확실하게 죽을 것 같지 않았다. 재빠른 응급처치가 이루어진다면 목숨을 건질 가능성이 높았다. 만일 아버지는 죽지도 않은 채 경찰에 의해 독버섯 성분이라는 것이 밝혀진다면 이윽고 뒷산에서 나온 버섯이라는 것도 드러나고 범인은 이 집안

사람으로 좁혀질 터였다.

　아버지의 서재에는 엽총이 있었다. 나는 그 엽총으로 아버지를 쏘는 것도 생각했다. 그런 요란한 짓을 했다가는 틀림없이 들킬 테지만, 하지만 들켜도 좋다는 쪽으로도 생각해보았다. 아버지 방에서 당당히 엽총으로 쏜다. 이를테면 실수로 잘못 발사했다는 것으로 할 수도 있다. 엽총의 사용법을 배우던 중에 깜빡 조작을 잘못해서 아버지에게 쏘고 말았다고. 부자연스러운 각도에서 아버지의 몸을 쏘면 우발적인 사고로 보이지 않을까. 이 집안에서 내가 살의를 품고 있다는 것을 아는 사람은 가오리뿐이기 때문에 아무도 내가 고의로 총을 쐈다고는 생각하지 않을 것이다. 만일 고의라고 생각한다 해도 내가 실토하지 않는 한 나를 체포하는 건 불가능할 터였다. 증거는 내 내면에만 있다. 게다가 법률적으로 열네 살 미만의 소년을 기소할 수는 없다. 나는 결국 교도소에는 가지 않을 것이고, 모든 사실이 완전히 드러난다고 해도 청소년 교도시설에 보호될 뿐이다. 즉, 이 나라에서는 일정한 연령에 도달하지 않은 인간이 저지른 행위는 죄가 성립되지 않아 처벌할 수 없다는 의미였다. 사회적으로 죄는 나이에 의해 삭제된다. 그런 사실이 내게 용기를 주었다. 다른 살해 방법이 전혀 생각나지 않을 경우에는 엽총을 쓰기로 마음을 정했다.

　하지만 내가 가닿은 결론은 아버지를 죽이지 않는다는 것이었다. 죽이는 게 아니라 스스로 죽게 하는 것이다.

아버지를 그 지하의 비밀 방에 가둬버리면 어떻게 될까. 이를테면 아버지가 지하방에 들어갔을 때를 노려, 아래로 내려가는 덮개 위에 무거운 가구를 올려놓으면 어떨까. 아버지가 지하방에 들어갔을 때, 밖에서 그 문에 뭔가 장치를 해서 열리지 않도록 해버리면 어떨까. 나는 상상했다. 그 순간에 나는 몇 개의 광대버섯을 지하방 안에 던져줄 것이다. 굶어 죽을지 모른다는 공포 때문에 아버지는 그 버섯을 먹을 것이다. 살아보려는 의지에서든, 아니면 굶어 죽는 데 대한 공포 때문에 아예 스스로 죽으려는 의지에서든. 해독을 위한 발 빠른 처치 따위는 지하에 갇힌 아버지에게는 불가능하다. 그렇다면 발견된다고 해도 그건 자살로 보일 것이다. 저택의 지하에 감춰진 비밀의 방에 들어가 아버지가 자살했다는 것으로. 아버지가 죽었을 때쯤을 노려 문 앞에 해둔 장치를 제거하고 덮개 위의 가구를 치워버리면 아무도 안에 사람이 갇혔으리라고는 생각하지 못할 것이다. 만일 아버지가 광대버섯을 먹지 않는다 해도 안에 갇힌 채 나오지 못하면 인간은 저절로 굶어 죽는다. 그런 상태에서 발견되더라도 단순히 부자연스럽고 불가사의한 죽음으로 처리될 것이다. 적어도 거기서 내가 의심을 받을 만한 증거는 없다.

이 방법에는 또 다른 이점이 있었다. 아버지는 가정부 어느 누구에게도 행선지를 밝히지 않고 외출하는 일이 잦았다. 때로는 한 달 동안 돌아오지 않기도 했다. 아버지를 두려워하는 가정부들은 그것을 오히려 반기고 있어서 아버지가 없어진다 해도 아무도 걱정하지 않고, 항상 있는 일이라고 생각할 것이다. 뭔가 이상하다고 생각하는 건 빨라야 두 달 뒤쯤이다. 그때쯤에 아버지는 자살이든 굶주림이든 이미 죽은 다음이다. 나는 내가 해둔 장치를 제거하기만 하면 된다. 아니, 애초에 뻔질나게 바뀌는 가정부들 중에 지하의 광대한 공간과 다시 그보다 더 아래쪽에 있는 그 방의 존재를 아는 사람이라고는 없었다. 전에 어느 가정부가 지하 창고에서 낡아빠진 보석류를 훔친 사건이 있었던 이후로 가정부들은 지하에 내려가는 일 자체가 금지되어 있었다. 가정부들을 총괄하던 다나베 씨라면 지하의 비밀의 방을 알고 있을지도 모르지만, 그녀는 무슨 일이 있었는지 가정부 일을 그만두고 저택을 떠났다.

아버지는 그즈음 한 달에 한 번씩 그 숨겨진 지하의 비밀 방에 가곤 했다. 가정부들이 동행하는 일도 없이 한밤중에 혼자서 그 방에 내려가는 것이었다. 그곳에서 아버지가 무엇을 하는지, 나는 알지 못했다. 하지만 아버지가 가오리에게 다음 달에 어디론가 데려가겠다고 말했었다. 틀림없이 그 방일 거라고 나는 생각했다.

문제는 혹시라도 아버지가 없어지고 이틀 안에 그가 관여한 회사에서 아버지와 약속이 잡혀 있는데 오시지 않는다는 등의 연락이 들어올 경우였다. 그렇게 되면 아버지가 실종되었다는 사실이 알려지고 경찰이 찾아오고, 자칫 정원이나 근처에서 쓰러졌을지 모른다는 생각에 집 안팎을 샅샅이 수색하고 그 참에 지하 공간까지 확인한다면 일이 귀찮게 된다. 나는 조심 또 조심하는 마음으로 약간의 트릭을 쓰기로 했다.

아버지를 지하방에 가둬버린 뒤에, 일층에 있는 아버지 방으로 들어가 창문을 닫아둔 채로 그 문고리를 풀어놓는 것이다. 그리고 뒷문을 통해 밖으로 나가, 자갈길이 끊긴 곳에서부터 발자국이 생긴다는 것을 의식해서, 내가 어른용 구두를 신고 창문을 넘어 아버지 방에 들어가 그다지 눈에 띄지 않을 만큼만 흙이 살짝 묻도록 카펫 위를 몇 발자국 걸은 다음에 다시 창문을 넘어 나온다. 그것을 다른 구두를 신고 두 번을 더 하면 몇 명의 사람들이 창문을 넘어 침입했다고 생각할 터였다. 거기에 아버지의 책상 서랍 한 칸의 내용물을 모두 꺼내버린 뒤에 다시 원래대로 닫아둔다. 이 트릭은 전체적으로 금세 눈에 띄는 것이 아니라 자세히 조사한 뒤에야 뭔가 이상하다는 것을 알아채게 되는 정도로 해둘 생각이었다.

아버지의 이면에는 다양한 어둠이 있었다. 폭력단 관계자와도 아버지는 선이 닿았다. 불가사의한 실종이기는 하지만, 그 불가사의한 점이 어딘지 아버지답게 보일 터였다. 뭔가를 노리고 빈집털이범이 저택에 들어왔다가 발각되자 아버지를 살해했고, 이 일이 금세 드러나지 않게 하려고 아버지의 유체를 책상 서랍의 어떤 서류와 함께 싣고 가버렸다든가, 혹은 처음부터 아버지를 죽일 생각으로 방에 침입했다가 뭔가 사정이 있어서 발각을 늦추기 위해 사체를 남기지 않았다든가, 아마 그런 추리가 가능할 것이다. 아무도 열세 살 난 아들이 아버지를 지하방에 가두고 이런 트릭을 썼으리라고는 상상하지 못할 터였다. 나는 학교에서 항상 명랑한 아이로 통했으니까.

적어도 나는 그렇게 생각했다.

6

두툼한 고무장갑을 끼고 뒷산에 들어가 광대버섯 다섯 개를 채취해 밀봉 케이스에 넣었다. 전차를 타고 가까운 미에 현까지 나가서 대량으로 유통되는 큰 사이즈의 운동화 두 켤레를 샀다. 아버지가 집에 없는 틈을 노려 지하로 내려가 그 방의 문을 여는 레버의 구조를 확인했다. 손으로 눌러서 내리는 레버식으로, 흔히 볼 수 있는 종류의 것이었다. 그 레버가 내려가지 않도록 바깥에서 그 밑에 가구 같은 것을 받쳐놓으면 고정이 되어서 안에서 문을 열 수 없게 된다. 계단에 있던 가구가 뭔가의 원인으로 떨어져서 우연히 레버 밑에 끼었다는 식으로 해두는 것도 가능할 것 같았다. 지하 창고의 부서진 에어컨의 잔해가 마침 꼭 맞는 길이였다. 계단에 비스듬히 세워보니 그것은 부자연스러울 만큼 정확히 레버 밑으로 들어갔다. 레버는 완전히 고정되고, 이것이 움직이지 않으면 안에서 아무리 밀고 걷어차도 문은 열리지 않는다. 나아가 계단 끝 출구의 덮개 판자에 카무플라주의 천을 씌우고 그 위에 가구를 비스듬히 놓아버리면 절대로 아래쪽에서 덮개를 밀어 올릴 수 없다. 가구 주위에는 우선 타이어나 낡은 베니어판을 흩어놓기로 했다. 설마 그 밑에 다시 지하로 이어지는 계단이 있으리라고는 아무도 생각하지 못할 터였다.

나는 준비를 하고 그 순서를 몇 번이나 머릿속에서 확인했다. 그 다음에는 오로지 귀를 기울이는 것뿐이었다. 실행 날짜는 아버지가 지하실에 내려가는 날이었다. 하지만 귀를 기울이며 기다린 지 며칠째 되던 날 밤, 가오리의 방문이 열렸다.

내가 아버지를 죽이기 전까지 가오리는 호출이 오면 아버지 방에 가야 했다. 그런 중대한 사실을 그때 나는 어리석게도 미처 생각하지 못했다. 아버지를 죽여야 한다는 긴장감 속에서 내 판단력은 현저히 떨어져 있었던 것이다. 나는 어떻게 해야 좋을지 몰라 내 방을 나와 복도를 걸어가는 가오리를 등 뒤에서 불러 세웠다.

"안 가도 돼."

"하지만······."

가오리는 어깨며 등에 부자연스럽게 힘이 들어가 있었다.

"안 가도 돼. 이제부터 아버지가 부르면 나한테 미리 말해."

나는 숨을 들이쉬고 아버지의 방으로 향했다. 모든 계획이 틀어질지도 모른다. 의식이 한 방향을 향해 억지로 고정되는 것처럼 느껴졌다. 만일 모든 계획이 틀어진다면 이제는 아버지를 그냥 죽여버리면 된다. 긴장감으로 시야가 극도로 좁아진 가운데 나는 자포자기하듯이 그렇게 생각했다. 온갖 계획을 세우기는 했지만, 나는 아직 열세 살이고 아무도 나를 벌할 수 없다. 목을 조르면 그 노인은 죽을 것이다. 무엇이든 좋다. 그자만 없어지면 된다고 생각했다. 나는 혼란에 빠진 채 아무런 각오도 없이, 호흡이 흐트러진 채 아버지의 방문을 두드렸다.

방 안에 들어선 사람이 가오리가 아니라 나라는 것을 알아보고서도 아버지는 표정이 달라지지 않았다. 침대의 조명에 비춰진 아버지는 가운을 입고 다시 조용히 술을 마시고 있었다. 내게 시선을 던지고 지겹다는 듯이 고개를 홱 돌리더니 거무죽죽한 입술을 유리잔에 댔다. 심장의 고동이 흐트러지고 숨이 가빴다.

"부탁드릴 게 있습니다. 이런 말씀을 드려서 죄송하지만, 용돈을 좀 올려주실 수 있을까요?"

나는 이 부자연스러운 말을 부자연스럽게 떨리는 목소리로 마지막까지 말했다. 아버지는 모든 것을 다 알고 있다는 듯이 내게 다시 시선을 던졌다. 상관없다고 생각했다. 나는 동요하고 있었지만 동요한 그 상태에서 아버지를 죽이면 되는 것이다. 어떤 방법이든 좋다. 나는 아버지를 뛰어넘을 것이다. 나중 일은 죽인 다음에 생각하면 된다. 아버지가 어떻게 말하느냐에 따라서 나는 행동에 나설 것이라고 몇 번이고 나 자신에게 되뇌었다.

"마음에 들었구나, 그 여자애가."

아버지는 술에 젖은 목소리로 말했다.

"정신없이 빠졌군. 시시한 녀석. 하지만 그런 정도가 좋아, 너는……."

흐트러진 내 숨소리가 아버지에게 낱낱이 들릴 것만 같았다.

"두 달 뒤에 시즈오카 별장에 갈 게야. 너하고 나, 그리고 그 가오리라는 여자애하고. 그때쯤이면 너도 드디어 열네 살이지?"

아버지는 그 말만 하고는 내게 그만 나가라는 손짓을 했다.

나는 혼란에 빠진 채 아버지 방에서 나왔다. 적어도 그 두 달 뒤까지 가오리는 무사할 것이라고 생각했지만, 더 이상 시간이 없었다. 나는 조금 전의 미칠 듯한 동요보다 더한 동요라도 뛰어넘어서 아버지를 죽이지 않으면 안 된다.

방에 돌아오자 가오리가 기다리고 있었다. 나는 가오리를 보고, 왜 그런지 울었다. 키스하고 싶다고 말하자 가오리는 키스를 해주었다. 나는 가오리를 그대로 계속 끌어안고 있었다. 가오리는 내게 뭔가 말을 하려다가 망설이고 다시 뭔가 말을 하려다가 입을 다물었다.

그로부터 사흘 뒤, 아버지가 한밤중에 자신의 방을 나섰다. 나는 지하실로 향하는 아버지의 뒤를, 배낭을 손에 들고 조용히 쫓아갔다.

제2부

과거 / 현재

1

현재

하얀 조명이 부옇게 흐려져 있다.

부드러운 침대에 나는 반듯하게 누워 있었다. 머리가 또렷하지 않은 건 아직 마취가 덜 깬 탓인지도 모른다. 비가 약하게 창유리를 때리고, 그 비는 저 멀리 보이는 고속도로도 차갑게 적시고 있을 거라고 생각했다. 하지만 방 안은 따스하게 유지되고 있었다. 나는 얼굴 표면에 아직 감각이 없다는 것을 깨달았다.

"내게 딸이 하나 있는데 말이야."

의사가 방금 눈을 뜬 내게 말했다.

"내가 무슨 일을 하는지 이제 알 만한 나이가 되었어. 자기도 좀 고쳐달라고 자꾸 졸라대지 뭐야."

의사는 그렇게 말하고 부드럽게 웃었다.

"어려운 문제죠, 그건……."

나는 그렇게 말했지만 입이 움직여지지 않아 말이 제대로 나오지 않았다.

"아직 말하기 힘들 거야. 좀더 병원에 있어야 해."

의사는 창밖을 내다보고 있었다. 침대 옆 선반 위에 팔다리가 지나치게 긴 이상한 모양의 인형이 있었다. 그 인형이 입고 있는 하얀 원피스를 나는 멍하니 바라보았다. 화분의 관엽식물이 그려낸 초록색 윤곽이 빛을 받아 흐려져 있었다. 나는 의사의 등을 향해 입을 열었다.

"옛날 일이 생각났어요."

"그래?"

"벌써 십여 년 전의 일. 그때 살던 컴컴한 저택이며 첫사랑……, 여러 가지 것들."

의사가 천천히 나를 돌아보았다.

"얼굴을 크게 바꾼 사람은 눈이 뜨이기 전에 대부분 그런 모양이야. 옛날의, 잃어버린 시절의 일을 상세하게 떠올리려고 하지."

비는 계속 내리고 있었다.

"내가 아직 지금보다 훨씬 더 행복하던 시절의 일이에요. 행복과 절망이 기묘하게 뒤섞이고, 내 모든 것이 있었던 시절. …… 마치 또 한 명의 내가 들려주는 이야기처럼 내 기억을 더듬었어요."

"…… 하지만 당신은 이번 수술로 새 인생을 손에 넣었어."

의사의 그 말에 나는 희미하게 웃었다. 정확하게는 웃는 것처럼 보이게 하려고 했다. 뺨도 입술도 마비되어 있었다.

"선생님처럼 평범하지 않은 성형외과 의사라면 잘 알겠지요? 내가 그런 이유로 얼굴을 바꾼 게 아니라는 걸."

"인생을 새로 시작하려는 게 아니었나?"

"아무것도 시작되지 않아요. 시작해서도 안 되죠."

나는 그렇게 말하고 숨을 들이쉬었다.

"내 얼굴을 보려면 시간이 얼마나 더 걸릴까요?"

"아직 이삼 일은 기다려야지. …… 괜찮아, 신타니 고이치 씨라는 사람의 얼굴과 거의 똑같으니까. 당신은 죽은 자의 신분을 완벽하게 손에 넣었어."

이 병원은 도쿄 외곽의 매우 조용한 일반 주택가에 있다.

어디에서나 흔히 볼 수 있는 가정집이고 건물 또한 평범하지만 내부는 비정규 성형 클리닉으로 꾸며져 있었다. 건전하다고 할 수 없는 이유로 자신의 얼굴을 바꾸려고 하는 자들이 이곳을 찾아왔다. 폭력단 관계자들도 적잖이 이용하지만, 이 의사에게는 세속적인 상식에서 벗어난 인간이 가진 자포자기적인 느낌은 없다. 실내 장식은 청결하게 관리되고 방은 조용했다.

붕대를 푸는 날, 의사는 미소를 지으며 곁에서 지켜보고 있었다. 은색 테의 거울 속에는 낯선 얼굴이 있었다. 나는 약간 혼란에 빠져 의미도 없이 내 오른팔을 흔들었다. 입을 열려고 하자 그 타인의 얼굴도 입을 열려고 했다.

"한동안은 어쩐지 불안할 거야. 뇌가 혼란스러워하거든. 지각한 자신의 모습을 정상이라고 판단하는 데까지는 시간이 걸려."

"…… 그렇겠군요."

의사는 의자에 앉아 홍차를 마셨다.

"하지만 당신은 몇 살 더 나이를 먹게 되네. 이십대였는데 이제 서른 살이야. 이 신타니라는 사람의 신분을 그대로 사용한다면."

나는 고개를 끄덕였다.

"당신과 이 신타니라는 사람은 골격이 흡사해, 아주 많이. 신분 증 사진 정도라면 거의 동일하게 보일 테지만, 만약 이 신타니라는 사람과 친했던 사람이 본다면 당신을 신타니라고 판단하는 데 약간 이질감을 느낄 수 있어. 사람 얼굴이란 그런 것이지. …… 그나저나 실로 잘생긴 얼굴이야. 이런 얼굴을 가지고도 미래가 없다는 건가?"

"꽤 마음에 드신 모양이군요."

내 말에 의사는 미소를 지었다. 창문으로 가늘고 강렬한 햇빛이 들어왔다. 나는 입을 열었다.

"선생님은 어떠세요, 지난번에 딸 이야기를 하셨지요? 부인도 계신 것 같고. 하지만 지금 이렇게 일을 하시고, 손님은 그리 많은 편은 아니겠지만 보수가 상당한 것 같아요. 그런데도 별로 값비싼 옷을 입으신 것도 아니고, 시계도 자동차도 평범해요. …… 처음 만났을 때부터 마음에 걸렸습니다. 선생님과 이런저런 이야기를 하다 보니 점점 더 그런 생각이 들어요. …… 누구에게 무슨 말을 들어도, 어떤 일을 당해도 선생님은 상처받는 일이 없을 것 같다는 생각. 선생님을 동요하게 하는 건 아마 없는 게 아닐까 하는 생각."

의사는 홍차 잔을 다시 한 번 입에 댔다. 흔들리지 않는 그의 표정에 나는 좀더 말하고 싶었다.

"선생님은 단지 그런 척하는 건 아닌가요? 따뜻한 가정을 가진 척. …… 그런 생각이 드는군요. 눈앞의 부인을 사랑하고 딸을 사랑하는 척하면서 선생님은 그저 그렇게 살아가는 게 아닌가 하는."

"오늘은 말을 많이 하는군. …… 하지만 맞는 말인지도."

의사는 조용히 입가를 풀고 웃으며 병실 안에서 담배에 불을 붙였다.

"단지 나는 새 인생을 살아가는 사람을 지켜보고 싶은 마음이 있어……. 아무리 극악한 사람이라도, 내가 해준 룰 위반에 의해 그 뒤에 어떤 인생을 걷게 되는지 궁금해. …… 통상의 룰과는 다른 별도의 룰이기 때문에 새롭게 태어나는 인생도 있어."

"정말로 그렇게 생각하세요?"

"조금은."

대답과 함께 의사는 다시 미소를 지었다.

나는 그 집을 나와 전화를 건 뒤에 택시를 잡아타고 데이코쿠 호텔로 향했다. 순환 7호선은 지독히 길이 막히고 차 안은 난방이 지나치게 들어왔다. 걷는 것과 거의 다를 게 없는 속도로 택시는 조금씩 조금씩 이동했다. 차창에 비치는 얼굴을 나는 멍하니 바라보았다.

나는 이제 사라져버렸다고 생각했다. 주위가 나를 나로서 판단해주는 내 얼굴은 사라지고, 그로 인해 내 겉모습은 이 세상에서 소멸했다. 남겨진 것은 기억을 안고 있는 내면뿐이지만, 그것은 외부에서는 보이지 않는다. 참된 나라는 존재는 외부에서는 보이지 않는다. 하지만 그건 나라는 인간이 앞으로도 정말로 존재한다면 그렇다는 이야기였다.

호텔 라운지에 들어서자 그 남자는 이미 그곳에 와 있었다. 평범한 양복 정장에 평범한 구두를 신고 있지만 눈빛에 힘이 있었다. 내가 입가에 웃음을 지으며 다가가자 남자는 가볍게 고개 숙여 인사를 건넸다. 내가 아닌 겉모습을 가진 나에게 타인이 반응해주는 것에 나는 작은 위화감을 느꼈다.

아이스커피를 주문하자 남자도 똑같은 것을 부탁했다. 마실 것이 나올 때까지 말없이 그를 바라보았다. 하지만 남자는 이 침묵에 동요하는 일이 없었다.

"부탁할 게 있어요."

웨이트리스가 마실 것을 내려놓고 가기를 기다려 나는 입을 열었다.

"구키 쇼조라는 노인을 알고 있지요? 구키가의 당주(當主)였던 그 노인."

남자는 표정이 바뀌지 않았다. 사십대쯤으로 보이지만 실제로는 쉰을 넘은 나이일 터였다.

"모르겠는데."

"그건 거짓말이죠."

나는 담배에 불을 붙이며 말을 이었다.

"구키 쇼조가 당신을 고용해서 어떤 것들을 조사했는지, 그걸 알고 싶어요. …… 실례지만 지금 당신 사무실은 상당히 곤경에 처해 있지요?"

창 너머에서 가늘게 비가 내리기 시작했다.

"그 이유는 구키 쇼조가 행방불명이 되면서 그쪽 그룹과의 관계가 끊겼기 때문이죠. 구키가의 형제들은 애초에 당신을 알지도 못하고, 그러니 당신에게 일을 의뢰할 리도 없겠지요. 그리고 당신 사무실은 지나치게 높은 보수를 치러야 합니다. 가격 경쟁에는 전혀 관심이 없더군요. 보통 탐정 사무실에서 하는 일은 대부분 불륜의 뒷조사예요. 일반적인 가정주부가 그런 높은 비용을 대기는 어렵지요. 이대로 가면 사무실을 유지할 수도 없을 겁니다."

나는 은색 서류 가방을 내밀었다.

"오천만입니다. 구키 쇼조가 어떤 것들을 조사했는지, 그에 대한 모든 자료를 원합니다."

"나는 모르는 일이야."

남자의 대답이 빨랐다.

"정말 모르는 일이야. 구키라는 이름도 들어본 적이 없어. 알면 물론 말하지, 그 정도 돈이라면."

남자는 그렇게 말하고 미소를 지었다.

"네, 완벽하시군요."

나는 서류 가방을 옆으로 내려놓았다.

"당신을 잠깐 시험해봤어요. …… 돈으로 고객의 정보를 팔아치우는 사람이라면 신뢰할 수 없으니까요. …… 나는 어떤 루트를 통해 당신이 구키 쇼조와 깊은 관계를 맺은 탐정이라는 것을 알게 됐습니다. 그리고 당신이 상당히 우수한 탐정이라는 것도. 당신에게 정식으로 일을 의뢰하지요. 보수는 통상의 세 배."

남자가 내게로 시선을 던졌다. 나는 미소를 지으며 호주머니에 손을 넣어 운전면허증을 꺼냈다.

"이 신타니 고이치라는 남자가 어떤 사람이었는지 조사해주세요. 성장 과정에서부터 특기, 성격까지 모두 다."

남자는 운전면허증의 사진과 내 얼굴이 똑같은 것을 확인하고서도 표정이 달라지지 않았다.

"맞아요, 나에 대해 조사해달라는 겁니다. 이번 일의 결과에 따라 당신에게 정기적으로 일을 의뢰하게 될 겁니다. 어떤 여자를 찾아내서 어떻게 살아가는지 보고할 것. 다른 일은 하지 않아도 될 만큼 보수는 두둑하게 드리지요. 그리고 이것과 병행해서 또 다른 다양한 일거리를 당신에게 부탁하게 될 겁니다."

"응, 좋지. 잘 부탁하네."

남자는 여전히 표정이 달라지지 않았지만, 나를 정면으로 바라보았다.

"당신이 마음에 들었습니다."

나는 그렇게 말하고, 자리를 떴다.

2

성명:	신타니 고이치
생년월일:	1979년 8월 2일
혈액형:	A
가족관계:	아버지=신타니 다카시(1992년 사망)
	어머니=신타니 가나미(1908년 사망)
	조부=신타니 겐지로(1985년 사망)
	조모=신타니 사나에(1986년 사망)
	외조부=요우지(1990년 사망)
	외조모=지히로(1978년 사망)

학력:	가쿠라바시 유치원 졸업
	미나가와미나미 초등학교 졸업
	미나가와기타 중학교 졸업
	고쿠라자카 고등학교 졸업
	호세이 대학 경제학부 경제학과 졸업
경력:	1902년 주식회사 니타카 시바우라 부동산 입사
	1905년 퇴사
	1905년 주식회사 이어스닉 코퍼레이션 설립
	1908년 퇴사
자격:	보통 자동차 면허
	영어검정 1급
	부동산 감정사
주소력:	도쿄 도 세다가야 구 세다가야 8-61-17
	(고등학교 졸업 시)
	도쿄 도 스기나미 구 시모타카이도 9-1-23-10
	멘젤스 맨션 201호 (대학 졸업 시)
	도쿄 도 이타바시 구 미소노 6-15-31
	토라스코포 703 (니타카 시바우라 부동산 퇴사 시)
	도쿄 도 미나토 구 롯폰기 12-13-40
	크림시얼 1102호 (행방불명 시)

보고서(경과)

신타니 고이치

친부모에 대한 정보는 불명(不明). 한 살 때, 사쿠라자카 유아보호시설에서 신타니 부부에게 양자로 입양. 실제 생년월일도 불명, 호적은 편의상 8월 2일로 되어 있음. 초등학교 4학년, 5학년 때에 학급위원 경험. 중학교와 고등학교 때까지 농구부 소속.

성격은 명랑하지만 의심이 많아 소수의 친구들과 어울리는 경향. 어머니 장례식에서는 눈물을 흘렸으나 아버지 때는 냉정한 태도를 보였다고 함. 취미는 영화 감상(프랑스, 이탈리아 영화를 좋아함. 대학 시절에 2년 동안 영화 동아리 활동), 자전거, 약간의 라이터 수집. 음료에 대한 기호는 딱히 없으나, 라면을 좋아하고 껌을 자주 씹음. 끽연자.

고등학생 때, 동급생 아라카와 미에와 교제, 대학 입학과 동시에 헤어짐.

대학 시절에는 스즈키 사에(헤어진 뒤에 교통사고로 사망), 닛타 사키로, 도가와 아야노와 교제했으며, 후에 도가와와는 니타카 시바우라 부동산 퇴직 일 년 전까지 관계가 이어졌지만, 결혼에 이르지 못한 채 헤어짐. 이유는, 신타니가 결혼할 결단을 내리지 못했기 때문인 것으로 추측됨(직장 동료에 의한 평가).

이어스닉 코퍼레이션 설립 이후, 장기간에 걸쳐 관계를 가진 여자는 없는 것으로 추정됨(계속 조사 사항).

사건일 가능성은 보이지 않으나 주위 사람들이 사망하는 일을 자주 겪는 경향. 앞서 기술한 대학 시절의 연인을 포함하여, 고등학교 친구 야에다 마사오, 대학 친구 이소이 다카유키, 부모, 니타카 시바우라 부동산 시절의 직속 상사였던 스즈키 미키오와도 사별.

니타카 시바우라 부동산을 퇴직한 이유는 지인들과 함께 이어스닉 코퍼레이션을 설립하기 위한 것. 이 회사는 주식과 토지의 운용을 주 업무로 하는 벤처기업으로 발족하여, 신타니가 퇴직한 이 년 뒤에 클라르널 그룹에 양도 형식으로 흡수 통합되면서 소멸.

신타니가 이어스닉 코퍼레이션을 퇴직한 이유는 피로 누적 때문인 것으로 보임. 이후, 해외여행을 떠남.

미국을 경유하여 육로로 멕시코에 입국했고, 거기서 다시 남쪽으로 여행. 그 뒤 소식이 끊김.

칠레를 거점으로 하는 남미의 범죄 조직에 금품 목적으로 납치, 살해된 뒤에 신분 매매 루트에 오름. 원래 친인척 관계가 희박한 데다 이런 납치의 경우는 대부분 사망이기 때문에 수색 신고는 들어오지 않았음.

이어스닉 코퍼레이션 직원들(이름은 별지 참조)과는 설립 일 년 뒤부터 트러블이 끊이지 않아서 현재까지 관계를 지속하는 자는 없음.

*

신타니 고이치의 자료를 읽어보면서 한 사람의 일생이 A4 용지 두 장으로 간소하게 정리되었다는 것에 가벼운 신선함을 느꼈다.

시나가와 프린스호텔의 한 방에서 탐정은 소파에 몸을 기대는 법도 없이, 자료를 훑어보는 나를 바라보고 있었다. 테이블에는 신타니 고이치의 초등학교, 중학교, 고등학교의 졸업 앨범과 대학 학회 모임의 명부, 영화 연구 동아리의 명부, 이어스닉 코퍼레이션의 사원 명부가 있었다. 나는 탐정을 향해 웃는 얼굴을 내보이며 자료를 서류 가방에 챙겨 넣었다. 내가 대신 살게 될 인간의 대략적인 정보가 그곳에 있었다.

"이어스닉 코퍼레이션 설립 이후의 여자관계는 아직 명확하지 않아. 하지만 길게 사귄 여자는 없는 것으로 추측할 수 있어."

"이 정도면 충분해요."

나는 커피 잔을 입을 댔다. 탐정은 변함없이 수수한 양복 차림이어서 그 정도라면 사람들 틈에 섞이는 즉시 어느 누구의 눈에도 띄지 않을 것 같았다.

"짧은 기간에 이만한 정보를 수집하다니, 역시 대단하군요. 처음에 세 배를 드리겠다고 했지만 보수를 다섯 배로 올리죠. …… 당신에게 새 일거리를 의뢰합니다. 지속적으로 해야 하는 일이에요. 일에 끝이 없다고 할까, 아니 어쩌면 끝이 있는 편이 내게는 행복한 것인지도 모르지만."

나는 한 장의 사진을 탐정에게 내밀었다.

"이 여자를 찾아주세요. 이름은 구키 가오리. 당신의 예전 고용주인 구키 쇼조의 양녀였던 여자예요."

탐정이 그 순간 내게 흘끔 시선을 던졌다.

"1982년 4월 8일에 태어났어요. 구키라는 성씨는 양자 입적에 따른 것이고, 원래의 성씨는 알 수 없습니다. 부모의 생사도 알지 못해요. 누군가 나고야 시내에 있는 구스노키 아동원이라는 유아보호시설 앞에 버리고 갔고, 그 뒤에 유아보호시설 옆의 구스노키 아동보호시설로 옮겨졌다가 열한 살 때 구키가에 양녀로 들어왔습니다. 현재, 도내의 클럽에서 일한다는 것만 알고 있어요. 장소도 모르겠고, 고급 클럽인지 카바레인지도 아직 모릅니다. 이 사진은 꽤 오래전에 찍은 것이죠."

탐정은 사진을 찬찬히 들여다보고 있었다.

"이 여자를 찾아서 어떻게 살고 있는지, 내게 계속 보고해주시면 됩니다. 어떤 사소한 것이라도 좋아요. 일상적으로 어떤 음식을 먹는다든가 어떤 옷을 입는다든가 어디로 여행을 다닌다든가, 그런 사소한 것이라도 좋습니다. 사진이나 영상이 있다면 더욱 좋겠습니다. 그리고…… 그녀가 결혼을 했는지, 특정한 남자가 있는지, 그것도."

가슴이 조금 술렁였다. 아직도 내 내면이 흐트러지는 것을 기억해두자고 나는 생각했다.

"그리고 그녀가 원하는 것도 알아보세요. 그녀가 인생에서 무엇을 원하고 있는지. 뭔가 되고 싶은 게 있다면 그것도 좋아요. 막연한 십 년 후의 비전이라도 괜찮습니다. 이번 인생에서 그녀가 원하는 것을……. 여기에는 신중한 진실이 필요합니다. 누군가 여자 한 사람을 붙여서 그녀와 친구가 되도록 하는 것도 가능할까요? 서로 친해진 뒤에 정확한 상황을 있는 그대로 알아냈으면 하는데, 어때요, 할 수 있겠어요?"

탐정은 조용히 고개를 끄덕였다. 나는 다시 한 번 입을 열었다.

"…… 나를 미친 사람이라고 생각할지도 모르겠군요."

탐정이 애매한 눈빛으로 나를 바라보았다. 천장의 환풍기가 뭔가를 조용조용 잘라내듯이 돌아가고 있었다. 남자가 가만히 숨을 들이쉬었다.

"어디 미치지 않은 사람이 있겠나?"

"…… 네, 어려운 일이죠."

탐정은 그제야 커피 잔을 들었다.

"우리가 하는 일은 원래 보이지 않는 것을 보는 것이야."

남자의 목소리는 약간 컬컬했다.

"일반적으로 살아가면서 감지하지 못하는 것을 감지해내는 일이지. 한마디로, 우리가 하는 일은 룰 위반이야."

"…… 룰 위반이라는 말을 얼마 전에 또 다른 사람에게서도 들었는데요."

내 말에 남자는 아주 조금 표정을 누그러뜨렸다.

"우리 외에도 룰 위반을 하는 존재가 있다면 그건 신이겠지. …… 만일 신이 있다면 그렇다는 얘기야. 물론 우리가 하는 일은 신에 비하면 너무도 규모가 작지만."

호텔의 두툼한 창유리 너머로 기차가 느릿느릿 지나갔다. 어둠 속에서 그 먼 열차의 불빛이 선명하게 보였다.

"나는 그런 룰 위반 속에 자리를 잡았어. 자진해서 뛰어들었지. 당신이 미친 사람이라면 그건 나도 마찬가지야."

내가 소파에서 일어서자 남자도 따라서 일어섰다.

"가오리라는 여자의 과거에 대해서는 조사할 필요가 없습니다. 내가 알고 싶은 건 현재의 생활이니까. …… 남자관계도 요즘으로 한정해서 조사해주세요."

나는 다시 내 표정이 서서히 흐트러지는 것을 느꼈다. 음량을 줄여둔 텔레비전에서는 전국 곳곳에서 동시다발적으로 철도 선로에 누군가 돌을 올려놓았다는 어이없는 뉴스가 흘러나왔다. 나는 탐정 사내의 등을 문 너머로 배웅하고, 방으로 돌아왔다.

3

과거

내 방을 나와, 지하로 내려가는 아버지의 뒤를 밟았던 그때, 나는 미칠 듯한 혼란에 빠져 있었다.

막다른 궁지에 몰린 사람처럼 정신없이 아버지를 쫓아갔다. 이 일을 해치우지 못하면 앞으로 나는 존재하지 않는 거라고 어깨에 멘 배낭을 의식하며 머릿속에서 되뇌었다. 조금이라도 망설임이 생기면 그 즉시 멈춰 서고 말 듯한, 다시 다음 기회에 하자고 대충 미루는 쪽으로 빠져버릴 듯한, 불안정하게 흐트러진 의식 속에서 아버지의 뒤를 밟았다.

지하의 그 비밀스러운 방에 아버지를 가두는 계획이 실패로 돌아갈 경우, 나는 쇠파이프든 뭐든 되는 대로 사용해서 아버지를 후려칠 생각이었다. 아버지의 목숨을 끝장낼 수만 있다면 어떤 짓이든 해야 한다고 생각했다. 아버지의 몸은 고령인 탓에 왜소하고, 당시 나는 아직 열세 살이었지만 나이에 비해 키가 커서 드잡이를 하더라도 신체적으로 압도할 수 있다는 건 알고 있었다. 그런데도 열네 살에 이르지 않은 나에게 벌을 줄 수 있는 법률이 없다는 것이 내게 용기를 불어넣었다.

아버지는 계단을 내려가 통로를 열고 지하 공간으로 들어갔다.

지하의 불빛이 통로 틈새로 새어 나오기를, 아버지가 문에서 한참 멀어지기를 신중하게 기다린 끝에 나도 조심조심 통로의 문을 밀었다. 문에는 미리 기름칠을 해서 되도록 소리가 나지 않게 했다. 하지만 최근 몇 년 사이에 극단적으로 귀가 안 좋아진 아버지에게는 어차피 들리지 않을 것이라고 생각했다. 창고로 사용되는 지하 일층의 낡은 가구와 목재 더미 사이를 아버지는 천천히 걸어갔다. 나는 칠이 벗겨진 거대한 서랍장 뒤에서 그 모습을 지켜보았다. 내가 토해낸 숨으로 서랍장에 묻은 실 같은 먼지가 뒤흔들리고, 서랍장에 드러난 맨살 같은 수많은 흠집이 뭔가를 주장하며 시야 끝에 희끗희끗 나타났다.

아버지는 왜 그 지하의 숨겨진 방에 가는 걸까. 그때 나는 곧 끊어질 것 같은 의식으로 생각을 더듬고 있었다. 예전에는 극히 드문 일이었는데 최근 이 년 동안은 거의 한 달에 한 번꼴로 지하에 내려갔다. 그곳에서 아버지는 무엇을 하는 것일까. 자꾸만 옆길로 삐져 나가는 정신을 추스르며 나는 아버지의 모습을 눈으로 따라갔다. 아버지가 그곳에서 무엇을 하든 그건 나와는 관계없는 일이다, 나는 단지 아버지의 몸뚱이와 사고를 작동시키는 그 목숨을 끝장내기만 하면 되는 것이다. 아버지가 천을 젖히고 다시 한 층 더 지하로 내려가는 통로의 판자 덮개를 열었다. 뭔가에 머리를 얻어맞은 것처럼 자꾸만 시야가 흐릿해졌다. 내 바로 앞에 한 인간을 죽일 기회가 있었다. 눈앞에 살인이라는 현상이 있고, 나는 지금 그것과 대치하는 거라고 생각했다. 하지만 발끝을 세우고 내 무릎을 강하게 끌어안고서, 이건 죽이는 게 아니야, 하고 나 자신에게 되뇌었다. 나는 아버지를 지하방에 가두는 것뿐이라고, 그 안에서 아버지가 자기 멋대로 죽는 것이라고. 내가 하는 일은 아버지를, 지옥을 뒤에 거느리고 가오리와 내게로 다가오는 아버지의 그 통로를, 가로막는 것뿐이라고. 비밀의 방으로 이어진 계단을 아버지가 내려갔다. 심장이 아플 만큼 쿵쾅거리고 나는 발소리를 죽여야 한다는 것만 생각하면서 어떻게든 그쪽으로 걸어가려고 했다.

지금 이 통로의 판자를 덮고 그 위에 가구를 올려놓는다고 해도, 방음이 되지 않는 이 판자 덮개만으로는 아버지가 밑에서 계속 쾅쾅 두드리면 누군가 알아들을지도 모른다. 이곳에 올 사람은 없지만, 그럴 가능성이 제로인 건 아니었다. 나는 숨을 죽이고 귀를 기울이려고 했지만 내 숨소리가 계속 방해를 했다. 하지만 계단 밑에서 그 방의 문이 열렸다가 닫히는 기척이 있었다. 나는 마비된 손에 힘을 넣고 의식적으로 숨을 들이쉬었다.

이제 나도 판자 덮개 밑의 계단을 내려가 배낭에서 광대버섯이 든 케이스를 꺼내 한순간 문을 열고 그걸 던져 넣은 뒤에 재빨리 문을 닫아버릴 것이다. 그리고 준비한 막대로 문 옆의 레버를 일단 고정해서 아버지가 나오지 못하도록 막아두고, 그 막대를 에어컨의 잔해로 바꿔 단단히 끼워 넣을 것이다. 에어컨의 잔해는 마치 애초에 그곳에 끼워지기 위해 만들어진 물건처럼 길이가 문의 레버와 계단 사이에 이상할 만큼 정확히 맞아떨어진다. 그리고 계단을 뛰어올라와 덮개 판자를 끼워 넣고 그 위에 묵직한 가구를 밀어놓기만 하면 모든 것이 끝난다. 이제는 어떻든 하는 수밖에 없다. 내가 죽이는 게 아니다, 나와 가오리에게로 이어진 아버지의 출구를 막는 것뿐이다, 하고 수없이 되뇌었다. 이건 내 인생에 처음으로 닥친, 반드시 하지 않으면 안 될 일이다. 이 일을 해치우지 않으면 내 모든 것이 붕괴되는, 내 인생의 길 위에 출현한 바윗돌 같은 첫 장애물 덩어리다. 배낭에서 광대버섯이 들어 있는 케이스를 꺼내 들고 조용히 계단을 내려갔다. 다리가 후들거렸지만 어쩔 수 없었다. 갈증으로 목이 타는 듯이 아픈 것을 느끼고, 왜 그런지 나는 그 아픔을 기억해두자고 생각했다. 계단 옆 콘크리트 벽에 깊은 금이 가 있어서, 역시 그 금이 깊다는 것도 기억해두자고 생각했다. 좁아져가는 시야 속에 희미하게 문의 손잡이가 보였다. 저걸 한순간만 여는 거야, 하고 생각한 순간, 눈앞의 문이 벌컥 열리면서 압도적인 빛이 내 눈을 때렸다. 역광을 등지고 아버지가 서 있었다. 심장에 아픔이 내달리고 나는 소리를 내지르며 눈앞의 아버지를 두 팔로 떠밀어버렸다.

그때 어떻게 아버지의 몸을 밀칠 수 있었을까. 어떻게 아버지의 몸을 떠밀어 문 너머 방으로 넘어뜨릴 수 있었을까. 문 바로 앞에서 보니 방바닥이 약간 낮아서 문 밑에 방으로 내려가는 두 칸 정도의 계단이 있었다. 그때 나는, 아버지와 내가 몸을 맞댄 것이 얼마 만인가, 하고 그 자리에 어울리지 않는 생각을 멍하니 하고 있었다. 어쩌면 최초의 기억, 걸음마를 시작한 나를 발로 밀쳐버렸을 때 이후로 처음인지도 모른다. 떠미는 것이, 손을 대는 것이 가능했던 건 아마도 역광에 의해 아버지의 모습이 그늘져서 똑똑히 보이지 않았기 때문일 것이다. 아버지는 바닥에 쓰러진 채 문 앞에 선 나를 올려다보았다. 나는 꼼짝도 할 수 없었다.

아버지는 바닥에 넘어진 아픔 때문인지 자신의 다리를 부여잡았다. 나와 아버지 사이에는 방에서 문으로 올라오는 두 칸의 계단이 있고, 나는 문 앞에 여전히 서 있었다. 방 안의 하얀 침대가 왠지 조금 불룩했다. 뭔가 유체 같은 것이 살짝 보였지만 그때 나는 그런 걸 돌아볼 경황이 없었다. 광대버섯 케이스를 내던지고 어서 문을 닫지 않으면 안 되었다. 하지만 의식이 정말로 가물가물해지면서 내 팔에 전해지는 뭔가가 차단된 것 같아 손에 힘이 주어지지 않았다. 이대로 결국 아무것도 못할 거라는 생각이 들 만큼 내 의지도 내 손가락도 움직여지지 않았다. 그 상황을 얼핏 파악하지 못한 채 나는 그 자리에 멀거니 서서 아버지를 내려다보고 있었다.

"…… 흠, 그래."

아버지가 작은 소리로 말했다. 나는 그 목소리를 들었을 때, 심장에 격한 아픔을 느꼈다. 아버지가 내 어깨의 배낭에 시선을 던지고 있었다.

"나를 죽이려는 게야. 그래…… 기억하고 있었냐."

아버지는 아픈 다리를 잡고 있으면서도 무표정했다. 반절이 떨어져 나간 왼쪽 귀의 윤곽이 유난히 또렷하게 보였다.

"너의 교육에 관한 얘기였어. …… 그게 무엇이었더라. 뭔가 공포에 관한 얘기를 했다는 기억이 아니라, 실제 이루어질 일로, 확실한 예정으로 기억하고 있었더냐? …… 내가 그 여자애를 방에 부른 것도 영향이 있었던 모양이군."

나는 여전히 움직일 수 없었다.

"너는 역시 '사'가 될 소질이 있었어. 쓰레기가 될 소질이 있었어. 이런 생각을 해냈으니 말이야. …… 양처럼 얌전히 있는 게 아니라 아비를 죽일 마음을 먹었으니."

아버지는 여전히 무표정한 그대로 얼굴이 달라지지 않았다.

"잘 기억해둬라. …… 행복이란, 폐쇄야."

나는 침대 위의 불룩한 것에 신경 쓰는 나를 깨달았고, 천장의 하얀 조명이 조금 약해진 것을 깨달았고, 이런 상황에서도 의식이 자꾸만 다른 곳으로 빠져나가는 나 자신을 깨달았다. 억지로 시선을 되돌리자 당연하게도 눈앞에는 아직 아버지가 있었다.

"네가 '사'가 될 소질이 있었던 가장 큰 이유는 내 피를 이어받았기 때문이야. 내가 지금까지 어떤 인생을 걸어왔는지, 가까운 시일 내에 네 형들에게 물어봐. …… 너에게 지옥을 보여줄 수는 없게 되었지만, 똑같은 일이야. 너는 나를 죽일 테니. 네 손으로 인간을 죽일 테니."

"아니에요."

어떻게 그때 나는 느닷없이 말을 내뱉을 수 있었을까.

"죽이는 게 아닙니다. 나는 당신의 통로를……."

"인간을 죽인다는 것은……."

아버지는 내 의견 따위는 시시하다는 듯 무시하고, 말을 이었다.

"이 세상에 존재하는 결정적인 경계선을 넘어서는 일이야. ……
왜 인간을 죽이면 그렇게 되는가. 그건 인간의 생물로서의 본질에
따른 것이야. 생물은 기본적으로 동종(同種)을 죽이지 않게 만들어
져 있어. 본능이 방해를 하는 거야. 생물학 책을 한번 읽어보는 게
좋을 게야. 서로 잡아먹는 현상은 어디까지나 한정적이고 특이한
케이스일 뿐, 다양한 생물이 본능적으로, 인간으로 말하자면 무의
식적으로, 동종을 죽이지 않도록 하는 기능이 유사 이전부터 계속
작동하고 있어. 오랜 옛날부터 생물 공통의 기본 바탕이 그렇게 입
력되어 있는 것이야. …… 그것을 인간 특유의 이성이나 의지로 넘
어서면, 이성이나 의지로 살인이라는 경계선을 넘어서면, 당연하
지만 그 인간은 오작동을 일으키게 돼. 죄책감 따위를 말하는 게 아
니야. 본능적인 거부감을 소화할 수 없어서 언제까지고 그 생물학
적인 왜곡 속에서 괴로워하게 되는 거야. 살인에 의한 죄책감이란
이성의 차원에서는 타인에의 비밀을 떠안은 스트레스나 자신은 선
한 사람이라는 자기 인식이 파괴된 것에 따른 고통이지만, 생물로
서의 차원에서는 동종을 살해한 생물학적인 왜곡이 의식화되고 표

면화된 것일 뿐이야. 사회 통념이나 도덕도, 아득한 옛날의 그러한 생물학적 왜곡이 의식화되고 공유화된 것에 지나지 않아. 그래서 도덕을 초월했다고 의기양양해봤자 아무 의미도 없어. 살인을 정당화하고 이성으로 포장하는 것은 속임수야. 슬슬 아이를 어르듯이 자신을 세뇌하는 것에 지나지 않아. …… 물론 인간은 무의식의 발동에 의해서도 동종 살해를 저지르는 일이 있지. 무아몽중이라는 상태야. 하지만 그것은 심층에서의 무의식적 폭력성의 분화가 겉으로 드러나는 과정에서 인간 특유의 이성이나 의지나 어두운 감정에 침식당한 층을 통과한 것이고, 본디 타종에 대한 공격성이나 격한 성충동으로서의 공격성이던 것이 동종 살해로 변용된 현상에 불과해. …… 그런 무아몽중의 작용은 돌발적으로 겉으로 드러나지만, 길게 가지는 않아. 오래도록 안정적으로 잠든 무의식의 깊은 근본이라고도 할 층, 그 인간보다 생물에 가까운 영역 층은 그에 따른 위화감으로 무시무시한 그림자를 품고 계속 뒤틀리게 돼. 생물은 타종을 거칠게 살해하거나 동종을 거칠게 공격하기는 해도 동종을 살해하지는 않도록 근본적으로 만들어져 있어. 자신에 대한 세뇌를 멈추고 그 사실을 정면으로 받아들였을 때, 그 생물학적인 왜곡에 인간 특유의 섬세한 의식은 도저히 견뎌낼 수 없어. 너는 결정적으로 뒤틀릴 게야, 나처럼."

아버지가 의자에 앉아 있는 것 같다는 생각이 자꾸 들었다. 아버지는 의자에 앉아 있고, 이곳은 서재고, 나는 우두커니 선 채 아버지가 하는 설교를 듣고 있는 거라고. 역광이어서 아버지의 몸은 점점 그늘이 졌다. 하지만 창문 없는 이 방의 한가운데 주저앉은 아버지가 역광으로 그늘이 질 리 없었다.

"아무것도 바뀌지 않아. 너는 '사'가 돼. 이 세상에 부(負)로서 작동하는 존재가 돼. 너는 나를 죽이는 것으로 나를 너의 내면에 맞아들이게 되지. 타인의 목숨을 해친다는 건 바로 그런 거야. 그리고 그것이, 살인의, 어떤 의미에서는 가장 매력적인 점이지. 타인을 맞아들이는 것. 생물학적인 뒤틀림과 맞바꾸어서."

아버지가 조용히 숨을 들이쉬었다. 나는 자꾸 아버지의 서재에 있는 것만 같았다.

"너는 그 뒤틀림이 의식화된 죄악의 감정에 고통을 받을 게야. 살인차로서의 자신을 견뎌낼 수 없게 돼. 인간을 죽인 인간은 앞으로 모든 따스한 것, 아름다운 것을 순수한 감정으로 받아들일 수 없어. 뭔가 행복한 일이 있을 때, 바로 그 순간에, 하지만 나는 인간을 죽인 인간이다, 하는 사실이 덮쳐들어. 생명의 기쁨을 느낄 때, 하지만 나는 그 생명을 해쳤다, 하는 사실에 괴로워하게 돼. 특히 너처럼 빈약한 정신으로는 절대로 그걸 견뎌낼 수 없어. 더구나 너에게는 내 유전자가 흐르고 있어. 네가 죽여서 그 존재를 부정했던 인간의 DNA가 네 속에 삽입되어 있다는 말이야. 나는 앞으로 네가 행복해질 때마다 네 의식 속에 출현하겠지. 이 방에 갇혀 배를 곯고 너를 원망하며 눈을 뒤집고 몸부림치는 모습으로 너를 평생 꾸

짓을 게야. 네 속에 흐르는 내 피를 통해, 네 안에 있는 내 피를 끓어오르게 하면서, 네 뇌 속에 있는 나로부터 유전된 뇌 세포 모두를 통해, 몸뚱이 전체를 통해. 너는 나를 맞아들이게 돼. 나는 네 안에서 살아 있어. 영원히. 더 이상 너에게 행복은 없어."

나는 멍하니 서 있을 뿐이었다.

"너는 앞으로 이 세상의 행복을 편안한 마음으로 바라볼 수 없어. 나는 이렇게 고통스러운데 어째서 다른 인간들은 행복한가. 죽을 때까지 그렇게 생각할 게야. 너는 왜 그렇게 되었을까. 내 탓인가? 아니지. 모두 인간이라는 존재의 성질에 따른 것이야. 인간이 애초에 악의 가능성을 품은 존재로 만들어졌기 때문이야. 기본적으로 동종을 죽이지 않도록 만들어졌는데도, 그 영역에 들어설 마음을 먹을 수 있고, 실제로 그 경계를 뛰어넘는 행위를 할 수 있고, 온갖 욕정을 소유하는 게 가능한 존재로 만들어졌기 때문이야. 네가 원망해야 하는 것은 이 세계의 구조, 인간 그 자체의 불완전하고 모순된 구조야. 불공평을 낳는 이 구조인 거라고. 행복이란 폐쇄야. 행복이란 너 같은 존재를, 너처럼 고통이나 비통함을 지닌 인간들을 무시하고, 굶주림이나 빈곤을 무시하는 선상에서 성립되는, 운 좋은 자들만 마음껏 누릴 수 있는 폐쇄된 공간이란 말이야. 네가 원망해야 하는 것은 이 세상의 모든 행복이야. 인간을 죽인 인간은 백 퍼센트의 선(善)을 손에 넣을 수는 없으나, 백 퍼센트의 악이라면 손에 넣을 수 있지. 그게 앞으로 네가 살아갈 길이야. 너에게는 힘이 있고 자금이 있어. 모든 것을 파괴해버려. 다양한 인간과 다양한 행복 모두를 파괴할 강대한 악의 에너지, 그 업화에 몸을 활활 태워 승화하는 것으로 비로소 너는 강력한 쾌락의 정점에 도달할 수 있어. 그건 연속 살인마나 폭탄 테러 같은 그런 시시한 짓거리로는 절대로 얻을 수 없어. 좀더 거대한 악이야. 좀더 거대한."

방 안이 조용해졌다. 시종 무표정하게 나를 바라보는 아버지를 멀거니 쳐다보며 나는 방금 들은 말들이 정말로 아버지가 한 말인지, 알 수 없게 되었다. 몸의 균형을 유지하기 위해 문 옆의 벽에 손을 짚었다. 애원하듯이 나는 입을 헤벌리고 있었다.

"하지만 내가 당신을 이렇게 하지 않으면, 가오리가……."

"그래."

아버지가 자리에서 천천히 몸을 일으켰다.

"나는 많은 사내들을 불러들여 네 눈앞에서 그 여자애를 손상시킬 것이다. 네가 나를 가두지 않는다면 나는 반드시 그렇게 해. 너희 둘이 도망을 치건 경찰에 뛰어들건 그 계획이 달라질 일은 없어. 나를 멈추게 하는 건 불가능해. 그건 이미 나로서도 멈출 수 없는 일이야."

나는 그제야 처음으로 눈앞의 아버지가 또다시 술에 취해 있다는 것을 깨달았다.

"내가 살아 있는 한 반드시 그렇게 할 게야. 붕괴되어가는 내 의식은 이미 그것밖에는 바라는 게 없어. 나 스스로도 이미 그걸 멈출 수가 없어. 너에게 보여줄 지옥을 뛰어넘어, 여흥을 뛰어넘어, 나는 술에 잠겨 흐늘흐늘 흔들리면서 그 여자애가 완전히 손상되는 광경을 보고 싶어 온몸이 타들어가고 있단 말이야. 알겠니?"

아버지는 한쪽 다리에 몸의 중심을 얹고 있었다.

"너는 '사'로 키워지기 위해, 내 의지에 의해서 태어났어. 너에게는 이 세상에 태어날 권리 따위는 없었어. 너는 '사'가 될 거야. 너는 '사'를 피하려고 하다가 '사'가 되지. 그 예정은 결코 바뀌지 않아."

그때, 내 손에서 광대버섯이 든 케이스가 떨어졌다. 울퉁불퉁한 버섯이 큰 소리를 내며 케이스에서 튀어나와 바닥에 흩어졌다. 아버지는 그것을 멍하니 눈으로 따라잡았다.

"나는……."

아버지는 가슴팍에서 작은 병을 꺼냈다.

"저런 건 필요 없다. 이미 죽을 수 있는 약을 소지하고 있어. 너는 강력한 아비를 뛰어넘는 게 아니야. 술에 녹아버린 추한 노인을 굶겨 죽이는 것이지. 나는 이 방에서 배를 곯고 괴로워하고 눈을 허옇게 뒤집고 너를 저주하면서 이 약을 마실 것이다. 격렬한 고통과 함께. 나는 그때 네 안에 침입하게 되는 것이야. 비참하게 여윈 노인을 굶겨 죽인 '사' 안에."

"그래도 이렇게 하지 않으면……."

"그래. 나는 어떤 수단을 쓰건 너희를 손상시킬 작정이야. 그리고 너는 나를 죽이는 것으로 결정적으로 손상될 거고."

"나는 사람을 죽이는 게 아니야."

부르짖는 내 목소리는, 작았다.

"그냥 통로를 막았을 뿐이야. 당신이 멋대로 자살하는 거란 말이야."

"나는 이미 시체야, 아주 오래전부터."

나는 그 순간, 뭔가에 떠밀리듯이 온 힘을 다해 문을 닫아버렸다. 이 불가사의한 존재를, 끈덕지게 달라붙는 이 기괴한 노인, 마지막까지 알 수 없었던 아버지라는 존재를, 그 방에 있다는 것을 강하게 감지하면서. 그것은 이제부터 마구 몸부림치며 굶어 죽어갈 작고 추한 미치광이라고 생각하면서. 문을 닫은 순간, 돌이킬 수 없는 커다란 소리가 울렸다. 그 단단한 금속성의 소리는 문소리였는지, 내 머릿속에서 울린 것인지, 알 수 없었다.

4

문의 레버를 고정할 때도, 계단을 올라와 통로의 판자 덮개를 끼우고 천을 깔고 그 위에 가구를 밀어놓을 때도, 지하의 비밀 방에서는 소음 하나 들리지 않았다.

나와 가오리를 짓누르는 거대한 악으로서 존재하던 아버지는 액체처럼 끈끈하게 우리에게 엉겨 붙은 기괴한 존재로 변했다. 나는 오래된 자재와 가구들 사이를 누비듯이 걸음을 옮기면서, 하지만 내가 침착하고 냉정하다고 생각했다. 광대버섯이 든 케이스는 미리 지문을 닦아두었고, 배낭에서 꺼낼 때도 장갑을 꼈던 것이 생각났다. 그때 나는 아버지가 왜 그런 인간이 되었는지, 아버지의 지금까지의 인생이 어떤 것이었는지, 언젠가는 알게 될지도 모른다고 퍼뜩 생각했지만, 아직은 좀더 깊은 곳까지 생각을 펼칠 여유가 없었다.

지하에서 나와 중간 문을 닫았다. 기름칠을 해둔 문은 조용히 움직였고 아직도 그 효과가 남아 있었다. 귀를 기울여 주변에 가정부들이 없는 것을 확인했다. 숨을 죽이고 발소리를 낮춘 채 복도를 걸어가면서 역시 나는 침착하다고 생각했다. 이제 아버지 방으로 가서 침입자가 있었던 것처럼 위장한다는 게 내 계획이었지만, 왠지 이제 그럴 필요까지는 없다고 생각했다. 명확한 근거는 없지만 아버지의 부재가 빠른 시일 내에 문제가 되는 일은 없을 것이라는 생각이 들었기 때문이다. 나는 여전히 발소리를 낮춰 복도를 걸었고 아버지의 방 앞을 지나 내 방문을 열었다. 가오리가 침대에 앉아 있었다. 그녀는 흰색 파자마를 입고 힘없는 눈으로 나를 지그시 바라보며 말했다.

"…… 왜 그래?"

"…… 응?"

"얼굴이 새파래졌어."

나는 심장의 고동이 흐트러지는 것을 의식했다. 아니, 그보다 내 심장의 고동은 아까부터 계속 흐트러져 있었다.

"땀을 흘리고…… 무슨 일 있었어?"

나는 분명 지금 냉정하고 침착할 터였다.

"아무것도 아냐."

"그래도……."

침대의 작은 조명에 비춰진 가오리의 모습을 보며 숨을 꿀꺽 삼켰다. 나는 격한 욕망을 느끼고 있었다. 어째서 지금 이런 감정이 솟구치는지 알지 못한 채, 가오리에게로 다가갔다. 키스해도 되겠느냐고 묻자 가오리는 조용히 고개를 끄덕였다. 가오리의 파자마 옷깃 사이로 가슴의 하얀 살이 보였다. 나는 몸이 떨리는 것을 애써 억누르며 천천히 가오리에게 키스를 했다.

"너희 아버지 일…… 네가 막아줘서 고마워. 하지만 언제까지 무사할지……."

내 팔은 계속 마비되어 있었다.

"괜찮아. 아버지는 더 이상 가오리에게 아무 짓도 못 해."

"…… 그래도."

"담판을 짓고 왔어. 아버지도 약속했어. …… 아버지는 다른 여자를 찾은 모양이니까 이제 너한테 접근할 일이 없어."

나는 그때, 가오리에게 들켜서는 안 된다고 생각했다.

"…… 정말?"

"응. ······ 가오리."

나는 가오리에게 다시 한 번 키스를 하고, 가만히 침대에 눕혔다. 가오리는 내 몸이 떨리는 것을 깨닫고, 아마도 의미도 모른 채, 내 머리를 쓰다듬어주었다. 나는 가오리의 옷을 벗기고 나도 벗었다.

"······ 후미히로?"

나는 공포가 온몸에 되살아나는 것을 느꼈다. 아버지가 무서웠다. 아버지와의 그 대화를 떠올리는 것에도 공포를 느꼈다. 나는 느닷없이 소리를 내질렀고, 온몸의 떨림을 억누르려고 가오리를 세게 끌어안았다. 가오리는 내내 내 머리를 쓰다듬었다. 품 안의 가오리가 사랑스러워서 견딜 수가 없었다. 가오리의 몸은 따스해서 점차로 내 시야에는 오로지 가오리만으로 가득 찼다. 그녀를 위해서라면 무슨 짓이든 할 것이라고 생각했다. 가오리의 행복을 위해서라면, 가오리가 기뻐해준다면, 나는 악마든 뭐든 기꺼이 되겠다고. 가오리의 작은 입술에 키스하고, 가오리의 가슴을 더듬고, 가오리의 가느다란 어깨를 끌어안았다. 가오리의 몸이 뜨거워져갔다. 가오리는 내 입술에 혀를 넣고, 그 이상 어떻게 해야 좋을지 알지 못하겠는지 팔을 돌려 내 등을 끌어안았다. 영원히 이렇게 있고 싶어, 하고 가오리는 말해주었다. 내 젖꼭지를 빨고 내 입술에 혀를 넣었다. 가오리의 혀가 내 입속에서 부드럽게 꿈틀거렸다. 나는 의식이 희미해지고, 동시에 정신이 맑아져서, 점점 더 아름다워지는 가오리를 원하고 또 원했다.

그리고 나와 가오리는 섹스를 했다. 가오리는 한순간 몸이 긴장되었지만 내 눈을 보면서 조용히 다리를 벌려주었다. 가오리는 아파했고 뻑뻑한 그 성기 속에서 내 성기도 아픔을 느꼈지만 나는 가오리 안에 들어가고 싶어 견딜 수 없었다. 체험한 적이 없는 따스함과 아픔으로 나는 금세 사정을 했고, 그리고 다시 가오리의 성기 속에 내 성기를 넣었다. 두번째도 가오리는 아파했지만 이윽고 조금씩 작은 소리를 내게 되었다. 그때, 나는 행복 속에 있었다. 가오리는 내 모든 것이고 세상 모든 가치를 능가하며 가오리를 위해서라면 나는 무엇이든 할 것이라고 생각했다. 가오리는 소리를 올리며 내 목에 팔을 두르고 수없이 키스를 하고, 벌린 양다리로 어색하게 내 허리를 조였다. 언제까지나 가오리와 함께 있을 수만 있다면 이 세계의 모든 것을 무너뜨려도 상관없었다. 그때, 우리는 미쳐 있었던 것일까. 하지만 열네 살 나이의 인간이 하는 일에 광기 따위가 있었을까. 우리는 그로부터 매일 밤 섹스를 했다. 가오리의 몸은 겉으로도 표가 날만큼 둥그스름해지고 가슴이 커져갔다. 이제 더 이상 나는 네 아버지 것이 아니야. 가오리는 그렇게 몇 번이고 말했다. 언제까지나 함께 있어달라고, 네가 있는 것만으로도 좋다고. 가오리는 날이 갈수록 아름다워지는 것 같았다. 우리는 그로부터 아버지가 행방불명이라는 것이 발각되기까지 삼 개월 동안 서로의 곁에 줄곧 함께 있었다.

5

현재

잠이 깨자 방 안의 조명이 하얗게 빛을 내며 내 눈을 강하게 때렸다.

새로 빌린 맨션의 칠층. 원룸의 이 집은 널찍하기만 할 뿐, 가구도 거의 없다. 눈이 뜨인 순간에 뛰어든 조명의 잔상이 엷은 초록빛이 되어 오래도록 눈 안쪽에 남았다. 어제 입었던 옷이 마룻바닥에 흩어져 있었다. 신타니 고이치가 즐겨 보았다는 영화 DVD 더미가 아직 상자에 든 채로 쌓여 있었다.

배가 고픈 것을 느끼고 나는 최대한 빨리 배를 채우기 위해 인스턴트 라면을 먹었다. 나 같은 인간도 생물인 이상 내 의지와는 관계없이 앞으로도 계속 배고픔을 느끼겠구나, 하고 생각했다. 그것은 절망 비슷한 감각이었다. 텔레비전을 보며 라면을 반절쯤 먹고 옷을 갈아입고 집을 나섰다. 텔레비전에서는 몇 군데 마을에서 작은 폭발이 있었다고 크게 떠들고 있었다.

바깥은 맑은 날씨였다. 땀이 난 것을 느끼고 곧바로 옷자락으로 닦았다. 앞쪽에서 줄에 묶인 가녀린 개가 다가왔다. 그 옆에 어린아이가 걷고 있고 다시 그 옆에는 모자를 쓴 여자가 있었다. 개가 혀를 내밀며 내게로 다가왔다. 웃는 얼굴로 웅크리고 앉아 개의 목덜미를 쓰다듬어주었다. 내가 웃음을 지은 것은 개가 그러기를 원했기 때문이다. 옆에 선 아이가 내 바지를 잡아당겼다. 아이는 왜 그런지 내 바지를 계속 잡고 있었다.

"애, 카이."

여자가 말했다.

"그러면 안 돼. …… 미안해요."

여자가 내 얼굴에 시선을 던지고 있었다. 신타니라는 이름의, 기분 나쁠 만큼 단정한 얼굴. 나는 개에게 내보인 웃음을 얼굴에 그대로 남긴 채, 여자를 보았다.

"아들이에요?"

사실은 개에 대한 이야기를 하는 게 더 일반적일 거라고 생각하면서 나는 그렇게 말했다.

"네. …… 어라, 카이, 그러지 말라니까? …… 아, 정말 미안해요."

"아이가 있는 것처럼 보이지 않는군요."

나는 일어서면서 여자의 눈을 지그시 바라보았다. 여자들은 아이를 데리고 나오면 자주 사과를 하게 되는 모양이라고 생각하면서. 여자는 살짝 놀라며 경계의 눈빛을 보였지만 불쾌하게 생각하지는 않는 것 같았다. 내가 그렇게 말한 것은 눈앞의 여자가 조금 전까지 몹시 따분한 얼굴로 걷고 있었기 때문이다.

"그 옷, 예쁘네요."

나는 말했다.

"잘 어울려요. 아름답습니다."

내가 자꾸 일탈한다는 것을 의식하면서, 내 안에 어떤 동요나 후회가 나타나기를 기다렸다.

"…… 네?"

"아이가 있는 것처럼 보이지 않아요. 당신은 정말 아름다워요, 특히 눈이."

여자가 슬쩍 두려움을 내보였다. 내 몸에는 아무런 변화도 없었다. 나는 그대로 열기를 품은 아스팔트 위를 걸었다. 몇 개의 맨션 창문에 햇빛이 반사되고 있었다.

택시를 잡아타고 시나가와 프린스호텔로 갔다. 방문을 열자 이미 탐정이 와 있었다. 조금씩 빨라지는 심장의 고동을 기억해두자고 생각했다. 탐정이 가볍게 인사를 건넸다. 내가 의자에 앉자 그는 한 장의 사진을 테이블에 꺼내놓았다.

"구키 가오리의 요즘 사진이야."

가슴 언저리를 실제로 세게 얻어맞은 것 같았다. 시야가 안쪽에서부터 흐려졌다. 커다란 눈과 약간 가느다란 콧날과 얇은 입술, 부드럽게 흘러간 눈썹, 어깨까지 내려온 잘 다듬은 검은 머리칼. 그건 가오리였다. 스물일곱 살이 된 현재의 가오리의 모습이었다. 흰색 정장을 입고 갈색 핸드백을 어깨에 걸고 무엇을 보았는지 우수를 띤 시선을 비스듬히 위쪽으로 향하고 있었다. 가오리는 아름다웠다. 나는 담배를 피우려다가 내 손가락이 희미하게 떨리는 것을 깨달았다. 탐정은 내가 동요하는 모습을 쳐다보지 않도록 조용히 앉은 자세를 틀었다.

"구키 가오리 씨는 고토 구의 맨션에 살고 있고, 롯폰기의 'Je le répète'라는 클럽에서 일하고 있어."

내 기색을 보고 그가 갑자기 가오리에게 '씨'를 붙여서 말했다는 것을 나는 깨닫지 못한 척했다.

"카바레 같은 곳은 아니고 흔히 고급 클럽이라고 하는 곳이야. 서비스는 음식 접대로만 한정되어 있는, 위법성이 없는 값비싸고 건전한 가게. 가오리 씨의 교우 관계에 대해서는 아직 조사 중이지만, 우선 이 여자를……."

탐정은 다시 한 장의 사진을 꺼냈다.

"이 고니시 아즈사라는 여자를 가오리 씨에게 접근하도록 했어. 'Je le répète' 클럽에 찾아가 면접을 보고, 어제 채용되었다는 소식이 들어왔어. 앞으로 고니시에게서도 정보가 들어올 거야."

고니시라는 여자는 아름다웠다. 일반적으로는 가오리보다 아름답다는 말을 들을 만한 얼굴이었다. 하지만 내 아름다움의 기준은 모조리 가오리가 중심이었다. 탐정이 가방에서 USB 메모리를 꺼냈다.

"이건 가오리 씨를 촬영한 동영상이야. 편의점에서 나와서 자동차에 타기까지, 일 분이 채 안 되는 영상이긴 하지만."

내 손끝에 힘이 들어갔다. 탐정이 이어서 입을 열었다.

"그리고 꼭 알아두어야 할 일이……."

나는 재떨이에 불붙인 담배를 올려놓았다는 것을 그제야 깨달았다.

"아무래도 나 말고도 누군가 가오리 씨를 조사하는 사람이 있는 것 같아."

"…… 예?"

이 방에 들어온 뒤 내가 지금 처음으로 입을 열었다는 것을 의식했다.

"누군지는 아직 알아내지 못했지만, 그쪽도 사람을 써서 상세하게 조사하는 모양이야. 고용된 사람은 상당한 수준의 프로야. …… 그쪽의 정체도 조사 대상에 포함시킬까?"

목이 마르고 가슴이 술렁거렸다. 나는 탐정을 한참이나 멍하니 바라보았다.

"네, 그것도 부탁합니다. 하지만 구키 쇼조는 이미 죽었는데……."

"내 생각에는, 조사를 의뢰한 사람이 가오리 씨의 양부 구키 쇼조 씨와 관계가 있는 인물은 아닐 거야."

나는 잠깐 망설이던 끝에 탐정에게 다시 시선을 던졌다.

"이미 사망한 구키 쇼조 씨에게서 전에 내가 일을 받은 적이 있었느냐 하는 문제는 내부적인 비밀로 해둘 생각이지만, 이건 당신의 의뢰와 관계되는 일이니까 답변을 하지. 구키 가오리 씨를 조사

하고 있는 자는 구키 쇼조가 고용했던 자들과는 전혀 별개의 인물
이야. 애매한 표현이지만, 냄새도 전혀 달라. …… 이해하기 어렵겠
지만, 그 일을 의뢰한 인물은 아마도 또 다른 뭔가라고 할 수밖에
없어."

방 안이 서서히 고요해졌다.

"짐작 가는 곳은 없습니까?"

"아직은 모르겠어. 하지만 이건 내 감인데, …… 좋지 않은 쪽이
야."

탐정의 목소리가 약간 강해져 있었다.

"알겠습니다. 그 인물에 대해서도 조사할 수 있겠어요?"

"응, 그렇게 하지."

탐정은 다시 앉은 자세를 조용히 틀면서 무의식중인지 바지의
무릎께를 긁적이고 있었다. 나는 그 움직임이 약간 지나치게 집요
하다는 생각이 들어 자리에서 일어서면서 눈을 돌렸다.

6

과거

아버지의 행방이 그 저택에서 문제가 되기 시작한 것은 나와 가

오리가 처음으로 섹스를 하고 석 달쯤 지났을 무렵이었다.

아버지의 그룹 회사에서 저택으로 연락이 왔고, 가정부가 아버지의 부재를 알리자 그룹 회사 사람은 아버지가 돌아오시는 대로 연락해달라는 전언을 남겼다. 하지만 그 뒤에도 당연한 일이지만 아버지는 돌아오지 않았고, 다시 같은 회사에서 연락이 왔다. 아직 돌아오시지 않았다는 가정부의 말에 상대는 난처한 기색을 보였다. 가정부들은 항상 있는 일이고 아마 어딘가 여자의 집에 가 있을 거라고 생각했다. 그룹 회사 사람도 마찬가지로 생각했을 테지만, 중요한 용건이 있었는지 그 회사에서 아버지의 재산을 관리하는 변호사에게 연락을 했다. 변호사는 아버지가 갔을 것으로 짐작되는 몇 군데에 전화를 했지만, 찾아온 적이 없다는 답변뿐이었다. 저택 안이 갑작스럽게 소란스러워지기 시작했다.

나는 그 소란을 전해 들으면서 처음에는 그저 멍하고 있었다. 아버지가 없어졌건 말건, 그 범인이 나인 것을 알아차리건 말건, 가오리와 함께하는 나날이 있으면 그 밖의 일은 아무려나 상관없다고 생각하고 있었다. 하지만 내가 범인이라는 게 알려지면 가오리와의 나날이 끝난다는 건 엄연한 사실이었다. 나는 아버지를 지하방에 가둔 장치를 아직 치우지도 않았고 그것이 발각되는 날에는 누구라도 아버지가 제삼자에 의해 안에 갇혔다고 생각할 터였다. 계속 멍하니 지내던 나는 어리석게도 집 안이 시끄러워지기 시작한 다음에야 비로소 마음이 급해졌다.

굶어 죽었건 자살을 했건 그것이 결정적인 것이 되는 두 달쯤 뒤에 그 장치를 치우기로 처음에 계획했었다. 그것을 치워버리면 지하방을 밖에서 막아버린 것이 아무것도 없으니까 아버지는 혼자서 그곳에 들어간 것이 되고, 어떤 이유로든 안에 갇히면서 굶주리다 못해 주워 먹은 광대버섯의 독이나 아버지가 지니고 있던 약에 의해 자살한 것으로 처리될 터였다. 굶주림의 고통 속에서 아버지가 자신의 죽음을 기다렸다고는 생각하기 어려웠다. 내가 해둔 장치를 그대로 방치했던 것은 그저 무서웠기 때문이었다. 내가 저지른 그 사실을 다시 한 번 접해야 한다는 것이 두려워 견딜 수 없었다. 그 일을 꼭 해야만 한다는 공포감을 의식 밑바닥에 가둬버리고 나는 가오리와의 나날과 가오리의 몸에 대해서만 생각하며 지냈었다.

가정부 다나베가 나가고 난 뒤, 이 저택에 그나마 가장 오래 붙어 있었던 요시가키라는 삼십대 가정부가 아버지의 변호사와 전화로 이야기를 나누고 있었다. 그 소리를 엿들으면서 가슴이 두근거려 견딜 수가 없었다. 아버지의 자식들, 즉 나와 나이 차가 많이 나는 형들과 누나들에게 연락을 하기로 가정부들끼리 상의한 모양이었다. 어디에 갔건 자신이 있는 곳을 일일이 찾아다녀서는 안 된다고 그녀들은 아버지에게서 엄격한 지시를 받았다. 하지만 그룹 회사의 용건이 중대하고, 만에 하나 경찰에 실종 신고를 해야 할 사태인지도 모른다는 생각에 모든 것을 형들에게 알리고 그 지시를 받기로 한 것이었다.

그날 밤, 나는 움직여야만 했다. 가정부들이 잠들어 집 안이 고요해지면 지하로 내려가 그 에어컨의 잔해를 치우고, 통로의 판자 덮개를 누르고 있는 가구를 원래 자리로 돌려놓아야 했다. 겨우 그것뿐인데도 행동에 나서는 데는 큰 용기가 필요했다.

그날은 일요일이어서 배구부 활동을 마치고 돌아온 가오리가 곧장 내 방으로 왔다. 가오리는 문 앞에서 장난스럽게 전기 스위치를 꺼버리더니 내게 다가와 기스를 해주었다. 나는 가오리의 어깨와 팔을 더듬었다. 우리는 열네 살이 되어 있었다.

"아버지한테 무슨 일 있었어?"

가오리가 어떤 표정으로 말했는지, 내게는 보이지 않았다.

"회사에서 뭔가 볼일이 있는데, 어디 있는지 모른대. 항상 그래."

나는 태연히 말한다고 말했다.

"…… 그렇구나."

"어쩌면 나 때문인지도 모르겠다."

가오리의 몸이 살짝 흔들렸다.

"내가 가오리 일로 담판을 했으니까 집에 돌아와 차마 내 얼굴을 보기가 민망했던 모양이지. …… 어딘가 여자네 집에 가 있을 거야. 그대로 죽어버리면 좋을 텐데."

가오리는 뭔가를 생각하는 것 같았지만 그 표정은 방 안이 어두워서 보이지 않았다.

그날 밤, 가오리가 다시 내 방에 왔지만 나는 오늘 밤은 따로 자는 게 좋겠다고 말했다. 가정부 요시가키 씨가 아버지가 돌아오지 않은 것 때문에 나한테 상의할 게 있다고 했는데 아직 안 왔다, 지금이라도 갑자기 내 방에 올지 모른다, 하고 거짓말을 했다. 가오리는 여전히 의아한 표정이었지만, 나는 그 말을 하는 것만으로도 힘에 부쳤다.

가오리가 자기 방으로 돌아간 뒤, 나는 침대에서 내내 눈을 뜬 채 누워 있었다. 이제부터 아버지 쪽으로 가야 한다. 아버지의 사체가 바로 옆에 있는 곳에서 그 지하방에 해둔 장치를 치우는 작업을 해야 한다. 땀이 흐르는 것을 느끼면서도 나는 침대 안에서 꼼짝도 할 수 없었다. 각오도 무엇도 없는 채, 시간만 자꾸 흘러갔다. 하지만 나는 하는 수밖에 없었다.

아버지를 가뒀던 그날에 비하면 오늘은 별일도 아니다. 나 자신에게 수없이 되뇌었지만 마침내 내 방을 나선 건 새벽 세시가 지난 다음이었다. 발소리를 죽여 복도를 걸어갔다. 다시 그 지하로 내려가야 한다는 것을 나 스스로도 믿을 수 없는 채, 멍하니 몸을 움직였다. 가오리의 방문이 보여서 조심스럽게 걸음을 옮겼다. 숨을 죽이고 호흡을 가다듬으며 앞으로 앞으로 발을 내디뎠다. 지하로 가는 계단을 내려가 중간 문을 신중하게 열었다. 내가 발라둔 기름은 아직도 효과가 있었다.

오래된 가구와 목재 사이를 천천히 움직였다. 곰팡이 냄새가 나고 먼지가 스스로 의지를 가진 듯이 내 폐 속에 파고드는 것 같았다. 주위의 가구가 정적 속에서 엄숙하게 나를 응시한다는 생각이 자꾸 들었다. 생명 없는 그 물건들이 의지적으로 숨을 죽이고 있는 그 침묵은 나라는 이물이 이 자리에 다양한 의미에서 초대받지 못한 존재라는 것을 단호하게 보여주는 것 같았다. 폭이 좁은 곳을 억지로 빠져나가 소리를 내지 않도록 주의 깊게 걸었다. 나를 거부하며 굳게 침묵하고 있는 가구 하나에 손을 짚으며, 빨리 그 장치를 치워야 한다고 생각했을 때, 등 뒤에서 뭔가 움직이는 기척이 들렸다. 몸에 힘이 주어지지 않아 숨을 멈췄다. 뒤에서 뭔가 삐걱거리는 듯한 확실한 소리가 났다. 심장의 고동이 격렬해지는 가운데, 조금 전까지 내 몸 안에 남아 있던 힘이 지겨울 만큼 스르르 빠져나갔다. 흘러내린 땀방울에 먼지가 달라붙었다. 나는 어떻게 해야 좋을지 알 수 없었다. 그렇다고 이 자리에 계속 서 있을 수도 없어서 아무런 판단도 내리지 못한 채 천천히 뒤를 돌아보았다.

눈앞에 오래된 책장과 용도를 알 수 없는 목제 차바퀴와 높이 쌓아 올린 낡아빠진 천 더미가 있었다. 나는 발을 앞으로 내밀어 다시 앞으로 나갔다. 아무도 없다고 생각한 순간, 다시 내 오른편에 사람의 기척을 느꼈지만 역시 아무도 없다고 마음을 돌렸다. 나는 지나치게 동요하고 있었다. 이곳에 오래 있어서는 안 된다고 생각했고, 발을 움직이는 것만 생각하기로 했다. 장치를 치우기만 하면 된다고, 여기에는 아무도 없다고, 나는 수없이 머릿속에서 반복했다. 좁아져가는 시야 속에서 가구로 눌러놓은 지하방의 통로가 보였다. 각오도 뭣도 없는 채, 입을 꾹 다문 그 가구를 두 팔로 잡았다.

꺼끌꺼끌하고 차가운 감촉에 심장이 다시 급하게 뛰었다. 나는 그걸 꾹 견디면서 무거운 가구를 조금씩 조금씩 밀었다. 가구를 치우고 나를 뭔가에 내맡기듯이 몸이 움직이는 대로 판자 덮개를 들어 올렸다. 좁은 계단이 보이고, 그 안에서 지하방의 문 밑으로 불빛이 새어 나오는 것이 보였다. 불빛은 그곳에 인간이 있다는 상상을 불러일으켰지만, 그게 아니라 아버지가 불을 켜둔 채 죽은 것이라고 다시 마음을 다잡았다. 안에서는 아무 소리도 들리지 않았다. 가라앉지 않는 가슴의 두근거림을 의식하며 나는 조용히 계단을 내려갔다. 문의 레버를 고정한 에어컨 잔해 아래로 뭔가가 보였다. 구역질이 치밀어 나는 눈을 돌리려고 했지만, 할 수 없었다. 피였다.

시야가 침침해져서 나는 옆의 벽에 손을 짚었다. 피가, 문 밑의 틈새로 흘러나와 있었다. 그건 아버지의 피가 틀림없었다. 아버지가 문 바로 옆에서 약을 먹고 자신의 입에서 뿜어져 나온 피를, 일부러, 문밖으로 흘러 나가게 했는지도 모른다. 아버지가 실제로 죽는 순간은 내 눈에 보이지 않는 곳에서 이미 지나갔다. 하지만 그 피로 인해 내 시야 속에, 내 안에 그 순간이 들어온 것만 같았다. 장치해둔 것을 언젠가는 치우러 내려올 나에게 보여주려는 듯이, 자신의 고통과 죽음을, 내 시각을 통해, 내 안에, 틀어넣으려는 듯이.

문 너머에는 아버지의 사체가 있었다. 그건 마지막까지 이해할 수 없었던 기괴한 악이었고, 내 반신(半身)을 형성하는 불쾌한 존재였다. 사람을 죽였다, 하는 말이 내 머릿속에 울린 것은 그때였다. 눈앞에 있는 아버지의 피는, 치사량이 되기에 충분한 그 많은 피는, 내가 아버지를, 사람을 죽였다는 것을 강하게 실감하게 했다. 내가 나의 의지로, 확실하게 나 자신의 행위로, 한 인간에게서 이만큼의 피를 뽑아낸 것이었다. 문 너머에서 유황 같은 냄새가 났다. 냄새가 내 안에 밀려들었다. 숨을 헉헉 토해냈다. 토해내면 그만큼 빨아들이지 않으면 안 되어서 나는 현기증을 느끼고 주저앉았다. 하지만 나는 움직였다. 여기서 토하면 내가 했다는 증거가 남게 된다. 이 죽음에 휘말려들고 만다. 나는 억지로 에어컨의 잔해를 떼어냈고 그 순간, 안에서 부르짖는 소리가 들리고 문이 벌컥 열렸다.

나는 빛에 눈을 얻어맞고 그 자리에 풀썩 주저앉았다. 하지만 그건 착각이고, 문은 여전히 닫힌 채였다. 아니, 아버지는 이미 내 옆을 빠져나가 추한 원숭이처럼 가벼워져서 허리를 웅크리고 유난히 가느다란 다리로 계단을 올라가고 있는지도 모른다. 나는 그 이미지를 떨쳐내면서 에어컨의 잔해를 껴안았다. 그것이 문에 스치면서 금속성의 단단한 소리가 크게 울렸다. 나는 다리 힘을 잃은 채 달리려다가 비틀거렸다. 기어가듯이 에어컨 잔해를 껴안고 계단을 올라갔다. 통로로 고개를 내밀고 희박해져가는 의식 속에서 계단을 모두 올라서서 밖으로 나와 판자 덮개를 끼웠다.

주위가 느닷없이 조용해졌다. 이렇게 주저앉아 있는 나를 가정부 요시가키와 낯선 변호사, 아버지, 그리고 가오리가 둥그렇게 둘러서서 내려다보는 것 같았다. 나는 몸을 일으켜 에어컨 잔해를 창고의 가구 사이에 내려놓고 다시 주저앉아 통로의 판자 덮개를 멍하니 바라보았다. 이 정도라면 아무도 통로가 막혔다고는 생각하지 않을 것이다. 이렇게도 무방비하게 통로의 판자가 그대로 드러나 있으니까. 아버지가 계단을 올라오는 장면을 상상했다. 아버지가 비밀의 방의 계단을 올라와 내 광대버섯을 몇 개씩 베어 먹으면서 아래쪽에서 슬금슬금 판자를 밀어 올리는 모습이 머릿속에서 떠나지 않았다. 나는 힘을 잃은 다리로 버티며 낡은 가구에 손을 짚고 일어섰다. 이제 다 끝났다고 소리 내어 말해봤지만, 그 소리는 내 안에 울리지 않았다.

흐릿해진 시야 속에서 지하의 중간 문을 열고 계단을 올라갔다. 내 얼굴과 몸에 달라붙은 먼지에 신경을 쓸 여유는 없었다. 내 방에 들어가자마자 그대로 침대에 쓰러졌다. 아버지를 죽였어, 하는 목소리가 머릿속에서 계속 울렸다. 눈앞에 그 피의 붉은 색깔이 어른어른 스쳤다. 나는 지독히 배가 고프고 목이 말라서 문을 두드렸다. 어떻게 해도 절대로 열리지 않는 문을 잡아당기고 내리치고 용서를 청하듯이 쓰다듬고 몸을 던져 들이박으며 부르짖었다. 퍼뜩 정신이 들자 나는 침대 위에서 눈을 뜨고 있었고, 천장에는 불을 끈 조명이 있었다. 그곳은 내 방이었다. 어느새 꿈을 꾸고 있었다. 자리에서 일어서려고 했지만 힘이 없었다. 주위에 소리는 없고 저택의 사람들은 모두 자고 있는 것 같았다. 방 안이 썰렁하니 춥고 게다가 목이 몹시 마르다고 생각했을 때, 누워 있는 나를 갑작스럽게 아버지가 쓱 굽어다보았다. 내 몸이 어딘가로 떨어져 내렸다. 내가 침대에 있다고 느끼면서도 이렇게 어딘가로 뚝 떨어진다고 생각했을 때, 눈이 뜨였다. 어깨에 통증이 있고 지독히 땀을 흘리고 있었다.

다음 날, 나는 침대 밖으로 나오지 못했다. 문득 깨닫고 보면 내 바로 옆에 허리 굽은 아버지가 나란히 누워 있었다. 물을 달라면서 벌거벗은 아버지가 내 몸의 땀을 필사적으로 핥으려고 했다. 아버지는 좀더, 좀더 땀을 흘려달라고 나를 핥으면서 애원하는 것이었다. 나는 다시 잠이 깼고 더 이상 꿈을 꾸지 않기 위해 팔다리를 힘껏 꼬집었다. 하지만 침대에서 내려설 힘이 없었다. 나를 보러 온 가정부에게 학교를 쉬겠다고 말하고, 가오리에게는 감기에 걸린 것 같다고 작은 소리로 말했다.

실제로 그날 나는 고열에 시달렸다. 내가 본 그 피가 내 눈으로 흘러들어와 내 몸속을 휘휘 돌고 있는 것 같았다. 그리고 실제로 아버지에게서 물려받은 유전자, 아버지의 피가 내 안에 존재하고 있었다. 인간을 죽인 실감은 내 예상보다 격렬하게 내 근본을 뒤흔들고 나를 후려쳤다. 가위에 눌려 헐떡거리다가 잠이 깨면 물과 음식을 달라고 소리쳤다. 열에 들떠 있으면서도 나는 그것들을 입안에 몰아넣었다가 금세 토했다. 생물학적인 불쾌감, 이라고 아버지는 말했다. 동종의 인간을 죽인 것에 대한 신체적 거부의 감각이라고 아버지는 말했다. 그 불쾌감이 내게 음식을 원하고 다시 토해내기를 원했던 것일까. 나는 바짝 말라버리고 열은 언제까지고 떨어지지 않았다.

내가 자리에 누워 있는 동안 집 안에서는 큰 변화가 있었다. 아버지가 사라지고 석 달 보름여 만에 아버지의 장남, 즉 큰형이 저택에 모습을 드러냈다. 아버지의 은퇴와 함께 구키 그룹의 톱에 오른, 매스컴에도 간간이 얼굴이 등장하는 중년 남자였다. 눈이 가늘고 코가 큼직해서 기묘할 만큼 아버지를 꼭 닮은 사람이었다. 그는 내 방에도 들렀지만, 감기 옮으면 큰일이라고 중얼거리며 금세 나갔다. 그는 내게 아무런 관심도 보이지 않았다.

그룹 회사의 용건은 큰형이 처리하고, 내밀하게 경찰에 실종 신고가 들어갔다. 이미 은퇴하기는 했지만 구키 그룹의 회장인 아버지의 실종은 사회적으로 비밀에 부쳐야 할 사안인 모양이었다. 큰형은 매스컴에 새어 나가지 않도록 철저히 단속을 하고, 동생과 누이들에게만 비밀리에 연락을 취했다.

큰형이 도쿄로 돌아가자 자리를 바꾸듯이 둘째 형과 큰누나가 왔다. 아버지가 '사'라고 칭했던 둘째 형은 내 방에 나타나지 않았지만, 큰누나는 노크도 없이 불쑥 들어왔다. 침대에 누운 내게 네 엄마는 어떤 사람이었느냐고 끈질기게 물었다. 생각했던 것보다 수수한 느낌이었지만 목소리가 크고 너저분한 여자였다. 형과 마찬가지로 얼굴이 아버지를 꼭 닮아 있었다. 큰누나는 그룹 계열사인 부동산회사 사장과 결혼했고, 둘째 형은 그룹 중의 종합상사 사장을 맡고 있었다. 둘째 누나와 셋째 형은 저택에 찾아오지 않았다. 둘째 누나는 어느 종교법인의 이사를 하고 있다는 소문이었고, 셋째 형은 외국에 거주하고 직업은 알려져 있지 않았다. 저택 안에 어느새인가 오래전에 있었던 가정부 다나베가 돌아와 있었다. 나는 불안을 느꼈지만 그런 걸 생각할 여유는 없었다.

열에 들뜬 머리로, 처음부터 이렇게 될 줄 뻔히 알고 있었던 거 아니냐고 나 자신에게 들려주었다. 아버지를 살해한 건 나 스스로 결정한 일이고, 나와 가오리를 덮치는 피해를 없애기 위해서 했던 일이 아니냐고. 아버지는 어떤 방법으로든 자신이 살아 있는 한 나에게 지옥을, 가오리를 손상시키는 지옥을 멈추지 않겠다고 말했다. 그만둘 수가 없다, 하고 말했다. 그럴 때 내가 선택할 수 있는 길이 과연 몇 가지나 되었을까. 그토록 큰 힘을 가진 미치광이를 마주하고 내가 무엇을 할 수 있었을까.

경찰서에 신고해서 가오리가 무사히 아동보호시설로 돌아갔다고 해도 아버지는 온갖 수단을 동원해서 가오리를 다시 데려왔을 것이다. 아버지 주위에는 범죄를 저지르면 그 벌을 대신 떠맡아주는 존재들이 있었다. 우수한 변호사를 붙여줄 테니 몇 년이면 곧바로 나올 수 있다는 말로 그들을 구슬렸다. 법률이나 처벌 따위, 아버지 앞에서는 의미가 없었다. 애초에 그런 약을 소지하고 다니면서 술로 엉망이 된 진흙탕 같은 노인에게 과연 어떤 억제력이 효과가 있었을까. 가능한 것은 미치광이의 의지를 삭제하는 것, 어딘가에 가둬버리는 것밖에 없었다.

나는 행복을 잡았다고 생각했다. 가오리 이외의 일 따위는 어떻게 되건 상관없었다. 가오리 이외의 이 세상 모든 일은 시시껄렁했다. 문제는 내가 한 행위를 가오리가 어떻게 생각하느냐 하는 것이었다. 가오리에게 이 일을 말해야 할까, 아니면 입을 다물어야 할까. 그 문제가 나를 끊임없이 괴롭혔다. 가오리는, 자신은 어차피 그런 일을 하기 위해 이 집에 불려온 것이니까 괜찮다는 둥의 이상한 소리를 할지도 모른다. 고아로 자란 가오리는 항상 행복한 일에는 조심스럽고, 자신을 억누르는 데 익숙한 경향이 있었다. 가오리를 그렇게 만든 것은 그녀를 버린 가족이고 이 세상이었다. 그런데도 가오리는 세상의 눈치를 살피고 그 세상에 맞춰 한사코 자신을 고쳐가려고 했다.

악몽에 시달릴 때, 그렇게 시달리는 나를 조금 떨어진 장소에서 지켜본 적이 있었다. 나는 허공에 떠 있다기보다 그저 시선으로서 그곳에 있었다. 방문이 열려 있고 나를 바라보는 남녀가 있었다. 이윽고 여자가 사라지고 그림자처럼 검은 남자만 남았다. 남자는 몸집이 큼직하고, 한사코 엉겨 붙는 시선으로 침대에 누운 나를 보고 있었다. 나는 그 검은 남자에게 동화된 것처럼 그의 시선과 한데 엉켜서 이번에는 그 남자의 시선으로 악몽에 시달리는 나를 지켜보았다. 뭔가 위기감을 느끼고 내가 일어서려고 했을 때, 눈이 뜨였다. 문은 닫힌 채였다.

이 주일 만에 나는 자리를 털고 일어났다. 몸에 힘은 없었지만 언제까지고 누워 있을 수만은 없었다. 욕실에 가서 몸을 씻었다. 샤워기의 물을 뒤집어쓰며 모든 것을 씻어내자고 나 자신에게 수없이 중얼거렸다.

하지만 가슴이 계속 수런거렸다. 이 동요는 대체 뭔가, 힘껏 뿌리치고 다시 샤워 물을 뒤집어썼다. 샤워를 끝내기가 두려웠다. 나는 겁에 질린 채 욕실에서 나와 몸의 물기를 닦았다. 심장이 급하게 뛰어서, 어떻게도 할 수가 없어서, 재빨리 세면대를 손으로 잡으며 눈앞의 거울을 보았다.

그곳에는 지독히 여위어서 눈이 불룩 튀어나온 내 모습이 있었다. 그리고 그 얼굴에 분명하게 아버지 얼굴의 흔적이 있었다. 그때까지 나는 분명 어머니를 닮은 눈과 콧날과 입술을 갖고 있었다. 아버지를 닮은 곳은 전체적인 얼굴형뿐이어서 내가 아버지의 자식이라는 것을 의심한 적도 있을 정도였다. 하지만 지금 눈앞에 있는 얼굴은 명백히 아버지의 특징을 안쪽에 지녔고 아버지의 분위기가 느껴지는 얼굴이었다. 저주, 라는 불가사의한 말이 떠올랐다. 나는 얼굴을 박박 문질러 씻었다. 하지만 씻고 또 씻어도 성이 차지 않았다.

내가 앓아누운 동안에 가오리는 날마다 간병을 와주었다. 그때 가오리가 자꾸만 내 얼굴을 훔쳐보던 것이 생각났다. 가오리가 내 얼굴에서 아버지의 흔적을 느낀 것일까. 얼굴에 살이 붙으면 원래 모습으로 돌아갈 거라고 나를 달래봐도, 일단 떠오른 그 얼굴, 마치 속에 감춰져 있던 그림이 스르르 나타난 듯한 아버지의 흔적은 내 얼굴에 새겨진 것처럼 영원히 남아 있을 것만 같았다. 그리고 그것은 실제로 남았다.

오랜만에 학교에 간 나를 반 친구들이 환영해주었다. "와아, 야위었네", "인상이 엄청 고약해졌어" 친구들은 그렇게 말하고 웃었지만 나는 웃을 수 없었다. 가오리가 저만치에서 나를 보고 있었다. 나와 눈이 마주치면 가오리는 미소를 지었지만 그 눈이 어딘가 겁에 질린 것처럼 보였다.

가오리는 그래도 변함없이 내 곁에 있어주었다. 함께 대화를 하고 저녁이면 산책을 했다. 하지만 나는 가오리에게 손을 대지 못했고 가오리도 내 몸에 손을 대지 않았다. 나를 바라보는 가오리의 눈에서 두려움을 보았고, 그건 착각이라고 마음을 다잡으면서도, 아니 분명 겁에 질려 있다고 느꼈고, 무엇을 어떻게 해야 좋을지 알지 못한 채, 거울로 내 얼굴을 자꾸만 들여다보았다.

비가 세차게 내리던 날, 배구부 활동이 취소된 가오리와 함께 집으로 향했다. 가오리는 여느 때와 다름없이 배구부 이야기며 친구들 이야기를 웃는 얼굴로 내게 해주었다. 나는 더 이상 견딜 수 없어서 가오리의 손을 꼭 쥐었다. 그리고 얼굴을 가까이 대고 키스를 했다. 가오리는 그것을 받아주었지만 표정이 굳어 있었다.

"…… 너무 오랜만이라서 긴장했나 봐."

곧바로 얼굴을 풀며 웃었지만 차츰 말수가 줄었다. 오늘은 내 방에 와달라고 말했더니 가오리는 고개를 끄덕였다.

밤에 가오리는 조용히 내 방으로 왔다. 비는 어느새 그치고 커튼 틈새로 강한 달빛이 들어와 내 방을 아무렇게나 비췄다. 가오리는 위아래 하얀 면 파자마를 입고 있었다. 나는 부드러운 가오리의 몸을 쓰다듬고 가만히 끌어안았다.

하지만 가오리는 희미하게 떨고 있었다. 오랜만이라서 긴장하는 모양이라고 가오리는 다시 말했지만, 내가 파자마 단추를 풀고 팔을 감아 껴안자 등에서 소름의 감촉이 느껴졌다. 괜찮다고 말하면서도 그녀의 몸에는 뻣뻣하게 힘이 들어가 있었다. 가오리가 꾹꾹 참고 있다, 하는 생각이 들었을 때, 내 몸은 그 즉시 움직임을 멈추었다.

"가오리……."

"아, 아냐. 내가 왜 이러지? 이상하네."

가오리는 그렇게 말하며 내 목을 끌어안았지만, 소름의 감촉은 더욱더 강해져 있었다.

"가오리, 혹시……."

"아냐, 그런 거 아니야. 왜 이러지? 정말 아니야."

나는 동요하는 마음을 감추려고 했지만, 잘되지 않았다.

"혹시 내가…… 아버지로?"

나는 그렇게 말하면서 목소리가 파르르 떨렸다. 가오리는 계속 몸이 뻣뻣하게 굳어 있었다.

"아냐, 후미히로는 절대 그 사람 아니야."

"…… 아버지가 쳐다보기만 한 게 아니었어?"

내가 조용히 말하자 가오리는 몸을 흠칫 움직였다.

"가오리……."

"…… 섹스는 없었지만, 더듬고 핥고…… 몇 번이나, 며칠이나……."

가오리는 그렇게 말하고 울었다. 너의 그 원하는 얼굴과 똑같은 얼굴로 나를 핥았다고는, 너의 그 원하는 얼굴이 네 아버지를 꼭 닮았다고는 말하지 않았다.

"그럼 이제 가오리는…… 나하고는 안 되는 거야?"

나는 자문하듯이 말하고, 숨이 턱 막혔다.

"나도 예외가 아닐 거야. 앞으로 나는 점점 더 아버지를 닮아가겠지. …… 얼마 전에 사진을 봤어. 형들도 누나들도 모두 그랬어. 앞으로 가오리의 눈에 나는 항상 그 노인네처럼 보일 거야. 내 안에서 그 노인을……. 이 기분 나쁜 얼굴에서……."

가오리가 갑자기 내게 키스를 하고 내 몸을 침대에 넘어뜨리려고 했다. 아니라고, 가오리는 몇 번이나 말했다. 괜찮다고, 전혀 다르다고, 몇 번이나 말했다. 하지만 그건 가오리가 꾹꾹 참으면서,

무리하게 자신을 억누르면서 하는 말이었다. 아니, 그보다 가오리 스스로 자신의 몸이 보이는 거부반응에, 자신의 변화에, 엄청나게 혼란스러워하는 것이었다.

"더 이상 나를 좋아할 수 없는 거야……. 그따위 노인네를 닮아가는 나를……."

가오리가 울고 있었다.

"됐어. 무리할 거 없어. 나하고는 안 되는 거야. ㄱ 아버지의 자식인 나하고는……. 대체 뭐야, 이건…… 대체……."

그때부터 나는 조용히 미쳐갔다.

7

가오리에게서 멀어지려고 해도 멀어질 수가 없어서 나는 아예 다가가려고 했다.

가오리를 만져서는 안 된다고 생각했지만 참을 수가 없어서 만지려고 했다. 이전처럼 다시 한 번 섹스를 하면 모든 것이 원래대로 돌아갈 거라고 생각하고, 가오리의 방에 가서 최대한 다정하게 가오리와 함께 침대에 올랐다. 하지만 가오리는 그때마다 몸이 굳어버렸다. 눈을 질끈 감고, 괜찮다고 중얼거리면서도 울었다. 나는 아무리 가오리의 몸을 다정하게 쓰다듬어도 내가 가오리를 능욕하는 아버지 같다는 생각에 빠졌다. 그런 상태는 내게 일종의 지옥을 연상하게 했다.

옛날 앨범에서 형들과 누나들의 사진을 꺼내 보고, 그들 모두가 사춘기가 되면서 점점 더 아버지를 닮아가는 것을 확인했다. 진한 혈연으로 모두가 아버지의 분위기를 물려받아서, 셋째 형만 약간 달랐을 뿐 다른 형과 누나 들은 금세 아버지의 자식이라는 것을 인식할 수 있었다. 나는 가오리에게 잠시 떨어져 지내자고 말했다. 지금은 일시적으로 묘하게 느껴질 뿐이고 시간이 해결해줄 거라고도 말했다. 하지만 거울 속의 나는 마치 저주처럼 점점 더 아버지를 닮아가는 것 같았다.

나는 학교에 나가지 않게 되고, 하루하루의 거의 대부분을 침대 안에서 보냈다. 벌거벗은 아버지가 내 옆에서 자고 있고 그 바짝 여윈 아버지의 몸을 때려눕히다가 흠칫 눈이 뜨이곤 했다. 가오리가 내 방에 찾아와 자신이 임신했다고 내게 말했다. 나는 혼란스러웠지만 가오리도 혼란에 빠져 있었다. 가오리는 은밀하게 병원에 찾아갔고 거기에서 임신하지 않았다는 진단을 받았다. 가오리는 그래도 임신한 거라고 말했고, 그러니 함께 살자고 말했고, 다시 병원에 찾아가고 다시 임신이 아니라는 진단을 받았다. 하지만 내가 가오리를 껴안으면 몸이 굳어버리고 부자연스러운 소름이 돋아나고 나를 좋아한다고 말하면서도 내게서 벗어나려고 하고, 그러고는 소리 죽여 우는 것이었다.

가오리는 두통에 시달려 학교를 자주 쉬게 되었고, 이윽고 병원에 치료를 받으러 다녔다. 나는 가오리의 상태를 지켜보며 한동안 떨어져 지내자고 다시 한 번 말했다. 중학교 졸업이 다가와서 가오리는 고등학교 입학과 동시에 저택을 떠나기로 했다. 가오리를 진료해준 병원의 의사가 가오리는 이 집을 떠나는 것이 좋다고 진단을 내렸기 때문이었다. 그것 말고는 가오리를 구해줄 방법은 없있다.

나의 고등학교 생활은 딱히 이야기할 것이 하나도 없다. 불안과 희망이 넘치는 신입생들 속에서 바짝 말라버린 내가 섞여 있었던 것에 지나지 않았다. 나는 교실 구석 자리에 멍하니 앉아 있다가 자주 선생님의 주의를 받았다. 친절하게 나를 걱정해주는 반 친구에게, 왜 너는 그렇게 허접스러운 얼굴을 하고 있느냐고 진지하게 물었고, 옆자리 여학생이 말을 걸어왔을 때도 너는 섹스를 좋아하느냐고 물었다. 그런 순진한 얼굴로도 어차피 섹스를 하고 자위를 할 거라는 말도, 아마 했을 것이다. 나는 더 이상 학교에 있을 수 없게 되어서 다시 저택 침대에서 지냈다. 하루하루는 그저 보내기 위해서만 있는 것이었다. 눈이 뜨이면 앞으로 잠들 때까지 어떻게 하면 내 음울함 속에 빠지지 않고 보낼 수 있을지를 고민했다. 하루하루를 그저 흘려보내고, 어느 누구의 말도, 어떤 가치도, 모조리 따분하기만 했다. 나는 텔레비전 게임에 몰두하고 그것도 재미없어지면 내던져서 부숴버리고, 만화를 엄청나게 읽고 그것도 내동댕이치고, 수면제를 먹고 음악을 틀고 다시 게임을 하고 컨트롤러를 내동댕이쳤다. 내 주위의 공기가 탁해지고 묵직해지고 조금씩 침전해가는 것만 같았다. 하루가 끝나면 다시 다음 하루가 있었다. 그 앞에 보이는 것은 그저 하루하루가 연속으로 이어지는, 머리가 아득해질 만큼의 기나긴 미래였다. 가오리에게서 이따금 자신의 일상을 써내려간 편지가 왔지만, 나는 그것을 며칠씩이나 차마 손도 대지 못했고, 읽은 뒤에도 겨우겨우 짧은 답장을 쓰는 것밖에 하지 못했다.

더 이상 견딜 수 없어서 가오리의 모습을 보러 갔던 날은 내가 열일곱 살 되던 해였던가, 아니면 열여덟 살 때였던가. 며칠 만에 샤워를 하고 외출복으로 갈아입고 저택을 나왔다. 오랜만에 보는 태양이 눈부셔서 모자를 깊숙이 눌러썼다. 지나가는 사람들이 모두 나를 쳐다본다는 생각이 들어 심장이 마구 두근거리는 것을 가까스로 억눌렀다. 미용실에 가서 적당히 잘라달라고 말했다. 점원이 내게 말을 건넸지만 마음이 침착해지지 않아 제대로 대답할 수 없었다. 하지만 점원은 왜 그런지 다정해서 나는 차츰차츰 그의 말에 적합한 대답을 했다.

미용실을 나와 신중하게 걸었다. 나는 왠지 걸을 때는 신중하지 않으면 안 된다고 내내 생각했다. 어딘가 높은 울타리 건너편에서 빨간 옷을 입은 여자가 걸어가고 있었다. 검은 막대가 연속으로 늘어선 듯한 그 울타리 너머로 빨간 여자가 스르르 이동했다. 검은 선의 연속이 빨간색과 겹쳐지고 빨간색은 그 검은 선 뒤로 숨듯이 움직였다. 왠지 머리가 멍해지는 가운데 이윽고 그 여자는 내 앞쪽에서 걸어왔다. 나보다 나이가 꽤 많은 그 여자가 아름답다는 생각이 들어 잠시 멈춰 섰지만, 여자는 이상하다는 듯 내 바로 옆을 지나쳐 갔다. 여자는 의아한 표정을 짓지는 않았지만, 지금 내 모습이 수상쩍게 보일 거라고 생각했다. 나는 크게 숨을 들이쉬고 다시 신중하게 걷기 시작했다.

가오리가 다니는 고등학교는 나고야 시의 나카무라 구에 있었다. 학교 교문에서 조금 떨어진 작은 공원에서 나는 그녀가 나오기를 기다렸다. 가오리가 혼자 살고 있는 맨션에 돌아가려면 이 길을 지나갈 터였다. 그때의 가오리의 아름다움을 나는 선명하게 기억하고 있다. 남학생 세 명, 여학생 두 명과 함께 걸어오고 있었다. 가오리는 무슨 말엔가 웃음이 터져서 눈을 가느스름하게 하고 옆의 여학생의 팔을 장난스럽게 툭 쳤다. 그녀의 표정에서는 이미 혼란스러운 모습은 보이지 않았다. 우리에게서 가오리는 자유로워져 있었다. 나는 그 아름답고 환한 가오리를 보며 멍하니 자리에서 일어섰다. 그건 내 손이 닿을 수 없는 것으로서 그곳에 있었다. 한동안 함께 지낼 수 있었고 한없이 행복했었지만, 그것은 내 음울한 인생 속에 잠깐의 착오로 끼어든 한때의 환상이었다. 강렬한 행복의 환상이 훑고 지나간 내 몸은 사춘기의 혼란과 겹쳐져 멍해져버린 채 꼼짝도 하지 않았다.

"후미히로!"

몰래 바라보기만 할 생각이었는데 그 자리에서 슬쩍 피하는 것조차 잊어버린 나를 가오리가 부르고 있었다. 가오리의 친구들이 어떻게 되었는지는 기억나지 않는다. 나는 그저 다가오는 가오리만 바라보았다. 가오리는 아름다웠다. 나 따위는 다가설 수도 없을 만큼 그녀는 아름다웠다.

"오랜만이야."

가오리는 웃는 얼굴로 그렇게 말했다. 숨어서 자신을 기다린 나의 으스스한 모습도 전혀 신경 쓰지 않는 스스럼없는 웃음으로.

"응, 이 근처에 온 김에 잠깐……."

"고마워."

가오리는 내게 말하고 걸음을 옮겼다. 나는 그때, 어느 틈에 나란히 걸음을 떼고 있는 나를 깨달았다.

"…… 학교는?"

가오리가 그렇게 내게 물었을 것이다.

부끄러움을 무릅쓰고 나의 내면의 추악함을 솔직히 털어놓자면, 그날 나는 가오리를 덮칠 생각이었다. 이 세상에서 내가 가장 아름답다고 생각하고, 내 가치의 모든 것인 존재를 다시 한 번 만져볼 생각이었다. 가오리를 덮치고, 그다음에 나는 죽어버리자고 생각했다. 내 음울한 인생의 마지막 장면으로 다시 한 번 가오리를 품을 수만 있다면 다른 모든 가치 따위는 아무려나 상관없다고 생각했다. 나는 입을 열었다.

"오늘, 시험 보기 전에 쉬는 날이야."

내가 무슨 말을 하는지, 나는 알지 못했다.

"역시 그 학교는 다들 공부를 열심히 하는 모양이네?"

"그렇지도 않아. 이상한 녀석들도 많고."

"그래?"

"그래도 학교 꽤 재미있어. 가오리는?"

"…… 재미있어."

나는 걸음을 옮기면서, 내가 무슨 말을 하는지 여전히 알지 못했다.

"그러니까 가오리는 나나 우리 집안일에는 전혀 신경 쓰지 않아도 돼."

가오리는 침묵하고 있었다.

"어쩔 수 없어. 어서 빨리 아버지 일은 잊어버리고……. 괜찮아, 얼마든지 새로 시작할 수 있으니까. 원래 첫사랑이라는 건 잘 안 풀리는 거잖아. …… 그냥 오누이랄까."

가오리가 뭔가 말을 하려고 했다. 나는 그 말을 듣고 싶지 않다고 생각했고, 조금 전의 내 말이 헛되이 내 몸속을 스쳐간다고 생각했다.

"한 가지 물어봐도 돼?"

가오리의 얼굴이 긴장하고 있었다.

"뭔데?"

"아버지는 돌아왔어?"

"…… 아니."

"혹시, 그거, 후미히로가……."

나는 그때, 이상한 일이지만 내가 아버지를 죽였다는 사실을 아주 오랜만에 생각해냈다.

아버지를 내가 죽였다고, 가오리에게 말하는 장면을 상상했다. 나는 너를 구하기 위해 아버지를 죽인 것이라고. 그러니까 너는 나를 떠나서는 안 된다고. 아무리 싫더라도 아무리 불쾌하더라도 너는 계속 내 곁에 있어야 한다고. 왜냐하면 아버지의 죽음으로 우리는 함께 엮어 있는 거니까. 너는 나의 모든 것이니까. 너를 내 손에 넣지 못한다면 그때는 너를 내 영역으로 떨어뜨리면 되니까. 우리는 둘 다 거기서 시커멓게 물든 채로 살아가면 되니까.

"에이, 내가 그런 일을 할 만한 용기가 있겠어?"

나는 그렇게 말하고, 웃고 있었다. 나는 또다시 내가 무슨 말을 하는지, 알지 못했다.

"이건 사실 말하면 안 되는 얘기인데, 가오리는 아무에게도 말을 옮기지는 않을 테니까 얘기해줄게."

나는 목소리를 작게 낮췄다.

"아버지 뒤에는 야쿠자라든가 수상한 외국인들이 꽤 많았어. 그래서 아마 그런 사람들한테 살해된 것 같다고 하더라."

햇살이 눈부셨다.

"그래서 매스컴에도 발표를 못 하는 모양이야. …… 잊어버리는 게 좋아. 지금 형들이 비밀스럽게 처리하는 중인 모양이니까."

가오리를 만나기 전에 나 자신의 음울함을 감추기 위해 주변 사람들에게 했던 연기를 그대로 써먹은 것이었다. 가오리는 희미하게 안도하는 기색이었다. 나는 전차를 타야 한다고 말하고, 가벼운 작별이라는 듯 연기하면서 그 자리를 떠났다. 내 악의는 가오리를 손상시킬 만큼 자라지 못했다. 해는 조용히 저물어가면서 맨션 틈새로 강한 빛을 내쏘고 있었다. 이름 모를 벌레 소리가 들리고, 약하게 지나가는 바람이 무심히 내 뺨을 스쳤다. 나는 내 인생의 중요한 뭔가가 끝났다고 생각했다. 앞으로도 얼마든지 많은 일이 있을 거라고 사람들은 말하리라. 아버지를 죽인 것은 일종의 정당방위였고 어쩔 수 없는 일이라고 말하는 사람도 어쩌면 있을지 모른다. 하지만 미칠 듯한 행복과 미칠 듯한 지옥이 한꺼번에 거쳐간 내 미숙한 정신은 그것을 하나씩 정리하고 그 응어리를 풀어내는 방법을 알지 못했다. 그것은 내면에 차곡차곡 똬리를 틀고, 나이와 함께 더욱더 꼬이고 비뚤어져서 내가 살아가는 데 중요한 뭔가를 앞으로도 계속 손상시킬 것이었다. 하지만 나의 내면이 부자연스럽게 고요했던 것을 나는 똑똑히 기억하고 있다. 내 정신에서 실감을 느끼는 부분이 어디론가 떨어져 나가고 없었다. 나는 내 발의 움직임을 의식하면서 일부러 소리를 웅얼거렸고, 지금 내가 소리를 냈다고 의식하면서 좀더 큰 소리를 내지른다면 주위 사람들은 어떻게 반응할까, 하고 멍하니 생각했다.

8

현재

화면 속에서 가오리가 움직였다.

탐정에게서 받아온 영상은 밤에 찍은 것인데도 선명했다. 최신 영사기로 스크린에 비춰진 가오리는, 아름다웠다. 시선을 떨어뜨린 채 편의점 문을 열고, 사들인 물건이 든 종이봉투와 지갑을 왼손에 들고 오른손으로는 영수증을 지갑에 챙겨 넣었다. 영수증을 정확히 챙겨두는 모습이 정말 가오리다워서 나는 입가에 웃음이 번졌다.

어떤 것들을 샀는지 확인하려고 벌써 몇 번째인지도 모르게 되감기를 해가면서 정지 화면을 클로즈업했다. 흰 비닐봉투 안의 백 퍼센트 사과주스가 희미하게 보였다. 갈색 작은 종이상자는 초콜 릿일까. 건강식품 같은 포장지도 보이는데 정확히 무엇인지는 모르겠다. 어깨까지 내려온 검은 머리칼, 흰 반코트 사이로 보이는 크림색 스웨터, 검은 스커트. 가오리는 파란 왜건 차에 탔지만 이건 클럽 여자들을 태워다주는 차였다. 남자 운전기사도 젊고 차 안에 있는 여자들도 가오리와 비슷하게 젊었다. 파란 왜건은 살짝 후진하더니 핸들을 꺾어 편의점 주차장을 빠져나갔다. 그 한순간, 창문으로 가오리의 고개 숙인 옆얼굴이 보였다. 왜건은 멀어져간다. 화면이 끝났다.

나는 담배에 불을 붙이고 다시 재생 버튼을 눌렀다. 가오리가 편의섬 분을 열고, 영수증을 지갑에 챙겨 넣는다. 심장의 두근거림이 서서히 빨라진다. 스웨터 위로 드러난 목덜미의 피부가 하얗다. 화장이 진한 것은 가게에서 돌아오는 길이기 때문일 것이다. 나는 다시 영상을 재생하고 담배에 불을 붙이고 다시 영상을 재생했다. 어느새인가 오디오에서 흘러나오던 뭔가의 피아노곡이 끝나 있었다.

가오리가 떠난 내 인생은 담담하게 흘러갔다. 나는 고등학교를 중퇴하고 대학 검정고시를 쳐서 도호쿠 지방대학에 갔다. 그 저택에서 벗어나지 않으면 앞으로 내 인생은 없다고 생각했는지도 모른다. 만나는 사람 모두에게 상처를 입히고 또한 나 자신을 손상시키는 날들이 이어졌다. 여자를 만나봐도 내게 남은 가오리의 흔적이 너무 깊었다. 친구에게도 내 연기는 그리 오래가지 않았다. 과거의 일도, 그것을 어떻게든 뛰어넘으려고 하지 않은 그 뒤의 내 삶도, 모두 다 뒤틀려 있었다. 나는 가오리와의 기억 속에 정체된 채, 그 뒤의 인생을 마치 잉여의 영상을 바라보듯이 흘려보냈다. 아무리 여자를 좋아하려고 노력해도 되지 않았다. 두 차례 멍하니 자살을 시도했고, 세번째로 맨션 옥상에 올라갔을 때, 마지막으로 가오리를 한 번 더 만나고 싶다고 생각했다. 가정부 중에서 비교적 가오리와 친하게 지냈던 요시가키가 이따금 가오리와 연락을 주고받는다는 것은 알고 있었다. 나는 요시가키에게 도쿄 여자대학에 다니는 가오리의 사진을 메일로 보내달라고 부탁했다. 가오리는 아름다웠다. 나는 이 나라에서 해마다 자살하는 삼만 명 중의 한 사람으로서 내 인생을 끝낼 생각이었다. 하지만 가오리가 연애를 하다 상처를 받은 것 같다는 요시가키의 말에 내 결심이 희미하게 흔들렸다. 남자 쪽에서 양다리를 걸친, 너무도 흔한 연애 트러블이었다. 나는 가오리가 새로운 연애를 했다는 것에도 그저 멍하니 안도할 만큼 내면이 공허했다. 그리고 가오리가 이윽고 버림을 받았다는 말을 듣고, 산만한 의식 속에서 도쿄로 향했다.

적당한 탐정을 고용해서 가오리를 차버린 남자를 알아보게 했다. 탐정은 그 남자와 친구가 되는 데 성공해서 그의 인간성에 대해 조사했다. 어디서나 흔히 볼 수 있는 전형적인 남자, 여자에게 슬슬 접근해서 친해지면 함부로 대하는 멍청한 사내였다. 나도 탐정의 친구인 척하며 몇 번 그를 만났다. 원래 본바탕은 여린 면이 있는 사람이라고 했지만, 나는 그런 건 돌아보고 싶지 않았다. 나는 그의 방에 불을 질렀다. 불을 붙일 때, 주위가 유난히 고요했던 것이 또렷이 기억난다. 그는 죽지 않았지만 가슴팍에 화상을 입었고 대학은 자퇴했다는 말을 듣고서야 나는 도쿄를 떠났다. 복수가 아니었다. 그저 그에게 불을 질러주자고 생각했다. 공기, 라는 말이 떠올랐다. 나는 이미 죽었다, 라는 말도 아마 떠올랐을 것이다. 나는 다시 맨션 옥상에 올라갔지만, 뛰어내리는 건 언제라도 할 수 있고 딱히 지금이 아니어도 괜찮다는 생각이 들어 다시 내려왔다. 대학을 졸업했고, 구키가의 큰형에게서 그룹 회사에 취직하라는 말이 들어왔지만, 무시해버리고 한동안 그대로 도호쿠의 맨션에서 하루하루를 보냈다. 이따금 돈으로 여자를 사고 하얀 원피스를 입혀 섹스를 했다. 성욕은 내게는 우울한 것이었다. 그 해소 방식도 우울했다. 아버지가 예정했던 '사'로서의 나는 주위 사람들을 아무도 행복하게 해주지 못하는, 그저 우울한 존재가 되어 있었다.

몇 년이 지나 나는 이윽고 전혀 다른 인간이 되어보자는 생각을 했다. 새로운 인생을 시작한다기보다는 나 자신을 소멸시키기 위해서였다. 나를 소멸시키고, 무(無)가 되고, 인생의 방관자가 되기 위해서였다. 요시가키에게서 이따금, 가오리의 삶이 그다지 행복하지 않다는 소식을 전해 들으면서 살기로 했다. 가오리 주위를 떠도는 공기로서의 나 자신을 멍하니 상상했다.

인간은 누구든 자신이 주역인 인생을 살아간다. 각각의 주역들이 모이고 각각의 가치관이나 견해가 뒤섞이면서 이 세상은 굴러간다. 하지만 나는 그 주역에서 내려오기로 했다. 주역들이 움직이는 이 세계 속에서 그 틈새를 떠돌며 자신의 가치를 모조리 지우고, 운명의 장난이나 우연성이 필요하다면 인위적으로, 어느 누구의 눈에도 띄지 않는 장소에서 조용히 작용하는 존재. 살아 있으면서도 소멸한 인간이 나 말고도 또 있을까. 어딘가에 있을 것이다, 하고 나는 멍하니 생각했다.

밖에 나가 맨션 옆에 있는 자동판매기에서 캔 커피를 샀다. 엄마를 따라 나온 아이들이 공원에서 놀고 있었다. 그들의 행복의 광도(光度)는 내게는 지나치게 강했다. 해가 이제 곧 맨션 너머로 사라지려 하고 있었다. 석간신문을 배달하는 오토바이가 바로 근처에서 멈춰 섰다. 어딘가로 짐을 실어 나르는 트럭이 지나갔다. 조깅을 하는 노인이 내 옆을 스쳐 달려갔다.

나는 면바지 주머니에 손을 넣고 조금씩 커피를 마셨다.

이제 나는 어떻게 되는 걸까. 왠지 산만해져가는 의식으로 생각했다. 이런 인생의 끝에 있는 것은 과연 무엇일까. 이 세계에서 내 인생이란 과연 무엇일까. 하지만 설령 그것이 절망이라 해도, 나는 이미 몇 년 전에 옥상에서 뛰어내려 죽어버린 사람이라고 조용히 생각했다. 나는 천천히 맨션으로 돌아갔다.

화면에서 가오리가 움직이고 있었다. 시선을 떨어뜨린 채 편의점 문을 열고, 사들인 물건이 든 종이봉투와 지갑을 왼손에 들고 오른손으로는 영수증을 지갑에 챙겨 넣는다. 영수증을 정확히 챙겨두는 모습이 정말 가오리다워서 나는 또다시 입가에 웃음이 번졌다.

제3부

현재

1

현재

"가오리 씨의 클럽에 자주 들락거리는 남자인데 아무래도 뭔가 수상해. 사기꾼이라는 족속이지. 이 남자가 노리는 게 아무래도 가 오리 씨의 예금계좌인 것 같아. 가오리 씨의 보통예금계좌에 삼천 만 엔이 보관되어 있거든. 구키 쇼조가 행방불명인 채 사망신고가 된 뒤에 유산 분배로 구키가에서 송금해준 돈이야. 가오리 씨는 그 돈에 일절 손을 대지 않고 그대로 남겨뒀어."

탐정은 그렇게 말하고 내게 한 장의 사진을 내주었다. 정장을 입 고 머리칼이 약간 긴, 눈이 가느다란 남자가 찍혀 있었다.

"야지마 다카유키라는 이름을 쓰고 있지만, 실제 본명은 니시다 마사유키. 서른네 살. 당연하지만, 아직 독신이야."

"그럼 이자가 가오리의 뒷조사를 한다는 사람입니까?"

"아니, 그것과는 또 다른 일이야. 그쪽은 아직 정체가 확실하게 잡히지 않고 있어. 겉으로 별로 나서지 않는, 어떤 기업인 걸로 짐작되는데……. 어째서 그런 기업에서 가오리 씨의 뒷조사를 하는지는 모르겠지만, 가오리 씨의 지금까지의 인생을 조사해보면 그이유도 알아낼 수 있겠지."

"아니, 가오리의 과거에 대해서는 잠시 보류하지요. …… 그 건에 대해서는 잠깐 상황을 지켜봤으면 합니다."

탐정 옆에는 그의 부하 직원이자 가오리가 일하는 'Je le répète' 클럽에 잠입해서 가오리와 친구가 된 고니시 아즈사라는 여자가 앉아 있었다. 그녀는 왜 그런지 나를 흥미 깊은 눈빛으로 바라보고 있었다.

"어쩌다 이런 일이 생겼는지……. 아니, 그보다 가오리에게 돈이 있다는 것을 이 남자가 어떻게 알았을까요?"

"구키가의 고문 변호사 사무실 직원 한 사람이 횡령 사건을 일으켰던 건 알고 있나?"

"…… 네."

"그 사람이 고용주인 변호사에게 고소를 당했고, 체포 영장이 나오자 와카야마로 내려가 자살을 했는데, 그 사람과 이 야지마가 대학 동창이자 친구였어."

"그럼 구키가와 관련이 있는 건가요?"

"그렇다고 할 수 있지. 이런 쪽의 사기꾼은 다방면에서 정보를 수집하거든. 구키 가오리 씨가 고액의 예금을 갖고 있다는 얘기는 아마 그 자살한 직원에게서 들었을 거야."

"그 얘기가 다른 곳으로 새어 나갔을 가능성은 없습니까?"

"그런 일은 아마 없을 거야. 일반적으로 사기꾼은 자신이 입수한 정보를 남들과 공유하는 일이 없으니까. 이 남자에게 정보가 새어 나간 것도 친구라는 사적인 관계 덕분이었을 거야."

나는 소파에 몸을 기대고 아직 온기가 남은 커피를 마셨다. 호텔 방 창문에 빗방울이 하나둘 달라붙었다. 켜놓은 텔레비전에서는 또다시 연속 폭발 사건이 터져서 리포터가 마이크를 들고 열심히 뛰고 있었다. 고니시 아즈사가 조심스럽게 숨을 들이쉬는 게 느껴졌다. 갈색으로 물들인 머리칼에 부드러운 컬이 들어가고 가슴선이 드러나는 흰색 긴소매 티셔츠에 반바지 차림이어서 길거리에서 흔히 눈에 띄는 평범한 여자의 모습이었다.

"가오리 씨는……."

고니시 아즈사의 목소리는 겉모습보다 약간 나지막했다.

"내 개인적인 느낌일 뿐이지만, 정말 착한 것 같아요. 항상 명랑하게 웃고 눈치가 빨라서 손님들에게도 인기가 있어요. 근데 뭔가 늘 무리하게 노력하는 듯한 인상을 받게 돼요. 물론 손님을 접대하는 일이니까 다들 무리해서 상냥하게 굴긴 하지만, 가오리는 평소에도 억지로 명랑하게 보이려고 애를 쓰는 듯한 느낌이랄까……. 눈치 빠르게 남들을 챙기는 것도 어쩐지 가슴이 아프고……. 예쁘기는 한데, 왠지 살아가는 일에 겁을 먹은 것 같은……."

고니시 아즈사가 반응을 살피듯이 나를 바라보았다.

"야지마라는 남자에게 약간 호감을 품고 있는 것 같아요. 아직은 클럽 손님으로서 호감을 가진 정도지만 앞으로 어떻게 될지 모르겠어요. 야지마는 사기꾼이라고 알려줘도 가오리는 오히려 그 사람을 가엾게 생각할 가능성이 있어요. 가오리에게는 그런 면이 있거든요. 야지마는 사기꾼이라는 걸 들키고서도 돈이 꼭 필요했다느니 이번에는 진심이었다느니, 온갖 말로 여자를 계속 속이는 기술이 대단한 것 같아요. 사기꾼이라는 걸 뻔히 알면서도 자진해서 계속 사기를 당하는 여자들도 적지 않고……. 물론 가오리 씨가 그렇게 될 거라는 얘기는 아니지만, 아무튼 상당히 고약한 사람이라는 건 분명해요."

고니시 아즈사가 몸을 슬쩍 뒤로 물리면서 등을 꼿꼿이 세웠다.

"가오리 씨는 인간의 약한 부분에 끌려드는 경향이 있어요. 살아가는 데 겁을 내고 있는 그만큼, 그리고 주변 사람들에게 신경을 써주는 그만큼, 마치 그렇게 하지 않으면 안 되는 것처럼 남을 자신의 내면까지 끌고 들어가는……. 그래서 옆에서 지켜보기가 항상 조마조마하고……."

탐정이 흘끔 시선을 던지자 고니시 아즈사는 입을 다물었다.

"괜찮습니다. 생각나는 대로 앞으로도 모두 얘기해줘요. 크게 참고가 되니까요."

"아 참, 그리고……."

탐정이 말을 받았다.

"야지마가 각성제 중독자라는 정보가 있어. 만나는 여자에게도 동의하건 말건 억지로 주사를 맞힌 적이 있다고 하니까. 미모의 여자가 어째서 이런 남자에게, 하고 의아해지는 케이스에는 대부분 중간에 마약이 있었다는 거야. …… 그 이유는 굳이 말할 것도 없겠지?"

"…… 그자는 주로 주사를?"

내 말에 탐정은 일순 이상하다는 듯한 시선을 던져왔다.

"응, 그렇다고 들었어. 전에 그에게 피해를 입은 여자에게서 직접 들은 얘기야."

"알겠습니다."

나는 야지마라는 이름을 쓰는 남자의 사진을 손에 들고 다시 한 번 바라보았다. 그 얼굴을 바라봐도 전혀 기분이 흐트러지지 않고 심장의 고동이 변화하지도 않았다. 방 안 분위기가 정적에 잠기는 것을 느꼈고 어딘가 먼 곳의 자그마한 소음까지 들려올 것 같다고 생각했다. 이상하리만치 또렷한 탁상시계의 초침에 시선을 던지자 고니시 아즈사가 클럽에 출근할 시간이 다가오고 있었다.

"…… 이제 어떻게 할까?"

탐정이 나를 보고 있었다. 나는 담뱃불을 껐다.

"이 남자의 간단한 행동 패턴을 즉시 조사해서 내게 연락해주세요. 단골로 드나드는 술집, 그곳에 나가는 요일이나 시간 같은 것. …… 그다음에는 앞으로 일주일 동안 이 남자에게서 손을 떼십시오. …… 한 가지 묻겠는데, 당신들은 어느 정도의 영역까지 관리하고 있죠?"

탐정은 계속 무표정한 얼굴을 유지하며 대답했다.

"우리가 하는 일에 영역 같은 건 없어."

"잘 알겠습니다. 하지만 일단 손을 떼시는 게 좋을 겁니다. 그리고 고니시 씨는 클럽에서 최대한 이 남자와 가오리가 만나지 못하도록 해주세요. 결과는 일주일 뒤에 다시 보고해주시고요."

"음, 알았네."

비는 아직도 호텔 창을 두드리고 있었다. 돌아가는 길에 잠깐 걸어볼까 하고 생각했지만, 그만두기로 했다.

2

지저분한 상가 빌딩의 계단을 벽에 손을 짚으며 올라갔다. 구두 바닥에 하나둘 묻는 먼지와 모래로 계단을 오를 때마다 꺼끌꺼끌한 소리가 났다. 좁은 층계참에는 종이 박스가 지저분하게 쌓여 있고 그 속에 무엇이 들었는지는 알 수 없었다. 검은 문을 밀자 엄청난 볼륨의 음악이 울리고 있었다. 가게 안에는 수많은 사람들이 웅성거리고 일본인보다 외국인이 더 많이 눈에 띄었다.

지나치게 긴 카운터와 허접스러운 의자가 늘어선 테이블이 있었다. 실내의 한쪽 귀퉁이는 무거운 초록 커튼을 쳐서 안이 보이지 않았다. 부르짖듯이 웃어대는 중국인 남자들 옆을 지나 뭔가 진지하게 이야기하는 아랍인이 툭 내민 발을 넘어갔다. 환기 시설이 좋지 않은지 담배 연기로 가게 안의 공기가 탁했다. 거무스레한 살빛의 여자가 머리 긴 한 남자에게 키스를 하기 시작했다. 안쪽에 앉은 흑인들이 그 모습을 보고 뭔가 숙덕거리고 있었다. 나는 카운터에 앉아 진 토닉을 주문했다. 머리를 단단히 땋은 탱크톱 차림의 일본인 여자가 검은 정장 차림의 나를 이상하다는 듯 쳐다보았다.

실내가 모두 내다보이는 곳에서 시야가 약간 출렁 흔들렸다. 꼿꼿이 서 있는 검은 옷의 사람들이 갑자기 선으로 보이고, 그 선의 다발 너머로 초록색 옷의 젊은 여자가 보였다. 여자는 테이블에 엎드려 잠이 들어 있었다. 꼿꼿이 서 있는 남자들의 검은 옷과 여자의 초록색 옷이 엉기며 시야가 다시 한 번 출렁이고, 그 초록색이 왠지 불그레하게 보이면서 나는 뭔가를 생각해내려고 했지만 생각나지 않았다. 느닷없이 그 시야를 가로지르며 흑인 남자가 지나가자 시야의 출렁거림이 끝났다. 흑인 남자는 초록색 옷의 여자를 껴안으려고 했다. 살빛이 그대로 드러난 남자의 굵은 팔은 땀에 젖어 실내조명을 받고 강하게 번들거렸다. 여자와 함께 온 다른 일본인 여자가 그 흑인에게 영어로 뭔가 말했다. 여자가 잠에서 깨어나 소리를 지르며 흑인의 손에서 벗어나려고 했다. 여자는 눈이 크고 짧은 스커트 자락이 말려 올라가 있다. 내가 왠지 그 여자의 얼굴을 계속 바라보고 있다는 것을 깨달았다. 주위 사람들이 웃고 흑인도 웃으면서 그 여자를 달래고 있었다.

카운터 끝에 앉은 야지마가 보였다. 니는 진 토닉 잔을 비우고 화장실에 가는 척하며 자리에서 일어섰다. 야지마는 지독히 취해서 카운터 안의 아랍인 점원에게 시비를 걸고 있었다. 아랍인은 양팔을 펼치고 웃을 뿐, 상대하지 않았다. 나는 야지마에게 다가가 그 옆자리에 조용히 앉았다. 야지마는 나를 흘끔 쳐다보고는 점원에게 하려던 말을 어물어물 멈췄다. 나는 그 점원에게 다시 진 토닉을 주문하고 담배에 불을 붙였다.

"야지마 다카유키 씨죠?"

내가 말하자 야지마는 나른한 표정의 얼굴을 내게로 향했다.

"잠깐 얘기 좀 하고 싶은데."

"당신…… 누구야?"

가게 안의 음악은 시끄럽고, 그것을 뛰어넘는 웃음소리가 왁자하게 울렸다. 흑인들이 몰려 앉은 안쪽 테이블에 어느새 처음 보는 세 명의 호리호리한 일본인 여자가 앉아 있었다. 여자들은 애매한 웃음을 지으며 흑인에게 몸을 기대고, 흑인들은 굵직한 손가락으로 장난감처럼 여자들의 몸을 더듬거나 긴 키스를 했다.

"이름이 필요하다면 그냥 사토라고 불러. 스즈키라도 좋고."

"…… 뭐야, 너?"

가게 안의 음악이 다시 격렬해졌다.

"구키 가오리에 대한 얘기인데, 나를 잘 도와주면 삼천만 정도는 껌값이야."

"…… 그, 그걸 어떻게 네가?"

"구키가의 고문 변호사 사무실 직원, 자살한 모리야마에게서 들었어. 내가 그 사람을 잘 알거든. 그리고 구키가에 원한이 있어. 그 여자에게서는 사실 일억도 충분히 빼낼 수 있는데. 어때, 얘기 좀 해볼까?"

"…… 좋아, 들어보자."

흑인에게 둘러싸인 여자들이 일제히 웃었다.

"그 전에 당신 계획은 어디까지 진척이 됐지?"

내가 말하자, 야지마는 마시던 위스키 잔을 비우고 점원에게 맥주를 주문했다. 야지마는 나를 훔쳐보듯이 눈알을 이리저리 굴렸다.

"그냥 평범한 사기야. …… 약에 절게 해버리면 그 껌값이라는 삼천만을 여유 있게 뽑아낼 정도?"

"흠, 그래. 그거 좋군."

내 말에 그는 희미하게 웃음을 짓는 것처럼 보였다. 하얀 무지 셔츠에 크림색 재킷을 입고 있었다.

"근데 괜찮겠어? 혹시 당신이 약 문제로 잡혀 들어가면 일이 크게 어그러지는데."

"그건 걱정 없어. 나는 그걸로 체포된 적이 없으니까 초범이야. 초범 마약쟁이는 끽해야 집행유예라서 교도소에 갈 일은 없어. 곧바로 석방되니까 뭐든 계속할 수 있어. 실은 내가 일이 중간에 삐끗하면 할수록 더욱더 의욕에 불타는 타입이거든."

"…… 게다가 그 여자는 아무리 양녀라지만 구키 그룹의 딸이야. 뒷수습은 어떻게 할 건지, 무슨 대책이라도 있어?"

"대책?"

취기가 오른 야지마는 소리를 내어 웃었다.

"어떻게 되건 상관없어! 오히려 위험할수록 스릴이 있단 말이야."

그는 느닷없이 목소리가 커졌지만, 나는 표정을 바꾸지 않도록 의식적으로 노력했다. 가까이에서 보는 야지마의 눈은 움푹 들어가고 뺨이 깎여 있었다.

"돈도 필요해. 내가 여기저기 빚 천지거든! 그보다 그 가오리라는 여자, 진짜 예쁘장하지?"

"…… 응, 꽤 예쁘던데?"

내가 천박한 웃음을 내보이자 그의 목소리는 더욱더 커졌다.

"그렇다니까. 게다가 달달하게 착한 여자야! 나는 그런 여자를 보면 견딜 수가 없어, 하하하. 주사를 자꾸자꾸 놔서 타락과 음란의 밑바닥에 처박아줄 거야. …… 착한 것, 순수한 것, 윤리 따위도 다 내던지고 오로지 약만 찾는 여자의 아름다움을 당신, 알아? …… 그거야말로 인생 최대의 아름다움이지."

야지마의 거친 피부가 가게의 조명을 받아 내부에서부터 생기가 가득한 것처럼 보였다.

"눈을 희뜩번뜩하면서, 제발 좀 주세요, 약 좀 주세요, 하고 홀딱 벗고 매달리는 여자…… 무슨 짓이든 다 하겠다고, 몇 명이라도 좋다고, 어떤 자세건 다 하겠다고 그야말로 간절하게 홀딱 벗고 달려드는 여자의 모습 말이야. …… 그 순간, 여자는 내면에서부터 빛이 나. 진짜야. 단언해도 좋아."

안쪽 테이블 여자들의 다리 사이에 흑인들이 손을 넣기 시작했다. 여자들은 아직은 웃는 얼굴을 유지하면서도 서서히 어쩔 줄 모르고 당황해서 주위 사람들에게 자신들이 당하고 있다는 것을 들키지 않으려고 스커트 자락으로 슬쩍슬쩍 가리고 있었다. 여자들은 소리를 낮췄지만 주위의 손님들은 모두 지켜보고 있었다. 희뿌연 담배 연기를 뚫고 조명이 여자들을 비추고 있었다. 여자들의 작은 저항은 흑인들의 웃음 속에 지워졌다. 그들은 여전히 손가락을 움직이고 있었다.

"…… 그래, 어서 당신 계획이나 말해봐. 그 여자 일 말고도 난 돈이 더 많이 필요해."

야지마가 내게 뒤틀린 웃음을 내보였다.

"······ 구키가의 저택에 한 장의 서류가 있어."

야지마가 내게로 얼굴을 바짝 들이댔다.

"그 서류를 구키 가오리를 통해 입수해오면 돼. 당신이 그걸 손에 넣으면 내가 오천만에 사들이지. 어때, 근사하지?"

"근데 너를 어떻게 믿지?"

"수고비는 반절을 미리 줄 거야. 서류를 주고받을 장소는 사람이 많은 가게. 그걸 건네주는 즉시 잔금도 지불할 거고. 내가 원하는 건 돈이 아니야. 구키가에 개인적인 원한이 있을 뿐이지. 돈은 아낌없이 풀 생각이야."

"그래?"

야지마는 담배에 불을 붙이고 시선을 천천히 위로 향했다.

"······ 근데 그거, 무슨 서류야?"

"그건 모르는 게 좋아. 그러는 게 당신한테도 안전하니까."

"글쎄, 안전 같은 건 상관없다고 했잖아? 이 세상 그 무엇도 나를 막을 수 없단 말이야."

야지마는 웃었다.

"뭐, 좋아. 그냥 모르는 걸로 해두지. 이런 세계에도 분명 룰은 있어. 재미있네, 당신, 맘에 들어. 나하고 똑같아. 얼굴이 맛이 갔어."

흑인들이 당황하는 여자들을 데리고 안쪽의 묵직한 커튼 너머로 사라졌다. 그 영향을 받았는지, 근처 테이블의 술 취한 커플이 팔로 서로의 목을 휘감고 혀를 핥기 시작했다.

"다음 주, 같은 시간, 이 가게에서 만나기로 하지. 이건 중요한 비즈니스야. 구키 가오리에게는 부디 시간을 들여 천천히, 신중하게 접근해주기를."

"알아, 나도 프로야."

"이건 친해진 인사."

나는 그렇게 말하고 카운터 밑에서 낡은 담뱃갑을 내밀었다. 작은 비닐에 담긴 하얀 가루가 빈 담뱃갑 속에서 서걱서걱 흔들렸다.

"이건 최상급 물건이야. 길거리의 흔한 물건하고는 달라. 순도가 아주 높아."

"어, 잘 아시는데?"

야지마는 카운터 밑에서 손바닥으로 가리며 담뱃갑을 슬쩍 열었다. 내용물을 확인하더니 재킷 안주머니에 넣었다.

"이건 진짜로 뿅 가는 거니까 양은 평소의 절반 정도만 쓰는 게 좋을 거야. 자칫 양을 잘못 잡으면 진짜로 가는 수가 있어. 당신이 뻗어버리면 일이 힘들어진다고."

내가 웃으면서 말하자 야지마도 웃음을 보였다.

"와우, 그 정도야? 이거 또 줘."

"다음 주에 다시."

짧은 대답을 던지고 나는 자리를 떴다.

3

확산되는 각성제 중독, 신주쿠 노상에서 남자 사체 발견

3일 새벽, 신주쿠 대로에서 노상에 정차 중이던 승용차에 산원을 알 수 없는 남자가 숨져 있는 것을 순찰 중이던 경찰관이 발견했다.

남자는 삼십대 중반으로 보이며, 차 안에서 주사기가 발견된 점으로 미루어 약물 과다 섭취가 사망 원인인 것으로 추정되고 있다. 경시청은 남자의 신원 파악과 약물 입수 과정에 대한 수사에 들어갔다. 이달 들어 도내에서 삼십여 건의 각성제 관련 사망자가 발생하자, 경시청에서는 확산되는 마약 중독에 대한 대책 마련에 부심하고 있다.

약물 과다 섭취에서 살인 사건으로 수사 전환

이달 3일에 승용차 안에서 신원을 알 수 없는 남자의 사체가 발견된 사건에서 차 안에 남아 있던 주사기와 남자에게서 무수한 주사 흔적이 발견된 점으로 미루어 약물 과다 섭취로 인한 사망으로 추정되었으나, 남자가 사용한 각성제 분말에서 시안화합물로 보이는 독극물이 검출된 것으로 알려졌다. 경시청은 살인과 자살, 양쪽으로 수사를 진행하고 있다.

남자의 신원은 여전히 밝혀지지 않았고, 남자에게 차를 제공해준 지인도 이 남자의 본명을 알지 못한다고 진술하고 있다.

이 작은 사건은 몇몇 신문의 귀퉁이에 한두 번 실렸을 뿐, 그 뒤의 정보는 더 이상 나오지 않았다. 죽은 다음에도 신원을 들키지 않는 게 역시 프로 사기꾼답다고 나는 생각했다. 눈앞에서 탐정이 커피를 마시고 있었다. 주위의 풍경이 왠지 또렷하게 두드러져 보였다. 공기가 맑아진 것 같아서 잠시 그 부자연스러운 시야에 나를 맡겼다.

"지금 보도되는 저 남자, 야지마 다카유키인 게 틀림없어. 자살인지 타살인지는 모르겠지만."

일부러 슬쩍 던지는 듯한 탐정의 말에 나는 조용히 웃음을 지으려고 노력했다. 그가 말을 이었다.

"경찰에서 이 사건의 범인을 찾아내는 건 아마 불가능할 거야. 죽은 야지마의 신원을 알아내지 못하는 것도 그렇고, 수사를 할 때는 우선 그에게 원한이 있는 사람부터 조사하는 수밖에 없거든. …… 그다음은 야지마가 평소에 어디에서 각성제를 입수했는지, 그 루트를 털어볼 것이고, 뭐 그 정도 선에서 끝날 거야."

"…… 그렇겠죠. 아, 그보다 가오리에 대한 조사는 앞으로도 계속해주세요."

주위의 풍경은 여전히 지나치게 또렷했다. 탐정이 앉은 소파의 바느질 자국이며 테이블에 떨어진 먼지 등이 바로 코앞에 있는 것처럼 보였다.

"이 남자가 죽어버린 건 가오리 씨에게는 아주 시의적절한 행운이었어."

탐정이 나를 보며 말했다.

"그래요. …… 아주 시의적절한 일이었죠."

왜 이렇게도 조용한 걸까 하고 생각하면서 시계를 보니 이미 오후 두시를 넘어선 시각이었다. 움직이는 날카로운 초침도 지나치게 또렷했다.

"이건 지난 일주일 동안의 가오리 씨의 사진과 동영상. 고니시 아즈사와 주점에 들렀을 때 찍은 거야. 고니시가 순조롭게 가오리 씨에게 접근 중이야."

"완벽하군요. 당신에게 의뢰한 건 정말 잘한 일이었어요. 하지만 가오리의 뒷조사를 한다는 그 기업이 영 마음에 걸리는군요. 앞으로 그쪽에 대한 조사도 잘 부탁합니다."

탐정은 가볍게 머리를 숙이고 호텔 방을 나갔다. 그가 나간 뒤에도 실내의 공기는 깨끗하게 맑았다.

택시를 갈아타고 중간의 주택가에서 내렸다. 자동차로 집 앞까지 와서는 안 된다는 것이 그 성형외과의 암묵의 룰이었다. 자동차가 자주 눈에 띄면 이웃에서 손님이 많다고 인식하게 된다. 실제로는 병원이지만 외관은 일반 가정집이었다.

인터폰을 누르고 이름을 대자 조용히 문이 열렸다. 마흔 살 남짓한 화장기 없는 여자가 미소를 지으며 안내에 나섰다. 이 여자는 그

의사의 조수지만, 에이프런을 둘렀을 뿐, 흰색 가운은 입지 않았다.

방에 들어서자 하얀 소파에 앉아 있던 의사가 일어서며 감정 없는 웃음을 지었다. 흰색 화분에 심은 관엽식물이 줄줄이 서 있고 블라인드를 통해 햇빛이 새어들고 있었다. 기묘할 만큼 새하얀 벽에는 얼룩 하나 없고 무기질적으로 먼지도 때도 없었다. 내가 입원했던 방은 이층이고 수술실은 좀더 안쪽에 있었다.

"몸은 좀 어때?"

"그럭저럭 괜찮습니다."

의사가 재떨이를 권하고 나는 담배에 불을 붙였다. 투명한 재떨이는 다양한 빛을 빨아들여서 뭔가를 감추고 있는 것처럼 부옇게 보였다.

"아직 한동안은 염증을 가라앉히는 약을 먹어야 해. 아, 그냥 혹시나 탈이 날까 봐서 처방해주는 거야."

"네."

스웨터와 면바지를 입었을 뿐, 의사도 흰 가운은 걸치지 않았다. 내가 신고 있는 고무 슬리퍼의 집요한 질감이 왠지 거슬렸다.

"잘 어울리는군, 그 얼굴……. 그 얼굴이 당신에게 어울리게 된 건지 아니면 당신이 그 얼굴에 어울리게 된 건지는 모르겠지만."

"'당신'이라는 건 이제 이 세상에 없어요. 나한테 그런 건……."

"아직도 옛날 일이 떠오르나?"

"…… 나라는 존재는 이미 끝났으니까요."

의사가 홍차를 권했다. 방의 온도는 따스하게 유지되어 있었다. 조용한 방 안에서 잔과 접시가 맞닿는 소리가 공기를 튕기듯이 울렸다. 이곳의 홍차는 항상 진한 맛이 났다.

"우리 집사람이 갓난아이의 사체를 발견했어."

"…… 갓난아이?"

"응, 백화점 화장실에서 갓난아이의 사체를."

의사가 조용히 홍차를 마셨다.

"화장실 양식 변기의 물속에 탯줄이 붙은 상태로 빠져 있었다는 거야. …… 참 끔찍하지?"

"…… 네에."

"구급차를 부르고, 한바탕 난리가 났던 모양이야."

의사가 회색 블라인드로 시선을 돌렸다.

"'그 갓난아이는 뭔가를 누렸어야 했다'고 아내가 말하더군. 수건으로 감싸주고 싶었대. …… 갓난아이는 떠밀려 나와야 하는 고통과 바깥세상에 대한 불안감으로 울면서 이 세상에 태어나지. …… 그렇게 좁은 곳을 통해……. 그런데 그다음 순간이 차가운 변기와 호흡을 끊어놓는 물이라는 건 너무도 끔찍한 일이야. 그 갓난아기에게 이 세계는 오로지 자신을 학대하는 존재일 뿐이었어."

천장의 환풍기가 당황한 듯이 급하게 돌아갔다.

"다른 갓난아기들은 고통을 뚫고 바깥세상에 나오면 엄마나 간호사가 수건으로 감싸주잖아? …… 청결하고 부드러운 하얀 수건으로. 물론 그래도 갓난아이는 불안해서 미친 듯이 울어. 하지만 뭔가 자신을 감싸주는 부드러움이 있다는 걸 그 순간에 느끼겠지. 이윽고 뭔가를 신기한 듯 바라보기도 하고 누군가에게 웃음을 주기도 하고……. 그런데 그 갓난아기는 고통을 뚫고 밖에 나오자마자 차가운 변기의 감촉에 떨고 차가운 물에 떨고 숨조차 막혀버린 채 고통이 확대되는 가운데 생명이 끝나는 새로운 고통을 당했어. 그 순간, 아마도 아기는 화장실 천장을 올려다봤겠지. 그 순간의 갓난아기의 눈빛을 나는 자꾸만 상상하게 되더라고. …… 그의 목숨은 대체 무엇이었을까. 단지 고통을 경험하기 위해 엄마의 태내에서 피와 살을 얻고, 단지 고통을 경험하기 위해 이 세계는 존재했던 거잖아…… 아무것도 알지 못한 채. …… 집사람은 그러더라. 그 갓난아이가 설령 곧바로 죽었더라도 그 잠깐 사이나마 품에 안아주고 부드러운 천으로 폭 감싸주고 싶었다고. …… 따스한 것이, 부드러운 것이 이 세상에 있다는 것을, 그리고 그것이 너에게 관심을 갖고 가만히 감싸주었다는 것을 느끼게 해주고 싶었다고.”

의사가 나를 보고 있었다.

“…… 왜 그런 이야기를…….”

“글쎄 왜일까. 당신을 보면 나는 왠지 이런저런 이야기를 하고 싶어.”

“나도 왠지 선생님에게는 이런저런 이야기를 하고 싶어집니다. …… 내 얼굴의 경계(境界)를 유일하게 알고 있는 분이라서 그럴까요."

노크 소리가 들리고 의사가 대답하자 나를 안내해준 여자가 들어왔다. 나는 그녀에게서 종이봉투에 든 약을 받았다. 여자는 들어왔을 때와 마찬가지로 미소를 지으며 소리 없이 방을 나갔다.

"당신은 아까 자신은 이미 끝났다고 말했지만, 지금 아주 생기 넘치는 모습이야."

"…… 내가요?"

"음, 흥분하고 있다고 할까? 이 방에 처음 들어설 때부터."

나는 무슨 말을 해야 좋을지 몰라 시계를 들여다보았다. 내가 자리에서 일어서자 의사도 따라 일어섰다.

"세상에 태어난 이상, 당신도 뭔가를 누려야지."

"…… 걱정하실 것 없어요. 행복이라면 이미 옛날에 분명하게 경험했으니까요."

채우는 걸 깜빡 잊은 코트 단추 하나를 버석거리는 손가락으로 끼워 넣었다. 풀린 실 꼬투리가 고통스러운 듯 꼬여 있었다. 나는 다시 입을 열었다.

"이를테면 해피엔드로 끝나는 어떤 이야기가 있다고 하면…… 실제로 그 인물들의 인생은 그다음에도 이어지는 것이죠."

의사는 내 이야기를 듣고 있다는 것을 보여주듯이 내 얼굴로 시선을 향했다.

"그 직후에 무슨 일인가 있어서 갑자기 죽을지도 모르는데, 그

이야기는 스토리로서 행복하게 끝나요. 그것과 마찬가지로 내 인생도 어느 부분에서 잘라보면 아주 행복한 스토리로 보일 거예요."

"나는 오히려 앞으로의 당신에 대한 이야기를 듣고 싶어."

의사는 미소를 유지한 채, 방문을 열었다. 차가운 공기가 몸에 휘감겼다. 내가 복도로 나서자 의사는 조용히 뒤를 따라왔다.

"당신의 그다음 이야기를. …… 인간의 그다음을 알아내는 점술사도 다양한 타입이 있을 테니까."

의사는 온화하게 말을 이었다.

"…… 영적인 직감으로 인간의 그다음을 알아내는 사람도 있고, 생년월일 등의 통계학으로 점을 치는 사람도 있지. 하지만 그 인간의 성격적인 경향이나 유전, 환경, 그리고 그 인간의 주변 사람들과의 관계나 그들의 유전이나 성질의 경향 등을 보고 그다음에 이어질 그 사람의 미래를 예측한다……. 그런 방법이, 뭐랄까, 나는 가장 흥미로운 것으로 느껴져. …… 그것들을 하나로 묶어서 어딘가로 뻗어나가는 줄기가 눈에 훤히 보이는 그런 사람이."

나는 말없이 복도를 걸었다. 현관까지 가자 의사는 다시 한 번 입을 열었다.

"원래는 약을 두 달분씩 주지만 이번에는 한 달분만 줬어. 당신을 한 번 더 만나고 싶어서. …… 누군가의 얼굴을 빌려서 성형한 케이스는 그리 많지 않아. 내가 당신에게 크게 흥미가 있는 모양이야."

"의사로서?"

"인간으로서. 내가 아직 인간이라면, 그렇다는 얘기야. …… 나도 마찬가지니까. 이 얼굴은 원래 내 것이 아니야."

나는 의사를 똑바로 바라보았다. 눈이 가늘고 인상이 강하지 않은, 부드러운 얼굴이었다.

"…… 또 오지요."

"그래."

밖에 나서자 벌써 해가 꽤 저물어 있었다.

맨션에 돌아와 침대에서 잠깐 혼곤히 졸았다. 어쩐지 몸이 피곤했다. 팔다리의 심지가 나를 거부하고 어딘가로 깊숙이 가라앉는 것만 같아서 도무지 움직일 마음이 나지 않았다. 의사가 했던 말에 대해 생각하고 있을 때, 방의 차임벨이 울렸다. 그냥 내버려두면 포기하고 갈 거라고 생각했는데 그 벨소리는 좀체 멎지 않았다. 나는 자리에서 일어나 그 소리를 귀에 따갑게 느끼며 딱딱한 마룻바닥을 걸었다. 인터폰 화면을 보니 낯선 남자가 있었다.

4

화면에 비친 남자는 키가 작은 편이고 어두운 회색 양복을 입고 있었다. 어깨 폭이 넓고, 버릇인지 선 채로 왼다리를 불쾌한 벌레처럼 덜덜 흔들고 있었다. 나는 잠시 화면을 보고 있다가 인터폰 수화기를 들었다. 맨션 복도에 남자의 그림자가 길게 늘어져 있었다. 심장의 두근거림이 조금씩 빨라졌다. 수화기를 든 뒤에야 왜 나는 수화기를 들었는가, 왜 무시하지 않았는가, 생각했다. 하지만 이미 수화기는 자리를 벗어났고, 스피커에서 새어 나온 그 소리에 화면의 남자가 반응을 보였다. 나는 왠지 바짝 긴장하는 나를 느끼며 조용히 숨을 들이쉬었다.

"…… 네."

"아, 주무시는 중이었나? 오랜만이군. 나야, 아이다."

내가 알고 있는 이름이 아니었다.

"놀랄 것 같긴 했어. 거참, 내가 원래 이런 사람이라서. …… 근처에 온 김에 잠깐 들렀다고 말하면 믿어주려나?"

심장의 두근거림이 빨라졌다. 나는 그 남자를 틀림없이 알지 못했다. 하지만 남자의 말투는 결코 문 앞에서 쫓겨날 사람이 아니라는 것을 내게 강하고 음습하게 보여주고 있었다. 나는 잠시 망설이다가 트레이너로 갈아입고 그 위에 점퍼를 걸치고 유난히 묵직해진 문을 열었다.

눈앞에 선 남자는 옆으로 길고 가느다란 눈으로 나를 지그시 바라보았다. 머리는 짧고 군데군데 흰머리가 눈에 띄었다. 심장의 두근거림이 다시 빨라졌다. 나는 그를 보면서 놀란 표정이 남아 있는 내 얼굴을 의식했다. 남자가 다시 입을 열었다.

"오랜만이야. …… 어라, 감기 걸렸어?"

"…… 예, 잠깐 자고 있었는데요."

"머리에 왁스를 바르고?"

남자가 나를 지켜보고 있었다.

"꼭 만나야 할 사람이 있어서. …… 너무 지친 상태에서 집에 들어왔어요."

"아, 그러셔?"

남자는 나를 코앞에 마주하고서도 훔쳐보는 눈빛을 하고 있었다. 그의 구두는 바닥이 부자연스럽게 닳아 있었다. 형사인지도 모른다, 하고 나는 퍼뜩 생각했다.

"…… 이런 곳까지 찾아오시고, 한가한 모양이죠?"

상황을 살피기 위해 나는 중얼거리듯이 말했다. 그가 자신을 초대받지 못한 손님으로 인식한다는 건 지금까지 나눈 대화로 충분히 알 수 있었다. 남자의 거무스레한 얼굴이 웃음으로 비뚤어졌다.

"한 방 먹이시네. …… 하긴 그럴 만도 하지. 마지막으로 만났던 게 벌써 팔 년 전이니까. 어때, 너는 이미 끝난 일이라고 생각했겠지?"

남자가 입고 있는 양복은 오래되어서 요즘 유행에는 맞지 않았다.

"여기서는 좀 그렇고, 안에 들어가자."

"열이 있어요. 다음에 오시면 안 되겠습니까?"

최근 며칠 동안 인플루엔자가 유행한다는 뉴스가 이어졌다.

"에이, 나는 감기 옮아도 괜찮아. 그 핑계를 대고 수사를 쉴 수 있거든. 뭐, 어차피 꾀병이실 거고. …… 그나저나 많이 변했네. 나이 탓인가? 훨씬 더 뺀질뺀질해졌어."

역시 형사라고 생각하면서 나는 조금씩 호흡이 흐트러졌다.

"근데 신타니, 이런 번듯한 맨션에 살다니, 깜짝 놀랐어. 외국에서는 언제 돌아왔지? 설마 도망친 건 아닌가 하고 살짝 의심했었는데 말이야."

"…… 어딜 가건 내 자유예요."

"어허, 진짜 많이 변했네. 그런 부루퉁한 말을 다 하고."

당황한 것을 얼굴에 드러내지 않으려고 나는 머리를 굴렸다. 이 남자가 신타니와, 즉 내 얼굴과 잘 아는 사이라는 건 틀림이 없었다. 신타니의 과거에 대한 보고서에 몇 명의 사망자가 있었던 게 생각났다. 그중 한 가지로 그가 의심을 받은 것일까. 이 남자가 신타니를 마지막으로 만난 게 팔 년 전이라면, 그런 오래된 사건 때문에 일부러 맨션까지 찾아올 만큼 신타니는 의심을 받았던 걸까. 나는 적잖이 놀랐지만, 냉정한 태도를 유지하면서 계속 머리를 굴렸다.

"안에 좀 들어가자, 날도 추운데."

"나중에 한 번 더 오시죠."

"응, 힘들어 보이긴 하네. …… 내가 다시 나타난 게 그렇게 충격적이었나? 그게 아니면 정말로 몸이 안 좋아?"

"자고 있었다고 말했잖아요."

"기침 한 번 안 하면서? 아, 그건 좀 어렵겠지, 억지로 하는 기침 만큼 거짓 티가 나는 것도 없으니까."

남자는 웃음을 지으면서 계속 내 얼굴을 바라보았다. 이 남자에게는 근본적으로 사람을 짜증 나게 하는 뭔가가 있다고 나는 생각했다.

"팔 년이나 지났으니 역시 인상이 바뀌는군. …… 빼빼 말라서 전혀 딴사람 같아. 너도 이래저래 사연이 많았던 모양이지? …… 근데 내 입으로 이런 말을 하는 것도 우습지만, 그 사건이 이제 새삼스럽게 살인 사건으로 바뀔 일은 없어. 물론 사에 씨를 나는 아주 어렸을 때부터 아주 잘 알지. 그 어머니하고도 친하고. 그 사고 당시, 너에게는 완벽한 알리바이가 있었어. …… 하지만 야에코 씨는 끝까지 네가 한 짓이라고 주장했어. 정신에 병이 든 지금도 그런 말을 하면서 너를 원망하고 있다니까. …… 내가 야에코 씨하고는 꽤 오래전부터 절친한 사이야. 최소한 시효가 만료될 때까지 내가 조금씩이라도 뛰어주는 게 그나마 내가 할 도리란 말이야. …… 이웃에서 보는 눈도 있고 하니까 현관에라도 들어가서 얘기하자."

나는 망설였지만 어쩔 수 없이 그를 문 안으로 들였다. 그대로 신발을 벗으려는 남자를 몸으로 슬쩍 가로막았다. 사에라는 여자는 신타니가 대학 시절에 사귀었고, 헤어진 뒤에 교통사고로 사망했다고 들었다. 야에코라는 사람은 이야기 흐름상, 아마 그 어머니일 터였다.

"······ 근데 왜 이제 와서 새삼스럽게?"

나는 우선 그렇게 말을 던지며 남자의 얼굴을 보았다.

"흠, 시치미를 떼는 것 같지는 않은데······. 네가 저지른 행위에 대한 공소시효가 바짝 다가왔기 때문에 찾아온 거야. 네가 해외에 나가 있던 햇수는 빼고 말이야. 공소시효는 죄에 따라 햇수가 달라져. ······ 게다가 소름이 오싹 끼칠 만큼 운명적인 걸 느꼈어, 내가."

남자가 한 장의 사진을 내보였다.

"이 사람, 야지마 다카유키라는 이름을 쓰던 자인데, 어때, 아는 사람인가? 각성제 상습 투여자고 판매책이야. 게다가 혼인빙자 사기도 치고 다닌 것 같아."

심장에 둔한 통증이 몰려왔다. 나는 짐짓 귀찮다는 듯한 표정을 지으면서도 선뜻 말이 나오지 않았다. 머릿속에서 다양한 가능성을 탐색했지만 아무 판단도 내릴 수 없었다.

"야지마가 죽기 전의 행동을 추적하다가 '달파로'라는 술집에 갔다는 걸 알아냈어. 놈이 자살한 게 아니라 살해된 거라면 그에게 독극물을 건네준 자가 이 술집에 왔을 가능성이 있어. 야지마에게 원한을 가진 사람은 아주 많아. 그중 한 명이라도 그날 그 술집에 갔었다면, 어쩌면 범인은 그자일 수도 있어. 야지마는 자살한 게 아닐 가능성이 높아졌거든. ······ 그런 허접스러운 술집에 방범 카메라가 있을 리 없지만 그 옆 성매매업소 입구에는 카메라가 있었어. 손님하고 시비가 붙었을 때를 위해 드나드는 손님을 확인하는 카메라를 입구에 달아뒀던 거야. 거기에 분명하게 그 앞을 지나가는 야지마가 찍혀 있었어. 그리고 또 한 명, 눈에 익은 얼굴을 찾아냈지. 바로 네가 그 카메라에 찍혔더라고. 음, 깜짝 놀랐어. 공소시효를 코앞에 두고 네가 제 발로 나를 찾아왔다는 느낌이 퍼뜩 들더라니까. …… 그래서 너를 다시 찾아온 거야.”

머리가 슬슬 아파왔다. 상황을 따라잡기가 힘들었다.

“…… 그걸로 나를 의심하는 겁니까?”

나도 모르게 말해버렸다. 이마에 흐르는 땀은 어떻게도 할 수 없었다. 남자가 내 얼굴을 빤히 쳐다보았다.

“…… 응, 뭔가 켕기는 거라도?”

“아뇨, 없습니다.”

내가 대답하자 남자는 느닷없이 웃었다.

“하하하, 내가 그런 의심을 할 리가 있나. 왜 신타니 씨가 야지마 다카유키를 죽이겠어? 접점이라곤 하나도 없는데. 네 인생과 야지마의 인생은 전혀 이어지는 데가 없어. …… 아무리 그래도 내가 그렇게 엉뚱하게 사람을 못살게 굴지는 않아. 야지마는 어차피 여자 손에 걸려서 죽었거나 자살했을 거야. 그자는 이미 엉망진창으로 막돼먹은 놈이었으니까. 내 말은 그런 게 아니고, 운명을 느꼈다는 거야. 오래 세월의 감이 발동했어. 그래, 감이라는 건 내 인생의 친구야. 내 감은 틀린 적이 없어. 이런 식으로 누군가를 다시 만났을 때는 반드시 뭔가가 있다는 거야. 나는 말이지, 네가 역시 사에 씨를 죽였을지도 모른다는 생각이 자꾸 들어. …… 미안하지만, 너도 알다시피 내가 꽤 끈질긴 사람이야. 요즘 다른 사건으로 시간이 별로 없지만, 그래도 그 사건을 다시 한 번 조사해보기로 했어."

남자를 나를 계속 바라보고 있었다.

"야에코 씨의 건강이 그리 좋지 않아서 말이야."

"예?"

"드디어 반응을 보이시는군. 그래, 야에코 씨가 살날이 얼마 남지 않은 거 같아. 그것도 이 일과 겹쳐졌어. 모든 것이 톱니바퀴처럼 맞물린다는 생각이 들지 않나? …… 어라, 힘들어 보이시네. 좋아, 오늘은 이 정도만 하고 돌아가지. 근데 그 전에 잠깐 방 안을 구경했으면 좋겠는데."

"유난히 방에 집착하시는군요."

"전에 내가 말한 적이 있을 텐데? 방을 보면 그 사람의 대부분을 알게 된다. …… 표도르 도스토옙스키가 한 말이야. 이건 내 수사 기법을 알려주는 건데, 현재의 너를 좀 판단해봐야겠어. 벌써 팔 년이나 세월이 흘렀잖아. 너에 대한 내 감도 둔해졌어. 어쩐지 예전과는 분위기가 크게 달라졌단 말이야. 우선 인상부터 크게 변했어."

"…… 알았어요."

남자는 아무렇게나 구두를 벗어놓고 거실 문을 열었다.

"여기까지만 보세요. …… 그러면 되지요?"

"…… 고독한 방이로군."

남자가 내 방을 둘러보았다.

"쓸데없는 걱정이십니다."

"아, 그러고 보니, 영화를 좋아했었지?"

영사기 스크린은 걷어버렸고 선반에는 이탈리아와 프랑스를 중심으로 한 영화 DVD가 넘치고 있었다. 신타니 고이치의 취미였다.

"거실 꼴을 보니 찾아오는 사람도 거의 없는 것 같군. …… 여자친구도 없고. 이 방은 혼자서 할 수 있는 것들로만 채워져 있어."

"글쎄, 쓸데없는 걱정은 사양한다니까요."

"네 주변에서 여러 사람이 죽었어. 가족도 그렇고, 고등학교 때는 야에다 마사오, 이소이 다카유키, 스즈키 미키오……."

"어지간히 하시죠. 그 친구들은 병으로 사망했어요. 야에는 사고였지만."

"알고 있어. 그래도 참 신기한 사람이다 싶어서 말이야. …… 너와 관계를 맺는 바람에 나도 자칫 죽을지 모르겠다는 생각이 방금 들었어."

"내 인플루엔자가 전염되어서 죽을지도 모르죠. 올해 유행하는 바이러스는 특히 당뇨병 환자가 중증으로 발전한다던데."

내가 말하자 남자는 웃었다.

"그래, 다음에 다시 오기로 하지. 나도 사실은 그 테러 사건을 추적해야 해서 시간이 없어. …… 오랜만에 너를 만난 내 느낌을 말해볼까? 너는 내 예상보다 좀더 많이 당황했어. …… 어째서일까?

…… 아무튼 이제 외국으로 도망치지는 마라."

남자는 들어왔을 때와 마찬가지로 아무렇게나 문을 열고 나갔다. 남자의 오래된 포마드 냄새가 언제까지고 남았다.

5

침대에 앉아 담배에 불을 붙였다.

두 대째 담배에 불을 붙이고, 세 대째 담배에 불을 붙였다. 내가 처한 상황에 대해 머리를 굴리면서 조용히 숨을 토해냈다. 느릿느릿 뭉개져가는 담배의 흰 연기를 바라보며 가늘게 콕콕 찌르는 듯한 두통을 느꼈다.

내 얼굴의 주인 신타니 고이치가 대학 시절에 사귀던 스즈키 사에의 교통사고 사망과 관련하여 그녀의 어머니 야에코 씨와 그 아이다라는 형사에게 줄곧 의심을 받고 있었다는 것이다. 아이다와의 대화로 볼 때, 이건 경찰 전체라기보다 그녀들과 개인적인 친분이 있는 아이다 형사 혼자만의 의혹인 것 같았다. 거기에 야지마 사건까지 얽혀서 일이 귀찮게 되었다. 아이다 형사는 야지마와 신타니는 접점이 없다고 말했지만, 정말로 그렇게 생각하는지, 주의할 필요가 있었다. 왜 일이 이렇게 꼬이는 건가. 하지만 애초에 타인의 신분을 대신한다는 건 다양한 위험도 감수해야 하는 일이다. 테이블에 놓인 언제 것인지도 모를 탁한 유리잔의 물을 마시고 나는 마침내 담뱃불을 껐다.

인터폰 카메라에 찍힌 아이다의 화상을 데이터로 컴퓨터에 입력했다. 집 전화의 수화기를 들려다가 그만두고 휴대전화를 집어 들었다. 이 휴대전화는 도내의 프리터에게서 구입한 것이라서 신타니와도 나와도 전혀 관련이 없었다. 요금 자동 납부도 그 프리터 명의의 계좌까지 통째로 사들였다.

세 번의 전화 끝에 탐정이 조용히 전화를 받았다. 수화기 너머로 치직거리는 소리가 났다.

"귀찮은 일이 생겼어요. 다음 주에 만나기로 한 예정을 좀 앞당겨야겠습니다."

탐정은 어딘가의 가게에 있는 것 같았다.

"알았어. …… 근데 무슨 일이지?"

"그때 이야기하지요. 그리고 나를 만날 때까지 일은 잠시 중단해주세요. 형사가 움직이고 있습니다."

"알았네."

"항상 만나던 그 호텔은 안 좋을지도 모르겠어요. 어딘가 안전한 장소, 아십니까?"

"응, 적당한 곳이 있어. 내가 그쪽에 알아보고 연락해주지. 이 휴대전화로 하면 되겠지?"

"네. 만나는 건 모레로 하지요. …… 안전을 위해 내일은 아무것도 하지 않는 게 좋을 겁니다."

"그렇게 하지. 내 쪽에도 새로운 정보가 들어왔으니까 만나서 얘기하자고."

나는 휴대전화를 끊고 침대에 앉았다.

형사와 나눈 대화를 다시 떠올리면서 그때 내가 가슴이 두근거리고 크게 동요했던 것을 생각했다. 실제로 지금도 내 심장은 끈질긴 잔향처럼 흐트러져 있었다. 나는 그런 몸의 반응을 불쾌하게 느끼며 침대에서 내려섰다. 배가 고파져서 그것도 불쾌하게 느끼면서 밖으로 나가려다가 아이다 형사가 잠복하고 있을지도 모른다는 생각에 그만두기로 했다. 내 바로 옆에서 뭔가 나지막하게 중얼거리는 소리가 났다. 나는 무시하고 걸음을 옮기려고 했지만 마룻바닥의 위화감을 깨달았다. 내 발이 밟고 서 있는데도 마룻바닥이 스스로 의지를 가진 것처럼 맨발바닥에 밀착해오는 것 같았다. 재깍재깍 움직이는 시곗바늘이 좀더 날카로워지고, 아까 입을 댄 유리잔이 내게 조금 더 마셔서 자신 속의 불쾌한 물을 다 비워달라고 재촉하는 것만 같았다. 나는 컴퓨터 전원을 켜고, 일부러 그 물을 마셨다.

컴퓨터로 재생한 동영상이 스크린에 떴다. 나는 조금 전의 인상을 잊어버리려고 화면에 눈을 던지고 소파에 기대앉았다. 검은 화면이 이윽고 오렌지색이 되고, 시야를 가로막는 뭔가가 지나간 뒤에 가오리의 모습이 보였다. 가오리는 얇은 흰색 스웨터를 입고 주점 테이블에 팔꿈치를 괴고 있었다. 맥주가 반절쯤 남아 있고 샐러 드와 춘권이며 작은 사이즈의 피자가 있었다. 화면에 떠 있는 가오 리는, 아름다웠다. 조금 전의 나의 동요나 신타니의 인생 따위, 문 제가 되지 않을 만큼.

—하하하.

가오리의 웃음소리에 나는 흠칫 놀랐다. 그즈음과 전혀 달라진 게 없는 가늘고 낭랑한 목소리. 거의 십 년 만에 듣는 가오리의 목소리. 나는 테이블 의자로 이동했다. 가오리가 살짝 손뼉을 치고 있었다.

—아이, 진짜라니까. 굉장하지?

이건 고니시 아즈사의 목소리다.

—응, 그래, 굉장하다.

—그래서 내가 굉장하다고 말했어. 그랬더니 뭐, 그렇지, 하고 시치미 떼는 얼굴을 하더라니까.

—하하하.

무슨 이야기인지는 모르겠지만 나는 미소를 지었다. 테이블에 놓인 위스키를 마셨다. 몸이 서서히 뜨거워져갔다.

—진짜 이건 말도 안 된다니까. 너무 웃기는 걸 내가 꾹꾹 참았 어.

—그걸 참다니, 대단하다.

가오리는 뺨이 약간 불그레해졌다. 스웨터 위로 가슴의 봉긋함 을 알아볼 수 있었다. 가오리는 가느다란 손가락으로 맥주잔을 잡고 조금씩 마셨다. 목젖이 움직였다. 술기운에 눈이 촉촉해져 있었다.

─남자들, 그런 사람 많지 않아? 가오리는 남자친구 같은 거, 있어?

─아니, 없어.

─좋아하는 사람은?

─으음…… 가게 손님 중에 야지마 씨, 꽤 괜찮은 편?

취미도 참, 이라고 나는 생각했다.

─그런 건들건들한 남자를? 근데 어쩌면 갑자기 발을 뚝 끊을지도 몰라.

─응, 그럴지도 모르지. 아직 가게 손님이기도 하고.

─가오리는 이렇게 예쁜데.

─아이, 아즈미가 더 예쁘지. 단숨에 우리 가게 넘버원이 됐잖아?

고니시 아즈사는 고니시 아즈미라는 이름으로 그 클럽의 면접을 보았다.

─실은 좀 수수하게 나가고 싶었는데.

─엄청 화려하면서 뭘?

─그런가? 하하하.

점원이 조용히 다가와 추가 주문을 권했다.

─그럼 나는 진 라임.

─난 맥주.

—또 맥주?

—응? 아, 그럼 진 라임.

—가오리, 자주성 부족?

—아, 그럼 진 토닉.

—하하하.

점원의 팔에 닿아 화면이 기울었다. 카메라는 라이터에 설치되어 있었는지도 모른다. 영상이 흐트러지고 이윽고 화면이 컴컴해졌다. 다시 동영상을 재생하고, 연속 재생으로 바꾸었다. 가오리의 하얀 스웨터가 비치고, 가오리의 웃음소리가 났다. 나는 눈을 가느스름하게 뜨고 그 화면을 언제까지나 보고 있었다.

바깥에는 비가 내리기 시작했다. 멀리에서 자동차 클랙슨 소리가 나고 이웃 맨션의 불빛들이 하나둘 줄어들었다.

6

내 이야기를 다 듣고 탐정은 슬쩍 눈을 내리떴다.

낡은 비즈니스호텔이지만 이 꼭대기 층의 방은 실내장식이 잘되어 침착한 분위기가 가득했다. 옆의 대형 쇼핑몰 지하 주차장에 차를 세우고 그대로 걸어서 직원용 통로를 지나 이 비즈니스호텔의 지하 주차장으로 건너올 수 있다. 이거라면 자동차로 미행을 당하더라도 단순히 쇼핑몰에 들어갔다고 생각할 것이다. 탐정은 프런트를 거치지 않고 엘리베이터도 이용하지 않은 채 계단을 올랐다. 얼핏 보기에는 평범한 건물이지만 탐정은 이 호텔 측과 뭔가 친분이 있고, 계단에는 방범 카메라가 없다고 했다.

"내 책임이야, 미안해."

탐정이 그렇게 말하고 머리를 깊이 숙였다. 나는 천천히 고개를 가로저었다.

"아니, 어쩔 수 없는 일이었어요. 아이다라는 형사가 병적으로 의심을 하는 모양이니까. …… 누군가의 인생을 대신해서 산다는 건 그리 간단한 일이 아니겠죠. …… 예상치 못한 일이 일어났을 때는 그만큼 위험을 감수해야지요."

"그 일은 분명 사건성이 없다고 처리된 걸로 알고 있어. …… 신타니는 임의동행으로도 심문을 받은 적이 없고, 스즈키 사에의 유족에게서도 민사로 소송이 들어온 게 없었어."

"그렇겠지요."

나는 눈앞의 커피 잔을 들었다. 잔에는 깊은 상처 같은 붉은 무늬가 있었다. 탐정과의 대화 때는 항상 커피구나, 하고 무심코 생각했다.

"아이다 형사는 방범 카메라로 나를 발견할 때까지 그 사건에 대한 건 거의 잊고 있었을 겁니다. …… 근데 나를 발견하고 깜짝 놀라서 오랜만에 스즈키 사에의 어머니에게 연락을 해봤더니 병으로 누워 있었다…… 아마 일이 그렇게 되었을 거예요. 그런 우연한 일에서 아이다가 뭔가를 감지했다는 것뿐이겠지요. …… 그나저나 귀찮게 됐군요. 야지마 일도 그렇고."

"아니, 야지마 일은 괜찮을 거야."

탐정이 생각에 잠긴 듯이 시선을 아래로 떨어뜨리고 있었다.

"각성제에 독극물을 섞어 야지마에게 건네준 인물은 절대로 잡을 수 없어. …… 그 사람은 약물을 건네줄 때, 테이블 밑에서, 아니면 주위의 시선을 피해서 건네줬을 테니까."

"…… 그렇겠지요. 테이블 밑에서 건네주고, 지문을 감추는 전용 테이프를 붙였을 겁니다, 그 사람은."

만일을 위해 내 지문은 이미 없었지만, 나는 신중하게 말한 뒤에 다시 한 번 커피 잔을 들었다. 탐정은 어떻게 말을 이어가야 할지 난처한 기색으로 슬쩍 입가를 풀며 미소를 지었다.

"…… 그렇다면 전혀 문제없어. 그 술집에서 둘이 대화하는 것을 누군가 봤다고 해도 그건 독극물을 건넨 증거가 될 수 없어. 게다가 독극물이 그 술집에서 건너갔다고 단정할 수도 없지. 누군가 독극물을 건넬 기회는 그 밖에도 얼마든지 있었어. 일주일 전에 받았을 수도 있고 한 달 전에 받았을 수도 있는 거야. 그는 중독자였으니까 아마 상당량의 각성제를 이미 소지하고 있었을 거고. …… 상식적으로 생각하면, 약물을 병용한 자살이거나 그자의 방에 드나들던 여자들 중의 누군가가 독극물을 넣었다고 보는 게 타당하겠지.”

“야지마와 무슨 일로 만났느냐는 추궁이 들어오면 약에 관심이
있어서 문의를 했고, 역시 좋지 않을 것 같아 관뒀다고 말하는 건
어떨까요?”

“응, 그 정도면 충분해. 자신 쪽에 불리한 일을 어렵사리 털어놓
으면 그건 신빙성 있는 말로 들리는 거야. 야지마와 만났다는 말을
미리 하지 못한 이유가 되기도 하고.”

탐정은 자리에서 일어나 호텔 방의 냉장고를 열었다. 그는 등을
돌린 채 다시 입을 열었다.

“하지만 그 사람이 사실은 야지마와 이해관계가 있는 인물이라
는 게 드러나면, 그때는 정말 일이 귀찮아져.”

탐정은 아직도 등을 돌리고 있었다.

“살인에 대한 수사는 우선 피해자와의 이해관계를 조사하는 것
에서부터 시작하는 게 일반적이야. 야지마와 가오리 씨에 대한 일
은 경찰에서 알지 못할 수도 있지만, 그 형사가 그 사람을 그 사람
본인이라고 인식하는 한, 살인 행위로서 그 사람과 야지마를 연결
해보는 일은 없을 거야. 그 사람에게는 야지마를 죽일 이유도 동기
도 없으니까. 당연하지만, 그 사람과 가오리 씨와도 전혀 접점이 없
어. …… 하지만 그 사람이 실은 그 사람이 아니다, 하는 것을 눈치
채서 충분히 야지마를 죽일 동기가 있는 인물이고 가오리 씨와도
관계가 있는 인물이라는 게 밝혀지면 그때는 일이 심각해져. 한 가

지 거짓이 무너질 때, 모든 거짓이 무너지는 거야. ······ 진실이 한 꺼번에 쏟아지겠지."

"······ 나는 철저하게 신타니 고이치가 되어야겠군요."

난방이 지나치게 들어오고 있었다. 눈앞의 검은 테이블이 눅눅해졌다.

"다시 한 번 신타니 씨에 대해 조사해봐야겠어. 만에 하나, 신타니 씨가 스즈키 사에의 사고와 관련이 있다면 일이 훨씬 더 귀찮아질 것 같아."

"그래요, 잘 부탁합니다. 가오리 쪽은 고니시 씨의 그 정보로 당분간 충분합니다."

"아, 그거 말인데······."

탐정이 캔 커피 두 개를 들고 다시 소파로 돌아왔다.

"가오리 씨의 뒷조사를 하던 자들은 역시 기업 쪽이었어. ······ 군수산업 회사야."

"군수산업? ······ 왜 그런 곳에서?"

목이 말랐다. 나는 탐정이 가져온 캔 커피를 내 잔에 따랐다.

"일본 정부는 전후에 무기 수출을 법으로 금지하고 있어. 그 기업은 외국의 군수산업과 거래를 하고, 해외에서의 무기 수출입을 중개하는 곳이야. 합법적인 기업이지만 실제 내막은 잘 알 수가 없어. 가오리 씨의 뒷조사를 하는 사람이 그 기업 빌딩에 빈번하게 드나들었어. 롯폰기에 있는 빌딩이야."

탐정은 내게 그 빌딩 사진을 건네주었다.

"사원 명부는?"

"임원 명부를 입수했어. 이 건은 앞으로도 계속해서 조사할 예정이야."

건네준 모든 임원 명부를 훑어보았다. 본 적도 없는 이름들뿐이었다.

"뭐가 뭔지 모르겠군요."

"이 건과 관련해서 가오리 씨의 과거도 조사해봤으면 좋겠는데."

탐정이 나를 보며 물었다.

"…… 좋아요, 부탁드리죠. 교우 관계보다 우선은 직업 경력부터."

"음, 그렇게 하지."

탐정이 입은 양복은 약간 구깃구깃해져 있었다. 주위에 녹아들기 위한 연출이겠지만, 얼굴도 멀끔한 편이니 좀더 괜찮은 양복을 입으면 좋을 텐데, 하고 문득 생각했다.

"고생이 많으시군요. 매번 번거로운 일거리만 드리고……."

내 말에 탐정은 다시 입가를 풀며 미소를 지었다.

"자네는 합당한 보수를 지불하고 있어. 그리고 나도 시시한 일거리는 하지 않아."

"고맙습니다. …… 아무래도 아이다 형사가 마음에 걸리니까 우리 미팅은 횟수를 줄이도록 하죠. 연락은 휴대전화로, 고니시 씨가 촬영한 영상 등은 우편으로 보내주세요. 메일은 기록이 남습니다. 어떻든 만일의 경우를 대비해서."

"응, 그렇게 하도록 하지. 발송자 이름은 그때그때 바뀔 테니까 우편물은 반드시 확인해야 돼."

탐정의 의복이나 소지품은 하나같이 후줄근하지만, 그런 겉모습과는 다르게 모두 정갈하게 손질이 되어 있었다. 약간 흐트러진 머리도 항상 똑같은 방식으로 흐트러져 있고, 양복의 구깃구깃한 주름도 항상 똑같은 위치였다. 흔한 타입의 그의 검은 가방도 실은 틈새까지 말끔하게 닦여진 것을 보고, 과도한 청결은 고독한 것이라고 퍼뜩 생각했다. 나는 커피 잔을 비우고, 방 전화로 택시를 불렀다.

잠시 시내를 달리다가 우에노 공원이 눈에 띄어서 택시에서 내렸다. 고니시 아즈사에게서 전화가 왔다. 가오리와 함께 찍은 사진을 우편으로 보냈다는 연락이었다. 고니시는, 다른 때는 접근한 상대에게 항상 냉정함을 유지할 수 있었는데 가오리에게는 나이가 비슷한 탓인지 자꾸만 친한 감정이 생겨서 일을 하기가 어렵다고 농담처럼 말했다.

"그리고 가오리 씨가 바라는 게 뭔지, 그걸 잘 모르겠어요."

고니시 아즈사가 나지막한 목소리로 말을 이었다.

"별로 바라는 게 없는 것 같아요. 전에 간호사가 되고 싶었다는 말은 했는데……."

나는 그 모습을 상상했다. 가오리가 간호사가 된다면 잘 어울릴 거라고 멍하니 생각했다.

"고마워요. 계속 수고해주세요."

전화를 끊고 주위를 바라보았다. 왜 이렇게 사람들이 많은 곳에서 택시를 내렸는지, 잘 생각나지 않았다. 자동판매기에서 커피를 사서 마시면서 걸었다. 노부부가 지나가고 유모차를 끌고 나온 어머니가 지나갔다. 풍선을 든 어린애가 의기양양한 웃음을 짓고 있었다. 남자 대학생들이 시답잖은 얘기를 큰 소리로 떠들었다. 아름다운 여자가 걸어갔다. 그 여자는 주위의 풍경을 무시한 채, 휴대전화 외에는 아무것도 쳐다보지 않았다. 책가방을 멘 아이들이 보였다. 휴대전화로 신나게 이야기하는 노인이 있었다. 그가 손에 든 휴대전화는 뜻밖에도 최신 기종이었다.

'행복이란 폐쇄다.'

내 손에 지하방에 갇혀버리기 전에, 내게 죽임을 당하기 전에, 아버지는 그렇게 말했다. 중학생 커플이 맞은편에서 걸어왔다. 남학생은 착실하게 앞만 바라보고, 여학생 쪽은 예뻤다. 여학생이 뭔가 웃으면서 놀리자 남학생은 수줍어하면서 화를 냈다. 여학생은 자신이 가진 것을 그 나이 또래의 남학생이 얼마나 원하고 있는지, 얼마나 중요하게 생각하는지, 알지 못하는지도 모른다. 나는 미소를 지었다.

아버지는 그때, 목숨을 구걸하기 위해 그런 말을 한 게 아니었다. 가오리와의 삶이라는 너 자신의 폐쇄성 때문에 나를 죽이는 것이 냐고 비난한 것이 아니었다. 아버지는 이미 자신을 죽인 뒤의 나를 보고 있었다. 하지만 나는 딱히 이 행복한 풍경을 파괴하고 싶은 마음은 들지 않았다. 그렇다고 타인의 이런 행복 덩어리를 마주하고 그것을 축복할 기분도 나지 않았다. 나는 그저 걷고 있었다. 이 광대한 공원에 사람을 죽인 경험을 가진 사람이 있을까, 생각하면서. 그리고 사람을 죽이고도 그것을 괴로워하지 않는 사람이 있을까, 생각하면서.

중학생 커플을 돌아보니 그들은 손을 맞잡고 있었다. 나는 그것을 무표정하게 바라보았다. 뭔가 너저분한 짓을 하고 싶은 생각이 들어 나는 공원에서 도로로 나가 택시를 잡았다. 내 뜻밖의 욕정은 그들 때문일까. 그렇지는 않다고 생각했다. 나는 집에 돌아가 혼자 잠을 자도 좋고 이대로 돌아다녀도 상관없었다. 손에 든 캔 커피를 누군가에게 내던져도 좋고 내던지지 않아도 좋았다. 욕정이 있어도 좋고 그런 건 없어도 좋았다. 아무것이라도 상관없었다.

전에 야지마를 만난 '달파로'에 갔다. 꼭 그곳이어야 할 필요는 없지만, 야지마를 만난 이후로 그 술집을 한 번도 찾지 않는다면 아이다 형사가 부자연스러운 일이라고 생각할 것 같았다. 낡은 카운터에 앉아 진 토닉을 주문했다. 가게 안은 변함없이 시끄럽고 외국인이 많았다.

벽에 함부로 뚫린 작은 구멍이 나를 주의 깊게 바라보았다. 눈을 가까이 대보라고 그 구멍이 애원하는 것 같아서 시선을 돌려버리고, 테이블 너머로 걸어오는 여자를 보았다. 내 안의 뭔가가 조용히 수런거렸다. 나는 여자의 모습을 아무렇게나 바라보았다. 여자는 내게 잠깐 시선을 던지더니 곁에 와서 앉았다. 거기에 마시던 칵테일이 있어서 그녀가 원래 내 옆자리에 앉아 있다가 잠깐 화장실에 나갔었다는 것을 알았다.

"이봐요."

나는 여자의 얼굴을 멍하니 바라보며 말했다. 눈이 크고 눈 밑이 컴컴하고 도톰한 윗입술이 살짝 말려 올라가 있었다.

"십만 엔 준비할 테니까, 호텔에 가자."

"응?"

여자는 미소가 얼굴에 남아 있는 채 나를 응시했다. 몸매가 드러나는 검은 긴소매 티셔츠에 짧은 청치마를 입고 있었다.

"…… 오빠, 머리 돈 사람?"

"혼자 왔어?"

"그렇긴 한데…… 대체 무슨 말이야, 그게?"

"그러니까 십만 엔 준비할 테니까 호텔에 가자고. 싫다면 이십만으로 하지."

여자는 다시 한참이나 나를 응시한 뒤에 소리 높여 웃었다.

"진짜? 굉장하네. 이런 말 들어본 거, 처음이긴 한데, 뭐야, 그게?
바보 아냐, 당신?"

"…… 안 돼?"

"아, 잠깐. 얘기를 좀 정리하자."

여자는 웃으면서 칵테일을 마셔버리고 점원에게 같은 걸로 달라
고 큰 소리로 말했다. 여자는 실제 내 나이보다 약간 어린 것 같았
다. 나는 그녀를 보면서 전에 이 술집에서 본 적이 있다는 것을 깨
달았다.

"당신 말이지, 지난번에 저쪽 테이블에서 자고 있었지? 그리고
흑인이 껴안을 뻔해서……."

여자가 내 얼굴에 시선을 던졌다.

"아, 그래, 그때 큰일날 뻔했어. 그대로 자고 있었으면 깜빡 저쪽
방에 끌려갈 뻔했다니까. 외국인 진짜 싫어. 그자들, 크기도 무척
크고."

"커?"

"고추 말이야. 그리고 구부러져."

여자가 나를 진지한 눈으로 바라보았다.

"엄청 구부러져. 살아 있는 것처럼. 그렇게 구부러지는 건 외국
인 고추하고 구와다의 커브 볼 정도야."

"…… 구와다가 누구지?"

"옛날 자이언트 팀 선수. 알잖아, 설마 그 정도는."

나는 고개를 끄덕였다.

"하긴 난 한신 팬이야. 지지난번 남자친구가 한신 팬이어서 나도 그렇게 됐어. 당신도 한신 팬이라면 호텔에 함께 가줄 수도 있는데."

"그런 이유로 호텔 같은 데 가지 마."

"가자고 한 건 당신이잖아."

그녀는 다시 웃었다. 우리와는 관계없이, 뒤쪽 테이블의 사람들도 웃었다.

"이런 술집에 찾아와서, 해줄 만한 여자를 물색해서 말을 붙이는 거야? 항상 그런 식으로 했어?"

"항상은 아니야. 게다가 해줄 만한 여자한테 말을 건 게 아니야. 너는 일단 예뻐서."

"어라, 그런 말도 할 줄 아시고? 일단, 이라는 말이 좀 걸리긴 하지만. 근데 그거 상당히 정답이네. 타이밍이 기막히게 좋아. 나, 지금 엄청 돈이 필요해. 돈이 필요한데 땡전 한 푼 없어서 신경질 나서 돈 펑펑 쓰면서 술 마시고 있었으니까. 진짜 자칫하면 살해될 참이야."

가게 안의 환기 설비는 변함없이 좋지 않아서 담배 연기가 가득 차 있었다. 저쪽 테이블에서 한 여자가 신경질적으로 울고 한 남자가 웃으면서 달래고 있었다.

"…… 살해돼?"

"진짜야. 진짜로 그렇게 될지도. 아니, 그게 아니라 틀림없이 당할 거야. 평범한 대출회사에서 빌린 게 아니거든. …… 그자들에게 당하느니 당신한테 당하는 게 낫겠지?"

여자가 내게 얼굴을 가까이 댔다.

"근데 오빠, 이상한 사람이네. …… 생긴 게 멋있어서 그냥 말 붙여도 나라면 공짜로 해줬을 텐데."

"뭐, 됐어. …… 나가자."

성형한 신타니의 얼굴을 그녀는 지그시 바라보고 있었다.

호텔에 들어가자 그녀는 내게 키스를 했다. 이십만은 아무리 그래도 좀 미안하니까 처음에 말한 대로 십만이면 된다면서 내 귀에 키스를 하고 목에 키스를 했다. 나는 그녀에게 하얀 원피스를 입으라고 말하려다가 타이밍을 놓쳐서 그냥 입을 꾹 다물어버렸다. 이름을 묻기에 신타니 고이치라고 대답하자 왜 그런지 그녀는 이상한 이름이라고 킥킥 웃었다. 옷을 벗기면서 침대에 쓰러뜨렸다. 그녀의 입에서는 술 냄새가 나고 나는 그 입속에 혀를 넣어 혀의 뒷면을 천천히 쓰다듬고 입에 물었다.

섹스가 한창이던 중에 그녀는 옆의 커다란 거울을 계속 보고 있었다. 그녀는 개처럼 엎드려 허리를 낮추고 나는 그 위를 덮고 있었다. 그녀는 크게 소리를 지르다가 머리를 눌러달라고 작게 말했다.

"…… 왜?"

"…… 글쎄, 빨리."

내가 눌러주자 그녀는 비명을 질렀다. 여전히 거울을 보고 있었다.

"강간당하는 느낌. …… 굉장해. 좀더 난폭하게 해도 되니까, 어서."

나는 그녀의 머리를 침대에 밀어붙이고 목을 움켜잡았다.

"그래. …… 저기 거울 너머에 온 세상 사람이 있는 거 같지 않아?"

그녀는 소리를 지르면서 숨이 새어 나오듯이 말했다. 몸이 흔들리면서도 계속 거울을 보고 있었다.

"다들 보고 있어. 지금의 나를. 돈을 받고 잘 알지도 못하는 남자하고 이러고 있는 나를. …… 흥분하는 남자도, 혐오하는 여자도, 다 보고 있어……. 그러니까 나는 좀더 나를 보여주고 싶어."

여자는 웃음을 지으며 큰 소리를 냈다.

"나는 그 속에서…… 아무도 이해하지 못할 곳까지 올라가서…… 몇 번이든 가고 싶어. 사람들이 다 쳐다보는 데서, 그래서, 그래서, 다들 죽어버리면 좋겠어. 하하하, 다들 죽어버리면 좋겠다니까. 죽어버리면 좋겠어."

그녀는 체위를 바꾸고 어쩐지 슬픈 표정을 보이며 내 목을 끌어안았다.

밤 한시가 되어 있었다. 어느새 잠깐 잠이 들었구나, 생각하면서 자리에서 일어나 호텔 냉장고에서 미네랄워터를 꺼냈다. 그녀는 젖가슴을 드러낸 채 윗몸을 일으켜 나른한 듯 텔레비전 리모컨을 들고 있었다. 호텔의 조명은 푸르스름하고 방은 조용했다. 텔레비전이 켜지고 화면에는 행방불명된 사내아이의 사진이 비쳤다. 그녀는 내 담배에 불을 붙이고 연기를 토해냈다. 미처 삼키지 못하고 입가로 흘러내린 미네랄워터가 주르륵 목을 타고 내려갔다. 화면이 바뀌어 일본 총리가 기자들에게 둘러싸여 있었다.

"이거 알아? 재미있어."

그녀가 마침내 입을 열었다.

"뭔데?"

"테러 그룹이래."

무슨 질문인지, 총리가 미간을 찌푸리고 있었다.

"…… 최근에 여기저기서 동시에 폭발 사건을 일으키고 이상한 짓 하는 사람들 있잖아, 'JL'이라는 그룹. 요즘 뉴스에 자주 나오는 거 말이야. 매스컴에서는 '실체 없는 테러 집단'이니 뭐니 하면서 비난하던데, 그거 도리어 부채질하는 거야. 모방범까지 나오는 모양이던데."

화면에서는 아직도 질문이 이어지고 있었다.

"그 그룹에서 협박 성명서가 들어왔대. '지금부터 머리숱 적은 순서대로 정치인을 차례차례 암살할 것이다. 중단하기를 원한다면 총리는 기자회견을 열고 백 퍼센트 힘을 발휘하여 가수 고 히로미의 성대모사를 할 것'이라는 성명서……. 어때, 굉장하지?"

그녀는 그렇게 말하고 소리 내어 웃었다.

"정말이야? 장난하는 거네, 그거."

"응, 완전 엉망진창이지."

그녀는 아직도 웃고 있었다.

"정말 할까, 고 히로미의 성대모사를?"

"할 리가 없지. 근데 한다면 엄청 히트 칠 거야."

휴대전화가 울려서 나는 벗어 던져놓은 재킷에 손을 내밀었다. 이 휴대전화는 탐정과 고니시 아즈사 외에는 아무도 알지 못할 터였다. 휴대전화를 꺼내 화면을 보니 낯선 번호였다. 통화 버튼을 누르자 뭔가 시끌벅적한 소리가 들렸다. 잠시 뒤에 상대가 숨을 쉬는 기척이 들렸다.

"구키 후미히로 씨?"

알지 못하는 남자 목소리였다.

"…… 예?"

"하하하, 반응이 아주 좋군. …… 자, 그럼 또."

전화가 뚝 끊겼다.

7

내가 한참이나 우두커니 서 있었던 것을 깨닫고 침대에 앉았다.

좁아지는 시야 끝에 젖은 유리잔이 보여서 나는 그쪽으로 손을 내밀면서 숨을 들이쉬었다. 심장의 고동이 빨라져 있었다.

휴대전화를 집어 들었다가 잠시 망설인 끝에 호텔 전화로 탐정의 번호를 눌렀다. 부재중 전화로 바뀌기 직전에 그의 나지막한 목소리가 튀어나왔다. 그의 등 뒤에서 들려오던 음악이 선율 중간에 강제적으로 사라졌다.

"신타니예요. …… 밤중에 미안합니다."

"아니, 아직 안 잤어. 괜찮으니까 말해봐."

나는 거기서 내가 구키 후미히로라는 것을 탐정에게 밝힌 적이 없다는 것을 깨달았다. 탐정은 내가 신타니가 아니라는 건 알고 있지만, 실제로 내가 누구인지 내 쪽에서 알려주지 않았다.

"방금 내 휴대전화로 누군가 연락을 해왔어요. 명백히 내 휴대전화라는 걸 알고서. …… 이 번호는 당신과 고니시 아즈사 씨밖에는 알지 못할 텐데요. 혹시 휴대전화를 분실했던 일은 없습니까?"

"적어도 나는 그런 일이 없었어. 고니시 아즈사에게도 확인해보겠네. 하지만 어떤 경우건 우리는 그 번호를 신타니 씨 이름으로는 저장하지 않았어. 고니시 아즈사도 가게 이름으로 저장했을 거고. …… 이것 참, 어떻게 된 거지?"

침대에 있던 여자가 말없이 샤워실로 들어갔다. 나는 침대에 앉은 채, 생각을 굴렸다. 그들 두 사람이 내 번호를 누군가에게 말했을 리는 없다. 그건 그들에게 아무 이득도 되지 않는 일이고, 설령 이득이 있다고 해도 곧바로 발각될 그런 짓을 탐정이 했으리라고는 생각할 수 없다. 나는 조용히 숨을 들이쉬었다.

"그러면 고니시 아즈사 씨에게 일단 확인해주세요. 나도 어딘가에서 내 번호가 알려지지 않았는지 확인해보죠. 이 휴대전화는 신타니 이름으로 계약한 게 아니라 시내의 프리터에게서 자동이체 계좌까지 함께 사들였어요. 그 프리터는 내가 누구인지 물론 알지 못합니다."

"응, 즉시 고니시에게 연락해보겠네. …… 전화를 걸어온 남자의 번호는?"

"수신 번호로 남아 있었어요."

"일부러 번호를 남겨서 연락해주기를 바라는 건가?"

"…… 그럴 수도 있겠군요."

전화를 끊고 침대에 누웠다. 어떻게 내 번호를 알았는지도 의문이지만, 그보다 어떻게 내가 구키 후미히로라는 걸 알고 있는지도 수수께끼였다. 내가 구키 후미히로라는 건 그 성형외과 의사도, 신타니의 신분을 입수하기 위해 접촉한 옛 폭력단 조직원조차도 알지 못할 터였다. 그 옛 폭력단 조직원은 아버지의 서류에 기재된 신분까지 취급하던 브로커였지만, 나는 얼굴을 마주하지 않고 거래를 했고, 내가 누구인지도 알린 적이 없었다.

휴대전화를 다시 집어 들고 화면에 남아 있는 그자의 낯선 번호를 들여다보았다. 버튼을 만지작거리다가 손이 문득 멈췄다. 역시 내 쪽에서 다시 걸어주는 건 그자의 생각대로 움직이는 짓이다. 여자가 샤워실에서 나와 벌거벗은 채 나를 바라보고 있었다. 나는 휴대전화를 내려놓았다.

"갑자기 심각한 얘기를 하는 것 같아서 잠깐 자리를 피했어."

"응, 고마워."

그녀가 가운을 걸쳤다. 하얀 색깔이었다.

"내가 들어도 괜찮다는 식이던데……. 이제 나는 다시 만날 일도 없으니까 상관없는 거야?"

"아니, 뭐랄까, 내가 그런 걸 생각할 여유가 없어서……."

텔레비전에서는 파괴된 집의 잔해 더미 옆에서 한 남자가 울고 있었다. 잔해 밑으로 보이는 불길은 언뜻언뜻 붉은빛을 내보이며 집요하게 꺼지지 않았다. 전투기였다고 남자는 울면서 중얼거렸다. 전투기가 한 짓이다. 낮았다. 조종사가 보였다…….

"당신, 혹시 무슨 범죄 쪽 사람?"

"…… 글쎄, 제대로 된 인간이 아니라는 건 확실해."

그녀가 나를 지그시 바라보았다.

"무서운 꿈을 꾸는지, 자면서 힘들어했어."

"내가?"

호텔의 진한 파란색 조명이 그녀의 얼굴에 그늘을 만들었다.

"뭔가 자꾸 미안하다고 했어. …… 울기도 하고."

가슴의 두근거림이 빨라져갔다.

"······ 어떤 말을?"

"잘은 모르겠는데, 약을 주는 게 이러니저러니······. 미안하다고, 몇 번이나, 어린애처럼."

야지마의 얼굴이 퍼뜩 떠올랐다. 하지만 나는 그 일에는 아무 실감도 없을 터였다.

"달파로라는 건 그 술집이지? 그리고 이제 곧 죽을 거라고도 하던데······. 이제 곧 죽을 거니까 미안하다고."

나는 그녀의 얼굴을 멍하니 보았다. 여자가 거짓말을 할 이유는 없을 것이다. 그녀의 얼굴에 한층 더 그늘이 졌다.

"만일 내가 살인범이라면······, 너는 용기가 대단한 거야. 뭔가 비밀을 알아냈다 싶어서 너를 죽일지도 모르는데."

"······ 괜찮아. 당신은 나를 죽이지 않아. 게다가 난 죽어도 상관없어."

그녀는 하얀 가운을 헤벌린 채 침대에 멍하니 앉아 있었다.

나는 그만 나가자고 생각하고, 지갑을 들어 그녀에게 주려고 십만 엔을 꺼냈다. 그녀는 나른한 얼굴로 내 손을 보고 있었다.

"나가려고? ······ 어쩐지 좀, 돈을 받는다는 게······."

"그냥 주는 거야. 그렇게 생각하면 돼."

"······ 그렇게 생각이 안 된다니까."

텔레비전에서는 어느 건물에 조준이 맞춰져 있었다. 자료 영상일까, 조준이 맞춰진 그 건물이 뿌옇게 무너져 내렸다.

"근데 뭐, 괜찮아. 나는 이걸로. …… 저기, 또 만날래?"

"나, 위험한 인간일 수도 있는데?"

"상관없어. …… 하지만 나한테 십만 엔이나 주는 건 너무 비싸지?"

그녀는 그렇게 말하며 웃었다.

"아니, 나한테 돈은 거의 아무 의미도 없으니까."

"나는 돈이 필요하지 않을 때도 결국 마찬가지야……. 여러 가지 것이 모자라니까. …… 항상 그래. 중요한 것만 차례차례 빠져나간 것처럼. …… 대체 어떻게 되려는지."

텔레비전에서는 베일을 두른 비쩍 마른 노파가 카메라를 노려보고 있었다. 팔 없는 어린아이가 양키 모자를 쓰고 기자의 질문에 풀썩 웃었다.

"…… 나를 여자친구로 해줘. 당신이라면 몇 번째 여자친구라도 좋아."

"아니, 나는 네가 생각하는 그런 사람 아니야."

"…… 역시 안 돼?"

"이 얼굴, 통째로 성형한 거야."

건물이 불타고 있었다. 나는 그 붉은 불길을 멍하니 바라보며 왜 내가 이런 말을 술술 해버리는 걸까, 하고 생각했다.

"…… 도망 중?"

"그건 아니지만, 뭐, 그냥."

그녀가 나를 빤히 바라보았다. 그 시선이 나의 휘청거리는 내면을 지켜보는 것 같아 나는 무슨 말을 해야 좋을지 알 수 없었다. 그녀가 조용히 숨을 들이쉬었다.

"성형을 했는데도 당신은 지금 그 얼굴을 별로 좋아하지 않는 것처럼 보여."

"…… 관심이 없어."

그녀가 가만히 다가왔다.

"…… 저기, 한 번 더 안 할래? 공짜로 해도 돼."

멀리서 순찰차의 사이렌 소리가 들렸다. 나는 그녀를 껴안고 그 등이 아까보다 훨씬 더 가녀리다고 느꼈다.

8

아이치 현 의회의원, 후원회 회장에서 음독 사망

어제 오후 여덟시경, 아이치 현 의회의원 ×× 씨가 나고야 시의 후원회 주최 파티 회장에서 돌연 쓰러져 구급차로 시내 병원에 실려갔지만 곧바로 사망했다. ×× 씨는 건배 인사와 함께 맥주를 마신 직후에 쓰러진 것으로 보이며, 체내에서 아코니틴이라는 독극물이 검출되었다. ×× 씨에게는 거액의 위법 헌금 의혹이 있어 수사 당국이 신중하게 조사를 진행하던 중이었다.

―방금 들어온 뉴스입니다. 중의원 의원 ×× 씨가 도내의 병원에서 사망했습니다. ×× 씨는 시찰을 위해 방문한 도쿄 직업자립 센터에서 점심식사를 하던 중 갑자기 쓰러져 도내 병원에서 치료를 받았으나 조금 전에 사망했다고 합니다. 아, …… 체내에서 아코니틴이라는 독성 물질이 검출되었으며, 아이치 현에서 발생한 현의회 의원 살해 때 사용된 약물과 동일한 종류로 보입니다. 협박 성명서를 보냈던 JL과의 관련 여부 등, 경시청에서 본격적인 수사에 들어갔습니다.

신문을 읽고 있는데, 텔레비전 뉴스 방송에서 아나운서가, 건네준 원고를 다급하게 읽고 있었다. 나는 텔레비전의 음량을 조금 높이고, 손에 들었던 신문을 테이블에 내려놓았다. 아나운서 옆의 해설자가 입을 열었다. 그는 몸을 앞으로 내밀며 미간을 좁히고 있었다.

―이걸 JL의 범행이라고 단정하기에는 아직 이른 감이 있습니다. JL은 지금까지 기물을 파괴한 적은 있지만 인명을 살상한 적은 없습니다. 신중한 수사가 필요하다고 생각합니다…….

호텔 방의 문이 열리고 탐정이 들어왔다. 그는 텔레비전 화면에 잠깐 시선을 던지고 나와 마주한 소파에 앉았다. 그가 입은 양복에서 바깥의 차가운 공기가 전해져왔다. 얼굴 표정은 조금 지쳐 있었다.

"미안하게 됐네. …… 고니시 쪽에서 휴대전화를 잠깐 분실했었 다는군."

탐정이 머리를 숙였다.

"그녀도 미처 알지 못한 상황에서 그만……. 그날 점심때쯤에 고 니시가 신타니 씨에게 그 휴대전화로 연락을 했었지? 가오리 씨에 관한 얘기를 했다고 하던데……. 그때 고니시는 카페에 있었어. 전 화를 마치고 잠깐 화장실에 들렀다가 계산을 하고 그 카페를 나왔 다는 거야. 물론 그동안 내내 휴대전화는 고니시가 갖고 있었어. 그 런데 카페에서 나온 뒤에 곧바로 점원이 그녀의 휴대전화를 들고 뛰어왔다는 거야. 이거 떨어뜨린 거 아니냐고……. 가게 안의 손님 이 고니시의 테이블 밑에 떨어진 것을 주워서 전해줬다고 하더래. 그래서 고니시는 휴대전화를 잠깐 떨어뜨렸다는 건 알았지만 분실 했다는 자각은 없었어. 내가 물어봤을 때도 처음에는 아니라고 하 다가 나중에야 그 일을 생각해냈을 정도니까. 그럴 만큼 사소한 일 이었던 거야."

나는 생각을 더듬었다. 탐정이 말을 이었다.

"만일 그때 번호가 새나갔다면, 누군가 그 카페에서 고니시의 휴 대전화를 잠깐 훔쳐갔었다는 얘기야. 그자는 번호만 확인하고 곧 바로 휴대전화를 점원에게 건네줘서, 그걸 분실한 게 아니라 잠깐 떨어뜨린 것으로 착각하게 했던 거야. …… 고니시는 신타니 씨의 이름으로 번호를 저장하지 않았어. 주점 이름으로 등록했다는군. 하지만 그 직전에 신타니 씨에게 전화를 했고, 통화 중에 '가오리'라는 이름도 몇 차례 언급했을 거야. 그때 가까이에서 누군가 그 대화를 엿듣고 슬쩍 훔쳐서 휴대전화 발신 이력을 봤다면 가오리 씨에 대해 통화한 사람의 번호를 금세 알 수 있었겠지."

"그렇다면……."

"나나 고니시를 누군가 미행했다는 얘기야. 그리고 그자는 우리가 가오리 씨를 조사한다는 것을 알고 있어."

그때, 텔레비전에 방영되던 뉴스 방송에 뭔가 다급한 기색이 보였다. 스태프인 듯한 남자의 목소리가 날아들고, 아나운서가 원고 몇 장을 손에 들고 있었다.

─방금 들어온 뉴스입니다. JL이라는 그룹에서 범행 성명서가 도착했다고 합니다.

─정말로 JL입니까? 모방범일 수도 있어요.

─사실인 것으로 확인되었습니다. JL은 범행 성명서를 보낼 때마다 일반인에게는 공표되지 않은 암호를 기입해왔습니다. 그것과 일치했어요. 이 범행 성명서는 조금 전에 이곳 〈뉴스 랜〉 앞으로 팩스 송신된 것입니다. …… 자, 그럼 읽겠습니다.

아나운서가 가볍게 숨을 들이쉬었다.

─…… JL입니다. 그러니까 말이죠, 성대모사 하라고 했잖아요. 그럴

게 체면 차리고 있어봐야 별 볼 일 없다니까. 아, 앞으로는 사람 목숨이 날아갈지도 모르겠네요. 총리가 기자회견을 열고 성대모사를 하지 않는 한, 다음에는 일반인이 죽는다고요. …… 아, 이건 거짓말이고요, 역시 다음에도 정치인이 되려나? 머리숱이 적은 순서대로 차례차례. 근데 우리 말을 자꾸 무시하면 진짜 일반인까지 휘말리는 수가 있어. 행복한 놈들 보면 짜증 나거든. 행복해 보이는 순서대로 차례차례. 행복이란 폐쇄란 말이야. 알아? 모르겠어? 자, 그럼.

아나운서는 범행 성명서를 다시 한 번 반복해서 읽으려 하고 있었다. 나는 가슴이 수런거리는 가운데 텔레비전 화면을 자세히 바라보았다. 행복이란 폐쇄다. 아버지 얼굴이 머릿속을 스쳤다. 어떻게 된 것인가. 뇌에서 희미한 통증이 느껴졌다.

"그나저나 항상 염려스러운 점인데, 범인의 말이나 의견을 그대로 발표해버려도 괜찮은 건지……"

탐정이 못마땅하다는 표정으로 말했다.

"하긴 JL 그룹의 뉴스가 뜨면 시청률이 부쩍 높아진다니까 불황에 빠진 매스컴으로서는……. 아, 신타니 씨?"

탐정이 내 얼굴에서 뭔가를 발견한 것처럼 빤히 바라보았다. 뭔가 말하지 않으면 안 된다고 생각했을 때, 휴대전화가 울렸다.

그 소리는 유난히 크게 울리는 것만 같았다. 액정 화면을 보니 나를 구키 후미히로라고 했던 자의 번호였다. 좁아지는 시야 속에서 나는 탐정을 돌아보았다.

"그 남자에게서 온 거예요, 내 휴대전화로 연락했던."

탐정이 가방에서 검은 볼펜을 꺼냈다.

"이걸 함께 들고 전화를 받아. 녹음이 될 테니까."

나는 휴대전화와 볼펜을 함께 쥐고 통화 버튼을 눌렀다. 수화기 너머에서 사람들로 혼잡한 소리가 들려왔다.

"…… 구키 후미히로 씨?"

지난번과 똑같은 목소리였다.

"이 번호로 전화해줄 줄 알았는데, 역시 참을성이 강하네."

"…… 저기, 무슨 소린지 모르겠는데."

호텔 방이 점점 싸늘해졌다.

"…… 대대로 '사'의 집안."

"…… 예?"

"'사'의 자손치고는 하는 짓이 자잘하군. 웬 스토커 짓이지?"

"…… 당신, 누구야?"

"핫하하, 그래, 그 반응. …… 잠깐 만날까?"

남자 목소리가 약간 강해졌다.

"내일 오후 여섯시. 이케부쿠로 니시구치 공원."

"…… 거절하면?"

"구키 가오리에게 위험이 닥칠지도. 자, 그럼."

전화는 거기서 끊겼다.

호텔 방이 좀더 싸늘해졌다. 어떻게 된 것인가. 이자는 어떻게 나를 알고 있는 것일까. '사'라는 말에 몸이 움츠러들었다. 전화 목소리는 역시 귀에 익지 않은 것이었다. 정체도 목적도 알 수 없었다.

탐정이 나를 지켜보고 있었다. 그에게 내가 구키 후미히로라는 걸 밝히지 않았다는 게 다시 생각났다. 심장의 고동이 계속 흐트러졌다.

"…… 이 볼펜, 잠깐 빌려도 될까요?"

"심지가 나오게 누르면 녹음이 되고, 뚜껑 안에 플러그가 있어서 컴퓨터와 연결하면 재생이 되는 거야."

"전화한 사람은 한동안 내가 맡겠습니다. 당신은 나의, 신타니의, 과거 사건을 조사해주세요."

나는 그렇게 말하고 자리를 떴다. 탐정은 뭔가 말을 하려다가 결국 내가 방을 나설 때까지 아무 말도 하지 않았다.

9

꿈을 꾸었다.

벽이 보이지 않는 넓은 방이고, 나는 등받이가 달린 장의자에 앉아 있다. 맞은편에는 아무도 없는 여섯 개의 의자가 나란히 놓여 있었다. 그 여섯 개의 의자는 내가 앉은 의자보다 좀더 크고 탄탄했다. 거기서 나보다 훨씬 막강한 권력과 지위가 느껴졌다.

나는 그곳에 누군가 오기를 내내 기다리고 있었다. 누군가 와서 이 의자에 앉기를. 이곳이 내 인생의 모든 것을 총괄하는 장소라고 나는 왠지 알고 있었다. 주위는 썰렁했지만 나는 추위를 느끼지 않았다.

나는 내내 누군가 오기를 기다렸다. 내 인생의 모든 것을 총괄하는 존재들을. 의자 이외에는 아무것도 없는, 그저 몹시 썰렁한 이 넓은 장소에서. 하지만 아무리 기다려도 아무도 나타나지 않았다. 나는 방치되어 있었다. 엄숙하고 냉정하게 주위의 공기만 점점 더 써늘해져갔다.

눈을 뜨자 땀을 흘리고 있었다. 땀의 수분 하나하나가 자신의 존재를 주장하듯이 내 몸을 집요하게 적셨다. 하얀 원피스를 입고 내 방에서 성인 잡지를 찾던 가오리의 모습이 떠올랐다. 앞으로 가오리와 함께 살게 되었을 때, 바닷가에 집을 마련할 것이고 내 아이에게는 나의 음울함이 파고들지 않도록 할 것이고, 근데 가오리와 싸움을 하면 어떻게 해야 하나, 그런 것들을 생각했던 게 머릿속을 스쳤다. 스크린에서는 가오리가 주점에서 고니시 아즈사와 이야기를 하고 있었다. 영상은 연속으로 재생되었다. 나는 기대고 있던 의자에서 일어나 그 영상을 보면서, 퍽 멀리까지 왔구나, 생각했다.

이케부쿠로 니시구치 공원에는 수많은 사람들이 있었다. 함께 어울려 술을 마시는 노숙자들 곁을 지나 주위를 둘러보았다. 몸이 나른한 것은 가방 속에 야지마에게 건넸던 독극물 병을 숨겨왔기 때문인지도 모른다. 시안화칼륨을 바탕으로 한 혼합 가루약이다. 몸은 점점 더 무겁고 시야만 또렷해지기 시작했다. 하지만 공원에 있는 사람들 중에 어떤 사람이 전화를 한 자인지 알 수 없었다. 나는 휴대전화를 꺼내 그자의 번호를 눌렀다.

저만치 공원 철책 사이의 늘어진 사슬에 앉아 있던 한 남자가 호주머니를 뒤적였다. 큼직한 회색 니트 모자를 쓰고 소매 없는 하얀 다운재킷에 영어가 적힌 똑같은 색깔의 긴소매 티셔츠를 입고 있었다. 흠집이 난 바지를 입고 검은 배낭을 어깨에 걸고 있었다. 나는 휴대전화를 끊고 그에게로 다가갔다. 아직 젊은 남자로, 눈이 가늘고 콧날도 가늘고 얼굴이 기묘할 만큼 단정했다. 남자는 착신이 끊긴 휴대전화 화면을 물끄러미 보고 있었다. 나는 가방 속의 약병을 의식하며 그 옆에 다가섰다.

남자가 휴대전화에서 눈을 떼고 천천히 내게로 얼굴을 들었다. 가늘게 흐른 눈썹이 흠칫 놀란 듯 일그러지더니 남자가 입을 열었다.

"…… 당신, 뭐야?"

공원 안은 비가 막 걷힌 뒤여서 바닥이 아직 불쾌하게 젖어 있었다.

"사람을 불러냈으면서, 뭐냐니?"

내가 말하자 남자가 일순 시선에 힘을 넣었다.

"…… 뭐라고?"

"불러냈잖아, 나를. 왜지?"

"당신은……. 근데 전화하고 목소리가 똑같네. 이거 어떻게 된 거야……."

남자의 표정을 나는 멍하니 바라보았다.

"…… 무슨 소리야."

"당신…… 구키 후미히로 아니야?"

나는 잠시 생각을 더듬으며 이 상황을 이해하려고 했다. 남자는 나를 올려다보며 다시 입을 열었다.

"…… 당신 누구야? 왜 구키 가오리의 뒷조사를 하고 있어?"

그는 정말로 당황한 것 같았다. 남자는 원래의 나, 구키 후미히로의 존재를 알고 있지만 그 후미히로가 신타니의 신분을 입수하고 성형을 한 것까지는 알지 못하는 것 같았다. 나는 망설이면서 생각을 더듬었다. 하지만 그가 어떻게 구키 후미히로를 알고 있는지, 가오리를 알고 있는지, 그리고 내 번호를 알고 있는지, 도무지 알 수 없었다. 나는 그에게서 사실을 알아내야만 했다.

"사람을 불러내고서 무슨 엉뚱한 소리야? …… 어떻게 내 휴대 전화 번호를 알았어? 묻고 싶은 건 나야."

남자가 나를 빤히 보고 있었다. 나는 입을 열었다.

"어떻게 된 거야. 목적이 뭔지는 모르겠지만, 어디 다른 곳으로 자리를 옮기자."

"…… 장소는 내가 정하지."

남자는 그렇게 말하고 마침내 자리에서 일어섰다.

파출소 옆을 지나 편의점 모퉁이를 왼편으로 돌아 또 다른 공원으로 들어갔다. 노숙자의 하늘색 텐트가 눈에 띄는 지저분한 공원이었다. 찻집 같은 곳으로 갈 줄 알았는데 남자는 공원 벤치에 자리를 잡고 배낭에서 전혀 본 적도 없는 브랜드의 미네랄워터를 꺼내 마셨다. 나는 약간 거리를 두고 그가 앉은 벤치에 나란히 앉았다. 담배에 불을 붙이자 남자는 천천히 미간을 좁히며 시선을 내 가방으로 향했다. 남자가 입을 열었다.

"미리 말해두겠는데, 섣부른 짓은 하지 마."

"무슨?"

"그거, 왜 그렇게 조심스럽게 들고 있지?"

남자가 계속 내 가방을 보며 말했다.

"…… 겁이 많군."

"잘 알아둬, 네가 보고 있는 건 나 한 사람이지만, 너를 보고 있는 게 나 한 사람이라고 생각하면 오산이야."

나는 남자를 바라보았다. 그의 페이스에 말려들어 둘레둘레 주위를 살펴볼 수는 없었다. 이곳에 오기까지 보았던 주변 상황을 떠올렸다. 공원 안에 노숙자가 있었고, 울타리 너머 편의점 앞에서는 몇 명의 남녀가 사이좋게 웃고 있었다. 내 등 뒤편의 길에는 정확히 자동차 두 대가 서 있을 터였다.

"…… 안에 든 거, 보여줄까?"

놀리듯이 내가 말했다. 모래 먼지를 품은 바람이 불어왔다. 남자는 뭔가 말을 하려다가 이내 시선을 돌리고 입을 꾹 다물었다.

"당신한테 묻고 싶은 게 아주 많아. 우선 목적부터 말해봐. 나한테 전화를 했을 때는 뭔가 목적이 있었겠지?"

남자는 바닥을 바라보며 여전히 침묵하고 있었다.

"무엇 때문에 나를 불러냈느냐고 물었어. 대답하지 않으면 나는 그만 돌아가겠어."

"그보다, 당신 누구야?"

남자가 잠시 틈을 두었다가 마침내 입을 열었다. 새삼 바라보니 피부색이 부자연스럽게 하얗다. 귀에 두 개의 링 귀걸이를 달고 왼쪽 손목에는 하얀 리스트밴드를 끼고 있었다. 나는 신중하게 단어를 골라가며 말했다.

"사람을 불러내고서 누구냐고 묻다니……. 당신은 전화로 구키 후미히로라고 했어. 그리고 나오지 않으면 구키 가오리에게 위험이 닥칠 거라고 했지. 그러니까 구키 가오리라는 여자의 이름을 들먹여 구키 후미히로를 협박하려고 한 거야. 그랬는데 다른 사람이 나왔다, 그런 건가? …… 목적이 뭐지? 돈인가? 나는 당신이 짐작한 대로 가오리 씨의 뒷조사를 하고 있어. 당신이 알고 있는 걸 모두 털어놓는다면, 혹시 당신이 원하는 게 돈일 경우에는 내가 줄 수도 있어. …… 구키 후미히로라는 건 누구지? 가오리 씨의 가족인가?"

남자는 바닥을 바라보며 꼼짝도 하지 않았다. 표정에는 변화가 없었지만 뭔가 바쁘게 생각하는 것처럼 보였다.

"목적이 뭐냐고! 돈이야?"

"…… 그래, 돈."

남자가 내뱉듯이 중얼거렸다.

"당신, 이름은?"

"알 거 없어."

"그렇다면 얘기는 끝이야. 나는 정체도 모르는 사람과 이야기하고 싶지 않아. 가오리 씨를 빌미로 나를 협박해도 소용없어. 돈이라면 다른 데 가서 알아봐."

나는 벤치에서 일어섰다.

"당신을 지켜보는 건 나 한 사람만이 아니라고 했지?"

"나를 공격하려고? 이렇게 사람들이 지켜보는 곳에서? 당신, 예상보다 바보로군."

"…… 이토야."

나는 멀거니 남자를 바라보았다. 심장의 고동이 빨라졌다.

"…… 이름은?"

"성씨만 알면 되잖아?"

"그럼 당신은…… '사'의 가계?"

내가 말하자 남자는 내 얼굴을 정면으로 바라보았다. 한 가지 생각이 퍼뜩 떠올랐다. 나는 다시 입을 열었다.

"그렇군, 그런 거였어. …… 당신, JL이지? 그렇다면…….

"당신, 어떻게 그런……. 대체 무슨 소리야?"

남자도 자리에서 일어섰다. 입을 약간 헤벌린 채, 가느다란 눈으로 나를 빤히 보았다. 나는 다시 한 번 자리에 앉아 생각을 정리하려고 했다. 주위가 신경 쓰이기 시작했다. 침착해지려고 담배에 불을 붙이고 나는 다시 입을 열었다.

"그런 거라면 당신이 가오리 씨와 후미히로에 대해 알고 있는 것도 이해가 돼. 조금 전에 내가 거짓말을 했어. 나는 구키 후미히로를 알고 있어. 그 친구와…… 잘 아는 사이야."

"잘 아는 사이? 그럼 후미히로는…….

"죽었어."

"죽어?"

"자살했어. …… 나는 그 친구가 좋아했던 여자한테 관심이 있어서 조사해보려던 거야."

남자는 다시 벤치에 앉았다.

"죽었구나…….

"응."

"바보 같은 놈."

남자가 문득 목소리를 높여 말했다. 나는 그의 갑작스러운 목소리 변화에 놀랐지만, 표정에 놀람을 드러내지 않으려고 노력했다.

"한심하네, 진짜. 기왕 죽을 거면 그 집구석을 날려버리고 죽을 것이지. …… 정말 한심하다."

남자의 얼굴이 붉어졌다. 나는 그를 지켜보며 다시 신중하게 단어를 골라 말했다.

"그래서 구키가에 대해서는 나도 대충 알고 있어. 후미히로가 내게 했던 말이 사실이라면 말이야. …… '사'의 가계라는 것도 알고 있어. 구키가에서 가지를 쳐나간 가계가 있었지? 군인이었던 남자의 아들은 결혼하면서 성씨를 아내 쪽으로 바꿨어. '이토'라고. 그자는 지난번 종교 단체의 원자력발전소 점거 사건 때 죽었지만, 그자에게 아들이 있을 거라는 얘기는 후미히로에게서 들었어. 이토는 평범한 성씨지만, 당신이 구키가 사람들에 대해 잘 아는 걸 보면 그렇게 생각하는 게 앞뒤가 맞겠지."

"…… 어째서 JL이라고 생각했지?"

"그 범행 성명서에서 '행복은 폐쇄'라는 말을 들었을 때, 후미히로에게서 똑같은 말을 들었던 게 생각났거든. …… 그건 흔히 쓰이는 말은 아니지. 내가 좀 알아봤더니 아주 특수한 말인데도 JL의 범행 성명서에 자주 쓰였더라고. …… 그래서 구키가와 관련된 사람이 JL 그룹에 참여한 거라고 생각했어. 만일 그렇다면 그건 가지를 쳐나간 '사'의 가계라고 생각하는 게 당연하지. …… 당신의 목적을 짐작해보고 거기에 대입시키면 일이 더 확실해져. …… JL은 어디서 자금을 조달하는지, 매스컴에서도 연일 그 문제를 얘기하고 있어. 즉, 당신은 돈 많은 구키 후미히로에게서 가오리 씨의 이름을 들먹이며 협박해 돈을 뜯어내려는 거야. 그리고 구키 후미히로를 JL 그룹에 끌어들이려고 하겠지. …… 그렇지? 후미히로도 '사'의 가계의 자식이야. 제대로 된 인생을 걸었을 리 없지. 그 그룹에서 하는 짓거리도 이제 슬슬 추가 자금이 필요할 단계에 들어섰을 거고. 후원자가 필요했겠지. 어때, 내 말이 틀림없지?"

멈췄던 비가 머뭇머뭇 다시 흩뿌리기 시작했다. 나와 남자는 벤치에서 일어나 나란히 앞을 보고 있었다. 공원 수도 건너편에서 노숙자가 다투고 있었다. 그들은 손에 찌그러진 주전자를 들고 있었다.

"내가 알고 있는 걸 털어놓으면 정말로 돈을……."

"대답을 어떻게 하느냐에 따라 다르겠지. 가오리 씨에 대해서도 알고 있는 걸 모두 말해야 해."

남자가 조용히 숨을 들이쉬고, 내 쪽을 향해 입을 열었다.

"당신, 뭔가 이상해. 어째서 구키 가오리의 뒷조사를 했는지, 나는 아직 감이 잡히지 않지만, 뭐랄까, 기분 나빠. …… 일부러 탐정까지 고용해서 구키 가오리를 조사하고 그 집안일까지 캐보다니. 하지만 그래서 맥이 통하는지도 모르겠군. 그렇다면 말해줄까……. 조금이라도."

"…… 맥이 통한다고?"

"그 얘기는 나중에 하지."

노숙자들은 아직도 말다툼을 하고 있었다. 남자는 다시 들고 온 페트병의 물을 마셨다.

"당신 말대로 나는 구키가의 이른바 '사'야. 가지를 쳐나간 가계. 그런 것까지 알고 있는데 굳이 감추고 말고 하기도 귀찮아서 말하겠는데, 우리 아버지는 당신 말대로 종교 단체 '라무라'의 간부였어. …… 집단 자살한 그 바보들 말이야. 하지만 그런 건 상관없고."

빗방울이 점점 더 급하게 떨어졌다.

"나는 JL 멤버야. 지금 JL은 사정이 좀 있어서 당장 돈이 필요해. 아주 긴급하게. 그래서 구키가를 주목하게 됐어. 우리 가족이 증오해온 그 본가. 나는 어렸을 때부터 자주 그 저택에 찾아갔어. 증오 때문에. 부러워서가 아니야."

남자는 왼쪽 손목의 리스트밴드를 만지작거렸다.

"거기에 내 또래 아이들 둘이 있었어. 아주 행복해 보이는. …… 후미히로와 지금 네가 조사하고 있는 가오리. 그 둘은 상당히 친해 보였지. 내 사정을 아는 가정부 한 사람이 가끔 용돈을 조금씩 쥐여주고 과자도 줬어. 그 가정부에게서 들었어, 가오리는 양녀고, 후미히로는 구키 쇼조의 손자가 아니라 아들이라는 얘기. 딱 감이 왔어, 그 노인네가 '사'의 관습을 실행한 거라고. …… 그 아이들에게 어쩐지 관심이 가더라. 그래서 이따금 그 후미히로와 가오리라는 아이를 살펴보러 저택에 찾아가곤 했어. …… 하지만 나도 좀 문제가 생겨서 한동안 집 밖에 나오지 못했어. 그다음에 그들을 본 건 고등학생 때야. 놀랍더군. 완전 딴사람이 되어 있었어."

나는 가슴이 수런거렸지만 표정에 드러내지 않으려고 노력했다.

"비쩍 마르고 폐인 같았어. 상당히 보기 흉했지. 그 녀석이 그렇게 생겼잖아. 노인네를 꼭 닮았어. …… 뭔가 일을 당했구나, 하고 생각했지. 사실 내가 그때 녀석에게 말을 걸었으면 좋았을지도 모르겠어. 같은 '사'끼리 뭔가 공감하는 게 있었을지도."

남자는 흔들리지 않는 눈빛으로 땅바닥을 보았다.

"나는 JL 멤버가 됐어. 그 일로 한창 돈이 필요하던 참에 우연히 길거리에서 가오리를 봤어. 오싹할 만큼 우연한 일이었지. 나는 가오리에게서 돈을 빼내기로 마음먹었어. 구키가와 아직 관련이 있을 거라고 생각했으니까. 근데 누군가 구키 가오리를 미행하고 있더라고. 바로 사설탐정이었어. 내가 그자를 알고 있었지. 구키 쇼조가 고용했던 탐정이야. …… 꽤 오래전에 무슨 일 때문이었는지 내가 그 탐정에게 한 차례 뒷조사를 당한 적이 있었거든. 그래서 감이 딱 왔지. 구키 쇼조는 행방불명인 채 사망으로 처리됐으니까 그 탐정을 고용한 사람은 어쩌면 후미히로일 거라고. …… 또 한 명의 여자 탐정이 주점에서 가오리를 도촬하는 것도 봤어. 그리 대단한 장면도 아니야. 가오리의 일상생활을 찍더라고. 이건 분명 연애가 얽혀 있는 거라고 생각했지. 후미히로는 행방불명인 것으로 되어 있지만, 뒤에서 가오리의 스토커 짓을 하고 있었던 거야. 이건 제대로 써먹겠다 싶더라고. 일단 후미히로를 JL에 끌어들이면 자금 때문에 쩔쩔맬 일은 없을 테니까. 게다가 그 녀석은 분명 인생이 배배 꼬였을 테니까 JL의 활동에도 동의해줄 거야. 우리 멤버 중에 손재주가 뛰어난 녀석이 있어서 그 여자 탐정을 미행하라고 했더니, 그 여자가 고용주로 보이는 놈에게 전화를 하더라는 거야. 가장 미행하기 쉬운 놈은 누군가를 미행하는 놈이지. 휴대전화로 가오리를 도촬한 동영상과 사진에 관한 얘기를 했대. 슬쩍 휴대전화를 쌔벼서 그 통화 시간의 발신자 표시를 확인했어. 나는 그 번호가 틀림없이 후미히로일 거라고 생각했어."

남자가 천천히 숨을 들이쉬며 페트병을 손으로 만지작거렸다.

"하지만 성급했군. 너무 급하게 결론을 내렸어. 원래 내 감은 잘 맞는 편인데……. 하지만 뭐, 좋아. 그 대신 재미있는 녀석이 나왔으니까. …… 나는 이제부터 당신을 우리 멤버로 영입하기로 했어. 당신, 머리 돌았지? 우리하고 똑같은 냄새가 나."

"…… 그럴 리가 있나."

"하하하, 그래도 상당히 관심을 갖고 있잖아?"

휴대전화의 착신음이 울리고 남자는 화면을 들여다보았다. 중요한 용건의 문자인지 얼굴을 슬쩍 찌푸리고 있었다. 나는 주위가 신경이 쓰였지만 그렇다고 둘레둘레 살펴볼 수는 없었다. 하지만 공원 울타리 너머 상가 빌딩 앞에 아까까지는 없었던 두 명의 남자가 보였다. 하지만 그들은 곧바로 빌딩 뒤편으로 사라졌다.

"게다가 우리는 점잖은 그룹이 아니야. 가오리쯤은 간단히 처리할 수도 있고. …… 아, 협박하자는 게 아냐. 당신, 자존심도 센 거 같고 그런 방법은 안 통하겠지? 돈 좀 넉넉하면 가끔씩 우리 자금이나 대줘. 구키 쇼조의 탐정을 고용할 정도면 여유가 있잖아? 차림새만 봐도 그 정도 자금쯤은 당신한테 그리 큰돈도 아닐 거 같은데. 그 대신 우리가 아주 재미있는 걸 보여줄 테니까."

"당신들, 대체 뭐야?"

남자는 휴대전화를 켠 채 자리에서 일어섰다. 그는 페트병을 배낭에 챙겨 넣었다.

"다양한 가치를 뒤흔드는 거야. 권위나 상하 관계, 공통 인식 따위를. 사회구조 같은 건 우리하고는 상관없어. 혁명이니 뭐니, 촌스럽지. 우리의 목표는 인간의 집단의식이야. 그 속에 차례차례 경박한 농담을 던져줄 거야."

빗발이 강해졌다.

"언제 한 번 더 만나자. 구체적으로 얘기해줄 테니까. 당신은 경찰에 고자질할 타입은 아니야. 그런 시시한 놈이 아니지. …… 당신, 인간 미워하지? 이 사회에 대해서도 어떻게 되건 상관없다고 생각하지? 얼굴 딱 보면 알아. 내가 동족을 찾아내는 데는 소질이 있거든. 한 가지만 알려주지. 윤리나 도덕이나 상식에서 벗어나버리면 이 세상은 완전히 다른 것으로 우리 앞에 나타나. 마치 일종의 서비스처럼. …… 자, 그럼 또 보자."

남자는 그렇게 말하고 비를 맞으며 걸음을 옮겼다. 우연일까, 어느새 편의점 앞에 있던 자들은 사라지고, 등 뒤에 서 있던 차도 없어졌다. 멀어져가는 남자를 쫓아갈 기력은 없었다. 수도 건너편 노숙자들의 싸움이 커져 있었다. 가방 속의 시안화칼륨 병이 문득 묵직하게 느껴졌다.

　푸르스름한 조명의 낡은 바에 들어가 위스키를 주문했다. 다리 길이가 짝짝이인 의자에 몸을 맡기고 카운터에 팔꿈치를 괴었다. 왜 그런지 나는 금세 취했다. 가게 안에는 약하게 재즈 음악이 흘렀지만 멜로디는 귀에 들어오지 않았다.

　내가 대신 살게 된 신타니는 이 인생을 어떤 마음으로 살았을까. 나는 멍하니 생각을 더듬고 있었다. 그는 정말로 스즈키 사에를 죽이지 않았을까. 만일 죽였다면 신타니를 대신하고 있는 내가 그 사건으로 경찰에 쫓기게 된다. 아이다 형사의 가느다란 눈이 떠올랐다. 그는 야지마 사건에도 관여하고 있었다. 탐정 사내가 말했던 대로, 내가 실은 야지마와 이해관계가 있는 인물이라는 게 밝혀지면 일이 귀찮아진다. 내가 실은 구키 후미히로이고, 구키 가오리를 지켜보고 있다는 게 밝혀지면, 아이다 형사는 가오리를 중심으로 나와 야지마를 양쪽에 올려놓을 것이다. 스즈키 사에의 사건까지 생각하면, 나는 신타니라는 신분을 포기해도, 그대로 신타니로 있어도 결국 쫓기는 신세가 될지도 모른다.

　나에게 지옥을 경험하게 해주겠다던 아버지를 죽이고, 나는 타인의 얼굴과 신분을 대신 살고 있다. 내가 저지른 몇 가지 룰 위반에 의해 많은 일들이 기묘하게 뒤틀린 것만 같았다. '사'의 가계의 사람을 이런 식으로 만나게 될 줄은 생각도 못했다. 그는 자주 그 저택을 살펴보러 왔었다고 했다. 나와 가오리가 평화로웠던 시절에도, 그리고 그의 표현을 빌리자면 내가 뭔가 크게 당한 뒤에도, 봤다고 했다. 그는 어떤 인생을 살아온 걸까. 아버지는 내게 살해되기 전에, 좀더 거대한 악이라고 말했다. 그가 JL의 멤버라는 얘기에는 분명 놀라기는 했지만, 원래 '사'의 가계가 그런 거니까 그리 이상한 일도 아니었다. 애초에 그의 아버지는 라무라의 간부였다. 그는 내게 동지가 되라고 했다. 나는 그를 어떻게 할 생각인 걸까. 아니, 그보다 나는 가오리를 감시해서 뭘 어떻게 하려고 했던 것일까. 존재하지 않는 것처럼 살아가려고 했으면서? 그랬으면서도 나는, 그 여자가 말한 대로라면 야지마를 살해한 것 때문에 악몽을 꾸고 눈물을 흘리고 가위에 눌린 채 살고 있다.

성형외과 의사는 인간의 다양한 성격이나 경향, 그 사람과 그 주위 인간들의 관계성이나 성격의 조합에 의해 세상은 움직인다고 말했다. 그 조합의 행선지가 어디인지, 그리고 어떤 의미가 있는지는 모르겠지만, 그 조합은 시간과 이어지면서 어딘가로 향하는 것이리라. 앞으로 무슨 일이 일어나고, 나는 그 속에서 무엇을 하고, 마지막에는 어떻게 되는 걸까. 원래대로라면 나는 아버지에게 '사'로 키워져서 이미 손상되어 있을 터였다. 나는 상처와 맞바꾸어 분명 거기서 슬쩍 비껴서기는 했다. 하지만 내가 저지른 룰 위반에 의해 생긴 뒤틀림 속에서 다시 반복되는 나의 룰 위반의 연속은 앞으로 또 어떻게 뒤틀려가는 걸까. 이런 룰 위반도 나의 의지고 나의 경향인 것일까.

술기운으로 시야가 흐릿해진 가운데, 나는 '달파로'에서 만났던 여자에게 전화를 걸었다. 여섯 번의 벨이 울린 뒤에 그녀의 작은 목소리가 들렸다. 전화 너머가 시끄러워서 어딘가 가게에 있는 모양이라고 생각했다.

"나야, 지난번에 만났던……."

"아……."

수화기 너머의 소란스러움이 서서히 죽어가듯이 잠잠해졌다.

"지금 만날 수 있을까? 아, 돈은 낼게."

"그건 괜찮은데, 당신……."

어딘가로 이동했는지 그녀 주위에서 완전히 소리가 사라졌다.

"지난번에는 전화번호도 안 가르쳐주더니, 이제는 휴대전화 화면에 마구 띄워도 돼?"

"응."

나는 희미하게 웃었다. 이건 내 의지라기보다 착오일 것이다.

"그래, 다 불어버리기로 했어."

"…… 술 취했어? 지금 어디야?"

"이케부쿠로. 근데 내가 그쪽으로 갈게. 지난번 그 술집?"

"응. 하지만 이미 밖으로 나왔어. 시부야에 있어."

"그럼 역 앞에서. 삼십 분 뒤에."

나는 전화를 끊고 자리에서 일어섰다. 분명 술에 취했는지도 모른다. 계산을 마치고 키 낮은 문을 지나 술집을 나오려는데 휴대전화가 울렸다. 여자에게 뭔가 급한 일이 생겼나 하고 전화를 받아보니 탐정에게서 온 것이었다.

"알아냈어, 가오리 씨를 조사하던 사람."

"…… 그래요?"

"기업 임원 명부를 보고는 미처 알지 못했지만, 이 회사의 내표 주주가 바로 구키 미키히코였어."

그는 구키 쇼조의 둘째 아들, 즉 내 둘째 형이었다.

"이 사람은 평판이 그리 좋지 않아. 아니, 몹시 좋지 않아."

분명 그럴 거라고 예상은 했었지만 그래도 가슴의 두근거림이 빨라졌다. 역시 구키가였구나, 하고 생각했다. 가오리 주위에서 어른거리는 자들은 모두 구키가와 관련이 있었다.

"그 구키 미키히코에 대해 조사할 수 있겠어요?"

"…… 음, 조사할 수 있어."

"따로 경비가 필요하다면 말씀하세요. 얼마가 됐든 좋아요."

"응, 알았어. 휴대전화 건도 그가 예전 일로 내 얼굴을 알고 있어서 뒤를 밟은 것 같아. 그래서 고니시 아즈사의 존재도 들켜버렸고……."

"아니, 그건 다른 쪽이에요."

"다른 쪽?"

"예, 그쪽은 내가 어떻게든 처리할 테니까 당신은 구키 미키히코에 대한 조사를 철저히 하세요. 그에 대한 건 샅샅이 알아보세요."

"알겠네."

나는 전화를 끊고 가게를 나섰다. 심한 두통을 느꼈다.

10

애매한 초록색이 차츰차츰 나무가 되고, 젖은 흙색 벽돌이 깔린 좁은 길이 부드럽게 뻗어 나갔다. 어둠 속에서 그녀는 조그맣게 앉아 그 초록과 흙색의 빛을 받고 있었다. 그 자리만 온화한 색감으로 빛나고, 빛을 받은 그녀의 그림자는 등 뒤의 어둠과 겹쳐져갔다. 여자가 텔레비전 영화를 보고 있다고 깨달을 때까지 한참 시간이 걸렸다. 그녀는 이름이 요시오카 교코라고 했다.

화면에 가녀린 몸의 외국인 여자가 나타났다. 여자는 무표정한 얼굴로 화면을 통해 이쪽을 바라보고 있었다. 모나리자처럼 다양한 의미를 드러내는 미소가 아니라 그 무표정은 온갖 다양한 의미를 거부하고 있었다.

"아, 일어났어?"

"응."

화면의 여자는 아직도 이쪽을 바라보고 있었다. 그 표정에서는 어떤 의미도 길어 올릴 수 없었다. 무섭다고 생각했을 때, 화면이 조금 전의 비에 젖은 거리의 영상으로 바뀌었다는 것을 깨달았다. 아니, 어쩌면 처음부터 그 여자 따위는 없었는지도 모른다. 아직도 머리가 멍했다.

"…… 옷을 입고 있어야지. 춥지 않아?"

"옷 안 입고 있는 걸 좋아해."

그녀의 벌거벗은 등이 어둠 속에 희미한 윤곽으로 떠 있었다.

"이거, 영상은 아름다운데 스토리가 전혀 진척되지를 않아."

"하하, 그럴지도 모르겠다."

그녀는 생각에 잠겼는지 자신의 목을 긁적였다.

"나, 이런 영화는 자꾸 내가 좋아하는 쪽으로 끼워 맞추는 버릇이 있어. 내가 좋아하는 타입이 아니라서 별로라는 식으로."

"그래?"

"그러다 보면 뭘 봐도 정신의 폭이 넓어지지 않아서 안 좋다고들 하더라고. 세세한 부분은 놓쳐버리기도 하고. 조금씩 폭이 넓어지면 좋을 텐데."

"…… 하지만 그걸 깨달은 것만 해도 대단한 거야."

"예전에 내가 살던 아동보호시설의 아저씨가 그런 얘기를 해줬어. 좋은 사람이었어. 많은 것을 보여줬어, 책이니 영화니 음악 같은 거."

"그래? 뜻밖인데?"

그녀가 미소를 지었다. 어제 마신 술기운이 몸 안에서 느껴지면서 관자놀이가 욱신거렸다.

"당신, 이런 영화도 보는구나……."

"아니, 요즘에야 조금씩."

신타니가 좋아했던 영화를 나는 요즘 하나둘 보고 있었다.

"저기 저 책들도?"

그녀가 책장을 가리켰다.

"응, 그것도 요즘에야 조금씩."

주로 외국의 고전이 차곡차곡 꽂혀 있었다. 나는 말을 이었다.

"지금까지 나 자신 속에서만 매사를 생각해왔어. 근데 생각하는데는 언어를 사용하지? 저런 책을 쓴 사람들은 언어에 대해서만 생각하잖아. 많은 사람들이 여러 가지 것을 할 때, 그들은 오로지 인생에 대해서, 언어에 대해서만 생각해. 그런 사람들의 언어를 그냥 대충이라도 읽고서, 뭐랄까, 나도 내 생각의 폭을 넓히고 싶었어. 지금까지 너무 좁은 세상이었으니까."

"그래서 뭔가 딱 온 게 있었어?"

"아직. 이제야 읽기 시작했어. 하지만 많은 것을 배우기도 전에 내 주위가 점점 복잡하게 돌아가는 거 같아. 그걸 따라잡을 수 있을지……."

그녀의 표정이 왠지 따스해졌다.

"하지만 저런 책, 어렵지 않아?"

"그렇지. 너무 옛날 것이기도 하고. 현대에도 새롭게 다가오는 느낌이면 좋을 텐데."

영화가 끝나고 엔드 롤이 흐르고 있었다.

"진짜 춥네?"

그녀는 그렇게 말하고 침대로 돌아왔다.

"…… 근데 당신, 결국 집까지 나한테 들켜버렸어."

"그러네."

"뭔가 말 못 할 사정이 있는가 보다 했는데……. 정말 괜찮아? 너무 느슨해진 거 아냐?"

분명 요즘 내가 느슨해져 있었다.

"지금까지 빈틈없이 해왔잖아? 그럼 앞으로도 빈틈없이 해야지."

"…… 이제 그만 지쳤는지도. 이러면 안 되겠지?"

방의 온도가 서서히 차가워져갔다. 생각해보니 이 집에 찾아온 사람은 아이다 형사와 이 여자뿐이다. 밖으로 드러난 피부가 건조했다. 문득 조금 전에 꾼 꿈의 풍경이 생각났다. 인기척 없는 바깥에 나는 있었다. 거리도 건물도 없고, 인간이 관여한 어떤 것도 존재하지 않는, 어둡기만 하고 아무것도 없는, 머나먼 풍경만 보이는 어딘가 바깥이었다. 그곳의 온도도 썰렁했다. 이보다 더 온기를 잃으면 어떻게 될까, 불안해질 만큼 싸하게 추웠다. 회색 구름만 유난히 낮게 드리웠고 묵직한 무게가 느껴질 만큼 밀도가 있었다. 나는 그곳에 서서, 왜 그런지 이런 풍경이 세상 곳곳에 존재한다고 감지했다.

"네가 좀 괴짜라서 이런저런 이야기를 털어놓게 돼."

"마음에 들었으면 나를 여자친구로 해줘."

"이 얼굴은 성형한 거라니까. 원래의 나는 못생겼어."

"그런 건 상관없잖아? 이 얼굴은 당신이 선택한 거니까."

"게다가 나는 사람을 죽였어."

그녀가 멍하니 나를 바라보았다.

"······ 참내, 그런 말을 지금 꼭 해야 돼?"

"응?"

나는 그녀의 얼굴을 보았다. 내가 무슨 말을 하는 건가. 하지만 심장의 고동은 전혀 흐트러지지 않았다.

"사람을 죽인 건······ 당신의 이기주의 때문에? 당신의 욕망 때문에?"

그녀가 살짝 내게 몸을 가까이 대는 것 같았다.

"글쎄······ 모르겠다."

이런 비밀을 털어놓으면서도 내가 왜 이렇게 침착한 건가, 하고 생각하면서 나는 천장을 올려다보았다.

"아직 어렸을 때, 이 세계에서 가장 가치 있는 것을 지키기 위해서라면 무슨 짓을 해도 상관없다고 생각했어."

나는 천천히 숨을 들이쉬었다.

"아직 한참 어린 나이였지만, 그것 때문에 내 인생이 손상된다는 것도 예상했어. 하지만 해버렸어. 그 가치가 내 모든 것이었으니까. 내 인생의 모든 것과 그것을 저울에 올려놓아도 그 가치는 내 안에서 눈부신 것이었어. …… 그리고 실제로 나는 손상됐어. 평정을 유지할 수가 없게 됐거든. 다 알면서도 그때 나는 그것밖에 다른 생각이 나지 않았어."

"그건 가오리라는 사람하고 관계있는 일?"

"…… 뭐? …… 내가 또?"

"그래, 또 악몽을 꾸는 거 같던데……. 그때마다 그 이름을 말했어."

나는 방의 난방을 켰다. 그녀는 내게 다시 몸을 바짝 댔다.

"얼굴을 바꾸고 나니 정말 묘한 느낌이었어. …… 나는 이미 죽은 거라고 생각했어. 해마다 이 나라에서 자살하는 삼만 명 중의 한 사람으로 나는 죽은 채 이곳에 있는 거라고. 나와 지금까지의 내 인생에서 뚝 떨어져 나온 것 같은, 묘하게 또렷한 느낌……. 그건 지금 생각해보면 쾌락이었는지도 모르겠다. 내 인생의 바람이나 희망을 완전히 상실하고 그저 방관자로서 존재하는 것에는 묘한 안도감이 있어. 그런 감각 속에서 다시 한 번 똑같은 짓을 했어. 하지만……."

나는 천장을 보고 있었지만 그녀의 시선을 느꼈다.

"하지만 나는 살아 있어, 결국……. 배고픔도 느끼고 땀도 흘리고 이렇게 여자와 자고 싶기도 하고. …… 그런 신체적인 작용이나 욕망이 불쾌하지만 이건 어쩔 수 없겠지. 그런 신체적인 작용이나 욕망은 내게 생명이 있다는 것을 느끼게 해. 생명이 내게 강요하듯이 억지로 뭔가를 저 밑바닥에서 끌어올리는 것 같아. 하지만 나는 나 자신과 동일한 인간의 생명을 손상시켰어. 생명의 욕구 속에서 그런 생명을 손상시킨 나 자신을 느껴. 이런 모순 때문에 내가 더욱더 뒤틀릴 것 같아. 내가 손상시킨 생명이 어떤 생명이었건 마찬가지야. …… 내가 악몽에 시달린다고 했지? 결국 그렇다니까. 방관자라는 일시적인 감각은 무슨 벌을 받듯이 점점 희박해지고, 내가 저지른 일이 내 안에서 자꾸 증식해서 몸이 하루하루 지쳐가는 거야. 네 말대로 악몽에도 시달리고 묘한 감각을 느끼기도 하고. 그래서 일을 빈틈없이 할 수가 없게 돼. 의식이 무의식의 노예라는 건 정확한 말이야. 인간의 의식이란 참으로 약한 것이더라. 결국 나는 무의식의 영역에서부터, 내면에서부터 서서히 뒤틀리는 거야. 동종을 죽인 생물로서의 거부감인지는 모르겠지만. …… 하지만 이런 감각은 중요한 것이라는 생각이 들기도 해. 뉴스를 보면, 도저히 이해할 수 없이 살해되는 사람이 있고, 도저히 이해할 수 없이 인간을 죽이는 사람이 있지? 전쟁도 마찬가지고. …… 이 뒤틀린 감각은 뭔가 인간에게 아주 중대한 것이라는 생각이 들어. 이 세계의 근본에 자리 잡은……."

그녀가 맞댄 몸에서 체온이 느껴졌다.

"…… 그보다, 얼른 달아나야 하는 거 아냐?"

내가 말하자 그녀는 의아한 눈으로 나를 보았다.

"왜 달아나?"

"왜냐면 나는 살인을 저지른 사람이라서……."

"나, 그런 얘기에 화들짝 놀라서 달아날 만큼 평화로운 인생을 살아오지 못했어."

그녀는 그렇게 말하고 침대에서 내 손가락을 꾸욱 움켜줬었다. 나는 다시 천천히 입을 열었다.

"…… 사극이나 만화에서처럼 악당을 죽이고 환호를 받는 거, 그게 실제로는 그리 쉽게 되는 일이 아닌 모양이야. …… 왜 그런지 이 나라에는 사람을 죽이고도 별로 괴로워하지 않는 오락이나 문화가 넘치는 것 같아. 살인을 해서는 안 된다고 실컷 가르치면서 말이야. 근데 그게 실제로는 몹시……."

"하지만 아무리 괴로워도 죽으면 안 돼."

그녀가 조용히 말했다.

"실제로 얼마나 괴로운 건지, 나는 자세히는 모르겠지만…… 그래도 당신은 회복되지 않으면 안 돼."

"…… 회복?"

"그래, 지금 여기 이렇게 살아 있으니까."

그녀가 조용히 내 몸을 껴안으며 말을 이었다.

"…… 알고 있어? 이라크에서 일 년 동안 전쟁이나 테러로 죽는 사람보다 일본에서 일 년 동안 자살하는 사람 수가 훨씬 더 많대. …… 먼 나라에서 터진 사건에 이러니저러니 떠들어대지만, 나는 일본 사회도 정말 비참하다고 생각해."

그녀가 조용히 숨을 들이쉬었다.

"오늘은 이렇게 하고 자자. 멀리서 보면 아주 행복한 커플처럼 보일 거야."

"…… 너란 여자, 괴짜야."

"이 세상을 별로 좋아하지 않는 것뿐이야."

다음 날, 잠에서 깨어나자 구키 미키히코의 비서가 집 앞에 와 있었다.

제4부

현재

1

현관 차임벨이 울렸을 때, 나는 아직 침대에 있었고 요시오카 교코는 테이블 의자에 앉아 텔레비전을 보고 있었다.

뉴스에서는 머리숱 적은 순서대로 정치인을 암살하겠다는 JL의 협박 성명서 때문에 은밀히 가발을 쓰는 정치인들이 생겼다는 소식이 흘러나왔다. 그러자 게스트로 나온 젊은 정치인은 이건 한심한 일이라고 나무라고, 자칭 자유주의자 정치인은 이제 총리는 가수 '고 히로미'의 성대모사를 해야 한다고 말해서 보수당 정치인이 그 코멘트에 격노하고 있었다. 초과 노동으로 공원 세 명이 과로사한 중화학공업의 임원들이 카바레 클럽에서 집단 식중독에 걸렸는데 이것도 JL의 범행이 아니냐는 의심을 사고 있었다. 차임벨 소리를 처음에는 무시했지만, 강하게 울리는 그 소리가 계속 그치지 않자 뉴스를 보며 웃던 요시오카 교코가 천천히 나를 돌아보았다. 침대에서 나와 인터폰 화면을 들여다보자 키가 큰 중년 남자가 서 있었다.

"신타니 고이치 씨지요?"

내가 수화기를 드는 것과 거의 동시에 남자는 그렇게 말했다.

"…… 무슨 일입니까?"

"구키 미키히코 씨가 뵙자고 하십니다."

요시오카 교코의 시선을 등 뒤로 느꼈다.

"…… 모르는 사람인데요."

"서둘러 준비해주십시오. 자동차가 기다리고 있습니다."

그는 내 말을 묵살하고 그렇게 전한 뒤에 입을 다물어버렸다. 심장의 고동이 흐트러졌지만, 그보다 내가 몹시 지쳐 있다는 것을 깨달았다. 구키 미키히코라는 이름을 들은 순간, 그간의 피로감이 부쩍 심해진 것이다. 무슨 말을 해도 이 남자는 조금 전의 그 말을 반복할 것 같았다. 인터폰 수화기를 내려놓는 나를 요시오카 교코가 역시 쳐다보고 있었다. 그녀의 살갗이 커튼 틈새의 빛에 하얗게 보였다.

"잠깐 나가봐야겠어."

"…… 괜찮아?"

"아마도."

나는 옷을 갈아입었다.

"나는 어떻게 해?"

"볼일이 있으면 돌아가도 되고, 이대로 방에 있어도 되고."

"여기 있으면 내가 이것저것 뒤져볼지도 몰라. 컴퓨터라든가."

"뭐, 괜찮아. 어차피 안 볼 거고."

"…… 빈틈을 보이면 안 된다니까."

현관문을 열자, 남자는 내게 앞장을 서라고 권했다. 남자의 큰 키를 등 뒤로 느끼면서, 교도소에서 교도관이 수인을 데려갈 때, 놓치지 않도록 등 뒤에 붙어서 걷는다는 이야기가 떠올랐다.

밋밋한 검정색 고급차에 실려 가로등이 켜지기 시작한 푸르스름한 도로를 조용히 달렸다. 차 안에는 투박한 담배 케이스가 있었지만, 나는 내 담배에 불을 붙였다. 연기가 신경 쓰였는지 남자가 창을 슬쩍 여는 것을 보고 나는 차에서 내릴 때까지 계속 담배를 피워주자고 생각했다.

"내가 왜 그 구키라는 사람을?"

남자는 침묵하고 있었다. 몸의 움직임에서도 아무 반응이 없었다.

"구키 씨는 어떤 사람이죠? 당신의 느낌을 말해줘도 좋고……."

"신타니 씨."

남자는 핸들에 손을 얹고 앞을 바라본 채 말했다. 남자의 목에 거무스름한 상흔이 있는 것이 보였다.

"나는 당신의 질문에 대답할 의무가 없습니다. 구키 미키히코 씨에게서 당신을 데려오라는 지시를 받았고, 나는 그 지시대로 움직이는 것뿐입니다. 당신을 정중하게 대하라는 말도 듣지 못했어요. 그저 데려가기만 하면 돼요."

남자의 운전은 다른 차를 추월하는 일도, 앞을 양보하는 일도 없었다.

"나와 당신은 지금 분명 가까이 앉아 있지만, 그렇다고 차를 타고 가는 동안에 우리의 관계를 심화시킬 필요는 없는 겁니다. 아시겠어요?"

신경질적인 남자였다. 나는 침묵 속에서 계속 담배를 피웠다.

*

릴데런트 호텔 앞에서 내려 엘리베이터를 타고 최상층으로 향했다. 플로어에 들어가기 위한 카드키를 스캐너에 넣자 자동 유리문이 열렸다.

"오른쪽 가장 안쪽."

뒤에서 남자가 말했다. 안쪽의 방 앞에 도착하자 그는 팔을 뻗어 차임벨을 눌렀다. 안에서 불명료한 목소리가 났다. 나는 서서히 빨라지던 심장의 고동이 더욱더 흐트러지는 것을 느꼈다. 그건 너무도 아버지를 꼭 닮은 목소리였다.

남자가 문을 열고 안으로 들어갔다. 어슴푸레한 조명 아래 화려

한 카펫이 도드라지고, 그 건너편에 하얀 테이블과 하얀 의자가 있었다. 형편없는 취향의 투박한 샹들리에는 불이 꺼졌고 힘겹게 가지를 뻗은 관엽식물 옆에 간접조명이 흐릿하게 오렌지색으로 켜져 있었다. 정면에는 동굴 같은 호수를 그린 지나치게 큰 그림이 있고, 안쪽에 낮은 테이블과 검은 소파가 있었다. 그 소파에 검은 트레이너 상하의를 입은 남자가 앉아 있었다. 아버지다, 하고 나는 생각했다. 몸이 경직된 것처럼 내 의지와는 상관없이 꼿꼿하게 힘이 들어갔다. 아버지를 크게 키우고 나이를 오십 세쯤으로 되돌린 듯한, 너무도 아버지를 닮은 키 큰 남자였다. 눈초리가 내려가고 코가 큼직한 그 얼굴은 추한 모습이지만 어떤 의미에서는 당당하고 안정된 것처럼도 보였다. 그 검은 트레이너는 멀리서도 고급 소재라는 걸 알 수 있는 것이었다.

"그래, 이제 됐어."

그자가 조용히 말했다.

"하지만……."

"괜찮아. 자네는 그만 돌아가."

나를 데려온 남자는 깊숙이 머리를 숙이고 소리 없이 방을 나갔다.

벽에 장식된 호수 그림이 몹시 거슬렸다. 문 앞에 서 있는 나를 남자는 아무 말도 하지 않고 무표정하게 바라보았다. 흐릿한 오렌지색 조명의 불빛에 본체를 알 수 없는 그림자가 방 여기저기에 길게 늘어져 있었다. 나는 냉정하려고 노력하면서 천천히 남자에게로 다가갔다. 다가가면 갈수록 그 남자는 아버지를 더 닮아가는 것 같았다. 테이블 너머 맞은편 소파 앞에 서서 나는 남자에게로 시선을 던졌다. 심장의 두근거림이 계속 가라앉지 않았다. 아버지 방에 불려가 마주했던 기억이 눈앞에 겹쳐지는 것 같았다. 남자의 테이블에는 위스키 병과 나선무늬의 유리잔이 있고 그것이 나지막한 테이블 위에 길고 가느다란 그림자를 만들었다.

"…… 무슨 일이지요?"

갈증이 났다. 남자의 검은 몸뚱이가 거대하고 부들부들한 뭔가의 잔해처럼 생각되었다.

"나를 부르셨지요? …… 볼일이 없다면 이만 돌아가겠습니다."

"…… 너무 우울해서 말이야."

소파에 기대앉은 채 남자는 멍하니 나를 바라보고 있었다. 남자의 몸은 굵은 뼈가 느껴질 만큼 큼직했지만, 온통 나른함에 뒤덮여 어디에도 힘이 들어가 있지 않았다.

"신타니 고이치라고?"

남자가 슬쩍 입가를 풀며 웃었다.

"제법 괜찮은 얼굴이 만들어졌군. 후미히로, 처음 만나는구나."

갑작스레 숨이 답답했다. 남자의 시선이 내게서 꼼짝도 하지 않았다.

"…… 무슨 말씀인지 모르겠는데요."

"소용없어. 그런 잔꾀는 내 앞에서는 소용없어."

어느 정도 예상은 했었지만, 다리 힘이 스르르 아래로 빠져나가는 것만 같았다. 나는 남자의 나른한 시선을 받으며 아무것도 할 수 없었다.

"아무튼 앉아. 뭐 좀 마실래?"

"됐어요."

"용쓸 거 없어. 목이 마를 텐데."

남자가 느릿느릿 자리에서 일어나 냉장고에서 맥주를 꺼냈다. 그가 움직일 때마다 벽을 뒤덮은 흐릿한 윤곽의 그림자가 움직였다.

"나를 만나면 다들 긴장하는 모양이야. …… 나를 두려워해서가 아니야. 내 안의 지옥에 긴장하는 것이지. …… 특히 지금은 너무 우울해서 말이야."

나는 소파에 앉아 남자를 정면으로 바라보았다. 눈앞의 남자는 술에 취하지는 않았지만 술에 취한 아버지의 모습과 겹쳐졌다. 거무스레한 살갗은 내면이 배어 나온 것처럼 윤기가 없고, 흐려진 눈에서는 어떤 감정도 읽어낼 수 없었다. 소파에 잠겨드는 내 몸에 이질감을 느꼈다. 소파에 의지가 있는 것처럼 나를 부드럽고 기묘한 탄력으로 고정하는 것 같았다.

소리 없는 방 안에서 가벼운 이명이 울렸다. 남자는 아무 말 없이 위스키를 조금씩 마시고, 나는 맥주를 땄다. 뚜껑이 열리는 소리에 남자가 잠깐 반응을 보였다. 왠지 흠칫 놀란 듯한 힘없는 표정을 보였다. 남자는 여전히 조용하게 위스키만 마셨다. 나는 담배에 불을 붙이고, 내 몸이 소파로 잠겨드는 감각을 맛보는 수밖에 없었다.

"…… 나는 군사에 관한 일을 하고 있어."

남자가 이윽고 입을 열었다. 그 목소리는 지독히 작았다.

"너, 내 밑에서 일해."

"…… 왜죠?"

"딱히 깊은 의미는 없어."

남자가 숨을 토해냈다. 탁한 눈빛으로 내 쪽을 보고 있지만 왠지 내가 아니라 내 등 뒤를 보는 것 같았다.

"나이라라는 소녀 이야기를 알고 있나?"

"자세히는……."

남자는 잔을 테이블에 내려놓았다. 그의 말투는 지독히 느렸다.

"1990년에 이라크의 후세인이 인접국 쿠웨이트를 침공했어. 그때, 미국 연방의회 의원연맹의 공청회에 그 쿠웨이트의 소박한 소녀가 증언자로 불려왔어."

남자는 무표정한 얼굴 그대로 두툼한 입술만 움직였다.

"…… 소녀는 자국의 가족을 지키기 위해, 이라크 병사가 얼마나 쿠웨이트에 잔혹한 짓을 했는지 그 공청회에서 증언했어. 인큐베이터에 들어 있는 아기를 이라크 병사가 차례차례 내던졌다고 그 소녀는 증언했어. 미국은, 아니, 세계는 분노로 진동했지. 그 일을 계기로 미국을 비롯한 연합군은 쿠웨이트에서 이라크를 몰아내기 위해 공습을 시작했어. …… 그게 걸프 전쟁이야."

남자는 힘없이 소파에 몸을 기대고, 가라앉는 듯한 낮은 목소리로 주절주절 말을 토해냈다.

"하지만 나중에 그 증언이 거짓이었다는 게 밝혀졌어. 나이라라는 소녀는 실은 쿠웨이트 주재 미국 대사의 딸이었고, 그 소녀가 증언한 이라크 병사의 만행도 광고회사가 만들어낸 시나리오였다는게 밝혀진 거야. …… 이건 미국 국내에서 큰 문제가 되어 대대적으로 보도된, 모두가 다 아는 사실이야. …… 그게 밝혀진 건 전쟁이이미 끝난 뒤였지만."

남자는 귀찮다는 듯이 한숨을 내쉬고 느릿느릿 위스키 병을 잡았다.

"돈을 버는 것에는 대략 두 가지 종류가 있어."

이야기가 엉뚱한 곳으로 튀어서 얼른 이해할 수가 없었다.

"…… 하나는, 매력적인 상품이나 서비스를 만들어 사람들의 지갑 속 돈과 교환하는 것. 두번째는, 강제적으로 징수한 돈, 즉 국가가 거둬들인 세금을 뜯어내는 거야. …… 큰돈을 버는 건 주로 후자쪽이지. 지금부터 간단히 전쟁의 구도를 알려주마."

나는 왠지 등 뒤의 거대한 호수 그림이 자꾸만 거슬렸다. 남자의웅얼거림에는 끝이 보이지 않았다.

"아프리카의 작은 나라에 구리와 다이아몬드 같은 광산이 있다고 하자. …… 강대국에서는 그 광산의 발굴권이 탐이 나는데, 그 작은 나라의 왕이 거부한다. 그러면 강대국은 그 왕에 반대하는 세력을 모아들여 반란군을 결성하도록 부추겨. …… 그리고 강대국은 주로 자국을 향해 선전을 하는 거야. 그 왕이 얼마나 민중을 괴롭히고, 자유와 민주주의에 반하는 악한 자인지를. …… 강대국은 실제로 군사를 보내 그 반란군을 원조해도 되고, 그 대신 민간회사를 보내는 것도 좋아. …… 현대의 전쟁은 대부분 민영화되어 있거든. 무기를 제공하는 회사, 군대에 텐트나 식료품을 제공하는 회사, 실제로 군대를 수송해주는 회사, 반란군에게 군사훈련과 작전을 지도해주는 회사……. 그런 곳은 주로 군인 출신들이 설립한 회사고, 당연한 얘기지만 정치인이나 국방 관료들과 인맥을 갖고 있어. 그들 민영회사에 자금을 제공해주는 곳은 어디인가. 국제 협력이라는 이름 아래 강대국들의 세금에서, 그리고 반란군에게서 나오는 거야. …… 하지만 아프리카 작은 나라의 반란군에게 그런 막대한 자금이 있을 리 없지. 그러면 어떻게 그들은 자금을 대는가. 그들이 어떻게 그런 고성능의 무기를 가질 수 있었는가. …… 그건 왕을 쓰러뜨린 뒤에 넘어올 광산 발굴권을 담보로 강대국의 광산 발굴회사에서 자금을 빌려온 거야. …… 그리고 다시 그 자금으로 강대국의 민영회사에서 무기를 사들이고 왕을 쓰러뜨리지. …… 전쟁은 비즈니스야. 어떤 전쟁이든 반드시 이권이 개입되어 있어. 깊은 곳까지 파고들어가보면 어떤 전쟁에나 반드시 이권이 존재해. …… 전쟁이 끝난 뒤에도 비즈니스 찬스는 여기저기 굴러다니지.

전쟁으로 파괴된 건물 등의 복구를 강대국의 건설회사가 떠맡게 돼. 그 자금도 당연히 국제 협력이라는 이름 아래, 강대국의 국민이 내는 세금에서 나오는 거야. 정치인과 관료와 민영회사 등이 결탁해서 자국의 세금과 아프리카 작은 나라의 자원을 탈취하는 거야. …… 좀더 알려줄까? 전쟁이 끝나면 각국의 NPO가 지쳐버린 현지인을 원조하기 위해 입국하지? 하지만 정세가 불안정한 나라에서 원조 활동을 한다는 건 어려운 일이야. 그들은 어쩔 수 없이 경호를 담당하는 민영회사를 고용하지 않으면 안 돼. …… 그들의 생각이 순수하다고 해도 거기에서 이권이 발생하는 거야. 우파든 좌파든 그들의 영향력에서 벗어날 수 없어. 모든 전쟁은 이권 때문에 일어난다는 얘기야. 인류 역사상 세계는 항상 전쟁으로 인명을 살상해가면서 경제를 활성화해왔어. …… 그리고 우리 구키가도 대대로 전쟁과 긴밀한 관계를 맺어왔어."

남자는 완만하게, 때로는 귀찮은 듯이, 작은 소리로 말을 이어나갔다. 남자의 위스키가 조금씩 줄어들었다.

"…… 그런 이야기를 왜 나한테?"

내 말에도 남자는 표정을 바꾸지 않았다.

"구키가의 이야기야. 우리의 구키가."

"나와는 관계없어요."

방 안이 지나치게 조용한 것 같았다. 위스키가 남자의 목젖을 타고 넘어가는 소리가 끈질기게 귀에 달라붙었다.

"그런 잔꾀는 소용없다고 말했을 텐데. …… 너는 후미히로야. 내가 알지. …… 구키 가문의 사람이니까 말이야. 증거를 대볼까? 너는 지금 지독히 내 얘기를 듣고 싶어 해."

"…… 관심 없어요."

"아무튼 들어. 몇 번이나 똑같은 말을 하게 하지 마. 그런 잔꾀는 소용없어."

남자가 불그레한 눈으로 나를 지그시 쳐다보았다.

"구키가는 원래 메이지유신 무렵에 환전상으로 시작한 장사꾼 집안이야. 시대가 혼란한 가운데, 신정부에 관여해서 막대한 이익을 거뒀어."

남자는 시간을 들여 숨을 들이쉬었다.

"구키가가 본격적으로 번영한 것은 제1차 세계대전 때야. …… 그 시절에 이미 구키가는 여러 광산의 채굴권을 가졌고, 선박이나 총기를 대량으로 제조해서 전 세계에 팔아치웠어. 막대한 이익을 얻은 구키가는 다양한 회사를 설립하면서 구키 재벌이라는 신흥 재벌이 되었지. …… 그 무렵에는 전쟁 특수로 일본 전체가 호경기였어. 인간을 살상하는 도구를 팔고 그 도구를 운반할 수송선을 팔아서 성장한 경제적 기반 위에서 당시의 일본인들은 사랑이니 우정이니 읊조리며 살았던 거야. 그리고 제2차 세계대전이 시작되었지. 구키 쇼조, 즉 우리의 아버지는 그 전쟁에 종군하게 돼."

"…… 종군?"

나도 모르게 반응하는 것을 보고 구키 미키히코는 희미하게 입가를 풀며 웃었다.

"구키 재벌의 아들이…… 중일전쟁 당시에 만주의 이권을 얻기 위해 군부와 유착하여 전쟁을 선동한 구키 재벌의 아들이 어째서 전쟁터에 나가야 했는가. 제2차 세계대전에서도 연이어 막대한 이권을 거머쥔 구키 재벌의 아들이 어째서? 그건 구키 쇼조가 장남이 아니었기 때문이야. 너라면 잘 알겠지? 구키 쇼조는 '사'의 자식으로서 키워졌어."

"……'사'?"

내 심장의 고동이 빨라졌다.

"그래. 당시의 당주 구키 요스케가 예순 살 때, 노년의 재밌거리로 이 세계에 '사'를 낳겠다는 뜻에 따라 우리의 아버지는 태어났어. 종교 단체 라무라의 간부였던 자의 아버지이고, 전쟁 때 군 간부로서 온갖 잔학한 짓을 했던 자는 바로 아버지의 쌍둥이 동생이야. …… '사'로서 태어난 쌍둥이는 여흥의 연장으로 나란히 전쟁터에 나가게 된 거야."

남자가 몹시 귀찮다는 듯 위스키 잔에 두툼한 입술을 댔다. 창으로 보이는 빌딩의 배경은 이미 상당히 어두웠다.

"그리고 두 사람은 미쳐버렸지."

2

어둑어둑하고 조용한 방 안에서 에어컨이 중얼거리는 진동이 귓가에 울렸다. 창 너머 빌딩 숲의 불빛은 드문드문 남아 있고, 반절이 빠진 달은 그 틈새에서 강한 빛을 내뿜었다. 남자는 소파에 파묻혀 위스키를 마셨다. 하지만 술에 취했다기보다 알코올이 남자의 중추에까지 이르지 못한 채, 단지 그의 표면에 음울한 번들거림을 만들어내는 것 같았다. 나는 담뱃불을 붙이고, 머리가 멍해진 채 가만히 있었다. 심장의 고동만 내 의식을 무시하듯이 빠르게 뛰었다.

"…… 긴 밤이 되겠군."

남자가 입속에서 거듭 혀를 굴렸다.

"오늘은 너에게 구키가의 모든 것을 알려주지."

남자의 표정에서는 하지만 아무것도 읽어낼 수 없었다.

"…… 구키 쇼조는 전쟁에서 무슨 일을?"

"궁금한가, 신타니 고이치?"

남자가 다시 슬쩍 입가를 풀며 웃었다.

"우리의 아버지가 전쟁에서 무슨 짓을 했는가. 그건 조사를 통해 조금씩 밝혀졌어. …… 아버지는 어린 시절부터 폭력 속에서 자랐어. 악의적으로 밥도 주지 않아 몹시 여위었고 끊임없이 얻어맞았지. 그로 인해 생겨난 내면의 뒤틀림을 타인에 대한 폭력으로 이어가도록 키워졌어. 아버지의 아버지, 즉 구키 요스케는 아무 이유도 없이 무표정한 얼굴로 아들을 마구 때리는 남자였다는 거야. 아버지의 한쪽 귀가 반절쯤 떨어져 나간 건 너도 알고 있겠지? …… 똑같이 키워진 쌍둥이 동생은 여성에 대한 폭력으로 두 번이나 소년교도시설에 들어갔었지만 아버지는 그런 일이 없었어. …… 추측컨대 아버지는 그 폭력성을 오로지 내면에 끌어안고 있었던 거야. 그러다가 전쟁터에 나가게 됐지."

등 뒤의 호수 그림이 다시 신경에 거슬리기 시작했다.

"아버지가 출정한 곳은 레이테와 루손처럼 일본군이 전멸해버린 필리핀 중북부의 최전선이었어. 육군 제356사단의 하급장교 소위로서 살아남은 소대를 인솔했지. 제2차 세계대전에 보내졌던 일본군 대부분이 병과 굶주림으로 죽었다는 건 너도 알고 있지? 미군에게 당한 게 아니라 일본 병사의 대부분이 무능한 정부가 끝내 보내주지 않은 그 보급물자를 기다리며 열대의 정글을 헤매다가 병들어 죽거나 굶어 죽었어. 아버지의 소대도 마찬가지야. 제356사단은 전투에 참가한 흔적이 거의 없어. 그들은 오로지 굶주림에 시달렸어. 본능을 해방시키지 않고는 배겨날 수 없는 인간으로서, 자신의 본능에 전율할 수밖에 없는 인간으로서 키워진 아버지가 그런 상황에서 어떻게 되었을지는 쉽게 상상할 수 있겠지. 아버지 일행이 헤맸던 부근에서 작은 마을 하나가 화재로 사라졌어. 재미있다 싶어서 내가 아버지의 부하였던 사람을 찾아내 직접 이야기를 들었어. …… 그 노인에게는 이제 착실한 아들과 손자가 있었지.

그는 자신의 폭력의 경험을 내면에 봉인하고, 남모르는 고뇌 속에서 살고 있었어. 그 노인이 내게 말하더군. 우리는 별별 짓을 다 했다. 마을에 불을 지른 건 그들의 만행을 은폐하기 위해서였어. 하지만 나는 안이하게 그들을 비난할 수가 없어. 절대적인 죽음을 떠안고 며칠씩이나 굶주린 채, 언제 죽을지도 모르는 상태에서도 신사처럼 살라는 건가? 어렸을 때부터 받아온 폭력을 내면에 끌어안고 있던 아버지는 물론이고, 동지들이 차례차례 굶주림과 말라리아로 죽어나가고, 생과 사의 경계 속에 오로지 걷고 또 걸으면서 피부병에 걸리고 이미 끝난 목숨이라고 확신하면서 그저 조금씩 내딛는 걸음에 자신을 내맡기던 그들 앞에 말랑말랑한 마을이 나타났다면…… 거기에는 소량의 식료품이 있고, 힘없는 마을 사람들이 있고, 수많은 여자들이 있었어. 열대의 무더위 속에 아름다운 갈색 피부를 드러낸 젊은 여자들. …… 그 수많은 여자들의 부드러운 입술, 옷 사이로 희미하게 보이는 육감 넘치는 다리. 부드러운 몸……. 아마 아버지의 폭력성은 거기서 마음껏 해방되었을 거야. 이 세계의 어둠을 집약한 듯 압도적으로 어둡고 불길한 소리와 함께. 마을 사람들의 사체는 불에 타서 모조리 뼈가 되었어. 증거를 인멸하려고 했던 짓이겠지. 그들이 내면에서 분출한 욕망과 광기를 뿔뿔이 달아나는 여자들의 몸이 뼈가 되도록 그 위에 쏟아부은 증거를. 아버지와 그 일행은 우선 마을의 남자들을 죽이고, 식료품을 먹어치우고, 여자들을 마을 한가운데로 몰고 가서 일제히 덮쳤어. 며칠씩이나 자신을 잃어버린 광기 속에서. 그중에는 이미 여자가 죽었는데도 그것조차 깨닫지 못한 채 계속 손상시킨 자도 있었어. …… 그들에게 이미 명확한 의식은 없었어. 머지않아 자신들도 참혹하게 죽을 거라고 확신했던 거야. 그들의 검은 목숨은 거기서 꿈틀거렸어. 광기에 휩싸여 상실해버린 그들의 의식 대신 활발하게 활동했던 검은 무의식은 그때 아마도 이렇게 중얼거리지 않았을까. 어차피 죽을 거라면, 마지막으로."

남자의 표정에 움직임은 없었다.

"…… 1945년, 전쟁에 패하고 아버지는 미군의 설득에 응해 포로가 되었다가 귀국했어. 제356사단은 아버지와 몇몇 부하 이외에는 모두 다 죽었어. 살아남은 그들은 아직도 목숨이 붙어 있다는 게 너무도 잔인해서 어처구니가 없었겠지. …… 자살한 자도 많아. 아버지가 투항한 것은 살려는 의지보다 어쩌면 이 땅에서 아직 못 한 일이 있다고 생각했기 때문일 거야. 귀국한 아버지를 구키가의 사람들은 처음에는 누구인지 알아보지 못했어. 그럴 만큼 인상이 변해버렸어. …… 일본은 미국이 점령하고, 맥아더의 GHQ가 군림하게 되었지. 거기에서 재벌 해체가 이루어졌어. GHQ는 군부와 재벌의 유착이 일본의 폭주를 부른 것이라고 판단했으니까. 다양한 부문의 재벌이 해체되는 가운데 당연히 구키 재벌도 해체되었지. 주식은 모조리 몰수되고. 그런 혼란 속에서 아버지의 아버지, 당주였던 구키 요스케는 속을 끓이다 병사하고, 그의 후계자, 즉 아버지와 나이 차가 많이 나는 큰형과 그 아들이 교통사고로 죽게 돼. 자동차 정비 불량이 원인이라고 했지만, 나는 아버지가 한 짓이라고 생각하고 있어. 직계 혈통이 없어지자 '사'의 가계였던 아버지가 구키가의 당주가 되었으니까. 아버지의 쌍둥이 동생, 또 한 명의 '사'는 전쟁 중에 완전히 미쳐 날뛰다가 죽었어. 폭주하는 꼴을 보다 못한 부하에게 살해되었다는 말도 있지만, 확실한 건 알 수 없어. …… 구키가는 예전만큼의 힘은 잃었지만, 시대는 움직이는 거야. 1951년, 샌프란시스코 평화조약에 의해 일본은 독립하고, 재벌들은 새롭게 부활하기 시작했어. 미국은 당시 위협적이던 소련을 비롯한 공산권에 맞서서 일본을 방어벽으로 이용하려고 했고, 그러자면 강력한 경제 진영이 필요하다는 판단 아래 재벌의 재구축을 허용했어. 구키가는 그룹으로서 관련 회사를 다시 결집했고. …… 그리고 형이 태어나고 내가 태어나고…… 그리고 너도 태어났어."

남자는 피곤했는지 몸을 일으켜 창가로 다가가더니 커튼을 활짝 열었다. 빌딩 숲의 불빛은 이제 아주 조금밖에 보이지 않았다. 남자가 내 등 뒤 테이블의 의자에 앉는 기척이 났지만, 나는 돌아볼 기력이 없었다.

"내가 대표 주주인 몇 군데의 회사는 대부분 전쟁과 관련된 사업을 하고 있어. 해외에서의 무기 매매의 중개에서부터 전쟁터에서의 전후 복구를 위한 건축까지. 내 목적은 아직 너에게 말할 수 없어. 하지만 한 가지만 알려주지. …… 첫걸음으로, 일본의 무기 수출 금지조항을 철폐하는 데 전력을 기울이고 있어. 그것이 철폐되면 일본은 자국의 무기를 해외에 팔 수 있거든. 그렇게 되면 전쟁이 발발할 때마다 우리는 막대한 이익을 거둘 거야. 무기 비즈니스는 큰 돈벌이야. 왜냐하면 무기는 소모품이기 때문이지. 전쟁을 오래 끌수록, 즉 인간이 많이 죽어나갈수록 우리는 돈을 벌어. 일본의 우수한 기술은 세계를 석권하고 있어. 전투기 한 대를 개발했다고 하자. 그러면 그 무기의 보수 관리에서부터 모든 것이 그 판매 계약에 포함돼. 이익이 끝이 없어. 당연한 일이지만, 내가 관심을 가진 건 돈 따위가 아니야. 내가 내다보는 건 그런 경제의 소용돌이 속에서 인간이 대량으로 죽어가는 그 지적(知的)인 구도, 바로 그거야."

"…… 그런 당신의 목적과 구키 가오리가 무슨 관계가 있죠?"

남자의 표정이 슬쩍 누그러들었다.

"구키 가오리의 뒷조사를 하고 있었지요? 대체 왜?"

등 뒤에서 남자가 천천히 숨을 들이쉬는 게 느껴졌다.

"흠, 사카키바라 탐정을 고용했다고 하더니, 역시 제법이군. 눈치를 채고 있었어."

남자가 등 뒤에서 몸을 일으켰다.

"하지만 그것과 이건 별개야. 구키 가오리에게는 내가 개인적으로 관심이 있어. …… 아, 하긴 내가 하는 일은 모두 다 내 개인적인 관심에서 나온 것이야. 음, 아버지의 한을 풀어주기 위해서, 라고 하면 믿겠나?”

“믿지 않아요.”

남자가 다시 정면 소파에 깊숙이 들어앉았다. 손에는 새 위스키
병이 있었다.

“야지마 다카유키라는 혼인빙자 사기꾼을 가오리에게 보낸 건
나야.”

“…… 당신이?”

“그래, 야지마 다카유키. 네가 죽인 사내.”

에어컨 소리는 어느새 끊기고, 방 안은 정적으로 더욱 가라앉았
다. 나는 이마에 땀을 흘리고 있었다. 남자는 거대하고 부드러운 벌
레처럼 소파에서 몸을 틀었다.

“나도 놀랐어. 그자를 보냈더니 살해되었더라고. …… 네가 한
짓이지. 나도 그 정도는 알아. 왜 그자를 구키 가오리에게 보냈는
가. 그 여자를 내 손에 넣기 위해서야. 그자에게 지시했어, 여자를
마약중독자로 만들어 내게로 데려오라고.”

“…… 어째서?”

내 목소리는 심하게 갈라졌다.

“내가 너무 우울해서. 가오리는 아버지가 너에게 지옥을 보여주
려고 양녀로 데려온 여자였어. 말하자면 우리 구키가의 제물 같은
존재야. 아버지가 미처 손상시키지 못한 여자를 그 아들인 내가 대
를 물려 손상시킨다. 어때, 그 반복이 조금 재미있잖아? 마약중독

자로 만들면 나는 그 여자의 몸과 정신을 오래오래 소유할 수 있어. 다시 다른 사내를 가오리에게 보낼 생각이야."

"그러지 마."

"하하하, 그 여자한테 빠졌나? 흥, 거짓말하지 마."

시야가 점점 좁아졌다. 점점 심해지는 두통과 함께 눈앞의 그림자가 길게 늘어났다.

"…… 뭐라고?"

"거짓말하지 말란 말이야."

두툼한 입술만 눈앞에서 꿈틀거렸다.

"너는 그 여자를 손상시키고 싶지? 그 여자를 엉망진창으로 망가뜨리고 싶지? 너는 구키가 사람이야. 나는 알아. 너는 네 인생을 엉망진창으로 만든 그 여자에게 복수하고 싶은 거야. 아니, 그건 정확하게 말하면 복수가 아니지. 네 마음대로 그 여자를 좋아하고 네 마음대로 엉망진창이 되어버렸으니까. 정확하게 말하면 이런 거야. 너의 무의식은 최대의 악을 행하기를 원하고 있어. 그건 네가 이 세계에서 가장 가치 있다고 생각하는 것을 완전히 파괴하는 것이야. 바로 가오리지. 너는 그러기 위해서 가오리를 이 세계 최고의 가치로 끌어올렸어. 언젠가 손상시키기 위해. 너에게 연애 감정 따위는 없어. 너는 손상시키기 위해 가오리를 좋아했고, 손상시키기 위해 네 인생을 가오리에게 바쳤고, 손상시키기 위해 가오리를 네 인생의 모든 것이라고 믿어왔어. 그리고 언젠가 실제로 가오리를 손상시킬 거야. 가오리를 파괴할 압도적인 욕망의 폭발과 그 뒤에 찾아오는 압도적인 절망을 맛보려고 애를 태우고 있는 거라고. 모든 건 그 한순간을 위한 것이지. 욕망과 비통과 절망이 한꺼번에 겹쳐진, 평범한 인생에서는 결코 일어날 수 없는 그 섬광 같은 암흑의 폭발을, 너는 온몸을 던져 애타게 기다리는 거야. 그때 너는 압도적인 쾌락으로 부르르 떨겠지. 이 세계와 자신의 인생을 철저하게 모멸한 환희와 함께."

"…… 아니야."

"처음에는 정말로 좋아했을 수도 있어. 아직 어렸을 때는. 하지만 지금의 너는 달라. 나는 말이지, 네가 아버지를 죽였다고 생각해. 어때, 정확히 맞췄지? 나는 다 알아. 구키 집안의 자식이니까! 그렇잖아, 모든 것을 잃은 지금의 네가 이 인생에서 뭘 바랄 게 있어? 설마 구키 가오리의 행복을 멀리서 기도하는 거? 에이, 그건 말도 안 되지. 지금 네 인생의 목적은 그 파멸의 한순간뿐이야. 너는 전쟁까지 짊어진 구키가의 저주 속에 있어."

"…… 멋대로 지껄이지 마."

남자의 눈이 점점 크게 뜨였다.

"죽이려고? 나를 죽이려고? 아버지와 야지마를 죽인 것처럼? 그래, 어디 해봐!"

남자가 갑자기 목소리를 높였다. 눈을 크게 뜨고 나를 뚫어져라 바라보면서, 고개를 치켜들고 자신의 목을 내게 내보였다. 남자의 호흡이 서서히 흐트러지기 시작했다.

"따분하다고, 나는. 따분해서 견딜 수가 없어. 죽음이 지금 내 앞에 있다면, 그래, 어디 한번 어떻게 생겼는지 봐주지! 하하하, 죽여, 자, 어서!"

나는 남자에게서 시선을 뗄 수 없었다. 그는 금세 흥분한 표정으로 바뀌어 내면에서부터 온몸에 일순 생기가 내달리는 것처럼 보였다. 남자는 눈을 크게 뜨고 나를 계속 응시했지만, 점차로 그 시선은 힘을 잃고 멍해졌다. 남자는 느릿느릿 나른한 동작으로 다시 위스키를 마셨다. 남자의 표정 변화를 미처 따라잡지 못해 나는 아무 생각도 나지 않았다.

"나는 너와는 관계없이 구키 가오리에게 남자를 붙일 거야."

"…… 그러지 마."

"아니, 얼마든지 사람을 보내줄 수 있어. 그때마다 네가 죽이면 되잖아? …… 너는 그 인간의 행동 습성을 이용해서 살해했어. 그렇지? …… 그게 아니면 네가 직접 구키 가오리에게 접근해볼래?"

남자가 헤벌어진 입술을 비뚜름하게 틀었다. 조금 전에 흥분한 모습을 보였던 일 따위는 전혀 개의치 않는 얼굴로 나를 바라보고 있었다.

"네가 구키 가오리를 마약중독자로 만들어서 내게 데려와. 네가 그렇게 하겠다면 당분간 구키 가오리에게 사람을 붙이지 않아도 돼. 그렇게 하면 너는 그나마 내게 손상되기 전의 구키 가오리를 맛볼 수 있어. …… 어때, 나쁘지 않지? 거절한다면 나는 다시 똑같은 지시를 내릴 거야. 어쩌면 부하를 보내 납치해올 수도 있지."

"……어째서?"

"말했잖아. 우울하기 때문이야. …… 중간보고를 듣기 위해 나중에 너를 한 번 더 호출하도록 하지. …… 너는 머리가 좋아. 경찰 따위에 기대지는 않겠지. 경찰은 기본적으로 사건이 터진 다음에나 움직이는 기관이니까. 스토커에게 살해된 피해자 대부분이 사전에 경찰에 보호를 요청했던 사람들이라는 것쯤은 알고 있지? …… 다음에 만날 때, 좀더 많은 이야기를 해주마. 어째서 네가 구키 가오리에게 빠졌는지, 그 이유도."

3

호텔 로비를 지나 밖으로 나오자 나를 태우고 왔던 남자의 차는 이미 보이지 않았다.

구키 미키히코는 저 음울한 방에서 혼자 잠드는 거라고 생각하면서 호텔 앞에서 택시를 타고 메마른 아스팔트 위를 달렸다. 빌딩에 드문드문 불빛이 보이고 맨션의 불빛도 보이고 무수한 자동차의 불빛도 보였다. 시야를 스쳐가는 그 불빛들을 멍하니 바라보며 아버지의 반절이 떨어져 나간 귀를 생각했다. 그리고 나이 들면서 술을 많이 마셨던 것이며, 내가 지하방의 문을 닫아버릴 때, 스스로 약을 준비해 지니고 있었던 것이 머리를 스쳤다. 아버지는 그 지하방에서 배를 곯으며 어렸을 때와 전쟁 때의 굶주림이 또 찾아왔다고 생각했을까.

휴대전화를 보니 요시오카 교코에게서 문자가 와 있었다. 집 앞에 기분 나쁜 남자가 와 있으니까 돌아오지 않는 게 좋겠다는 것이었다. 분명 아이다 형사일 터였다. 괜찮다, 지금 돌아가겠다, 하고 문자를 보냈다. 잠시 망설이다가 나는 탐정에게 전화를 걸었다. 즉시 전화를 받아준 그의 주위에서 확실치 않은 치직거리는 소리가 났지만, 잠시 뒤에 갑작스레 조용해졌다. 나는 운전기사가 마음에 걸려서 일단 택시를 세우고 밖으로 나와 그 차체의 뒤편에 몸을 기댔다.

"구키 미키히코를 만났어요."

"지금 이 시간에 만났단 말이야?"

탐정의 목소리에서 긴장하는 기척이 느껴졌다.

"예. …… 나도 좀 놀랐습니다. 야지마 다카유키는 그 사람이 가오리에게 보낸 자였어요."

"그렇다면 그건……."

"가오리를 손에 넣기 위해서겠죠. 마약중독자로 만들어 자신이 소유하고 싶다는군요. 그 사람, 완전히 정신이 나갔어요. 가오리에게 별로 관심도 없으면서 그런 짓을 하고 있습니다. 하긴 아직 확실한 진상은 잘 모르겠어요. 아, 그리고 내 휴대전화 번호는 고니시 씨를 통해 새어 나간 거였습니다."

"······ 그건 내 쪽의 잘못이야. 미안하게 됐어."

"아니, 어쩔 수 없는 일이었어요. 범인이 JL 멤버였습니다."

"JL······."

"그 멤버 중의 한 사람이 구키가의 친척이었습니다. 구키 쇼조의 쌍둥이 남동생의 손자, 라무라에서 자살한 간부의 아들입니다. 가오리를 이용해 내게서 돈을 뜯어내려고 한 모양이에요. ······ 모두 구키가 사람들이군요, 가오리 주위에서 얼쩡거리는 자들은."

탐정이 문득 입을 다물었다.

"미쳐버린 일가예요, 정말. 가오리는 애초에 이 집안에 입양되지 않는 게 좋았어요. 그런 미쳐버린 가계와 관련되는 바람에 이런 꼴을 당하고. ······ 구키가는 원래 그런 집안입니다. 끈질기고 음울하고 집념이 강한. ······ 구키 쇼조의 저주인지도 모르지요. 아니, 훨씬 옛날부터 내려온 저주인지도."

내 말투가 빨라진 것을 깨달았다. 나는 이제부터 할 말을 침착하게 말하기 위해 한 차례 의식적으로 숨을 들이쉬었다.

"······ 내가, ······ 가오리를, ······ 직접 만나는 것도 가능할까요?"

내 목소리는 띄엄띄엄 갈라져서 나왔다. 내가 한 말에 크게 동요해서 애써 침착해지려던 심장의 고동이 다시 흐트러졌다.

"그리고 구키 미키히코의 행동 패턴을 조사해주세요. ······ 자주 가는 가게든 뭐든, 모두 다."

이건 내가 예전에 야지마에 대해 부탁했던 의뢰와 똑같은 것이었다.

"알았네."

"고맙습니다. 근데…… 왜냐고는 묻지 않습니까?"

탐정은 생각에 잠긴 듯 잠깐 틈을 두었다. 내가 몸을 기댄 택시 옆을 차들이 속도를 높여 지나쳐갔다. 탐정이 입을 여는 기척이 들렸다.

"우리는 의뢰자의 주문에 대해 왜, 라는 질문은 하지 않아. …… 전에도 말했지만, 우리가 하는 일은 원래 보이지 않는 것을 보고, 불가능한 것을 가능하게 하는 것이야. 일상에서 일탈하는 의뢰자의 의지에 맞춰 수족이 되어주는 일이지."

"그렇다면 당신은 왜 자신을 그런 곳에 두고 있죠? …… 아, 미안해요. 아무 관계도 없는 얘기군요."

내가 왜 이런 질문을 하고 있는지 알 수 없었다.

"아니, 대답하지. 나는…… 아마도 이 세상에 복수를 하고 있는 걸 거야."

"복수?"

"…… 이 세계의 다양한 세부(細部)에서, 원래 정해놓은 듯한 흐름을 바꿔버리고 싶은 거야. 그게 무슨 복수가 되는지, 그건 제대로 설명을 못하겠지만, 인간을 어느 한곳으로 떠밀어가는 흐름에 저항하고 있다는 실감이 드는 때가 있어. …… 우리의 룰 위반으로."

"인간은 제각각 뭔가를 선택해가면서 살아가는 게 아니라는?"

"선택해가면서 살고 있지. 하지만 많은 경우, 그 선택 자체가 한 정되어 있어. …… 룰 위반이 없다면."

택시의 딱딱한 차체를 허리 뒤로 느끼면서 눈앞의 맨션 불빛을 바라보았다. 나는 입을 열었다.

"하지만 그런 룰 위반도 어쩌면 그 흐름의 일부인지도 모르죠. …… 아, 미안해요, 이야기가 빗나가버렸군요. 신타니의 과거 사건 은 어떻게 됐습니까?"

"…… 역시 살인 사건은 아니었어. 하지만 우연한 사고로 사망한 스즈키 사에는 신타니 씨와 헤어진 뒤에 정신적으로 무척 불안한 상태였어. 사고가 난 건 그 영향 때문이라는 의견이 있어."

신타니가 자주 보던 영화에 그런 주제의 영화는 없었는지, 나는 생각해보았다.

"어머니 야에코 씨는 아마 그런 의미에서 신타니 씨를 원망했던 것 같아. 딸의 장례식에도 오지 못하게 했다고 하는 걸 보면."

"그렇군요, 장례식에도……."

자동차의 흐름이 어느새 끊기고 한산해진 도로에서 나는 휴대전 화를 껐다. 다시 택시에 타려는 순간, 뒤에 서 있던 검정색 차의 운 전자가 눈에 들어왔다. 미행을 하는 것이겠지만, 그자는 너무 노골 적으로 자신을 드러내고 있었다. 문자를 보내는 척하며 휴대전화 로 그 차의 영상을 찍었다. 택시에 타고서 내가 찍은 영상을 확인한 뒤에 탐정에게 보냈다. 택시가 달리기 시작하자 그 차는 자신의 존재를 주장하듯이 바짝 따라왔다. 탐정에게서 곧바로, 그 차는 구키 미키히코가 고용한 사설탐정, 이라는 답신이 왔다.

구키 미키히코를 만나자마자 이렇게 되는구나, 하고 생각하며 사이드미러 너머로 계속 그 차를 살펴보았다. 하지만 구키 미키히코는 이미 내가 사는 곳을 알고 있기 때문에 미행해봤자 별 의미도 없었다. 무시하는 수밖에 없다고 생각하고 나는 의식적으로 고개를 앞으로 돌렸다.

맨션 앞에 도착하자 아이다 형사가 서 있었다. 나는 다시 노곤해지는 몸을 느끼면서, 운전기사에게 요금을 건네주고 택시에서 내렸다. 아이다는 누군가와 전화를 하고 있다가 나를 보자 곧바로 끊었다. 손에 담배를 들고 있었다. 뒤에서 따라오던 차는 아이다가 있어서인지, 내 옆을 지나쳐 갔다. 곧장 맨션으로 들어가려고 했지만 아이다가 내 앞에 팔을 디밀었다.

"…… 뭐라고 한마디쯤은 하셔야지, 나를 환영하지 않는다는 말이라도."

"나는 당신에게 볼일이 없어요."

그대로 지나치려고 하자 아이다는 분명하게 내 어깨를 잡았다. 멀리서 검은 자동차가 뭔가 말을 남기듯이 모퉁이로 사라졌다.

"아이, 왜 그래? 한참 동안 못 만났는데."

나는 멈춰 서서 아이다를 바라보았다. 여전히 구두 바닥이 닳아 있었다.

"스즈키 사에 사건을 아무리 조사해봐도 당신은 무죄야. 어떻게 봐도 사에 씨의 사고는 사에 씨에 의한 과실이지. …… 유감스럽지만 사고 당시에 너는 대학에 강의를 들으러 갔었고 운 좋게 교수에게 리포트 발표까지 했어. 학생들이 다들 너를 목격했지. 알리바이도 완벽해. 네가 누군가를 시켜서 살해했다는 야에코 씨의 주장도 현실성 없는 얘기고."

"그럼 이제 됐잖아요."

"응, 이제 됐어. 하지만 다시 조사해본 끝에 새롭게 알게 된 게 있어. 내가 너를 지독히 싫어한다는 거야."

아이다가 내가 가진 신타니의 얼굴을 보고 있었다.

"너에게는 반성이라는 게 없지? 괴로워하지도 않고 자잘한 일에는 신경도 쓰지 않아. 거침없이 네 인생만 걸어나가지. 영화 감상이 취미인지 뭔지는 모르겠지만, 영화 동아리 친구들에 따르면 그건 그냥 폼일 뿐이라고 하더군."

형사가 하는 말이 사실인지는 알 수 없지만, 신타니의 취미였던 영화를 한 편씩 보려고 했던 내가, 그리고 거기에 휘둘린 나 자신이 조금 우스워졌다.

"내가 야에코 씨 쪽만 봐주자는 게 아냐. 사에 씨가 사망한 일주일 뒤에 네가 친구들하고 술자리에서 배를 잡고 웃었다는 말을 듣고, 도저히 용서할 수 없는 놈이라고 생각한 거야. 분명 너한테는 책임이 없을지도 모르지. 하지만 사에 씨는 사고 당일까지도 계속 너만 생각했어. 그 뒤의 네 인생도 그래. 거침없이 살아가는 네 주위에서 왜 그런지 사람들이 차례차례 죽어나갔어. 참 이상한 인생도 다 있지. 마치 주위 사람들이 너 대신 뭔가를 덮어쓰는 것 같단 말이야. …… 나는 개인적으로 너 같은 인간, 도저히 용서 못 하겠어. 근데 어떻게 된 거지, 요즘 너는?"

아이다의 가느다란 눈은 탁하게 흐려져 있었다.

"전혀 인상이 달라졌어. 안으로 안으로, 아주 세밀한 것만 생각하는 것 같아. 머리형이 달라져서 그런가? 인상까지 완전히 달라져 버렸어. 요즘 직업이 없지? 그런데 이런 고급 맨션에서 살고, 자주 바깥출입을 하고 있어. 너, 지금 뭐 하는 거야?"

"…… 당신하고는 상관없는 일이에요."

"그렇지. 나하고는 상관없어. …… 나도 좀 바쁘거든, JL 멤버로 보이는 인물이 꼬리를 드러내서 말이야."

"…… 예?"

나도 모르게 되물었다.

"너도 관심이 있는 모양이지? 너 같은 인간은 그런 쪽에는 전혀 관심이 없을 텐데 말이야. …… JL 멤버 한 사람이 아무래도 여기 세다야 구에 사는 것 같아. 말이 나온 김에 잠깐 물어보자. 어때, 이 남자, 어디서 본 적 없어?"

아이다가 내게 한 장의 사진을 내밀었다. 길거리 방범 카메라에서 땄는지 화질이 좋지 않은 사진이었다. 모자를 쓰고 다운재킷을 입고 어딘가로 달려가는 것 같았다. 눈이 가늘고 턱이 튀어나와 있었다. 알지 못하는 남자였다.

"…… 모르는 사람이에요."

"역시 그렇지? 내가 JL에 대해 계속 조사해왔어. …… 나 혼자서, 이건 진짜 깊은 인연이라고 생각하고 있어. 넌 어떻게 생각해? JL이 어떤 형태로든 라무라라는 종교 단체, 원자력발전소를 점거하고 집단 자살했던 그 종교 단체하고 관련이 있는 것 같은데 말이야. …… 그 점거 사건에 어느 대재벌과 관계된 사람이 한 명 있어서 내가 관심이 있거든. …… 하긴 JL이 허튼 장난을 치는 녀석들이라서 내가 괜히 허탕을 칠 가능성도 있지만."

나는 아이다를 마주 보지 않으려고 시선을 바닥으로 떨구었다. 심장의 고동이 아플 만큼 빨라져 있었다. 관자놀이가 욱신거렸다.

"너에 관한 것도 JL에 관한 것도 계속 꽉 막혀 있었는데 드디어 JL 쪽은 조금 길이 트였어. …… 아, 그래서 앞으로 한참 너를 못 만날 것 같아."

아이다가 나를 보았다.

"아니, 두 번 다시 볼일이 없겠지. …… 마지막이 될 것 같아서 하는 말인데, 사에 씨의 묘에 한번 가봐."

"…… 당신과는 상관없는 일이잖아요."

"그럴지도 모르지. …… 하지만 지금의 너라면 갈 수 있겠다는 생각이 들어서 하는 말이야. 사에 씨의 기일에 묘 앞에서 너를 덜컥 만날 것 같은, 그런 마음도 들어. 무슨 일이 있었는지는 모르겠지만…… 자, 그럼."

아이다는 그렇게 말하고 걸음을 옮겼다.

어깨 폭이 넓은 그의 뒷모습을 곁눈으로 지켜보며 나는 맨션으로 들어갔다. 좁은 복도를 지나 모퉁이를 돌아서자 엘리베이터 앞에 검은 코트를 입은 남자가 서 있었다. 오십대로 보이는 사람이고, 짧은 머리에 등이 약간 굽어 있었다. 아까 나를 따라왔던 차는 갔을 터였다. 못 본 척 엘리베이터 버튼을 누르려는데 갑작스럽게 그가 내 손목을 움켜잡았다.

남자가 지그시 나를 보고 있었다. 나는 엘리베이터를 보며 손목을 잡힌 채로 다시 버튼을 누르려고 했다. 하지만 남자는 힘을 주어 내 팔의 움직임을 막았다. 플로어가 써늘해졌다.

"구키 미키히코의 탐정이지?"

내 말에도 남자는 웃음을 띠는 기척도 없었다.

"전언이야."

내 손목을 잡은 그의 손은 뜨뜻했다.

"이삼 일 안으로 구키 가오리와 접촉하도록 해."

나는 남자를 무시하고 앞만 바라보았지만 어떻게도 손을 움직일 수 없었다.

"네가 하지 않으면 그 사람의 명령대로 우리가 해야 돼. …… 우리도 힘들다고. 알지? 그러니까 그 사람이 하라는 대로 네가 똑똑히 해내. 그 여자를 마약중독자로 만들어서 그 사람한테로 데려가라고."

옆의 엘리베이터가 열리고 갈색 머리의 여자가 내렸다. 하지만 남자는 내 손목을 잡은 채, 그쪽에는 별로 신경 쓰는 기색도 없었다.

"네가 일단 그 여자와 접촉해서 네 손으로 하겠다는 의지를 보여. 우리가 움직이기 전에."

남자는 코트 주머니에서 봉투를 꺼냈다.

"이거, 최상품이야. 소중하게 써. 조금쯤은 네가 써도 돼."

남자는 봉투를 내 주머니에 틀어넣고, 굽은 등을 돌려 멀어져갔다.

현관을 열고 화장실에 들어가 봉투에 든 가루를 모조리 물에 쏟았다. 방문을 열자 요시오카 교코가 어둠 속에서 또 영화를 보고 있었다. 화면 속에서는 남녀가 길거리에서 심하게 말다툼을 하고 여자가 울면서 남자에게 대들고 있었다. 요시오카 교코는 나를 돌아보며, 어서 와, 하고 작게 말했다. 그녀에게 대답을 했지만 명확한 말이 되어 나오지 않았다.

"엄청 피곤해 보이네?"

"…… 그렇지?"

나는 코트를 벗어 던지고 소파에 몸을 기댔다.

"우편물이 와 있어. 거기 상자 위에 올려놨어."

"고마워."

가까이에 있던 흐린 유리잔의 물을 한 모금 마셨다.

"당신, 아주 여러 곳에서 우편물이 오던데? 시계방에 옷집에, 호텔에서도 왔어. 보낸 사람의 이름은 모두 글씨가 똑같던데."

"…… 뜯어봤어?"

"안 봤어. 엄청 보고 싶긴 했지만."

나는 피식 웃음이 터졌다.

"위험할지도 모르겠다. 한동안 나를 만나지 않는 게 좋겠어."

내가 말하자 그녀는 입을 살짝 벌리고 나를 보았다.

"…… 진짜?"

"진짜로."

"큰일 났네. 갈 데도 없는데."

화면에서는 여자가 뭔가 계속 부르짖으며 사거리에서 남자를 칼로 찔렀다. 교차하는 길의 중심이 남자의 피로 물들어갔다. 그 장면을 먼 아파트 창문에서 그 칼에 찔린 남자 자신이 바라보고 있었다.

"집은?"

"있긴 있는데……."

나는 자리에서 일어섰지만 다리에 힘이 주어지지 않았다.

"빚이 얼마나 되지?"

"됐어."

"됐으니까."

"…… 팔십만 정도."

나는 하얀 옷장을 열고 안의 서류 가방에서 백만 엔 묶음을 꺼냈다.

"이거 받아."

"뭐? …… 됐어."

"됐으니까."

"…… 왜 주는데?"

그녀가 나를 보았다. 정말 왜 나는 그녀에게 이 돈을 주는 걸까.

"애초에 내 돈도 아니고, 나한테는 필요도 없어. 마지막에는 모두 기부할 생각이기도 하고."

"…… 그래도."

그녀가 눈을 내리떴다.

"게다가 너하고는 섹스도 했고."

"섹스를 했다고 이렇게나 많이 줘?"

"네가 생각하는 것보다 섹스라는 거 꽤 대단한 거야."

내가 하는 말이 좀 우스웠다.

"…… 그럼 언제든 꼭 갚을게."

"됐어."

"뭔가 꺼림칙하잖아. 꼭 갚을게."

화면에서는 자신이 칼에 찔리는 장면을 바라보던 남자가 세월이

홀러 노인이 되어 있었다. 노인은 지팡이를 짚고 걸음을 옮기다가 이윽고 예전에 자신의 분신 같았던 남자가 여자에게 칼에 찔린 사거리를 지나가게 된다. 노인은 그 사거리에 들어서자 갑작스럽게 뭔가에 사로잡힌 것처럼 자신의 배를 칼로 찌른다. 마을에 우뚝 선 시든 나무들은 그런 노인을 바라보며 침묵하고 벽돌이 촘촘히 깔린 사거리에 코트를 입은 노인이 몸을 웅크리고 주저앉는다. 노인의 얼굴은 뭔가 체념한 것처럼 보인다. 붉은 피가 상징처럼 다시 그 사거리를 물들여간다.

"······ 아무튼 한동안 만나지 않는 게 좋아."

"······ 그렇게 안 좋아?"

"혹시나 해서 조심하려고."

텔레비전 화면이 돌연 사라졌다. 아니, 그 화면은 벌써 꽤 오래전에 사라진 것 같기도 했다.

"뭐라고 해야 할지 모르겠지만, ······ 당신, 괜찮은 거야?"

"······ 모르겠어."

나는 잠깐만 웃었다.

"내 성격, 지금까지의 경험, 그리고 앞으로의 상황을 생각하면······ 아무래도 내가 가게 될 곳은 하나뿐인 거 같아."

"가게 될 곳?"

문득 아직도 남아 있는 시안화칼륨 병이 다시금 뇌리를 스쳤다.

"결국 인간의 삶이란 휘말려드는 것이라는 생각이 들어. 내 의지나 취향에 따라 움직이는 것 같으면서도, 뭐랄까, 그런 내 의지나 취향도 뭔가에 휘말린 것이라고 할까. …… 이해가 돼?"

"…… 응, 어쩐지 알 것 같은."

"얼굴을 바꾼 뒤부터 왠지 그런 생각이 드는 것 같아."

그녀가 내게 다가와 불붙인 내 담배를 손가락 사이에 끼우고 한 모금 피웠다.

"…… 저기, 하자."

"답례 삼아 하는 거라면……."

"그런 거 아냐. 하고 싶어서."

그녀가 단추를 풀기 시작했다.

"근데 그것도 너의 DNA와 성격과 지금까지의 환경이, 내 우연히 변해버린 이 얼굴에 반응한 것뿐인지도. …… 네가 여기에 휘말려든 거."

그녀는 어떤 영화를 보고 영향을 받았는지, 말하는 내 입을 자신의 입술로 막으려다가 실패해서 턱을 부딪치고는 소리 내어 웃었다.

4

어둠침침한 골목길을 빠져나와, 편의점의 강한 불빛은 무시하고 완만한 언덕길을 올라갔다.

이토 료스케는 여전히 회색 니트 모자를 쓰고, 후드 달린 소매 없는 하얀 다운재킷에 흠집이 난 바지를 입고 있었다. 그는 내 앞을 걸어가다가 뒤를 쓱 돌아보더니 녹슨 공동주택 계단으로 올라섰다. 공용 세탁기 두 대가 놓였고, 어제 온 비 때문에 건물이 젖어 있었다. 전체적으로 낡아빠졌는데 인터폰만은 부자연스럽게 새것이었다.

문을 열어준 남자는 나는 쳐다보지도 않은 채 안으로 들어갔다. 이십대 초반의 아직 젊은 남자였다. 세 평 남짓한 방에 푸른 카펫이 깔렸고 간소한 다락이 있었다. 나지막한 테이블과 텔레비전 이외에 가구는 아무것도 없었다.

"이 친구는 사토라고 하면 돼. 본명은 뭐든 상관없어."

이토는 그렇게 말하며 남자를 소개했지만, 그 사토는 나를 빤히 쳐다보면서 아무 반응도 보이지 않았다. 파란 테 안경에 파란 파카를 입고 갈색 머리를 왁스로 세웠다.

"…… 둘이서?"

"그럴 리가 있나. 멤버 일부야. 대부분 도쿄에 없어."

이토가 카펫에 주저앉으면서 말했다. 내가 담배에 불을 붙이자 사토라는 남자가 처음으로 목소리를 냈다.

"금연인데?"

무시하고서 계속 피우자 사토는 포기했는지 찌부러진 빈 깡통을 이토에게 건넸다.

텔레비전에서는 누군가 전국 18개소 선거 벽보의 일부 후보자 포스터에 성인 비디오 여배우 사진을 덧붙이는 바람에 각 후보자 선거 사무실에서 격노하고 있다는 뉴스가 흘러나왔다.

"저거, 어떤 거야?"

사토가 대롱거리는 환풍기 끈을 당기면서 이토에게 물었다. 이토는 자신이 들고 다니는 미네랄워터를 마시고 있었다.

"여배우가 누군지는 잊어버렸는데 사진을 선거 포스터처럼 만들었어. 활짝 웃는 얼굴 옆에 '틀림없이 보여줍니다'라고 써넣은 거."

"꽤 재미있는데? 미묘하네. 허용해도 되는 거 아냐?"

"응, 그럼 문자 보낼게. 아, 그리고 공원에 대량의 비둘기 사체도 있었다는데?"

"그건 안 돼."

텔레비전 뉴스에서는 이어서 며칠 전 러브호텔에서 사망한 세 번째 정치인에 대한 내용이 흘러나왔다. 총리가 기자들에 둘러싸인 화면과 함께 경찰이 수사팀을 강화했다고 아나운서가 정중하게 원고를 읽었다. 비정규직 사원을 대량 해고한 자동차회사 사무실에서 대규모 화재가 일어났고, 지하철에 악취가 퍼지는 사건이 있었다. 자신의 블로그에 JL의 행동은 부패한 정치에 저항하는 것이며 자신은 어디까지나 젊은이와 한편이라고 말했던 텔레비전 시사 평론가의 집이 JL에 의해 온통 낙서투성이가 되었다. 호화 저택만을 노리는 방화 사건도 있었다. 얼마 전에 결혼식이 텔레비전에 생중계된 인기 연예인 커플에게는 남편 쪽으로 협박장이 날아왔다. 거기에는 어린아이 글씨로, 목숨만은 살려주겠지만 네놈의 성기를 오 년 안에 반드시 파괴하겠다고 적혀 있었다. 유명한 뉴스 캐스터가 SM 클럽에서 '방치 플레이'를 하는 사진이 유출되었고, 범인은 아직 밝혀지지 않았지만 세 군데의 의과대학에서 치사량의 파리톡신 수천 명분을 도난당했다.

"시시한 짓이야, 너희들."

내가 말하자 사토가 피식 웃었다.

"당연하지. 애초에 시시한 짓을 하기로 했던 거니까."

"시간과 노력의 낭비야."

"하하, 그건 그래."

사토는 그렇게 말하며 웃고는 다시 텔레비전을 보기 시작했다. 리포터가 진지한 표정으로, 파리톡신을 도난당한 의과대학으로 출동하고 있었다.

"장난 정도라면 그나마 귀엽게 봐주겠지만 살인까지 하면 일이 커져."

"저건 우리가 한 건 아닌데 말이야."

이토가 곁에서 대꾸했다.

"분명 멤버가 한 짓이긴 해. 하지만 우리는 나중에야 들었어. 사전에 승인해준 게 아니라고. …… 너무 성급했어. 아직 초창기인데

공안이나 경찰이 본격적으로 뛰어들면 일이 번거로워져."

"너희들, 리더는 없어?"

"그런 게 있을 리가 있나. 정식 그룹도 아닌데."

사토가 웃으면서 말을 받았다.

"요즘 들어 자꾸 모방범이 나오는데, 그중에서 마음에 드는 게 있으면 매스컴과 우리만 아는 암호를 곁들여서 JL의 범행이라는 성명서를 내고 있어. 당연히 모방범도 자기들끼리 범행 성명서를 보내겠지만, 그건 수사에 혼선을 주려는 얼치기로 취급되는 거야. JL의 아류로 여겨지기도 하고, 모방범이 스스로 JL 멤버로 인정받았다고 어이없는 착각을 하기도 하고, 결국 모두 다 JL 계열이 되는 거야. 범행 성명서는 매스컴에 직접 수송하고 있어. 그건 '알카에다'를 참고로 한 거야."

"그렇군."

"그래도 분명하게 정식 멤버는 있어. 매스컴에 보내는 범행 성명서의 암호를 알고 있는 사람을 정식 멤버라고 할 수 있겠지. ......정치인 살해는 일단 우리 멤버가 했어. 사람을 모집해서 실행한 모양이야. 우리는 따로 회의는 하지 않아. 아주 느슨하게 서로 연결되어 있을 뿐이야. 하지만 그 암호만은 외부에 발설하지 않는다는 룰이 있어. 어쨌든 오리지널이 없으면 일이 복잡해지니까."

"그럼 너희 둘이 실제로 했던 사건은 뭐야?"

"그건 말할 필요 없어. 어쨌든 나와 이토는 아직 살인에 관여한 적은 없어. 이유는, 아직 각오가 서지 않았기 때문이야, 하하하. 머지않아 해치울 생각이긴 해. …… 뭐, 지금으로서는 그쪽은 다른 누군가가 저 하고 싶은 대로 하라고 놔두는 게 가장 좋아. JL 과격파라는 놈들에게. 실제로 살인이 벌어진 뒤부터 비약적으로 JL의 지명도가 높아졌으니까……. 아, 그보다 이토, 이 친구 아까부터 말하는 게 좀 이상한데, 괜찮은 거야? 동지가 될 생각이 전혀 없는 거같은데?"

"괜찮아. 어떻든 여기 와 있잖아. 관심이 있다는 증거야. …… 게다가 돈이 많아."

"분명 돈이야 필요하지. 지금은 그게 가장 큰 문제야."

사토가 자리에서 일어섰다.

"이토, 네가 설득 좀 해. 나는 저 친구가 멤버로 들어오는 건 오케이. 좀 컴컴하긴 한데 머리도 괜찮은 거 같고."

사토가 시계를 보며 배낭을 등에 멨다.

"어디 가는데?"

"내 맘이다. 자, 그럼."

사토는 그대로 나가버렸다. 이토는 텔레비전 리모컨으로 이리저리 채널을 돌리고 있었다.

"저 친구는 갑자기 어딜 가지?"

"서로 깊이 캐묻지 않는다는 것도 암묵의 룰이야. 아마 아르바이트 갔을 거야. 얼마 전에 술집 티슈 나눠주는 거, 내가 멀리서 본 적이 있어.”

이토는 그렇게 말하고는 다시 미네랄워터를 입에 머금었다. 귀에 꽂힌 두 개의 피어스가 조명을 받아 하얗게 빛났다.

“자칫 착각하기 전에 말해두겠는데, 우리는 세상을 개혁하겠다느니 하는 거창한 생각은 없어. 우리의 삶을 바꿔보겠다는 것도 아니야.”

이토는 왼쪽 손목의 하얀 리스트밴드를 오른손으로 슬슬 돌리며 말했다.

“우리는 그냥 재미있어서 하는 것뿐이야. …… 딱 한 가지, 일단 방향은 있어. 모든 것을 아래로 아래로 끌어내리는 것. 우리는 모든 인간의 목표 달성이니 성공이니 권위 따위를 바닥으로 처박아버릴 거야. …… 이를테면, 아주 사소한 것부터 말하자면, 얼마 전에 엄청난 양의 음악과 영화와 만화 등을 압축 파일로 무료 다운로드할 수 있는 사이트가 연달아 생긴 적이 있었지? 동시에 무료 제공해주는 오리지널 다운로드 소프트의 스피드와 간편함이 화제가 되어서 진짜 엄청난 클릭 수를 기록했어. …… 그건 아직 JL이 생기기 전의 멤버 한 사람이 한 거였어. 사이트 유지비가 상당히 많이 들었지만, 링크한 성인물 사이트의 광고 수입도 굉장했으니까 조금이지만 이익도 났어. 사망한 타인 명의의 컴퓨터에서 동남아시아의 프로바이더를 사용해 갱신하고, 광고 수입도 상하이의 타인 명의의 계좌에 입금하도록 했어. 현지의 친구가 고용한 노숙자를 시켜 돈을 인출하고, 그다음에는 손에서 손을 거쳐 그 친구가 일본 은행의 멤버 계좌로 이체했어. 그러니까 우리 멤버를 찾아낸다는 건 거의 불가능한 일이었지. 맨 처음 JL의 자금원은 그 돈이었어. …… 그 일은 명백히 불법으로 저작권을 침해하는 범죄였어. 그런 식으로 모든 게 공짜로 손에 들어오면 문화 제공자 측은 자금이 고갈되어서 점점 쇠퇴하지. 하지만 그 친구가 생각한 게 바로 그 점이었어. 모두 다 쇠퇴해버리면 좋겠다고 생각한 거야. '프로'라는 말만큼 역겨운 것도 없어. 종래의 문화도 서브컬처도, 모두 다 쇠퇴하고 모두 똑같이 아마추어가 되는 게 좋아. 아마추어가 여유 시간에 개인적으로 만든 것을 인터넷에서 공짜로 즐긴다. 그러면 되는 거라고. 알겠어? 마음대로 타인의 음악 등을 대량 배포하는 자들의 무의식에 있는 것은 프로페셔널에 대한 모멸이야. 이건 딱히 문화만이 아니야. 지금 많은 사람들이 다양한 것들을 모멸하기를 원하고 있어. 모멸할 수 있는 대상을 무의식중에 찾고 있단 말이지. 우리가 하는 일은 그런 수많은 사람들의 무의식이 원하는 것을 구체화하는 거야. 실제로 총리가 심각한 기자회견장에서 백 퍼센트 실력을 발휘해서 가수 고 히로미의 성대모사를 한다면 그야말로 미치도록 웃기는 일이지? 정치인의 생명이 사라진 다음에 나오는 것이 웃음이라니. 생명이라는 진지한 것 다음에 발생하는 것이 힘 빠진 웃음이라니. 텔레비전 앞에서 그걸 보고 저도 모르게 푸하하 웃음이 터질 사람들이 적지 않을 거야. 하지만 물론 그것뿐인 건 아니야."

이토의 눈이 가느스름하게 뜨였다.

"다음에는 뭔가를 달성한 인간들이 차례차례 피해를 당할 거야. 나아가 그 모멸의 대상은 그걸 비웃던 자들에게로 퍼져가게 돼. 권위를 끌어내린다. 분명 알기 쉬운 캐치프레이즈야. 하지만 그런 JL에 대한 사람들의 이미지는 앞으로 점점 뭐가 뭔지 알 수 없는 것이 될 거야. 우리는 최종적으로는 일반인에 대한 연속 테러를 계획하고 있으니까. 뭔가 사건이 터졌을 때, 사회는 그 이유가 무엇인지, 대답을 원해. 그래서 지금 우리는 일일이 범행 성명서를 보내고 있지. 하지만 그건 앞으로 의외성을 극대화시키기 위한 복선이야. 앞으로는 범행 성명서도 점점 뭐가 뭔지 알기 어려운 것이 될 거야. '어디어디의 빌딩이 재건축되어서 그 근처의 민가를 폭파했다', '텔레비전 드라마의 마지막 회가 너무 근사해서 시부야에 독성 물질을 살포했다', '오늘은 수요일이라서 지하철에 폭약을 설치했다'라는 식으로. 이 사회는 그게 무슨 뜻인지 이해하지 못하겠지. 거기에 더해서 일본의 최정상급 인물들에게 차례차례 다양한 성대모사를 해달라고 하는 거야. 이 사회가 의미를 알 수 없는 폭력에 시달리는 가운데, 최정상급 인물이 진지하게 성대모사를 하는 거야. 하하하, 그들이 정말로 해준다면 진짜 재미있겠지? 그 꼴을 보면 다들 폭소가 터질 거야. 뭐, 성대모사를 안 해주셔도 상관없어. 이 사회에서 뭔가를 달성한 놈들이 가장 먼저 죽게 돼. 그와 동시에 테러를 통해 일반인도 하루에 수백 명 규모로 죽어나갈 거야. 권위도,

사람들 간의 차이도, 윤리도, 의미와 상식도 머지않아 죄다 붕괴돼. 이 나라는 온통 불가사의한 폭력의 혼돈으로 허둥거리겠지. 그때쯤에는 모방범도 엄청나게 많아질 거야."

"너희가 체포되면서 모든 게 끝날걸."

"참내, 지금까지 내 얘기를 듣기는 한 거야?"

이토가 나를 보았다.

"우리는 명확한 그룹이 아니라고 말했잖아? 그 불가사의가 도래할 때까지 우리 그룹은 훨씬 더 거대해져. 느슨하게 연결된 채로. 이를테면 그런 흐름 속에서 내가 체포되었다고 하자. 그러면 다른 멤버나 새롭게 멤버가 된 자들이 뒤를 잇게 돼. 모든 것이 느슨하고 서로 어떤 놈인지도 모르는 공동체라면 라무라처럼 괴멸될 일도 없어. 그즈음에는 어쩌면 오리지널 JL 멤버는 이미 한 사람도 없을지도 모르지. 하지만 한 가지 의지만은 남게 돼. 바로 모멸이지. 이 세계, 사랑, 가치까지 모든 것에 대한 모멸, 그리고 그 모멸에 대한 모멸."

아파트 바로 옆을 오토바이가 속도를 높여 지나갔다. 그것은 명확한 언어는 아닌, 뭔가의 부조리를 주장하며 몸부림치는 소리처럼 들렸다.

"그건 무리야. 게다가…… 못할 거야, 너는."

"뭘?"

"아까 사토가 말했지. 부패한 정치인조차 죽이기를 망설이는 네가.”

이토는 카펫에 앉아 무릎을 굽히고 등을 벽에 기대고 있었다. 내가 그와 나란히 똑같은 자세를 하고 있다는 것을 깨달았다.

“할 수 있어.”

이토는 내면에서 중얼거리듯이 말하고 눈앞의 벽을 바라보았다. 그곳에 아버지의 피가 스며 있는 것만 같았다.

“관두는 게 좋아.”

“…… 왜지?”

이토가 느닷없이 웃음을 보였다.

“어디, 대답해봐. 옛날부터 품었던 의문이야. 왜 그런 짓을 하면 안 되지? 하하하, 왜 인간을 죽이면 안 되지? 왜 세계를 날려버리면 안 되는 거지?”

나는 이토의 리스트밴드를 멍하니 바라보았다. 내가 왜 그를 막으려고 하는지 나 스스로도 알 수 없었다. 그래서 그냥 나는 말했다.

“…… 그 의문은 다양한 윤리를 무시한 질문이라서 어떤 대답이든 반드시 반박을 당할 수밖에 없어. 그래서 거꾸로 묻겠어. 왜 그런 짓을 해도 되는 거지?”

“뭐? 그야 내가 하고 싶으니까 하는 거지.”

“그럼 어째서 네가 하고 싶으면 해도 되는 거지?”

“그런 식으로 말하면 비겁하지.”

“하지만 그건 네 질문도 마찬가지야. 질문을 바꿔봐. 애초에 그런 말인 거야."

나는 천천히 숨을 들이쉬었다.

"나는 딱히 너를 구원하고 싶다는 마음은 없어. 네 마음대로 살인이든 뭐든 하라고. 하지만 네가 물었으니까 대답하겠는데, 어째서 해서는 안 되는가, 그건 네가 앞으로도 계속 살아갈 것이기 때문이야. …… 사람을 죽이면 그 인간은 그다음에 찾아오는 아름다움이나 따스함 같은 것들을 순수한 감정으로 받아들일 수 없게 돼. …… 뭔가 인생의 아름다움을 느낀 순간이라든가, 인생의 온기를 감지한 순간에 자신이 인간을 죽였다는 사실이 내면에서 꿈틀거리게 돼. …… 왜냐하면 인생의 아름다움이나 따스함은 그 밑바탕에 결국 생명이 있기 때문이야. 생명이 있는 인간이 미를 창조하고, 자연의 아름다움도 그것을 보는 인간에게 생명이 있기 때문에 감지되는 것이지? 따스함 역시 마찬가지야. …… 게다가 생물은 기본적으로 동종을 죽이지 않게 만들어졌어. 생물학 책을 내가 꽤 많이 읽어봤어. 서로 잡아먹는 경우는 아주 드문 현상이고, 분명하게 다양한 생물이 기본적으로는 동종을 죽이지 않는 본능이 지속적으로 작동하고 있어. 어쩌면 생명이 생겨나면서 그 DNA에, 그 기본 바탕에 그렇게 새겨졌는지도 모르지. 물론 그딴 건 상관없다고 말하는 자도 있어. 살인자로서 재판을 받으면서 낄낄거리며 웃는 자들. 하지만 그런 자들은 약해서 그런 거야. 동종을 죽인 것, 자신과 닮은 생물, 같은 종류의 생명을 파괴한 충격을 견딜 수 없어서 무의식중에 자신의 참된 감각을 밀봉해버린 것뿐이지. 인간의 무의식은 자동적으로 정신의 균형을 어떻게든 유지하려고 하니까. …… 이를테면 원숭이의 목을 조르는 장면을 상상해봐. 그것만으로도 정신에 상당한 충격이 있어. …… 살인을 해도 아무렇지도 않다는 자는 무의식중에 그 충격을 밀봉해버릴 만큼 약해빠졌고 그걸 견디지 못한 것뿐이야. 스스로 그렇다고 세뇌하고 있을 뿐이야. 애초에 연속으로 '묻지 마 살인'을 저지르는 자들은 그런 어설픈 짓을 저지르는 순간에 이미 그 정도 수준의 인간밖에 안 된다는 얘기야. 진짜 괴물은 그런 짓은 하지 않아. 사회의 이면을 기어올라가 상당한 지위에서 태연히 음울한 악을 휘두르지. …… 인간을 죽인 충격을 무의식적으로 정신의 어딘가에 밀봉하지 않고 정면으로 받아들였을 때, 인간은 분명하게 오작동을 일으키게 돼."

그 지하방에서 나를 계속 바라보던 아버지의 모습이 떠올랐다.

"그 오작동은 인간을 죽인 것에 의해 설령 뭔가를 손에 넣었다고 해도 결국 그것과 어울릴 수 없게 돼. 그러니 살인은 하지 않는 게 좋아."

"그렇다면……."

이토가 유쾌하다는 듯이 나를 보았다.

"무기를 사용해서 그 감촉을 약하게 하면 되지 않을까? 네가 말하는 오작동 같은 건 일어나지 않겠지."

이토는 손끝으로 페트병 뚜껑을 만지작거리며 말을 이었다.

"제2차 세계대전 때의 미국 이야기, 알아? …… 전쟁이 끝나고 미국은 전선에 나갔던 병사들의 발포율을 조사해봤어. 그랬더니 대충 이십 퍼센트가 나왔어. 팔십 퍼센트의 병사들은 실은 방아쇠를 당기지 않은 거야. …… 어지간한 일이 아닌 한, 적을 향해 총을 쏘고 싶지 않다, 죽이고 싶지 않다는 심리의 표현이야. 그래서 미군은 사격 훈련 방법을 바꿨어. 지금까지의 무기질적인 과녁판을 인간의 모습으로 바꾸고 얼굴 사진을 붙여서 인간에게 총질을 하는 것에 익숙해지도록 한 거야. 그래서 어떻게 된 줄 알아? 베트남전에서는 발포율이 비약적으로 증가했다는 결과가 나왔어. 인간은 얼마든지 스스로를 재창조할 수 있다는 증거야."

"그 이야기, 속편이 있었을 텐데?"

내가 말했지만, 이토는 표정을 바꾸지 않았다. 나는 입을 열었다.

"알고 있어, 그 이야기는. 분명 발포율은 올라갔어. 하지만 그것과 맞바꾸어 베트남에서 수많은 병사들이 정신의 불균형에 시달리다가 귀환했어. 군은 결국 총으로는 안 되겠다는 결론에 이르렀어. 어렸을 때부터 아무리 서로 죽고 죽이는 서부극을 보여주더라도 역시 실제로 하게 되면 정신적인 충격을 받아. …… 그래서 무기를 하이테크화해서 원격조종으로, 가상으로 만들어서 인간을 죽이는 감촉을 완전히 제거하려고 했어. 그게 걸프 전쟁이야. 그 전쟁에서는 아픔과 고통과 증오 속에 피를 뿜으며 죽어간 이라크인과, 살인의 감촉을 피해버린 다국적군 병사라는, 살해된 자와 살해한 자간의 불균형한 감촉이라는 무시무시한 사례가 만들어졌어. 그것에 의한 정신의 또 다른 붕괴도 있었고. …… 게다가 이라크 전쟁 때는 지상전을 펼치게 됐지. 실제로 서로 총을 겨누고 서로를 쏘았어. 그 결과, 이라크에서 귀환한 미군 병사의 우울증 발생률은 기이할 만큼 높은 수치였어. 최근 전쟁의 역사는 인간을 죽이는 병사의 정신을 어떻게 균형 있게 유지할 것이냐에 대한 고민과 실험의 역사, 그것의 반복이야. 그건 살인의 충격을 무의식적으로 밀봉해버리느냐 아니면 무기에 의해 감촉을 대충 얼버무리느냐의 차이에 지나지 않아. 그걸 두고 의기양양해한다면 진짜 허접스럽지. …… 원래 전쟁의 참된 원인은 전쟁이라는 현상의 반복적인 실현, 그 자체에 있는 것인지도 모르고."

내가 말을 이어가는 동안 이토는 표정을 바꾸지 않았다. 눈앞의 벽을 멍하니 응시하며, 마치 그곳에 뭔가 있는 것처럼 한 번도 시선을 돌리지 않았다.

"너는 뭘 몰라."

이토가 조그맣게 말했다.

"그렇다면 이건 어때? 인간을 죽이려는 인간이 그 뒤에 곧바로 죽을 마음을 먹은 경우라면? 언제 죽든 상관없고 오히려 죽고 싶다고 생각하는 인간이 인간을 죽이려는 것이라면? …… 그런 경우에는 아름다움도 오작동도 아무 관계가 없어. 어떤 도덕도 윤리도 통하지 않아. 우리에게 신은 없으니까. 저세상이라는 것도 믿지 않으니까. 잘 들어, 내가 지금 이런 시시한 짓을 하는 건 모두 마지막에 올 살육의, 생명에 대한 모멸의 축제를 위해서야. 지금은 모든 것이 복선이란 말이야. 뭐가 뭔지 모르는 가운데 인간이 하루에 수백 명 단위로 자꾸 죽어나가. 모든 것에 대한 모멸, 생명에 대한 완전한 모멸의 세계야. 나는 그 광경을 보고 싶어, 애가 탈 만큼. …… 진심으로. 아직 꼬마였던 시절부터.”

이토의 시선이 내게로 향했다. 또다시 근처에서 마구 내달리는 오토바이 엔진 소리가 들렸다.

“예를 들어…….”

이토는 눈을 가늘게 뜬 채 왼쪽 손목의 리스트밴드를 만지작거리기 시작했다.

“예를 들어 하는 얘긴데, 혹시 이런 놈이 있다면 어떨까. 어렸을 때부터 계속 얻어맞고 자라서 그것이 세계고 일상인 줄로 알고 살아온 놈이…… 애정도 증오도 없이 무표정한 얼굴, 걷어차기도 귀찮다는 무관심 속에서, 거치적거린다는 이유로 계속 폭력을 당해온 놈이…… 혹시 그런 놈이 있다면…… 목욕을 못 했다는 이유로 다들 꺼리고, 불 켜진 따스한 곳에서 다들 힐끔힐끔 쳐다보는 속에서 커온 놈이…… 단지 고통만 있을 뿐, 밥도 얻어먹지 못하고, 공포와 증오로 되살아나는 폭력의 기억에 밤에도 잠을 못 자고, 수없이 손목을 그었지만 결국 죽지도 못한 그런 놈이 혹시 있다면……너는 그런 놈에게 아무리 그래도 타인을 배려하고 위로해주라고 말할 수 있어? 그보다 훨씬 더 힘든 상황에서 살아가는 인간도 많다, 아프리카에서 굶주려 죽어가는 어린애들을 생각해봐라, 하고 제 방에서 데굴데굴 뒹굴면서 한마디씩 던지는 사람들처럼 무조건 남의 슬픔을 이해하라고 말할 수 있어? 애초에 그런 감정이 내면에서 사라져버린 놈에게? 그런 것을 자신 속에서 키우는 과정을 상실해버린 놈에게? 그래도 어떻게든 타인을 좋아하려고 노력해봤는데 아무리 해봐도 타인에 대한 사랑을 알 수가 없어서 괴로워하는 그런 놈에게 남의 행복을 방해하지 말라고 말할 수 있어? 이미 죽기로 결심한 놈에게 그래도 남을 생각해서 성자처럼 혼자 조용히 죽으라고 말할 수 있어? 지금껏 받아온 폭력은 그냥 별것도 아닌 것으로 생각하라고? …… 남편이 허접스러운 종교의 악으로서 집단 자살하고, 그 사랑한 남편의 의지를 계승하기 위해 오로지 제 자식의 인격을 파괴하는 데만 골몰한 미친 마약중독자 어머니 밑에서 살아온 놈에게 그런 말을 할 수 있어? 남편이 죽은 것을 아무 이유도 없이 아들 탓으로 돌리고, 남편의 의지를 계승한답시고 오로지 아들에 대한 증오만 가득했던, 그것도 싫증 나서 그저 타성적으로 폭력을 휘둘렀던 미친 괴물 밑에서 자란 놈에게, 배가 너무 고파제 머리칼을 씹으며 자란 그런 놈에게? 그래서 출생신고조차 못 한 놈에게?"

이토는 나를 똑바로 바라보았다. 거친 호흡으로 어깨가 들썩이고, 뭔가에 두려움을 품은 눈빛으로 내 눈을 계속 바라보고 있었다.

조금 전에 이토가 응시하던 벽에서는 아버지의 피가 계속 번졌다. 나는 문득 성형외과 의사가 말했던, 변기에서 죽은 갓난아이 이야기가 떠올랐다. 술에 녹아버린 아버지의 모습이 떠오르고, 그 피와 술이 뒤섞여 내 땀이 되어 흐르는 것만 같았다. 호흡이 가빠졌다. 이토는 입을 꾹 다물고 있었다. 하지만 나는 입을 열지 않으면 안 되었다.

"…… 그렇다면, 그렇다면 나는 계속 살아가는 것을 권하겠어. 분명 이미 죽을 결심을 한 사람에게는 어떤 오작동도 관계가 없어. 그러니까…… 계속 살아갈 것을 권하겠어."

"물론 그렇겠지. …… 살아갈 것을 권한다면, 그리고 그자가 살아갈 것을 선택한다면, 죽을 결심을 한 살인자, 그래서 오작동도 아름다움도 관계가 없는 그 살인자의 논리적 근거는 소멸되겠지. …… 그렇다면 묻겠어. 왜 살아가지 않으면 안 되지?"

나는 대답할 수 없었다. 왜냐하면 그건 나 자신을 향한 질문이었다.

"왜 살아가지 않으면 안 되는지 말해봐. 그런 정체성을 껴안고서, 내 안의 타자에 대한 감정의 공백을 껴안고서, 왜 계속 살아야 하지? …… 어때, 이제 알겠지? 설교 따위는 그만해. …… 아무튼 너는 자금만 좀 대주면 돼. 지금 JL에는 돈이 필요해."

이토는 지친 듯이, 이미 비어버린 페트병을 카펫에 내려놓았다.

"하지만 너는 아직 그럴 만한 각오는 없잖아?"

"있어."

"거짓말이야. 아직 너는 망설이고 있어. 망설이고 있다는 증거를 대볼까? 너는 아직 살인에는 참여하지 못한 채 테러 흉내만 내고 있어. 폭발 직전의 상태에서 네 안의 자극을 만족시키며 안도할 뿐이고, 이런저런 핑계를 대면서 실제 폭발은 피하고 있어. …… 게다가 JL은 지금 몹시 힘든 상황이지? 사실은 그래서 돈이 필요한 거 아냐?"

"무슨 소리야?"

이토가 나를 노려보았다.

"지금 한 사람이 체포될 상황이지? 초창기 때부터 JL에서 활동한 사람, 체포되면 곤란한 그런 사람이."

"대체 뭘 알고 있지?"

"턱이 튀어나온 남자가 도주 중이라는 것, 그자가 체포되면 JL은 상당히 힘들어진다는 것. 네가 말한 대로 거대한 조직이 되기도 전에 JL이 괴멸될 우려가 있어. 너무 일찍 시작된 그 정치인 살해 사건 때문에."

"너, 어디까지 알고 있어? 어떻게 된 거야?"

"너는 머리가 좋아. JL이 괴멸했을 때를 대비해서 너 자신의 도주 자금이 필요해. 돈이 필요한 진짜 이유는 그거야."

"…… 뭐가 됐든 좋아. 어떻든 너는 돈만 주면 돼. 너라면 돈은 얼마든지 있지? 부자니까 돈 같은 거, 필요 없잖아. 게다가 아까부터 아주 착한 척하는군. 돌아버린 놈 주제에."

이토가 조용히 말을 이었다.

"너하고 나는 거기서 거기, 비슷한 존재야. 그렇지? 나를 무시하지 않는 걸 보면 알아. …… 급하게 내놓으라고 하지는 않겠어. 이다음에라도 좋아. 돈 좀 준비해."

"얼마나?"

"오백만."

"…… 어처구니가 없군."

"상당히 낮게 책정한 건데? 그리고 이것 좀 맡아줘."

이토는 자신의 배낭을 나지막한 테이블에 올려놓았다.

"…… 뭐지?"

"폭탄이야. 이삼 일만 맡아주면 돼."

찌부러진 배낭 밑바닥에 각진 윤곽이 보였다.

"사정이 있어서 보관할 자리가 사라졌어. 코인로커는 방범 카메라 때문에 힘들고. 잠깐 동안이면 돼."

"내가 왜 이걸 맡아야 하지?"

"이만큼 많은 걸 알려줬잖아. 너도 이 정도 위험은 함께해줘야지. 아직 배선까지 한 건 아니니까 안전하지만, 떨어뜨리지는 마라. …… 예상 외로 얘기가 길어졌네. 나도 볼일이 있어. 나가자."

"어디에 가지?"

"대답할 필요 없는 질문이야. 서로 간에 깊은 곳까지 알 거 없기."

5

지난번 그 호텔 방에서 탐정이 기다리고 있었다. 그는 약간 여윈 것 같았지만, 시선은 변함없이 예리했다. 안에 들어가자 그는 갈색 소파에서 일어나 인스턴트커피를 타주었다. 그의 손가락은 나이에 비해 주름도 없이 길고 가늘게 다듬어져 있었다. 그를 만날 때는 항상 커피구나, 하고 나는 다시 생각했다.

"이게 구키 미키히코에 관한 자료야."

탐정은 낡은 파일 두 권을 내밀며 말했다. 이어서 테이블에 내놓은 플라스틱 케이스에는 제목 없는 콤팩트디스크가 묶음으로 들어 있었다.

"그 짧은 기간에 이걸 다?"

"아니야……."

탐정이 진지한 눈빛으로 나를 바라보았다. 그가 이렇게 진지한 시선을 던진 건 처음이었다.

"이걸 모두 읽어보면 그자가 어떤 사람인지 알게 될 거야."

손에 든 파일은 특히 낡아 있었다.

"그리고 이걸 어떻게 처리하느냐는 당신에게 맡기도록 하지."

"…… 무엇을 처리한다는?"

탐정 사내가 은시계를 들여다보았다.

"…… 이제 슬슬 나갈 시간이야."

"예? 아, 그렇군요."

나는 자리에서 일어섰다.

"모두 다 고니시 씨에게⋯⋯?"

"괜찮아, 다 잘될 거야. 집에 가는 길목이니까 내가 태워다주지."

'Je le répète'는 술집이 줄줄이 이어진 롯폰기 한 귀퉁이의 흰색 오층 빌딩 지하에 있었다. 탐정 사내는 뒤따라오는 구키 미키히코 측의 자동차를 염려했지만, 나는 그대로 두라고 말했다. 건물 앞에 도착해 넥타이를 가다듬으면서, 나를 태워다준 탐정 사내의 차가 멀어지는 것을 한참이나 멀거니 바라보았다. 등 뒤의 차 안에서는 구키 미키히코의 탐정이 내 움직임을 지켜보고 있었다. 가오리를 만나기로 한 것은, 구키 미키히코에게서 내가 직접 데려온다면 그 동안은 손대지 않겠다는 말을 들었기 때문이지만, 정말로 그 시간 벌기의 눈속임 때문인지, 내 마음을 정확히 알 수 없었다. 내가 무엇을 하고 싶은지, 아니, 그보다 이런저런 일들을 앞으로 어떻게 할지, 이제 더 이상 알 수가 없었다. 어떻든 나는 양복을 차려입고 'Je le répète'의 점잖은 네온간판 앞에 와 있었다. 이제부터 가오리를 만난다는 게 어쩐지 거짓말만 같았지만, 그래도 자신이 여기를 떠나서 다시 집으로 돌아간다는 것 역시 거짓말만 같았다. 질질 끌려가듯이, 부드럽고 탄력 있는 것에게 떠밀린 것처럼 나는 그 침묵 중인 흰색 빌딩 안으로 들어섰다.

어슴푸레한 계단을 오래오래 내려가자 화려한 불빛이 눈을 때렸다. 내가 내려오는 것을 안에서 보고 있었는지, 젊은 남자 점원이 침착한 웃음과 함께 안에서 조용히 문을 열어주었다. 작은 소리로 재즈 음악이 흐르고, 생각보다 훨씬 널찍한 플로어에 몇 개의 샹들리에가 겹쳐지듯 빛을 뿜었다. 그 빛은 팔처럼 뻗어 나온 꽃과 번들거리는 소파를 비추고, 붉게 깔린 카펫과 수많은 거울들을 강렬하게 비췄다.

"어서 오십시오. 한 분이십니까?"

남자는 조금 전의 웃음을 그대로 얼굴에 고정하고 있었다.

"예."

"누군가 지명하시겠습니까?"

"아즈미 씨를……."

"알겠습니다. 이쪽으로 오시죠."

검은 가죽 장의자와 투명한 테이블이 있었다. 내가 담배를 꺼내자 점원은 메뉴판을 내려놓고는 무릎을 꿇고 불을 붙여주었다. 아직 이른 시간 탓인지 손님은 별로 없고 간간이 웃음소리가 들리는 정도였다.

고니시 아즈사는 빨간 드레스를 입었고 붙임머리에 샹들리에의 불빛이 반짝였다. 웃는 얼굴로 내 옆에 앉아, 친구라는 설정대로 목소리를 높여 말했다.

"드디어 왔구나?"

남자 점원이 허리를 꺾어 인사하고 자리를 비켜주었다.

"…… 정말 괜찮을까?"

"지금 손님이 뜸한 시간이니까 괜찮아요. …… 휴대전화 건은 정말 죄송해요."

"그건 괜찮아. 근데……."

"네, 지금 불러올게요. 아참, 뭘 드실래요? 진으로, 괜찮으세요?"

고니시 아즈사가 유리잔에 얼음을 넣고 술을 만들기 시작했다. 가슴을 강조하고 뚜렷한 윤곽의 화장으로 아름다운 얼굴을 더욱 두드러지게 한 그녀는 선명하게 아름다워서 어디를 보건 빈틈없는 호스티스였다. 그녀가 손짓으로 조금 전의 남자 점원을 불렀다. 내게 웃음을 보이며 "고마워"라고 말하고는, 가오리도 지명하셨다고 점원에게 알렸다.

검은 안개 같은 시야 틈새로 불붙은 담배가 보였다. 나는 천천히 그 담배를 향해 손을 내밀었지만 시야가 캄캄해져서 재떨이만 건드렸을 뿐, 제대로 집지 못했다. 뭔가 소리가 나는 속에서 테이블 귀퉁이의 반사광이 보이고, 그것은 다시 검은 그림자가 되어 사라지더니 이윽고 조금 넓어진 시야에 이슬에 젖은 유리잔이 보였다. 낭랑하고 높직한 목소리가 들려서 고개를 돌렸더니 하얀 팔이 보였다. 흰 드레스 사이로 내민 하얀 팔. 그 팔은 가늘고 팔꿈치쯤에서 약간 구부러졌고 가게의 불빛 속에서 다시 천천히 굽혀졌다. 아름다운 그 팔을 보며 묵직해진 머리를 쳐들려는 순간, 갑작스럽게 가게 안의 소리들이 귀에 뛰어들었다. 돌연 환히 트인 시야에, 가오리가 있었다. 고니시 아즈사가 뭔가 말을 하고 있었지만 왜 그런지 그 목소리는 들리지 않았다. 흰 드레스, 어깨까지 내려온 검은 머리칼, 살짝 내보이는 어깨, 또렷한 두 눈에 가느다란 콧날, 립글로스로 반짝이는 가늘고 갸름한 입술. 가오리의 목소리가 울렸다.

"처음 뵙겠습니다."

낭랑하고 가느다란, 영사기에서 들었던 것과 똑같은, 느릿느릿한 가오리의 목소리였다. 다시 한 번 가게 안의 소리들이 귀에 들어오고, 고니시 아즈사가 내게 시선을 멈춘 채 웃는 얼굴로 말하는 소리가 돌연 큼직하게 들렸다.

"…… 할 때 알게 된 신타니 씨야. 친한 애하고 합석해도 좋다고 하셨어. 마음도 넓으시지?"

고니시 아즈사는 웃는 얼굴로 내게 계속 시선을 보내고 있었다.

"고마워요. 제가 이번 달에 별로 지명을 못 받았거든요."

가오리가 내게 말했다. 가오리가, 내게 직접 말을 건네고 있었다. 그 무렵과 똑같이, 높고 맑은 목소리로. 조명이 반사되어 가오리의 크고 검은 눈이 빛났다. 내가 멍하니 가오리를 쳐다본다는 것을 깨달았지만, 시선을 다른 곳으로 돌릴 수가 없었다. 가오리가 명함을 꺼내고 있었다. 큰 글씨로 '가오리'라고 적혀 있는 명함.

"아, 미안해요. 실망하셨어요?"

가오리가 내게 말을 건네고 있다. 나는 뭔가 말을 하지 않으면 안 된다.

"아, 아니……."

나는 숨을 꿀꺽 삼켰다.

"그 반대야. 정말 아름다워서……."

"아이, 거짓말."

가오리가 웃었다. 내 말에 가오리가 반응하고 가오리가 내게 말을 하고 있다. 나는 숨이 답답해졌다.

"아즈미 친구인데도 난 정말 볼품없죠. …… 정말 너무했지 뭐예요, 여기 점장님."

가오리가 장난꾸러기 같은 미소를 짓고 있었다. 그 웃음은 내 안의 뭔가를 강하게 찔렀다.

"면접 때, 나한테 그러더라고요. 우리 수준은 아니지만 나 같은 사람도 필요하다나요? …… 미인 곁에서 그 미인을 더 예쁘게 보이게 해주는 역할이랄까? 정말 너무하죠? 그런 게 아니라 평범한 스타일도 필요하다고는 했는데, 그 말도 좀 너무한 거 아니에요?"

"가오리, 아직도 그 얘기를 하니?"

고니시 아즈사가 웃었다.

"아니, 아름다워요……."

정말로 숨을 헉 삼킬 만큼 아름다웠다. 다른 사람이 뭐라고 했건 그녀는 아름다웠다.

"아름다워요……."

점원이 고니시 아즈사에게로 다가왔고, 또 다른 지명이 들어와 그녀는 자리를 떴다. 나는 미리 듣고 온 대로, 점원을 불러 우리 둘만 있게 해달라고 말했다. 점원은 웃음을 고정한 채 고개를 끄덕였다.

"정말 나라도 괜찮으세요?"

"그래요. 이런 곳에 별로 와본 적이 없어서 여자가 너무 많으면 어쩐지 긴장도 되고……."

가오리가 뭔지 이상하다는 눈빛으로 나를 바라보았다. 불붙은 담배가 재떨이에서 거의 재가 되고 있었다. 내가 그 담배를 비벼 끄자 가오리는 곧바로 새 재떨이로 바꿨다.

"아직 괜찮은데."

"규칙이에요. 아, 그리고 이것도."

가오리는 그렇게 말하고는 내 잔의 표면에 묻은 물방울을 흰 물수건으로 가만히 닦아냈다.

"근데, 손님……."

가오리는 거기서 잠깐 망설이듯이 시선이 흔들렸다가 다시 나를 바라보았다.

"오래전에…… 어디선가 만났던 분?"

가슴이 빠르게 두근거렸다. 영업 테크닉인지 아니면 진심인지 알 수 없는 몸짓으로 가오리가 약간 얼굴을 가까이 댔다.

"뭔가 기묘한 느낌이 들어요."

가게 안의 재즈 소리가 유난히 크게 들렸다. 나는 숨이 가빠서 담배를 찾으려고 했지만 찾지 못했다. 실내 온도가 약간 높은 것만 같았다. 공기의 흐름을 따라 가오리의 검은 머리칼 끝이 살금살금 흔들리는 것처럼 보였다. 나는 눈을 내리뜨고 지갑에서 면허증을 꺼냈다.

"나는 신타니라고 하는데…… 어디선가 만났던가요? …… 의외로 꽤 드문 성씨인데."

가오리가 내 면허증을 한참이나 들여다보았다.

"네, 드문 성씨인 것 같군요……. 근데 나는 더 특이하답니다."

대화의 흐름상, 성씨가 어떻게 되느냐고 물어봐야 했지만 나는 지금은 도저히 그 성씨를 내 귀에 담을 수 없었다. 화제를 바꾸기 위해 다시 입을 열었다.

"…… 무슨 취미 같은 거, 있어요?"

"취미? 아, 음……."

가오리가 눈을 굴리며 생각하는 표정을 지었다.

"딱히 취미는 없는데, 책을 좀 읽어요. 진지한 말들이 좋아서."

"진지한 말?"

내가 묻자 가오리는 애매하게 고개를 끄덕였다.

"아뇨, 어려운 책을 좋아한다는 뜻은 아니고요. 코믹한 것도 좋아하죠. 그런 책은, 뭐랄까, 진지하게 장난을 치니까요."

값비싼 양복을 입은 어딘가의 임원들인 듯한 단체 손님이 들어왔다.

"그런 진지한 말들이 좋아요. 재미있느냐 아니냐 하는 것도 중요하지만, 그저 대충 흘리는 말들만 접하다 보면 나까지 그런 식이 될 것 같고, 그런 말이 다양한 것을 끌고 내 안으로 들어올 같아서 좀 싫잖아요?"

"…… 무슨 말인지 알 것 같군요."

"그리고 또…… 아, 그렇지, 헤어밴드를 모으고 있어요."

"…… 헤어밴드?"

"네. 화장을 지울 때, 머리 올려주는 고무 헤어밴드. 내 방에 오십 개쯤 있어요."

나는 잠깐 웃었다.

"왜죠? 왜 굳이 그런 걸?"

"글쎄 왤까요? 하하하, 좀 웃기는 짓인가?"

가게 안이 서서히 혼잡해지면서 음악이 재즈에서 클래식 피아노가 되고, 다시 재즈로 돌아왔다. 아름답게 차려입은 여자들이 가게 안을 오고 갔다. 나는 흰 드레스를 입은 가오리의 어깨며 가슴 쪽을 바라보지 못한 채 자꾸만 시선을 떨어뜨렸다.

"…… 착한 사람이군요, 가오리 씨는."

내 말에 가오리가 고개를 흔드는 것 같았다.

"전혀 착한 사람 아니에요. 화도 많이 내고요. 아, 저기에 높은 분 같은 느낌이 드는 사람 있죠?"

가오리의 시선 끝에 나비넥타이를 맨 약간 오동통한 중년 남자가 서 있었다.

"저 사람이 점장인데, 어찌나 엄한지 몰라요. 너, 담뱃불을 두 번이나 깜빡 잊고 안 붙여줬지? 그렇게 꼼꼼한 시어머니 같은 소리를 한다니까요. 그래서 아즈미하고 둘이서 골탕을 먹이기로 했죠."

가오리는 그 일이 생각난 듯 킥킥 웃었다.

"점장이 일이 바쁘니까 저쪽 대기실에서 잠깐씩 눈을 붙이거든요. 거기에 자기 칫솔을 갖다 놓았는데, 보이가 화장실 청소할 때, 그 칫솔로 청소하고 다시 제자리에 돌려놓는답니다."

"엇, 저런. 그건 너무 심했네."

나는 다시 잠깐 웃었다.

"네, 너무했죠, 우리? 아, 이건 절대 비밀로 해주세요."

탐정으로서 잠입했으면서 고니시 아즈사가 그런 장난을 치다니, 하고 생각하면서 나는 내가 웃은 것을 의식했다. 그렇게 시간이 지나갔다. 하지만 지나가는 지금 이 시간이 아주 오래전의 시간으로 다가가는 것 같은 느낌이었다. 그것이 설령 착각이라고 해도.

"하하하, 가오리 씨는 정말 이런 가게에 어울릴 만한 사람이 아닌 것 같기는 해요."

"그런가요?"

가오리의 가느다란 팔이 테이블 위에 놓였다.

"처음에 친구를 따라서 나왔어요. 그전에 다니던 회사가 뭔가 이상하게 없어져버려서."

가오리가 생각에 잠긴 얼굴로 시선을 약간 치켜들었다.

"그즈음 이래저래 안 좋은 일이 있어서, 역시 돈도 중요하다는 생각이 들더군요."

나는 술잔을 집어 들었다. 손바닥에 흐른 땀과 유리잔의 물방울이 뒤섞였다.

"그나마 돈이 있으면 아무도 나를 상대해주지 않아도, 아무것도 믿을 수 없어도 우선은 내 집 내 방에서 혼자 살아갈 수 있잖아요."

"…… 네, 그렇죠."

"나한테 크게 좋은 일이 생길 리도 없고, 우선은 돈을 많이 벌자는 생각이 들었어요. 하긴 그것도 요즘에야 해본 생각이에요. 아주 조금씩 조금씩 모으고 있죠."

가오리는 약하게 웃었다. 그 웃는 얼굴이 옛날의 가오리와 빈틈없이 겹쳐졌다. 옛날에 가오리의 방에는 봉제 인형 하나도 없었던 것이 생각났다.

"…… 당신은 행복해져야 해요."

그렇게 말하면서, 나는 숨이 턱 막혔다.

"그런가요? 고맙습니다."

가게 안이 다시 북적이기 시작했다. 음악은 다양한 장르로 변해 갔다. 몸의 힘이 스르르 빠져서 나는 가까스로 몸을 일으켰다.

"또 올게요. …… 둘이 밖에서 만나는 것도 가능합니까?"

"어머, 그래도 되나요? 정말 고마운 말씀이세요."

가오리가 천진하게 웃었다. 나는 제대로 말이 나오지 않았다.

"근데…… 괜찮습니까? 내가 어떤 남자인지도 모르잖아요?"

"네, 괜찮아요. 다른 때는 주로 단골들과 나가지만 신타니 씨는 아즈미하고 잘 아는 분이시니까."

가오리의 흰 드레스는 언제까지고 내게는 고통스러웠다.

6

집에 돌아와 침대에 누우려는데 가오리에게서 문자가 들어왔다.

오늘 만나서 즐거웠다, 좀더 오래 계셨어도 좋았는데…… 다시 찾아달라, 그리고 마지막에, 칫솔 이야기는 점장에게 꼭 비밀로 해달라고 장난스럽게 적혀 있었다.

영업용이라기에는 그림 문자가 적은 그 메시지를 나는 몇 번이고 들여다보았다. 가오리의 영상을 보려다가 망설이던 끝에 관두고, 문자가 들어오고 삼십 분이 지난 뒤에, 위스키를 마시며 답신을 보냈다. 얼마나 잠을 잤는지, 문득 깨닫고 보니 바닥에서 자고 있었다. 소파로 옮겨 잔을 들고 방 벽을 무심코 바라보았다. 그 벽의 평면은 다양한 것을 거부할 만큼 매끈했다. 나는 땀을 흘리며 다시 의자 꿈을 꾸었다. 눈앞에 여섯 개의 빈 의자가 있고, 내 인생을 총괄하는 존재를 한없이 기다리는 꿈. 전화기가 울려서 깊은 생각도 없이 받아 들자 이토 료스케였다.

"술 취했어?"

이토의 목소리는 왠지 집요하게 머릿속에 울렸다.

"취했건 말았건 상관없어. 네가 JL 멤버 중의 한 놈을 형사가 주목하고 있다고 했지? 그거, 누구한테 들은 얘기야?"

"누구든 무슨 상관이지?"

정말로 누구한테 들었건 상관없다고 생각했다. 나는 그 화제에 아무 관심도 없었다.

"그거, 사실이었어. 정말 일이 귀찮게 됐어. 실은 형사가 눈독을 들인 놈이 있어서 나는 그쪽을 걱정했었는데, 또 다른 놈을 들켰다는 건 생각도 못 했어. 네가 전에 말했던 턱이 튀어나온 친구."

이토 료스케는 어딘가로 이동하고 있는지, 숨을 헐떡이고 있었다.

"그 녀석은 나하고 아주 가까워. 체포되면 정말 곤란해. 그 녀석, 네가 고용한 여자 탐정에게서 휴대전화를 쌔볐던 놈이야."

"그래서 어떻다는 거지?"

"둔한 친구네."

이토의 목소리가 커졌다.

"그러니까 그 녀석은 너에 대해 잘 알고 있단 말이야. 너는 아직 아무 짓도 안 했지만, 만일 그 녀석이 체포되면 JL과 관련해서 너한테도 형사가 갈지도 모른단 얘기야. 게다가 그 녀석은 가오리에 대해서도 잘 알고 있어."

"뭐라고?"

"내가 돈이 필요해서 가오리를 빌미로 구키 후미히로를 협박하든지 동지로 끌어들이든지 하겠다고 말했을 때, 그 녀석은 반대했어. 그런 번거로운 작전보다 가오리 본인이 구키가의 딸이고 돈도 많을 테니까 거기서 직접 **빼내자**고 한 거야. 나는 여자를 끌어들이고 싶지 않아서 반대했지만, 지금 그 녀석은 아마 자포자기 상태일 거야. 도주 자금도 필요할 거고. 왜 그런지 도통 연락이 안 돼."

이토의 목소리는 억제를 하면서도 저절로 힘이 들어갔다. 나는 목젖 근처에서 땀이 나는 것을 느꼈다.

"…… 알았어. 알려줘서 고마워."

내 말에 이토는 잠시 침묵했다.

"착각하지 마. 나중에 나를 원망하고 돈을 안 줄까 봐서 말했을 뿐이야. …… 게다가 이 일에 끌어들인 건 우리야. 그 여자는 관계없어."

"고마워, 자, 그럼."

나는 전화를 끊고 곧바로 고니시 아즈사에게 연락했다. 일곱 번 벨이 울린 뒤에 그녀가 받았다.

"지금 뭐 하고 있어요?"

"클럽이 일찍 끝나서 조금 전까지 가오리하고 패밀리레스토랑에 있었어요. 지금 집에 돌아가는 중인데요. 오늘은 이야기가 잘되

셨나요?"

고니시 아즈사는 차 안에 있는 것 같았다.

"그 얘기는 나중에 다시 하기로 하고, 지금 즉시 가오리에게 연락해봐요. 가오리 쪽에 험악한 사람이 찾아갈 것 같으니까. 혹시 위험할지 모르니까, 고니시 씨 집에서 가오리를 재워줄 수 있겠어요? 안전이 확인될 때까지만이라도."

"네, 그렇게 하죠. 근데 무슨 일 때문인가요?"

"JL 멤버 한 사람이 도주 중인데 돈이 급한 모양이에요. 그 남자가 가오리에 대해 잘 알고 있고, 구키가의 딸이라는 것도, 돈이 꽤 많다는 것도 알고 있어요. 이건 혹시나 해서 미리 조심하려는 겁니다."

"네, 알겠습니다."

"뭔가 어려운 일이 생기면 한밤중에라도 전화해요. 그리고 가오리와 연락이 닿는 대로 내게 알려주시고."

"네, 즉시."

전화를 끊고 집 안을 오락가락하다가 시계를 보니 아직 밤 열두 시였다. 뭐든 해야 했지만 지금 내가 가오리를 위해 할 수 있는 일이 거의 없다는 게 생각났다. 하지만 그대로 방 안에 있을 수가 없어서 집을 나섰다. 엘리베이터에서 내려 맨션 옆에서 예정에 없던 캔 커피를 사 들고 그걸 마시면서 걸었다. 맞은편 맨션을 바라보는데 누군가 등 뒤에서 나를 불렀다. 저만치에 아이다가 서 있었다. 내가 모른 척 걸음을 옮기자 아이다의 다급한 발소리가 들려왔다.

"와우, 굉장하군. 도착하자마자 맨션 앞에서 덜컥 만날 줄이야. 역시 나는 너하고 뭔가 통하는 게 있어."

아이다는 숨을 헐떡거리고 있었다.

"그 반대겠죠. 오랜만에 이 밤 시간에 외출하려던 참이에요. 타이밍을 잘못 잡은 거라고요."

"아무튼 나는 너를 만났어, 아슬아슬하게. 그렇지?"

아이다가 웃으며 말했다. 가느다란 눈이 나를 지그시 바라보고 있었다.

"그래서요, 무슨 일입니까? 더 이상 나를 볼 일이 없다고 했으면서."

아이다가 한 장의 사진을 내밀었다.

"이건 너지? …… 어떻게 된 거야?"

내가 찍혀 있었다. 누군가와 이야기를 나누는, 검은 코트를 입은 나였다. 대화 상대는 손만 살짝 보였다. 장소는 어딘가 바깥이었다. 사진의 손목에서 리스트밴드를 보고 그게 이토라는 것을 알았다.

"…… 네, 나군요. 그게 어떻다는 거죠?"

"현재 도주 중인 사카키바라가 소지하고 있던 사진이야. JL 멤버, 사카키바라. 어떻게 된 거지?"

"내 쪽에서 묻고 싶군요."

이토가 오늘 걸어준 전화 덕분에 내가 태연할 수 있다는 것을 깨달았다.

"혹시 네가 JL하고?"

"…… 설마."

"그래, 설마 그럴 리 없지."

아이다의 시선이 끈끈하게 달라붙었다.

"나는 너를 잘 알아. 아니, 최소한 잘 안다고 생각하고 있어. 너는 지독히 현실적인 인간이야. 그런 그룹에 소속될 타입이 아니지. 내 감이 강하게 거부하고 있어. 그래서 도무지 모르겠어. 대체 어떻게 된 거지?"

"글쎄요, 나도 모르겠군요."

나는 미간을 찌푸리며 주의해서 보면 알아볼 만큼만 한숨을 슬쩍 내쉬었다.

"그거, 디지털카메라로 찍은 건가요? 아니면 휴대전화? …… 그 사카키바라라는 사람이 갖고 있는 사진이 모두 다 JL 멤버의 사진은 아니겠죠. 게다가 그 사진, 분명 내가 있긴 한데 핀트가 맞지 않아요. 이건 한참 더 먼 곳을 찍은 사진입니다."

아이다는 여전히 사진을 내밀고 있었다.

"도촬은 흔한 일이야."

"그럼 뭔가 다른 것을 도촬하려다가 잘못 찍은 거 아닐까요? 이를테면 내 건너편을 걸어가는 이 여자를?"

"그럼 이게 우연이란 얘기야?"

"나 혼자 그냥 추측해본 것뿐이에요. 아무튼 나는 당신에게 관심

없어요. 이건 민폐라고요."

"아, 근데…….'

아이다가 짤막한 손가락을 들어 내 등 뒤를 가리켰다.

"저 차는 뭐야?"

맨션 건물 모퉁이에 일부러 보란 듯이 차체를 반쯤 드러낸 검정색 차가 정차하고 있었다. 구키 미키히코의 탐정 차였다.

"지난번에 너를 만났을 때, 네 뒤쪽에서 달려와 우리 옆을 지나갔던 차야."

"나는 모르겠는데요."

"설마…….'

"저게 JL과 관계가 있다고요? 저런 고급 차량이?"

"눈도 좋군, 고급 차를 한 번에 척 알아보다니. …… 인간은 거짓말을 할 때, 그 거짓을 보강해줄 만한 사실이 떠오르면 반사적으로 그걸 내뱉는다더군. 그런 걸 쓸데없는 한마디라고 하지."

그때, 휴대전화의 문자 착신음이 울렸다. 화면을 보니 고니시 아즈사에게서 온 것이었다. 방금 가오리를 만나 함께 택시를 탔다는 연락이었다. 나는 일단 마음이 놓여서 조용히 숨을 토해냈다.

"무슨 연락이지?"

"이건 사적인 일이에요."

"…… 그 문자 좀 나한테 보여주면 안 될까?"

"당연히 안 되죠, 그건."

가슴이 수런거렸다.

"여자한테서 온 거예요. 어제 신나게 한 판 했던 여자가 또 하고 싶다는 문자를 보냈어요."

"정말 내가 귀찮아 죽겠는 모양이군. 근데 한 가지 알려줄 게 있어. …… 야에코 씨가 세상을 떠났어."

아이다가 나를 빤히 보고 있었다.

"그래요?"

"실은 그 얘기를 먼저 할 생각이었어. 근데 왜 그런지 사진 이야기가 먼저 튀어나왔지. …… 어째서일까."

"…… 글쎄요."

"너라는 인간이 이제는 도무지 감이 잡히지 않아. …… 솔직히 말하면, 너한테 사진도 보여주고 불쾌한 말도 던져서 네가 어떻게 나오는지 반응을 보려고 찾아온 거야. 근데 네 반응이 아주 자연스러웠어."

바람이 세차게 불었다.

"내가 지금까지 만난 수많은 지능적인 범인들과 똑같이…… 지나치게 자연스러웠어."

나는 아이다를 쳐다보았다. 그는 눈을 가늘게 뜨고 있었다.

"그래서 내가 지금 아주 기뻐. 파르르 떨릴 만큼."

"정말 불쾌한 사람이군요."

"저거 봐, 지금 그 반응도."

나와 아이다는 오래도록 서로의 눈을 바라보았다. 오토바이가 소리를 높이며 바로 옆을 지나갔다. 아이다는 눈을 가늘게 뜬 그대로, 웃음도 짓지 않았다.

"좋아, 또 만나기로 하지. …… 나는 지금 네게 또 다른 의미에서 눈독을 들이고 있어."

아이다가 나를 지그시 바라보며 말했다.

"또 다른 의미로 말이야."

"…… 시간 낭비예요."

길을 가로막듯이 선 아이다의 옆을 지나 나는 뒤도 돌아보지 않고 맨션으로 돌아갔다.

7

커튼을 젖히고 창문 밑을 내려다보니 구키 미키히코의 탐정 차가 서 있었다.

벌써 몇 시간째 저러고 있다고 투덜거리면서, 나는 휴대전화를 집어 고니시 아즈사에게 전화를 걸었다. 벨 소리를 들으면서 목이 말라 유리잔의 물을 마셨다. 잠시 뒤에 고니시 아즈사가 전화를 받았다. 너무 몰아붙이는 식이지만, 오늘밤에 시간이 없었다.

"지금 경찰에 전화해서 수상한 차가 맨션 앞을 계속 지키고 있다고 신고해줘요. 당신 뒤를 밟던 차가 집 앞까지 와서 지키고 있다는 걸로. 내 주소의 맨션에서."

"네, 차 색깔은요?"

"검정색. 차에 타고 있는 사람은 오십대."

전화를 끊고, 이어서 택시회사에도 연락했다. 나는 코트를 입고 담배를 피우며 창문 밑을 내려다보았다.

십여 분 만에 초록색 택시가 나타났다. 나는 검정색 차를 지켜보며 경찰차가 오기를 기다렸다. 하지만 갑자기 검정색 차가 스르르 움직이더니 모퉁이를 돌아서 사라졌다. 웬일인가 하고 생각하는데, 일 분도 안 되어 사이렌을 끈 경찰차가 들어왔다. 미리 약속한 듯한 타이밍이어서 뭔가 안 좋은 예감이 들었다. 나는 방 불을 켜둔 채 집을 나와, 엘리베이터를 타고 맨션 앞으로 나갔다. 일부러 보란 듯이 어정거리는 경찰차를 되도록 쳐다보지 않도록 조심하면서 문이 열린 택시에 탔다. 하지만 올라탄 순간, 경찰차의 경관이 나를 지그시 쳐다본다는 것을 알았다. 나는 휴대전화를 들여다보는 척하며 운전기사에게 행선지를 말했다. 사이드미러로 몇 번을 확인하고 모퉁이로 접어들자 똑같이 고개를 기울이고 있었다. 그래도 경찰차는 나를 미행하는 짓까지는 하지 않았다.

쇼핑몰에서 택시를 갈아타고, 역에서 다시 한 번 갈아탄 끝에 처음 보는 주택가에서 내렸다. 바깥은 점점 컴컴해져서 우뚝 선 맨션들이 덮쳐드는 것만 같았다. 스포츠센터의 약한 불빛이 있고, 편의

점의 수더분한 불빛이 있고, 양쪽에서 눌린 듯한 비좁은 골목길로 들어서자 자동차 잔해 뒤편에서 비쩍 마른 고양이가 모습을 드러냈다. 나는 맨션 근처에 도착하자 새로 산 코트의 단추를 채우고, 큼직한 니트 모자를 귀까지 눌러쓰고, 선글라스와 마스크를 썼다. 비쩍 마른 고양이가 그런 내 모습을 빤히 쳐다보고 있었다. 손에 든 가방의 묵직함을 느끼면서 나는 그 맨션으로 들어섰다.

탐정이 알려준 정보대로 이 맨션에는 방범 카메라는 보이지 않았다. 새로 지은 건물인데도 전체적으로 길쭉하고 유난히 조용했다. 엘리베이터 안에 들어가 칠층을 누르자 문이 스르르 닫혔다. 다양한 종류의 부자들이 다양한 이유로 자신을 감춘 채 비밀리에 입주하는 원룸 임대 맨션이었다. 주위의 다른 맨션들 속에 슬쩍 섞여 있지만 창고로 혹은 폭력단의 밀회 장소로도 사용되고 여자들도 자주 드나든다고 했다.

차임벨을 눌러도 대답이 없었다. 자물쇠를 부술 도구도 준비해왔지만 레버식 손잡이를 돌리자 문이 열렸다. 나는 그 문이 레버식이라는 것을 기억해두자고 생각했다. 갈증이 나고 장갑 안의 손가락이 땀에 젖었다. 모자와 선글라스를 가방에 넣고, 썰렁한 복도를 지나 다시 한 번 문을 열자 오렌지색 룸라이트 조명이 보였다. 그 연약한 불빛에 드러난 어슴푸레한 방 한복판에서 구키 미키히코가 소파에 몸을 파묻고 술을 마시고 있었다. 목을 졸린 것처럼 뭔가가 울컥 치밀어 억지로 침을 꿀꺽 삼켰다. 독한 여자 향수 냄새 속을 천천히 걸어 들어가 그의 맞은편 소파에 앉았다. 구키 미키히코는 나를 보고도 표정이 바뀌지 않았다. 나는 손에 든 가방을 신중하게 내려놓았다.

"…… 기다리고 있었어. 이쪽으로 찾아올 줄 알았지. 내 탐정에게서 놓쳤다는 보고가 들어왔었어."

나는 무표정을 유지했다.

"며칠 새로 부를 생각이었는데 마침 잘됐군. 어차피 비서를 보낼 형편도 아니니까 말이야. …… 이곳은 비밀 장소야. 내 비서 놈이 아내에게 매수되었거든. …… 따분해."

구키 미키히코가 위스키 잔을 입으로 가져갔다. 조금씩 입에 붓는 그 몸짓은 불길할 만큼 아버지를 닮은 모습이었다.

"뭔가 꿍꿍이가 있을 테지만, 유감스럽게도 나는 네 계획 따위에는 관심이 없어. …… 뭐 좀 마실래?"

"…… 같은 걸로."

술을 마실 필요는 없었지만, 어쨌거나 마시지 않으면 긴장이 풀릴 것 같지 않았다. 방 안에서 여자의 모습은 보이지 않아서 아마 방금 전까지 있었던 모양이라고 생각했다.

"구키 가오리와 접촉한 모양이지? 그러면 됐어. 그 여자를 손상시킬 권리를 네게 양보해도 좋아. 마음껏 엉망진창으로 만들어버려."

나는 위스키를 마셨다. 목젖이 뜨끈하면서 체온이 올라갔다.

"그 여자가 아주 꼭 닮았어."

남자가 문득 기묘하게 엉겨드는 시선을 내게로 던졌다. 방 안이 갑자기 써늘해졌다. 남자의 몸에는 힘이 들어가 있지 않지만, 그 늘어진 팔다리로 시선만 점점 더 끈덕지게 강해졌다.

"네가 죽인 네 어머니하고."

심장을 찌르는 듯한 아픔을 느꼈다. 나는 남자의 얼굴을 똑바로 바라보았다. 남자는 희미하게 웃었다.

"네가 죽인 셈이나 마찬가지야. 그렇잖아? 네가 태어나면서 네 어머니는 죽었으니까. 엉, 몰랐었나?"

좁아지는 시야 속에서 남자의 입만 꿈틀거리고 있었다.

"이 비밀의 집처럼 그 저택에도 지하의 또 지하에 감춰진 방이 있었어. …… 네가 아버지를 죽인 그 방. 그렇지? 하지만 그 방에는 또 하나, 좀더 작은 지하방이 있었어."

남자가 느릿느릿 숨을 들이쉬었다.

"그곳에 네 어머니의 모든 유품이 있어. 너도 알고 있었나? 그 여자가 몸에 달던 것이며 마시던 유리잔이며 머리칼 같은, 약간 정상이 아닌 유품들이. …… 네 어머니는 그 괴물 같은 우리의 아버지, 구키 쇼조가 유일하게 사랑한 여자였거든. 아버지에게는 아마도 인간의 몸의 흔적에 집착하는 성향이 있었던 모양이야. 이건 나와 가정부 다나베만 아는 일이지."

남자는 위스키 잔을 손톱으로 툭툭 건드리고 있었다.

"아버지의 사체는 이미 발견되었어. 나는 아버지가 행방불명이라는 말을 들었을 때, 자살했다고 생각했어. 그 여자의 유품에 둘러싸여 죽은 거라고. …… 저택에 갔을 때, 해고된 다나베를 잠시 불러들여 그 지하방을 열어보라고 했어. 아버지는 지니고 있던 약을 먹었더군. 자살처럼 보였지만, 그렇지 않아. 문손잡이에 기묘한 홈집이 있었거든. 누군가 가둬버린 거라는 생각이 들더군. 다나베도 같은 의견이었어. 그 여자는 먼지를 밟고 지나간 어린애 발자국을 보고 너를 의심했지만, 나는 반신반의했어. 아직 한참 어린 녀석이 이런 짓까지 할까 하고. 하지만 잠이 든 너의 고통스러운 얼굴을 한번 들여다보고는 확신했어. 오호, 제법인데, 했어. 마치 아버지를 죽이고 아버지를 제 속에 끌어들인 것처럼 너무도 똑같은 방식으로 악몽에 시달리고 있었지. 전에 너를 처음 만났다고 말했지만, 그때 악몽에 시달리는 너를 내가 지켜본 적이 있어."

숨쉬기가 답답해졌다. 나는 어떻게든 남자를 똑바로 쳐다보려고 했다.

"하하하, 이제 더 이상 신타니 고이치는 안 하기로 했나? 무슨 꿍꿍이가 있어서 여기까지 찾아왔을 텐데? 설마 그걸 벌써 까먹었나? …… 하긴 갑작스럽게 진실을 마주하면 어떤 연기도 제대로 할 수가 없게 되지. …… 하지만 걱정할 거 없어. 아버지의 사체는 다나베가 깨끗이 처리했어. 네 어머니의 유품도 함께. 구키 그룹 회장이 자살했다고 하면 관련 회사에 그 파장이 너무 커. 하물며 자식에게 살해되었다고 하면 더욱더 그렇지. 행방불명인 채로 대충 사망 처리를 하는 정도면 충분해. 산행이나 강 낚시를 갔다가 조난당한 것으로 하면 딱 좋지. …… 다나베는 아버지의 애인이자 내 애인이 기도 했어. 다나베가 원래부터 네 어머니를 미워했기 때문에 유품은 모조리 불에 태웠어. 아버지의 사체 처리도 그녀가 헌신적으로 해줬지. 하긴 네가 저지른 짓거리를 처리해준 거야."

남자는 위스키를 줄곧 마셨다. 눈이 술기운에 눅눅해지고, 방에 남은 향수 냄새를 지우듯이 서서히 술 냄새가 퍼져갔다. 나는 그의 말을 따라잡기가 힘들었다.

"구키 가오리는 네 어머니를 꼭 닮았어. 얼굴이라기보다 어딘지 모르게 분위기 말이야. …… 저택에서 가오리를 처음 보자마자 그런 생각이 들었어. 그 여자의 부모는 아무리 조사해도 알아내지 못했지만, 필시 구키가와 인연이 있는 사람일 게야. 그리 대단한 미인이 아닌데도 아버지나 내가 척 보자마자 관심을 가질 정도니까. …… 형과 나의 친어머니와 그 여자는 전혀 닮지 않았지만 나는 왠지 자꾸만 마음에 걸려. 한 가지 얘기를 해주지."

남자는 자리에서 일어나 선반에서 새 위스키 병을 꺼냈다. 얼음을 챙기기가 귀찮았는지, 미적지근한 액체를 그대로 잔에 따랐다.

"…… 몇 년 전, 도쿄 신주쿠에서 교통사고가 있었어."

남자는 소파에 파묻히듯이 앉아 있었다.

"우리와는 전혀 관계없는 사람이 죽은, 흔해빠진 교통사고야.

…… 일반 자동차와 자전거의 접촉 사고였지. 차를 운전한 남자는 손목에 경상을 입었고, 자전거를 탔던 여자는 그 자리에서 사망했어. …… 원인은 운전자의 한눈팔기. 조수석에 던져둔 휴대전화가 왠지 자꾸 신경이 쓰여서 잠깐 그쪽으로 시선을 돌린 순간에 일어난 일이야. 그건 분명 흔히 보이는 교통사고였어. 하지만 조사해보니 약간 무시무시한 사실이 떠올랐어."

남자는 웃음인지 비틀림인지 알 수 없는 각도로 두툼한 입술을 꿈틀거렸다.

"그 운전자의 선조와, 자전거를 타던 여자의 선조가 먼 과거에 접점이 있었어. …… 중일전쟁 때였지. 남자 쪽은 증조부가 군인이었고, 여자는 그당시 일본 국적을 갖고 있었지만 외증조부가 중국인이었어. 그 남자의 증조부는 일본 육군으로서 전쟁이 한창이던 때에 소속 부대가 중국의 한 마을을 약탈하는 체험을 했어. 도둑질, 학살, 그들은 별별 짓을 다 했어. 남자의 증조부는 실제로 약탈에 참가하지는 않았지만, 부대 안에서 가장 어렸기 때문에 동료들의 만행을 막을 수 없었고, 그저 그 참혹한 자리에 함께 있었어. 그리고 자전거를 타다 차에 치인 여자의 외증조부는 그 마을에서 학살을 당했어. …… 즉, 학살 장면을 목격했던 그 군인이 몇십 년의 세월이 흐른 뒤에 다시 그 자손을 일본 신주쿠에서 죽인 셈이야. …… 선조 간의 어떤 악연인 것처럼 보이기도 하지만, 이 이야기에는 적잖이 불쾌한 점이 네 가지가 있어."

방 안의 환기구가 망설이듯이 머뭇머뭇 돌아가기 시작했다.

"…… 첫번째로는, 그 교통사고가 선조의 복수극이 아니었다는 거야. 가해자는 여전히 가해자고 피해자는 여전히 피해자였다는 것이지. 두번째로는, 남자의 증조부는 학살의 현장에 있었지만 실제로는 학살에 참가하지 않았다는 점이야. 그리고 세번째로는, 그 교통사고가 운전자의 고의가 아니라 무의식적으로 한눈을 판 것이어서 완전히 실수였다는 것이지. 마지막 네번째는, 가해자인 운전자의 부상은 손목에 가벼운 상처가 난 정도였지만, 그의 증조부였던 군인은 학살의 현장을 목격한 기억에 괴로워하다가 나중에 자신의 손목을 손도끼로 몇 차례 찍었다는 것이야. …… 어때, 이 이야기를 어떻게 생각하나?"

남자가 다시 위스키를 잔에 따랐다.

"…… 우연한 일이겠죠."

"그래, 우연이라고 생각할 수도 있어. 하지만 그 비슷한 이야기를 세상 여기저기서 볼 수 있지. …… 그걸 인(因)이라고 해야 할까. 마치 그 교통사고의 가해자와 피해자가 각자의 혈연을 통해, 중국의 한 마을에서 발생한 학살이라는 폭력의 소용돌이에, 시간과 공간을 뛰어넘는 그 폭력의 현장에, 갑작스럽게 휘말려 들어간 것처럼 말이야. …… 그 교통사고에 의해 과거까지 거슬러 올라가 그 선조의 군인까지 가해자라는 인상을 갖게 되는 것처럼 말이야. …… 사고가 완전한 과실이었다면 그 인은 인간이 가진 무의식을 빨아들였는지도 모르지. 무의식을 매개로 해서 연동해가는 것인지도 모른단 말이야. 이 세상에는 시간과 공간을 뛰어넘는 그런 수많은 불가사의한 인의 선들이 줄기줄기 뻗어 있는 것 같단 말이지. …… 그 선과 선, 그리고 그걸 뛰어넘는 장면의 반복이 과연 어디로 향하고 무엇을 실현하려는 것인지는 알 수 없지만, 그 가오리라는 여자도 구키가와 뭔가 관계가 있을 것 같아. 구키가가 제1차 세계대전 때 팔아치웠던 총으로 어딘가 먼 이국에서 죽은 인간의 자손인지도 모르지."

"…… 어이가 없군요."

"그런가? 어쩌면 구키가 사람에게 농락당한 여자의 자손일 수도 있어. 아니면 그렇게 죽은 여자와 아주 친한 친구의 자손일 수도 있고. …… 하하하, 인이니 뭐니 하는 건 지나치게 일본적인 말인가?"

남자는 술로 눈이 눅눅해져 있었다.

"구키가의 '사'가 반복되는 것도 어딘가로 이어져 있는지도 모르겠군. …… 어쨌거나 나는 그 여자를 보면 뭔가 자꾸만 마음에 걸려. 내면에서 뭔가가 욱신거린다고. …… 어때, 너도 그렇지?"

8

방 안에서는 방치된 소리처럼 에어컨의 힘겨운 진동만 웅웅거리고 있었다. 방음 처리를 했는지 옆방에서는 아무 소리도 들려오지 않았다. 어슴푸레한 그 방에서 나는 위스키를 마시며 목젖에 뜨거운 열기를 느꼈다. 담배 연기가 시야 끝에서 힘없이 흐늘거렸다.

"오늘도 긴 밤이 되겠군."

구키 미키히코는 그렇게 말하고 자리에서 일어나 수조에서 빨갛고 작은 물고기를 건져냈다. 접시 모양의 그릇에 내려놓자 빨간 물고기는 움찔움찔 튀었다. 남자는 그 모습을 무표정하게 내려다보다가 이윽고 뒤쪽 카운터에 올려놓았다. 물고기는 아직도 몸부림을 치고 있었지만 남자는 더 이상 그쪽은 쳐다보지 않았다.

"…… 너무 우울해서 말이야. …… 아까 하마터면 여자를 죽일 뻔했어."

남자는 다시 정면 소파에 깊숙이 앉았다.

"너도 어서 그 여자를 손상시키도록 해. …… 이 세상에서 가장 가치 있다고 생각되는 것을 엉망진창으로 더럽히라고. 그 거센 소용돌이를 통과하면 너는 이 세계의 일상이나 너의 인생으로부터 참된 의미에서 떨어져 나올 수 있어. …… 그렇게 해서 내 영역으로 건너와."

빨간 물고기는 이제 거의 움직이지 않았다.

"당신, 취한 것 같은데."

남자가 헐렁한 웃음을 지었다.

"이 술은 독하니까 취하기도 하겠지. 넌 뭔가 꿍꿍이가 있는 편치고는 얼굴이 게게 풀려 있어. 뭐, 좋아. 나는 그렇게 산만해진 너의 의식을 통과해서 너의 무의식에 직접 이야기할 테니까.”

남자의 눈 위 근육이 조용히 경련하고 있었다.

“너는 나와 동지가 되어야 해. …… 내 영역으로 떨어져서 완전한 ‘사’가 되면 너에게 최고의 것을 보여주겠어. …… 내 옆에 있는 게 너한테는 가장 잘 어울려. 아버지를 죽이고 야지마도 죽인 너라면. …… 그래, 나의 작은 목표 하나를 가르쳐주지.”

나는 다시 위스키 잔에 손을 내밀었다.

“그 전에 한 가지 질문을 할까? …… 네가 만일 도덕도 윤리도 없는 어느 나라의 왕이라면, 어떤 국민이 가장 바람직할까?”

남자가 나를 바라보고 있었다. 나는 입을 열었지만, 왠지 쉰 목소리가 나왔다.

“…… 통제하기 쉬운 국민이겠죠.”

“맞아.”

남자는 하지만 웃지 않았다.

“어떤 의문도 품지 않고 전쟁이 나면 일치단결해서 집단적으로 열광해주는 국민이야. 왕이 무슨 짓을 하건 어린애처럼 신뢰해주고, 부정에도 눈을 감아버리고, 왕이 제공해주는 정보는 그대로 꿀떡 삼켜버린 채 우왕좌왕해주는 사람들이야. 용이한 사람들, 이라고 해도 좋겠지.”

남자의 등 뒤의 물고기는 이제 완전히 움직이지 않았다.

"실제로 국가나 국가의 일부 기관이 제공하는 정보에 따라 국민을 조종하는 것은, 영상이나 인상이 감수성의 주체가 된 현재에는 비교적 용이한 일이야. …… 이 세계에서는 눈에 보이는 형태건 눈에 보이지 않는 형태건, 다양한 이미지 조작이 이루어지고 있어. 그런 엉터리 논리로 얼렁뚱땅 이라크 전쟁이 일어나는 것이 바로 그 증거겠지. …… 그걸 지식인들은 대중성이라고 말하지. 국가로부터 주어진 정보에 휘둘리는 대중은 어리석다는 뜻으로 말이야. 하지만 그건 정확한 표현이 아니야."

남자는 피식 웃었다.

"어째서 '테러와의 전쟁' 같은 간단한 말장난이 강한 비판 속에서도 결국은 먹히는가. 어째서 텔레비전에서 본 인상으로 정치인의 인기가 그토록 급변하는가. 일본의 예를 들자면, 이라크에서 세 명의 일본인이 인질이 되었을 때, '자기 책임'이라는 강경한 발언이 어째서 그렇게 속속들이 침투했었는가. 어째서 복잡한 사안의 본질보다 단순한 인상 하나로 이 세계는 좌지우지되는가. …… 그건 사람들이 바쁘기 때문이야. 그 밖에도 이유는 있지만, 이건 아주 큰 부분을 차지해. 하루하루의 생활과 고민, 직업, 자기 자신의 행복을 챙기느라 사람들은 너무나 바빠. 그건 나무랄 일은 아니지. 누가 이 바쁜 나날 속에서 아프리카 작은 나라의 분쟁에 관심을 갖고 그 이면의 이권까지 생각하려고 하겠어? 누가 나라에서 제공해주는 정보의 진의에 대해 매스컴을 뛰어넘어 이것저것 조사해보려고 하겠어? 어떤 사건의 범인이 극악인처럼 보도되지만 그게 실은 면죄부일지도 모른다는 걸 어느 누가 본격적으로 조사해보려고 하겠어? 텔레비전 해설자가 실은 특정 정당과 밀접한 관계가 있는 자라는 걸 어느 누가 조사해보려고 하겠어? 그런 사람은 극히 일부야. 사람들은 다들 바빠. 그리고 어느 누구의 눈에도 잘 띄지 않는 그 틈새를 누비듯이 슬슬 움직여서 우리는 북한을 자극하고, 일본의 9·11을 계획하고 있어."

남자는 무표정인 채로 나를 계속 쳐다보고 있었다.

"일본에 한 발이라도 미사일이 날아와보라지. 한순간에 이 나라의 여론은 돌변할 거야. 평화헌법 따위, 당장 휴지가 되는 거야. 피해자의 숫자가 보도되고 그 가족의 슬픔이 연일 텔레비전에 등장하면서 북한에 대한 국민의 증오의 열기는 끓어오르고, 피해자 가족에게는 동정을 보내겠지. …… 사람들은 선의를 밑바탕에 두고 있을 때는 주저 없이 그 내측의 폭력성을 해방시키게 돼. 마치 선의에 의해 그 폭력성의 해방을 허락받은 것처럼 말이야. 이건 전쟁 발생 메커니즘의 기본이야. 옛날에 처형을 구경거리로 삼던 것도 똑같은 원리야. 그것을 누군가 계획했다고 생각하는 사람은 적고, 그런 목소리는 선의의 폭력이 비등(沸騰)하면서 깨끗이 지워지는 거야. 그러잖아도 사람들은 자기들 살기에 바쁘니까. …… 그러면 일본은 전쟁을 할 수 있게 돼. 우리 기업들은 막대한 이익을 얻겠지. 무기를 제조하면 정부는 세금으로 사들여. 수송기든 뭐든 모두 다.

북한을 파괴한 뒤에는 건설이 붐을 이루겠지. 너저분한 돈줄에 너저분한 인간들이 떼로 몰려들고, 인간이 대량으로 죽어서 또다시 너저분한 돈이 소용돌이를 치는 거야. 전쟁은 비즈니스 모델로서 최상이야."

남자가 뭔가를 삼키려는 듯이 입을 헤벌렸다.

"처음에 나는 그 미사일이 슬쩍 스치는 정도면 좋겠다고 생각했어. 사망자가 약간 나올 정도로 말이야. 그 정도면 전쟁까지는 가지 않고, 그러면서도 국방비는 훌쩍 뛰어오르고 우리 무기 시장은 새롭게 개척되고, 우스꽝스러운 춤판을 볼 수 있다고 생각했으니까. …… 하지만 이제 나는 좀더 가도 좋다고 생각해. 왜냐면 나라는 인간은 이미 붕괴되었으니까. 붕괴가 탄생시키는 계획은 당연히 붕괴만이 목적이야. …… 도쿄 한복판에 연달아 몇 방이건 떨어뜨리라지. 일본은 일대 혼란에 빠지겠지. 미국과 중국도 뒤섞여서 다양한 군수산업에 뛰어드는 거야. 그런 계획도 분명하게 세워뒀어. 적어도 미국의 군수산업은 쌍수를 들고 환영하겠지. 일본이 좀더 무기를 만들어줄 테니까. 잘 들어, 이건 몇 년 뒤에 정말로 계획되어 있는 일이야."

남자는 늘어진 숨을 내쉬고, 눈꺼풀의 경련이 마음이 걸렸는지 손끝으로 건드렸다.

"…… 그렇게 잘될까."

나는 입을 열었다. 입가에 웃음을 띠고 있는 것을 의식했다.

"당신들 같은 인간이 그렇게 드라이브를 걸었다고 해도……. 인간은 당신들 생각대로 움직이지는 않아요. 분명 우리는 자기들 문제로 하루하루가 바쁘죠. 아프리카 작은 나라의 이권에까지 눈을 돌리기는 어려워요. 하지만 그 계획은 일본에서 하는 것이죠? 사람들이 당신 생각대로 움직일 리 없어요."

"맞는 말이야. 아주 잘 알고 있군,"

남자의 목소리에 힘이 들어가기 시작했다.

"나는 오히려 우리가 드라이브를 건 뒤에 사람들이 우리의 예상을 뛰어넘는 움직임을 보여줄 것이라고 기대하고 있어. …… 계기는 우리가 만들어. 하지만 그 꿈틀거림은 사람들의 소용돌이 속에서, 그 소용돌이를 통과하면서, 예상치 못한 방향으로 폭발할 게야. 역사를 한번 돌아보라고. 제2차 세계대전이 터지기 전에 지금의 국제연합의 전신이던 국제연맹을 일본이 중도 퇴장하는 형태로 탈퇴했을 때, 그런 어리석은 짓을 일본 국민이 그토록 큰 박수갈채로 맞아줄 줄은 당시 상층부도 미처 생각조차 못 했어. …… 우리의 아버지 구키 쇼조의 폭력이 발동하는 계기가 되었던 제2차 세계대전도 사람들의 열광과 진지함이 뒷받침이 된 거야. 아버지의 폭력의 밑바탕에는 사람들의 열광이라는 토대가 있었다는 얘기야. 당시 일본인이 그토록 열렬히 전쟁에 협력해줄 거라고 상층부에서 처음부터 계산하고 있었을까? 아무리 그렇게 되도록 국민을 속여왔다고 해도 마찬가지야. 그들은 하루하루가 바쁘고 생각도 폐쇄적이야. 자신의 혈육이나 친지들을 지키기 위해 다른 나라 사람은 죽여도 된다고 생각하고 있었으니까. 선의를 바탕으로 한 인간의 폭력성과 열광은 홍수처럼 수위가 부쩍부쩍 높아지는 거야. 그건 열광이야. 알겠어? 내가 원하는 건 열광이란 말이야. 파괴로 향하는 열광의 홍수."

남자의 목소리가 커졌다.

"모든 것은 시스템으로 짜여 있어. 지금 JL이라는 그룹이 움직이고 있지? 분명 그들이 노리는 건 권위에 대한 공격이야. 모든 것을 밑으로 끌어내리기 위해 그들은 행동하고 있어. 하지만 권위에 대한 공격이라는 그들의 행동도 결국은 우리 시스템 안에서 놀아대는 거야. JL 덕분에 사람들의 방범 의식이 높아져서 내 휘하의 모든 경비회사들은 이득이 수직 상승하고 있어! 방범 시스템이니 뭐니 불티나게 팔리고 있단 말이야! 주가가 훌쩍 뛰어서 주주는 엄청난 이익을 거두고 있어. JL이 날뛰면 날뛸수록 우리 같은 부자는 돈을 벌어들이게 되어 있는 구조야. 잘 들어, 사실 JL의 자금으로 우리 쪽 돈이 흘러들어갔어. 그자들은 알아차리지 못했을 테지만 말이야. 이 세계는 괴물이야, 괴물이라고!"

남자가 웃었다. 그 눈이 크게 뜨이기 시작했다.

"나는 보고 싶어. 모든 건물이 붕괴되는 꼴을. 사람들의 폐쇄된 행복이, 그 폐쇄성에 의해 전쟁을 허용하고, 거기에 휘말리고, 스스로의 폐쇄성에 의해 붕괴되는 꼴! 온갖 시간과 장소를 날아다니는 다양한 폭력의 인(因)이 모조리 그 지점으로 집결하겠지! 그 광경은 정말 볼만할 거야. 우리처럼 비뚤어진 인간에게는! 붕괴된 대지를 바라보며, 그리고 나 또한 죽어가며 이렇게 중얼거리는 거야. 건설 붐이 닥치겠구나, 라고. 인류가 모조리 멸망하면 그와 동시에 윤리도 아름다움도 소멸하겠지. 어때, 그러면 이 세계에 항상 무관심했던 신께서도 잠깐 눈썹쯤은 꿈틀하지 않겠어? 신에게 눈썹이 있다면 그렇다는 얘기야! 칠푼이로 창조된 인간들의 자기 붕괴에 의한 신을 향한 복수. 아버지에 대한 복수. 어쩌면 도중에 신이 뜯어말리러 올지도 모르겠군. 그렇게 되면 인류는 처음으로 신의 모습을 우러러볼 수 있는 거야. 어때, 유쾌하잖아? 모조리 사라지는 게 좋아. 내 우울 속에서 모두 다 사라져버려!"

남자는 눈을 뜬 채로 뚝 멈춰버렸다. 느닷없이 남자의 몸이 가늘게 떨리기 시작했다. 나는 가슴이 수런거렸지만 그자에게서 눈을 뗄 수 없었다.

"…… 오랜만이다. …… 지금이야."

남자는 눈을 계속 뜬 채로 땀을 흘리고, 하지만 입을 기묘할 만큼 앙다물고 있었다. 남자의 손이 뭔가를 더듬듯이 테이블 밑으로 기어들어갔다.

"…… 자, 이걸 좀 봐."

테이블 밑으로 들어갔던 손에 나이프가 쥐여져 있었다. 소중한 물건을 다루듯이 그것을 천천히, 신중하게 테이블 위에 올려놓았다.

뜨거운 공기를 토해내던 난방기는 어느새 멈추고 몸이 점점 써늘해졌다. 남자는 테이블에 놓인 나이프에서 손을 떼고, 그대로 경직된 것처럼 다시 움직이지 않았다. 돌연 뭔가에 홀린 듯이 남자의 눈은 계속 고정되어 있었다. 지난번에 만났을 때도 남자가 지금과 비슷한 흥분을 보였던 게 생각났다. 나는 심장의 고동이 빨라져서 남자에게 시선을 빼앗긴 채 눈을 돌릴 수가 없었다.

"이봐, …… 모르겠어? 이봐!"

목소리를 억누르듯이 마치 누군가에게 들릴까 봐 두려워하듯이 남자는 속삭였다.

"지금, 지금이야. …… 이봐, 하라고, 때를 놓치면 안 돼."

심장의 두근거림이 심해졌다.

"빨리해, 빨리, 이봐, 이걸로, 내 목이야. 이렇게, 이렇게."

남자는 마치 어린아이에게 가르쳐주듯이 나이프를 움직이는 손짓을 보였다.

"나는 이제 나라는 인간의 허용 범위를 넘어버렸어, …… 지금이 완전한 타이밍이야, 이 상태의 지금이, 최상의 순간이야, …… 지금을 놓쳐서는 안 돼. 이걸 놓쳐서는 안 돼. 엉? 빨리 하란 말이야, 도망친다, 도망치지 못하게 해, 빨리."

남자가 내게 나이프를 쥐여주었다. 나는 꼼짝도 할 수 없었다.

"지금이야. …… 우울의 끝에 보이는, 바로 이거. 죽음은 끝이 아니야, 하나의 부품이지, 내가 나로 되기 위한 하나의 부품이라고. 최고로 최악인 이 기분에 부품을 줘. 이 우울은 뚫고 나가야만 달성돼. 죽음을 비처럼 뒤집어쓰는, 소멸의 쾌락의 그 순간에 나는 나에게서 쏟아져 나와 내가 되는 거야. 나 그 자체가 되는 거야. 죽음 그 자체, 끝 그 자체가 돼, 완벽하게, 완벽하게, 단 한 순간에. …… 스며들어, 모든 것이! 나는 온갖 죽음과 연결돼. 온갖 시대의 온갖 인간들의 죽음과 고통과 연결되어 나는 그 모든 것을 맛보는 거야. 그리고 내 몸을 내달리는 모든 신경이, 나의 모든 것이, 거대한 종말의 꿈틀거림 그 자체가 되면서, 쾌락으로 견딜 수 없게 되지! 지금 이 순간이야. 그 영역에 가기 위해, 그 감각을 알기 위해, 내 인생이 존재하는 거라고. 모든 사물은 소멸을 간절히 기다리고 있어, 인간이 제아무리 발버둥 쳐도 모든 사물의 본질은 소멸을 기대하면서 환희에 부르르 떨고 있어. 이 세계의 진실은 바로 거기에 있어. 새로 태어나는 에너지를 뒤틀어 쓰러뜨리고, 모든 것을 소멸로! 왔다고, 정말로 와 있어."

남자는 가늘게 몸을 떨며, 마치 사랑을 속삭이듯이 나를 설득하고 있었다.

"빨리. 괜찮아. …… 엄청나게 커져버린 괴물을 눈앞에 두고 있잖아? 너는 용서받을 수 있어. 네가 한 살인도, 나 같은 악을 소멸시킨 것으로 모두 용서받을 거야. 너의 죄는 모조리 사라질 거란 말이야. 앞으로 다가올 수만 명 인간의 생명을 구한 것으로."

내 손에 나이프가 있었다. 그 손이 부르르 떨렸다.

"그렇잖아? 내가 죽으면 모든 것이 끝나. …… 나도 나 자체가 될 수 있어. 가오리라는 여자도 네 것이야. …… 나의 우울은 모든 것의 장애물, 그리고 내 존재의 달성은 모든 것의 해결이야. 자, 이 목을, 한순간에 따버려. 왔어, 지금이야, 정말로 지금 와 있어, 지금이란 말이야."

나는 숨을 쉴 수가 없었다. 남자의 굵직하고 부드러운 목덜미가 내 눈앞에 있었다.

"…… 빨리해. 그렇지, 그렇게……. 인류는 항상 그렇게 해왔어. 악이라고 생각되는 자를 파괴하고, 자신의 행복을 손상시키는 자를 파괴하고, 항상 그렇게 해결해왔어. 인류의 붕괴를 바라는 나는, 모든 것의 행복을 바라는 인간들, 그리고 나아가 신에게조차 눈에 거슬리는 존재일 뿐이야. 그렇지?"

남자가 느닷없이 부르짖었다. 입을 더 이상은 벌릴 수 없을 만큼 벌리고, 붉어진 눈을 들이댔다. 남자의 드러난 목의 혈관이 굵직하고 뚜렷하게 도드라졌다.

"빨리해! 모두 다 용서받을 수 있어."

남자가 다시 부르짖었다.

"역사가, 신이 보고 있어!"

남자는 목덜미의 혈관을 늘리며 나를 올려다보았다. 나이프를 쥔 손이 땀으로 축축했다. 눈앞에 아버지가 있었다. 좁은 방 안에서 굶주림으로 움찔움찔 경련하는 아버지가 있었다.

"…… 못해요."

"뭐라고?"

남자의 얼굴 혈관까지 굵직하게 꿈틀거렸다.

"이제 정말 지긋지긋해요. …… 이 감각은."

남자는 입을 헤벌린 채, 느릿느릿 나를 정면에서 바라보았다.

"…… 어처구니없는 풋내기로군. 인간을 둘씩이나 죽인 놈이. …… 너를 너무 과대평가했어."

남자는 뭔가의 도래가 일시에 사라진 듯이 다시 슬금슬금 표정이 사라졌다. 땀만 흔적처럼 이마를 눅눅하게 만들고 있었다. 남자의 표정에서는 더 이상 어떤 감정도 보이지 않았다.

"…… 너, 아주 시시하구나. …… 정말로. 그렇다면 얘기는 간단해. …… 가오리라는 여자는 내가 손상시키지. …… 무슨 짓을 해도 소용없어. 그 여자는 내가 산 채로 파괴해주지. 너에게 그걸 보여주마. 아버지가 하지 못한 일을 내가 실행하겠어. …… 그 반복이 나의 우울을 아주 조금 풀어줄 테니까."

남자가 다시 위스키 잔을 입에 댔다. 나는 볼펜을 내밀었다.

"모두 다 녹음했어요. …… 지금까지의 모든 대화를."

남자가 멍하니 나를 보았다.

"…… 지금까지 당신이 내뱉은 말, 문제가 많은 발언이지요? 구키 그룹 이인자의 말이라고 하기에는. …… JL에 관여한 것도, 당신의 그 미쳐버린 계획도."

남자가 조용히 웃었다.

"술에 취한 척하면서 그런 어설픈 짓을 생각하고 있었나? 허접스럽기는."

나는 가방에서 서류 더미와 콤팩트디스크를 꺼냈다.

"…… 여기에 당신이 지금까지 저지른 짓에 대한 몇 가지 증거가 있어요. 당신이 이 방에서 당신 딸을 죽이던 때의 영상도."

"호오, 그래?"

"모 정치인과 당신이 나눈 밀담도. …… 그때 이루어진, 핵무기 개발로 전용 가능한 원심분리기와 군사적으로 전용 가능한 헬기, 그 밖에 총기를 포함한 대량의 부정 수출 건도. …… 성매매 여성 두 명을 죽인 기록도."

남자는 무표정인 채, 따분하다는 눈빛으로 나를 바라보았다.

"…… 어떻게?"

"당신 아버지 구키 쇼조가 당신의 뒷조사를 했기 때문이에요. …… 지금까지 계속."

나는 조용히 숨을 들이쉬었다.

"당신 아버지는 당신이라는 존재를 계속 우려하고 있었어요. …… 언젠가 구키 그룹의 장해물이 될 당신을."

"…… 그럼 그 탐정이?"

"그건 말할 수 없어요. 하지만 당신 아버지에게는 그 사람 말고도 수많은 탐정이 있었어요. 인간을 조사하는 방식에 관해서만 말하자면 당신 아버지는 당신보다 한 수 위였죠. 이건 당신이 폭주하기 시작했을 때, 그걸 가로막을 협박 자료로서 당신 아버지가 관리해왔어요."

"아버지가 죽었을 때, 그 방을 샅샅이 살펴보게 했지만 그런 기록은 나오지 않았는데?"

"당신 아버지는 의심이 많은 인간이죠."

나는 왜 그런지 떨리는 손으로 내 무릎을 잡았다.

"당신 같은 인간은 그 악이 팽창해서 폭발할 때까지 온갖 악을 쌓아 올리거든요. …… 이건 당연한 기록이에요."

나는 테이블 위의 나이프를 흘깃 바라보았다.

"지금 설령 당신이 나를 권총 따위로 쏘아버린다고 해도 소용없어요."

나는 시계를 바라보았다. 밤 한시까지 이제 오 분이 남아 있었다.

"이건 복사본이거든요. 아니, 몇 장씩 복사되어서 밤 한시를 넘어서는 시점에 제삼자의 손에 의해 일제히 경시청과 검찰청, 매스컴, 구키 그룹과 이해관계가 상충되는 각국의 기업, 그리고 당신이 소유한 모든 회사의 주주에게 발송될 겁니다. …… 머지않아 사법부에서 당신을 찾아오겠죠. …… 당신이 체포된 뒤에 무슨 말을 하건 나는 이제 상관없습니다. 사법부의 손에, 그리고 보도의 소용돌이에, 당신이 말하는 이 사회의 열광 속에 추락해보시죠."

남자가 갑작스레 웃음을 내보였다.

"…… 나는 역시 아버지의 사랑을 받지 못했군."

남자는 왜 그런지 그 웃음을 길게 얼굴에 남겨두고 있었다. 나는 반절이 떨어져 나간 아버지의 귀와, 아버지의 폭력성이 터져 나왔다는 전쟁 때의 필리핀 농촌이 눈에 떠올랐다. 남자가 작게 숨을 토해냈다.

"제법이야. …… 하지만 너는 나에 대해 아무것도 알지 못하고 있어."

남자가 위스키 잔에 입을 댔다.

"나한테 그런 건 통하지 않아. 내가 그런 것에 관심을 가질 것 같아? …… 너는 정말 허접스럽구나."

나는 가방에서 폭약을 꺼냈다. 이토 료스케가 맡기고 간 물건이었다.

"간단한 물건이라서 허접스럽기는 하지만, 그래도 이 원룸쯤은 한꺼번에 날아갈 겁니다. …… 방금 스위치를 켰어요."

나는 배선과 연결되도록 개조한 휴대전화의 버튼을 눌렀다. 남자는 여전히 무표정한 얼굴 그대로였다.

"당신이 살고 싶다면, 아주 간단해요. 이 휴대전화의 전원을 오프로 하면 됩니다. …… 앞으로 삼십 분이에요."

나는 자리에서 일어섰다.

"목숨을 아까워하는 감각을 느끼면서 이 전원을 꺼봐요. 그리고 당신이 죽였고 죽이려고 했던 인간들에 대해 생각해보면 좋을 겁니다."

남자가 짧게 웃었다.

"목숨을 아까워한단 말이야? 너는 '사'잖아?"

"…… 나는 단지 구키 쇼조나 당신 같은 괴물들의 악 속에서 잠깐 움직인 것뿐이죠. …… 구키 쇼조의 음습한 뒷조사를 당신의 악과 연결해줬을 뿐입니다. 게다가……."

남자는 여전히 나른한 표정을 바꾸지 않았다.

"구키 후미히로는 이제 없습니다. 나는 신타니 고이치예요."

나는 장갑을 꼈다. 내게 지문은 없었지만, 손바닥 지문이 부착될 것을 고려해서 나이프와 유리잔을 들어 닦아냈다. 휴대전화 액정 화면의 작은 숫자가 부지런히 줄어들고 있었다.

"너는 전혀 모르고 있어."

남자가 조용히 말했다.

"나처럼 커져버린 존재에게 그런 건 통하지 않아."

"…… 그건 당신의 희망 사항이겠지요."

"그렇지를 않아."

남자가 귀찮다는 듯 숨을 내쉬었다.

"만일 이 세계가 네가 원하는 대로 움직였다고 하자. …… 그래도 내가 사법부의 손에 떨어지는 일은 없어. 지금의 지위가 바뀌는 일도 없어. 왜냐, 그렇게 되어 있기 때문이야."

남자가 늘어진 목소리로 말을 이었다.

"내게는 어떤 것도 통하지 않아. …… 참으로 안됐다만, 어떤 것도, 나한테는 먹힐 수가 없어. …… 결국 아무것도 변하지 않아. 나는 우울을 껴안고 지금의 지위 그대로 싫더라도 계속 존재하게 돼. 그리고 너는 그 여자를 잃을 게야."

"…… 당신은 가오리를 손에 넣을 수 없어요."

남자와 나는 잠시 서로의 눈을 바라보았다. 내 시선은 흔들렸지만, 남자의 풀린 눈에는 변화가 없었다. 폭약의 숫자가 점점 줄어들었다.

"목숨을 아까워하는 감각 속에서……."

"글쎄, 그러니까……."

남자가 내 말을 가로막았다.

"너는 정말 아무것도 모른다니까. 아무것도 변하지 않아. 아무것도 변할 수가 없어. …… 내가 바라는 건 그런 게 아니야. 목숨을 아까워해? 대체 무슨 말을 하는 거지? 너, 설마 그런 거야?"

남자는 무표정인 채, 잠이 올 만큼 소파에 깊숙이 파묻혀 있었다. 남자의 얼굴이 그늘져갔다.

"이 어처구니없는 세상에 집착한단 말이야? …… 목숨이라고?"

구키 미키히코는 나른한 듯 말을 내뱉고 위스키를 한 모금 마셨다.

"…… 설마, 농담이지?"

나는 구키 미키히코의 질문에 대답하지 않고 등을 돌려 걸음을 옮겼다. 그의 존재를 등 뒤로 계속 느꼈지만 내가 방에서 나올 때까지 아무 일도 일어나지 않았다. 복도를 걸어 나와서 모자와 마스크를 썼다. 현관문을 열고 다시 천천히 닫았다. 담배에 불을 붙이고, 맨션 엘리베이터로 향했다. 구키 미키히코의 방에서는 어떤 소리도 들려오지 않았다.

9

"우선 가오리 씨에게는 어떤 위험도 없을 거야. JL의 도주 중인 멤버도 공개수사에 들어갔으니까 이제 곧 잡히겠지. 가오리 씨는 지금도 고니시 아즈사의 맨션에서 지내고 있어. 그곳은 방범이 철저한 곳이라서 혹시 위험한 일이 생기더라도 안전은 유지되고 있어."

탐정은 그렇게 말하고 눈앞의 뜨거운 커피를 마셨다. 홍차를 권했지만 그는 여전히 커피를 선택했다.

"그럼 매스컴은?"

"정보의 신빙성을 검토하려던 참에 구키 미키히코가 죽었으니…… 구키 그룹의 이인자고, 이미 죽은 사람이야. 정보 취급도 좀더 신중해질 거야."

텔레비전에서는 구키 미키히코의 사망 뉴스가 흘러나왔다. 모든 방송국이 하나같이, 맨션은 폭파되었으며 사고인지 타살인지는 아직 밝혀지지 않았다고 보도했다.

"당신에게서 받은 자료를 봤을 때, 온몸이 한없이 무거워졌어요. …… 구키 미키히코가 구키 쇼조에게 처음에 '사'로서 키워졌고, 중간에 싫증이 나서 그냥 풀어주었다는 것. …… 풀어줬다고 해도 이미 때늦은 일이었지만, 그 '사'의 교육을 중간에 포기한 것을 구키 미키히코가 아버지의 애정이라고 생각했을 가능성은……?"

"…… 아니, 그럴 가능성은 없었을 거야."

탐정이 조용히 잔을 내려놓았다. 내가 입을 열었다.

"그의 인생은 비참했어요. 정신은 붕괴된 것처럼 보였습니다. 나는……."

말이 막힌 끝에 겨우 다시 입을 열었다.

"사망 추정 시각이 오전 한시 반경이더군요."

"…… 응."

"폭파 시간과 똑같아요. 즉, 그는 그 삼십 분 동안, 스스로 목숨을 끊은 것도 아니고 밖으로 도망친 것도 아니었습니다. …… 그냥 계속 그 방에 있었다는 얘기예요."

구키 미키히코의 그 시간이 내내 마음에 걸렸다. 붕괴된 정신이 내뱉은, 헛소리 같은 죽음에 대한 말이 내 머릿속에 남아 있었다. 폭파 순간, 그는 다시 그 붕괴 상태에 빠졌던 걸까. 모든 것이 물들어간다고 하던, 나 자체가 된다고 하던 그 상태로? 멍하니 소파에 파묻혀, 부지런히 줄어드는 폭탄의 숫자를 보고 있을 때, 느닷없이 그 붕괴 상태가 다시 찾아온 것일까. 그는 그 속에서 폭파의 불꽃을 바라봤을까.

"…… 이게 잘한 일인지, 모르겠어요."

"그건 어느 누구도 알 수 없는 거야."

탐정이 잘 아는, 항상 이용하던 호텔 방이었다. 창밖으로, 역광에 그늘이 진 비행기가 날아갔다. 창문은 방음장치가 되어 있는지 바깥 풍경에는 소리가 전혀 없었다.

"어쨌든 자네는 스스로 원했건 원하지 않았건 뭔가를 피해갈 수 있었어."

탐정이 불쑥 말했다.

"…… 무엇을?"

"…… 모르겠어. 하지만 그 대신, 자네는 큰 상처를 입었어."

텔레비전에서, 공개수사에 들어갔던 JL의 멤버로 추정되는 남자가 노상에서 사체로 발견되었다는 자막이 흘러나왔다. 사인은 밝혀지지 않았다.

"이번 달에는 정말 뉴스거리가 풍성하군."

탐정이 혼잣말처럼 중얼거리더니, 다시 말을 이었다.

"대체 무슨 일인지……."

"…… 글쎄요."

나는 화면을 바라보며 커피를 마셨다. 아무 맛도 나지 않았다. 여러 가지 일들이 되는 대로 흘러가고 있었다.

"하지만 나는 저 사람의 죽음에는 관여하지 않았어요."

"그렇다면 그들에게는 그들의 이야기가 있었다는 건가. …… 구키 미키히코 같은 인간에게 실컷 이용을 당하기는 했지만."

자막으로 흘러나온 속보를 캐스터가 읽기 시작했다.

"하지만 나는 구키 미키히코나 거기에 관련된 사람들이…… 정말로 그런 계획을 세웠다고 해도…… 사람들이 그런 것에 휘둘릴 거라고는 생각하지 않아요. 일이 그렇게 간단히 흘러갈까요?"

"…… 모르겠어. 하지만 그 정보를 통해 가까운 시일 내에 무기 부정 수출 건으로 정치인과 관료에 대한 수사가 시작될 거라는 소문이 돌고 있어. 어쩌면 부정한 흐름에 쐐기를 박을 수는 있을 거야."

방 안은 청결하게 유지되고 있었다. 난방기가 달려 있었지만 입김이 연기처럼 하얗게 나왔다. 나는 자리에서 일어나 걸어 나가려고 했지만 다리에 힘이 들어가지 않았다. 잠깐 휘청거렸는지도 모른다고 생각했다.

"자네는……."

탐정의 그 목소리에 내가 지금 시원찮은 뒷모습을 보이고 있다는 것을 실감했다.

"…… 앞으로 어떻게 할 생각이지?"

나는 돌아볼까 말까 망설였고, 그보다는 아무 대답도 할 수 없다는 것을 먼저 깨달았다.

"…… 나도 잘 모르겠어요. 하지만 우선은 가오리의 안전을 확보해주세요."

가오리가 안전하다는 이야기는 방금 전에 들었고, 도주 중이던 JL 멤버가 사망한 지금은 이미 그럴 우려도 없었다. 하지만 나는 그런 말밖에 하지 못했다.

*

내 방에 돌아와 입고 있던 코트를 벗었다. 테이블 옆의 의자에 앉으려다가 침대에 자리를 잡았다. 심장의 고동이 흐트러져서 나는 기분을 돌리기 위해 냉장고를 열고 미네랄워터를 마셨다. 고동은 가라앉지 않았다. 텔레비전을 켜고 JL의 속보를 보다가 바로 꺼버리고는 침대에서 일어섰다. 테이블 위에 마치 어제의 내가 일부러 남겨두고 간 물건처럼 가방이 놓여 있었다. 안에는 시안화칼륨 병이 들어 있다.

구키 미키히코의 방에서 이 병을 그에게 내주지 않은 것은 정말 폭약만으로도 충분하다고 생각했기 때문일까. 나를 위해 소중하게 다시 들고 온 것은 아닐까. 내가 계속 가방을 바라보고 있는 것을 깨닫고 고개를 돌려버렸지만, 다시금 그쪽으로 시선이 향하는 것을 느끼면서, 얼마나 간단한 일인가, 하고 생각했다. 지금까지의 모든 것이, 비극이니 우울이니 후회 따위가 저 약을 먹는 것만으로 일시에 사라지는 것이다.

나는 뭔가 기분이 풀릴 만한 것을 찾다가 담배를 발견하고 불을 붙였다. 담배는 호텔에서 마신 커피처럼 아무 맛도 나지 않았다. 심장의 고동이 빨라지고 가슴이 답답했다. 나는 가방에 다가가, 그저 잠깐 보는 것뿐이라고 생각하며 병을 꺼내 가만히 바라보았다. 병은 차가워져 있었다. 그 냉기가 내게 감겨드는 것 같았다.

내가 피우던 담배가 재떨이에 놓여 있는 것을 깨닫고 다시 손가락 사이에 끼우고 한 모금을 피웠다. 뭔가 시끄러운 소리가 났고, 내가 누군가와 이야기하고 있다는 것을 깨달았다. 좁아지는 시야의 한복판에 그 시안화칼륨 병이 있었다. 그저 잠깐 뚜껑을 열어보는 것뿐이라고 생각했을 때, 고동치는 몸이 흠칫 망설이듯이 흔들렸다.

나는 다시 미네랄워터를 입에 머금고, 그것이 입속에서 차갑게 느껴지는 것을 의식하려고 했다. 일단 챙겨 넣자고 내게 말하면서, 좁아진 시야 속에서 병을 가방에 신중하게 집어넣었다. 갑작스레 화장실에 가고 싶어져서 방을 나서려는 참에 휴대전화가 울렸다. 요시오카 교코였다.

"지금 뭐 해?"

그녀의 목소리는 변함없이 조금 높았다. 내가 전에 술에 취해 그녀에게 직접 전화를 했기 때문에 그녀가 이 번호를 알고 있다는 게 생각났다.

"…… 좀 바쁘다고 할까."

그녀는 어딘가 밖에 있는 것 같았다.

"그럼 짧게 얘기할게. 저기, 당신 방에서 전에 봤던, 이야기가 진척이 안 되는 영화, 그거 제목이 뭐였어?"

나는 천천히 거실로 돌아갔다.

"…… 〈노스텔지어〉. 타르콥스키의."

"…… 그렇구나."

그녀는 침묵했다. 그녀 뒤편에서 자동차가 지나가는 소리가 들리고 행인인 듯한 남녀의 신경질적인 웃음소리가 났다.

"…… 고마워. 미안하고. 자, 그럼 또."

그녀는 그렇게 말하고, 잠깐 틈을 두었다가, 조용히 전화를 끊었다.

10

고인 물방울이 중력에 의해 낙하하면서 다른 물방울까지 휩쓸고 물줄기가 되어 떨어졌다. 조명 불빛이 그 떨어진 물방울에 반사되었다. 내가 잔을 들자 테이블에 고인 그 물은 여전히 유리잔에 매달리려고 했고, 그러다가 떨어져 나가자 자신의 의지를 주체하지 못하겠다는 듯이 소리도 없이 출렁였다. 커피를 빨대로 빨아들였지만 아무 맛이 없었다. 아이스커피인데 그 차가움조차 혀에 전달되지 않았다.

왼편 테이블에 앉은 남자의 머리 부분이 무슨 과일처럼 물렁하게 보였다. 그것이 액체를 머금고 깨지려고 했을 때, 숨이 답답해졌다. 문이 열리고 가오리가 들어왔다. 가오리는 하마터면 부딪힐 뻔한 점원에게 미안하다며 고개를 숙이고, 내 쪽을 향해 웃는 얼굴을 보였다. 나는 손에 든 유리잔의 커피를 한 모금 마시고 가오리를 향해 슬쩍 손을 치켜들었다. 하지만 내 동작은 생각보다 작아서 손은 분명하게 위로 올라가지 않았다.

"미안해요. 오래 기다리셨어요?"

"…… 아뇨."

가오리는 내 기색과는 관계없이, 점원을 불렀다. 그녀는 다르질링 티를 주문했다.

"미안해요, 오늘 함께 나가자고 하셨는데……."

"무슨 일 있었어요?"

"네, 클럽 쪽에서……."

가오리는 말하기 난처한 듯 시선을 떨어뜨렸다. 나는 내 의지와는 상관없이 말들이 저 혼자 흘러 나가는 듯한 느낌이 들었다. 옆자리 손님이 의자에 놓아둔 비즈니스 백에 왠지 시안화칼륨 병이 들어 있는 것만 같았다.

"요즘 지명이 부쩍 줄어서…… 그걸 보다 못해 아즈미가 신타니 씨를 모셔온 건데……. 아무래도 폐가 되셨을 거 같아요. 게다가 이렇게 일부러 와주셨는데 클럽 사장하고 빌딩 사장 사이에 무슨 일이 있었는지, 오늘 클럽이 갑자기 쉬기로 해서……."

"그렇군요. 대체 무슨 일이 있었는지……"

"모르겠어요. 죄송해요, 일부러 와주셨는데……."

"아뇨, 전혀. 괜찮아요."

가오리는 하얀 정장 아래 긴 다리를 검은 스타킹에 감싸고 있었다. 가느다란 목에는 은 목걸이가 걸려 있었다. 나는 부드럽게 움직이는 그녀의 몸을 똑바로 바라볼 수가 없었다.

가오리에게서 다시 찾아달라는 문자가 왔을 때, 나는 곧바로 가겠다고 답장을 보냈다. 하지만 가오리를 만나서 어떻게 해야 할지, 무슨 말을 해야 할지도 알지 못했다. 내가 할 일은 이미 모두 끝난 것이다. 얼굴을 바꾸기 전에 맨션 옥상에서 저 아래 밑바닥을 아무 생각 없이 빨려들듯이 바라보았을 때, 내 인생은 이미 끝이 났다. 그런데도 나는 계속 살아가면서, 이 꼴로도 계속 살아가면서, 더구나 거기에 덧붙여 할 일이라고는 하나도 없었다.

"…… 신타니 씨?"

가오리가 큰 눈으로 나를 바라보고 있었다. 출근 날이 아닌 가오리는 옅은 화장을 했고, 마음이 아플 만큼 아름다웠다.

"몸이 안 좋으신 거 아니에요?"

"예?"

그다지 시간이 많이 지나지 않았을 텐데도 클럽의 자리는 대부분 비어 있었다. 하지만 조금 전에 보았던 비즈니스 백은 아직도 그 자리에 있었다. 역시 그 가방 속에 병이 들어 있는 것만 같았다.

"미안해요. 무리하게 나오셨군요. 근데 일이 이렇게 되다니……."

"아뇨, 그렇지 않아요."

나는 웃는 얼굴로 얼버무렸다. 얼굴근육이 제대로 움직이지 않아 웃는 얼굴이 되었는지 어쩐지는 알 수 없었다.

"직장 일이 좀 고단해서."

"…… 미안해요."

"아, 그런 게 아니라 지금은 휴가 중인데 아직 피곤이 덜 풀려서 그래요."

내 아이스커피 잔은 비어 있었다. 할 일이 없어져서 담배를 집었다.

"직장 일이 힘드신 모양이네요."

"아뇨, 뭐, 그냥 회사원이니까요."

점원이 웃는 얼굴로 내 잔에 물을 따랐다. 언제 나왔는지, 가오리는 다르질링 티를 마시고 있었다. 얇은 입술이 한눈에 알아볼 만큼 촉촉이 젖어 있었다.

"…… 어떤 일을 하세요?"

"무역 비슷한 일을 하고 있어요."

사실은 백수라는 생각에 내 몸이 한층 무겁게 느껴졌다.

"힘드시겠네요."

"…… 아뇨, 가오리 씨도 힘든 일을 하시잖습니까."

"전혀."

가오리가 웃었다. 그 무렵의 웃는 얼굴과 겹쳐졌다.

"클럽이 요즘 한가해요. 하긴 좋아할 일이 아니죠. 우리 클럽, 기본급이 있었는데 앞으로는 수당제가 될 거 같아요. …… 나는 이제 그만둬야 할 거 같고."

"…… 여기 그만두면, 무슨 일을?"

"글쎄요……."

가오리가 테이블에 팔을 얹었다. 그 손가락은 가늘고 작고 움직이고 있었다.

"옛날에는 전문학교에 다녀서 간호사가 되려고 했었죠."

가오리가 멍하니 말했다.

"…… 그럼 지금이라도."

"아뇨, 힘들어요. 자신도 없고. 게다가 돈도 없죠."

나는 구키가에서 분배받은 돈을 내심 계산해보고 있었다.

"돈이 꽤 많을 거 같은데."

"있다고 하면 있고, 없다고 하면 없는 그런 돈이 있어요……. 써버리면 미안한 돈이라고 할까."

"미안한 돈?"

심장의 고동이 빨라졌다.

"네. …… 다 설명할 수는 없지만, 옛날에 어느 부잣집에서 지낸 적이 있어요. 그분들께 받은 돈인데…… 나는 이래저래 폐만 끼쳐서 그 돈을 받기가 좀……."

숨이 막혀서 나는 곧바로 부정하려고 했지만, 가오리가 말을 이었다.

"어차피 간호사가 되기는 힘들어요. 이제 와 새삼스럽게 학교에 다니는 것도 그렇고."

"…… 어떤 일에 너무 늦었다는 건 없어요."

내가 한 말이지만 그 말은 허탈한 여운을 남겼을 뿐이다. 점원이 다시 웃는 얼굴로 물을 들고 다가왔다. 나는 시계를 보았다.

"미안해요, 내가 너무 오래 시간을 빼앗았군요. …… 모처럼 쉬는 날이니까 푹 쉬도록 해요."

내 말에 가오리는 가만히 고개를 저었다.

"아뇨, 어렵게 만났는데, 신타니 씨 시간만 괜찮으시면 잠시만 더 함께 있어줄래요?"

가오리는 이어서 창밖을 보았다.

"잠깐 산책이나 하면 안 될까요? 날씨도 좋은데."

나도 창밖을 보았다. 바깥은 춥고, 가오리는 두툼한 옷을 입고 있지 않았다.

"그래도 날이 추운데……."

"그럼 드라이브는 어때요? 이 근처, 경치가 정말 좋아요."

가오리는 그렇게 말하고 다시 내게 웃는 얼굴을 보였다.

신타니 씨가 차를 가져온 줄 알고 가볍게 드라이브나 하자고 했는데, 렌터카까지 빌리는 건 너무 미안하다고 가오리가 말했다. 하지만 나는 역 앞의 렌터카 숍과 계약하고 차를 빌렸다. 나는 이 정도로 뭐 어떠냐는 말을 되풀이하면서, 그 클럽은 술값도 상당히 비싼데 가오리 씨가 그렇게 돈에 신경을 쓰니 이상하다고 농담처럼 말했다. 하지만 가오리는 그 말을 진담으로 받아들여 몇 번이나 사과를 하고, 다시 나는 그게 아니라고 몇 번이나 사과했다. 바깥은 찬바람이 불고 피부로 느껴질 만큼 공기가 건조했다. 묘한 대화를 나누는 우리 옆을 서로 손가락 끝만 잡은 중학생 커플이 지나갔다. 내가 차에 타고 가오리도 탔다.

가오리의 조심스러운 향수 냄새가 나를 휘감았다. 나와 가오리의 거리가 지나칠 만큼 가까웠다. 그녀의 하얀 옷 색깔이 압박으로 다가와 엔진을 켠 뒤에도 마음이 가라앉지 않았다. 반짝이는 스타킹에 감싸인 가오리의 다리가 바로 곁에 있었다. 나는 그쪽으로 시선이 가서 심장의 고동이 흐트러졌고, 가오리의 가슴도 바로 옆에 있다는 생각이 들었다. 절대로 손에 넣을 수 없는 행복의 모든 것이 거기에 있었다. 무슨 착오처럼 한 차례 내 인생에 찾아와 나를 받아주었고, 그런 다음에 멀리 사라져간 모든 것이었다. 그 무렵의 기억이 눈앞에 선하게 떠오르고 그것은 좀더 아름다워진 내 옆의 가오리와 겹쳐졌다. 이곳에 분명하게 가오리가 존재하고 있었다. 가오리의 따스한 몸, 머리카락과 손톱을 수집하는 내 기괴한 습관을 거리를 두지 않고 받아주던 그 가오리가 옆에 있었다. 그녀가 의아한 얼굴로 나를 바라보았다. 그 얼굴도 나에게는 지나치게 가까운 것이었다.

"저어, 가오리 씨."

나는 핸들을 잡고 앞만 바라보며 말했다.

"웬만하면 뒤에 타줄래요?"

"네?"

"…… 가오리 씨가 너무 아름다워서 옆에 앉으면 긴장이 돼요."

내가 말하자 가오리는 당황했다.

"저런, 나 그런 여자 아니에요. 신타니 씨는 아즈미하고 친구인데."

"그래도 긴장돼요. 부탁합니다."

가오리는 이상하다는 표정으로 차에서 내려 뒷좌석으로 옮겼다.

침묵이 이어지면서 차 안이 조용해졌다. 가오리는 뭔가를 꾹 참고 있는 것 같았지만, 이윽고 소리 내어 웃었다. 나도 우리 두 사람이 앉은 위치가 부자연스럽다는 것과 뭔가 묘한 분위기에 웃음이 터졌다.

"하하하, 신타니 씨, 정말 이상한 사람이에요."

정말로 이상한 사람이라고 생각했을 것이다. 하지만 연애란 애초에 이상한 것이 아닐까.

"그럼 갑니다. 운전은 꽤 오랜만이니까 차가 적은 곳으로 가죠."

"어쩐지 운전기사 같은데요?"

가로수 길을 곧장 달렸다. 나무들은 연말을 맞이하느라 조명 코드가 감겨 있었지만 아직 바깥이 환해서 불은 켜지지 않았다. 비어 있는 도로로 가려고 했는데 도쿄 지리를 잘 알지 못해서 길을 잘못 들었다. 꽉 막힌 정도는 아니지만 차의 흐름이 영 좋지 않았다. 하지만 가오리는 별로 신경 쓰는 기색 없이, 차 안이 따뜻하다고 혼자 중얼거리며 등받이에 몸을 맡기지 않고, 대각선 뒤쪽에서 나를 보고 있었다.

"아참, 전에 말했던 얄미운 점장님은 그만두기로 했대요."

"잘됐네요."

"네, 근데 클럽의 매상이 떨어져서 그만두니까 너무 딱해요."

"아, 그랬군요……."

가오리의 목소리가 차츰차츰 내 몸속으로 들어왔다.

"그래서 우리도 책임을 지자는 뜻으로 다들 마지막에 케이크를 선물했어요. 클럽 여자 중에 고양이를 기르는 사람이 있어서 그 화장실 모래를 케이크 위에 솔솔 뿌려서."

"윽, 너무했네."

나는 웃었다.

"집에 가져가 먹으면서 아마 입안이 꽤 꺼끌꺼끌했을 거예요. 얼른 보면 제법 의욕적으로 뿌려놓은 파우더처럼 보이니까요."

"그야 물론 꺼끌꺼끌했겠지요. 여자들, 정말 무섭네요."

"특히 여럿이 모이면 더 무섭죠. 아, 진짜 재미있었어요."

신호에서 무심코 왼편으로 꺾어져 육교 밑을 지나서 너무 멀리 가지 않도록 조심스럽게 길을 달렸다. 신호를 기다리는데 옆에 나란히 선 빨간 차의 커플이 우리를 무심코 바라보았다. 쇼핑을 하러 갔었는지 뒷좌석에 큼직한 종이봉투가 실려 있었다.

"근데 그저께 클럽 친구가, 아, 저기 앞에 있는 케이크집, 맛있어요. 특히 쿠키가……."

"아까 그 얘기 듣고서는 좀……."

"아하하, 그런가요?"

"하지만 괜찮아요. 잠깐 들러서 사볼까."

"아, 그건 내가 낼게요."

"아니, 신경 쓸 거 없어요."

케이크 가게 주차장으로 들어가, 쿠키를 샀다. 차 안에 돌아와 먹는데 가루가 우수수 떨어졌다.

"차가 지저분해졌어요."

"괜찮아요, 렌터카니까."

"그래도 이건 좀……."

"하하, 정말."

차들이 줄어들기 시작하고 신호등도 점차 줄어들었다. 맨션이 줄줄이 이어진 큰길을 별 의미도 없이 오른쪽으로 꺾어 들자 멀리 고속도로의 육교가 보였다. 나는 음악을 듣기 위해 라디오를 켜려다가 구키 미키히코의 뉴스가 나올 가능성이 있다는 생각에 퍼뜩 손을 멈췄다. 그 순간, 순조롭게 흘러가던 뭔가가 갑작스럽게 막히는 듯한 마음이 들었다. 나는 더 이상 아무 말도 나오지 않았다. 가오리가 말했던 '미안한 돈'이라는 말이 마음에 묵직하게 걸려 있었다. 그건 정반대였다. 구키가가 가오리에게 피해만 끼쳤던 것이다. 미안하다는 건 말도 안 되는 말이고, 앞으로 그녀의 인생을 위해 모두 다 써버려야 한다고 나는 생각했다.

"아즈미에게서 들으셨는지도 모르겠지만……."

뭔가 꽉 막힌 그 안에 가오리가 말을 풀어놓았다. 다양한 사념으로 우울해져 있던 내 의식에 가오리의 약간 높직한 목소리가 희미하게 울렸다. 가오리는 아까부터 계속 이야기를 하고 있었다.

"…… 요즘에 그 사람 있죠, 사망해서 크게 화제가 된 사람……."

허를 찔린 듯한 마음에 나는 미처 대답을 하지 못했다. 공기가 다시금 정체되어갔다.

"그 사람, 나를 거둬준 분의 아들이에요. 뉴스 듣고 깜짝 놀랐어요. …… 어렸을 때, 딱 한 번 봤을 뿐이지만."

신호가 빨간불로 바뀌어 나를 구해주었다. 운전하기가 힘겨웠다.

"그 돈은 나를 거둬준 분이 돌아가셨을 때 받은 건데…… 그 뉴스를 보고 더 미안하다고 할까…….”

“…… 미안하다니, 그건 말이 안 돼요.”

나도 모르게 불쑥 내뱉었다. 가오리가 백미러 너머로 나를 보고 있었다.

“아뇨, 그러니까 그게…….”

가오리가 내게서 눈을 돌려 자신의 발치를 보았다.

“뉴스를 들어보니까 자살 가능성도 있다고 하더라고요. 딱히 그래서 그런 건 아니지만, 나를 거둬준 분도 아마 그런 게 아닌가 싶어서……. 그분은 이미 나이가 많은 사람이긴 했지만…….”

나는 목이 답답해져서 핸들을 쥐고 앞만 보려고 했다.

“나한테는…… 그러니까…….”

가오리는 뭔가 생각난 듯이, 하지만 그걸 금세 지워버리듯이, 잠시 침묵한 뒤에 다시 입을 열었다.

“나를 거둬준 그 노인은 아직 어린애였던 내 앞에서 곧잘 울었어요.”

“…… 옛?”

신호가 바뀌어서 액셀을 밟았지만 더 이상 운전을 할 수 없었다. 갓길에 차를 세웠다.

“당신을 거둬준 사람이?”

“네. 근데…… 신타니 씨?”

차를 세워버린 나를 그녀가 무슨 일이냐고 묻는 얼굴로 바라보왔다. 나는 아무 말도 할 수 없었다.

"그러니까 그게…… 어쩌다가 이런 이야기가 나왔는지 모르겠
네요. …… 그게, 그래서 내가 그 집에서…… ."

가오리가 더듬더듬 말을 이었다.

"…… 이런저런 일이 있었지만, 그 노인도 곧잘 술에 취해서 울
었고, 하지만 그게 좀 좋지 않은 것이어서…… 나는 그러니까, ……
괴롭기도 했지만, 그걸 받아들이는 건 도저히 할 수 없었지만, 하지
만 실제로 그 노인분이 자살 비슷한 모습으로 돌아가셔서…… 게
다가 그때 나하고 나이가 같은 사람이, 항상 옆에 있어주던 사람이
있어서…… 근데 나는…… ."

"아니야."

나는 그렇게 부르짖고 있었다.

"아니야. 그런 식으로 자책할 필요 없어요. 당신이 말한 그……
그 구키 쇼조라는 노인네는 살해되었으니까."

"…… 네?"

가오리가 나를 보고 있었다. 침묵의 시간이 다시금 묵직하게 어
딘가로 스르르 낙하하는 것 같았다. 답답하게 막힌 목으로 나는 입
술을 부르르 떨며 목소리를 냈다.

"구키 쇼조는…… 폭력단에게 살해됐어요. 분명한 증거도 있고,
그러니까 당신은…… ."

"…… 신타니 씨?"

차 안의 온기가 사라져갔다.

"나는…… 구키 후미히로와 잘 아는 사이예요."

차 안이 다시 고요해졌다. 갓길에 정차한 우리 차 옆으로 몇 대의 자동차가 획획 지나갔다.

"…… 고니시 아즈미 씨는 잘 모르겠지만, 나는 후미히로에게서 당신 얘기를 들었어요. …… 후미히로와 잘 아는 사이라는 걸 일부러 감추려던 게 아니에요. 말할 기회가 없었죠. 고니시 아즈미 씨에게서 당신 얘기를 들었을 때, 이름을 듣고 후미히로가 말했던 여자분이라는 걸 알았어요. …… 성씨가 특이하니까. …… 후미히로는 항상 당신을 걱정하고 있었어요. 혹시 만나면…… 어떻게 지내는지 알려달라고……."

"후미히로가?"

가오리가 목소리를 냈다. 그녀의 음성이 내 이름을 불렀다.

"네, 아니, 그러니까 그쪽으로는 신경 쓸 필요 없어요. 구키가 사람들에 대해서는, 이제 더 이상……."

"…… 후미히로는, 지금 어디서 무엇을……."

내가 더 이상 후미히로가 아니라고 인정해야 한다는 것에 문득 강한 이질감을 느꼈다. 이 길을 오른쪽으로 꺾어 들면 공장 터가 나온다고 멍하니 생각했을 때, 밀도 있는 묵직한 공기가 나를 통과하는 느낌이 들었다. 몸이 내부에서부터 잘게 출렁거렸다. 백미러 너머에 아름다운 가오리가 있었다. 나는 뭔가에 사로잡힌 것처럼 꿈짝도 할 수 없었다. 지금 나를 덮친 것이 욕망이라는 것을 깨닫고, 숨을 꿀꺽 삼켰다.

모든 것이 이 한순간을 위한 것이라는 생각이 들었다. 심장의 고동이 아플 만큼 빨라지면서 시야가 흐려졌다. 방해가 되는 인간을 삭제하고, 모든 조건을 갖추고, 가오리와 재회하는 것으로 나는 그녀를 손상시키는 것이다. 이 세상에서 내가 가장 아름답다고 생각하고 소중하다고 생각하는 빛을 파괴하는 것이다. 그리고 나는 나를 뛰어넘는다. 아버지를 죽인 충격을 뛰어넘는 충격을 통과하면서 나는 고뇌하는 인간에서 괴물로 변해간다. 나는 아버지도 구키 미키히코도 뛰어넘어 나를 뒤덮은 지금까지의 음울함을 지워버리고, 모든 후회를 지워버리고, 나에서 신타니로, 그리고 괴물로 변한다. 나라는 존재는 거기서 사라진다. 광기 속에서, 내 지금까지의 의식은 거기서 완전히 사라져버린다. 내 의식은 그 거센 한 점의 소용돌이 속에서 가오리를 휘감고 뜨거운 불이 되어 사라지는 것이다. 그리고 더 이상 나는 괴로워하지 않을 것이다. 광기에 뒤덮인 괴물로서, 온갖 기억과 온갖 일들은 더 이상 나를 뒤흔들 수 없다. 지금까지의 나는 이미 그곳에서 소멸하는 것이니까. 그 격렬한 악의 영역은 구키 미키히코가 말했던 자동차 사고 이야기처럼 다시 어딘가로 튀어 나갈 것이다. 나는 그 악의 영역으로서, 또한 그 악의 영역 때문에, 지금까지의 내 모든 인생이 존재했는지도 모른다. 심장의 고동이 아플 만큼 쿵쾅거리고 숨이 거의 쉬어지지 않았다.

백미러 너머로 가오리를 보았다. 하지만 그 눈은 내게는 너무 지나치게 아름다운 것이었다.

내 존재나 내 존재의 상태 따위는 너무도 하잘것없을 만큼. 내일 따위는 아무려나 상관없을 만큼. 가오리는 따뜻하고, 가오리와의 그 나날들은 행복하고, 그 행복은 분명하게 내 인생 속에 있는 것이었다. 나를 짓누르는 집요한 힘을 목덜미쯤에서 느꼈지만, 나는 그 행복의 기억을 가진 나 자신을 지울 수는 없었다. 설령 그것이 괴로운 의식(意識)이었다고 해도 그 행복을 기억하는 의식을 지우고 싶지는 않았다. 아무리 비참했었다고 해도 나는 나인 채로, 그 나날을 내 안에 존재하게 하고 싶었다. 나는 운전석에서 앞을 향한 채, 가까스로 입을 열었다.

"후미히로는…… 지금, 행복하게 잘 지내요."

나는 겨우겨우 목소리를 냈다. 앞유리에는 살인까지 저지르고 모든 것을 잃어버린 내 얼굴이 비치고 있었다.

"평범한 회사원이지만, 결혼도 했고 행복하게 살고 있어요. …… 열심히 일해서 바다가 보이는 곳에 집도 샀다는군요."

나는 계속 앞만 바라보았다.

"그래서 저녁이면 그 바닷가를 둘이서 손을 잡고 산책한대요. …… 가오리 씨만큼은 아니지만, 그럭저럭 예쁘장한 부인과 둘이서."

나는 계속 입을 놀렸다.

"아이도 하나 있는데…… 그 친구는 자기 아이에게는 자신의 우울함은 스며들지 않게 하겠대요. …… 어쩌다 부인하고 싸우더라도 금세 사과해버린답니다. 부인은 곧잘 그에게 장난을 치고는 당황하는 그를 보면서 웃고…… 아름다운 눈을 들이대며 짓궂게 웃고…… 평범한 나날이지만, 그래도 그에게는 그 평범함이……."

말을 하는데 자꾸 눈물이 떨어졌다.

"…… 하지만 그는 당신과 함께했던 나날도 행복했다는군요. 분명 끝나버리긴 했지만, 어린 시절에 당신이 있어서 그런 아버지 밑에서도, 그런 어두운 저택에서도, 살아갈 수 있었다고. 당신과의 나날이 있었기 때문에, 당신이 어딘가에 존재하고 있다는 생각 때문에, 죽으려고 했던 때도 있었지만 그걸 멈출 수 있었다고. 당신 같은 사람이 있었기 때문에 이런 세상이라도 조금쯤은 긍정할 수 있었다고. 살아가는 것이 가능했다고. 당신과의 기억이 가득 찬 자신의 의식을 지우고 싶지 않다고. 그 나날은 분명히 있었다고. 언제까지나 자신 그대로 있고 싶다고. 그러니까……."

내 목소리는 자꾸 파르르 떨렸다.

"그러니까 당신은 행복해져야 합니다."

해가 조금씩 기울어갔다. 나는 뒤를 돌아볼 수 없었다. 하지만 백미러 너머로 가오리의 모습이 비쳤다. 가오리가 울고 있는 것을 나는 그제야 알았다.

"뭔가, 너무 갑작스러운 얘기라서…… 너무 혼란스러워서……."

가오리가 조금씩 말을 풀어놓았다.

"행방불명이라는 말을 듣고 나는 어떻게 해야 할지 알 수가 없었는데, 그렇군요, 후미히로가 행복하게……."

가오리는 그렇게 말하고, 손수건도 꺼내지 않고서 울었다. 나는 앞을 향한 채 아무 생각도 할 수 없었다.

"만났다가 내가 또 이상하게 굳어버리면 나도 후미히로도 정말 엉망이 될 것 같아서, 그래서, 연락도 못 했어요."

가오리의 말이 내 안으로 들어왔다. 가오리 안에 내가 있다는 것을 나는 지금까지 생각해본 적이 없었다.

"역시 살아가는 건 힘든 일이라서 지금까지 별로 좋은 일도 없었지만…… 그래도 그 하루하루가, 그 하루하루가 내게 있었다는 게 나한테는 구원이었어요."

존재를 확인하듯이 서로의 손을 잡고 집에 돌아오던 나날, 침대에서 한없이 웃어댔던 일이 바로 눈앞에 있는 것만 같았다.

"나를 어떻게 생각하는지, 지금껏 알지 못했지만, 나는 괴로운 일이 있을 때마다 그 사람의 행복을 빌었어요. 그 사람, 어딘가에서 살아 있다면 나도 살아갈 수 있다고……. 세상을 긍정할 수 있다고……."

가오리의 목이 메었다.

"그렇잖아요, 우리 같은 사람도 한때나마 그토록 행복할 수 있었으니까요. …… 그런 하루하루를 이 세상에 내보일 수 있었으니까요. …… 나는 항상, 지금이 좀 괴롭더라도 아직은 모른다고…… 아직은 모르는 일이라고 생각했어요. 아직은 모르니까 좀더 살아보자고, 그러면서 살아왔어요. 이 세상에는 그런 행복한 일도 있으니까. …… 정말 반갑네요. 후미히로가…… 그렇게 살고 있군요."

가오리의 어깨와 팔이 떨리고 있었다.

"…… 나도 건강하게 잘 지낸다고 전해주세요. 그리고…… 고맙다고, 전해주세요."

가오리의 말이 모조리 내 안에 들어왔다. 몸의 내부에 뭉클하게 온기가 번져갔다. 그것은 나에게는 결코 찾아올 리 없다고 생각한 온기였다. 손을 들어 눈가를 몇 번이나 훔쳤다. 시간은 계속 흘러 햇살이 조금 더 기울었다. 나는 가까스로 몸에 힘을 넣고 천천히 액셀을 밟았다.

"…… 오늘은 이제 그만……. 미안해요, 갑자기 이상한 얘기를 해서……. 오늘 일은 아무에게도 말하지 말아요. …… 집까지 바래다 드리죠. 요즘 고니시 씨 집에서 지낸다고 했죠?"

나는 그렇게 말하고 운전에 집중하려고 했다. 고니시 아즈사의 맨션은 그곳에서 가까웠다. 좁은 골목으로 들어가 신중하게 모퉁이를 돌며 천천히 달렸다. 바깥 풍경이 스쳐갔다.

"저어……."

가오리가 문득 작은 소리로 말했다. 눈물을 닦으며 뭔가 결심한 듯한, 판단을 내리지 못해 당황스러운 듯한 눈으로 나를 보고 있었다. 나는 앞을 바라본 채 소리가 되지 않는 소리로 대답을 했다. 가슴의 두근거림이 빨라졌다. 사거리를 돌아 주택가로 들어섰다.

"…… 당신, …… 정말 행복해요?"

가오리의 목소리는 작았지만, 또렷하게 들렸다.

"…… 행복합니다."

나는 가까스로 입을 열었다. 다시 목소리가 떨렸다.

"결혼도 했고…… 하지만 당신은 정말 아름답고 멋있으니까…… 사실은 이런 얘기, 해서는 안 되지만."

주택가로 들어서자 고니시 아즈사의 맨션이 보였다. 그 하얀 맨션이 조금씩 가까워지고 있었다. 나는 맨션 앞까지 가서 차를 세웠다. 내가 아직도 울고 있는지 어떤지는 알 수 없었지만, 마지막으로 다시 한 번 가오리를 보고 싶었다. 내가 후미히로가 됐든 신타니가 됐든 그런 건 아무려나 상관없었다. 나는 운전석에서 돌아보았다. 그곳에 있는 가오리의 눈과 입술, 가느다란 목과 어깨가 내 눈을 강하게 때렸다. 가오리는 역시 아름다웠다. 내 인생이 어떠했건 이 세계를 긍정하고 싶을 만큼.

"나는, 당신이 좋아요."

그녀에게 고백하는 건 이걸로 두번째였다.

"…… 그러니 이제 더 이상 만나지 않는 게 좋겠어요. …… 나는 결혼했으니까."

나는 다시 앞을 향하고, 차의 잠금장치를 풀었다. 가오리가 머뭇

머뭇 몸을 움직이는 기척이 들렸다. 나는 앞만 바라보았고, 이윽고 가오리가 차에서 내리는 소리가 들렸다. 하지만 가오리는 운전석 옆으로 돌아와 바로 가까이 창 너머로 나를 보고 있었다. 기울어가는 해의 오렌지색 빛이 가오리의 모습을 비추었다. 나는 그걸 눈부시게 느끼며 창을 내렸다.

"…… 오늘은 내가, 저기……."

가오리가 오렌지색으로 물들어갔다.

"아직 제대로 정리가 되지는 않았지만, 그게……."

나는 잊고 있던 종이봉투를 건네주었다.

"…… 이거, 미안해요, 깜빡 잊었군요. …… 그냥 작은 선물입니다. 하얀 헤어밴드."

가오리가 눈이 붉어진 채, 작은 미소를 보였다.

"하루를 마칠 때, 가끔 써봐요."

나는 작게 숨을 들이쉬었다. 다시 눈에 눈물이 번졌다.

"나는, 당신을 만나서, 정말 행운이었어요."

천천히 액셀을 밟았다. 가오리가 배웅하는지 어떤지는 알지 못했지만, 저 모퉁이를 돌면 더 이상 가오리 쪽에서는 보이지 않을 터였다. 모퉁이를 돌아 나를 맡길 장소를 찾아 나섰다. 잠시 달리자 저만치에 공원이 보였다. 나는 거기까지 겨우겨우 차를 몰고 갔다. 차를 세우고 밖으로 나왔다. 차 안에 남아 있는 가오리의 향수 냄새에서 나는 조용히 떨어져 나왔다. 좁아지는 시야 속에서 벤치를 발견하고 휘청거리는 걸음 그대로 털썩 주저앉았다. 벤치는 무너져가는 내 몸과 의식을 모두 받아주듯이 그곳에 있었다.

나는 그 벤치에서 한참을 울었다. 간간이 소리 내어 울었는지도 모른다. 마침내 일어섰을 때, 바깥은 벌써 꽤 어두워져 있었다.

11

며칠 전부터 내리기 시작한 비가 잠깐 동안의 유예처럼 오늘은 뚝 그쳤다.

두툼하고 낮은 구름 틈새로 멀리까지 햇살이 들이치고, 아스팔트에는 미처 눈이 되지 못한 비가 아침부터 군데군데 물웅덩이를 만들었다. 물웅덩이는, 온도가 내려가면서 점점 투명해지는 햇살을 받아서는 아무렇게나 되쏘고 있었다. 나는 그 위를 아차 잘못해서 몇 번이나 짚는 바람에 가죽 구두를 적셨다. 접수처까지 맡고 있는 화장기 없는 여자 간호사가 웃는 얼굴로 나를 맞아주었다. 응접실로 안내를 받아 들어가자 의사가 자리에서 일어나 나를 보았다.

하얀 소파에 앉자 의사가 재떨이를 권했다. 여전히 이곳에는 병원 같은 분위기가 없었다. 의사는 하얀 가운을 입지 않고, 무표정과 흡사한 웃는 얼굴도 그대로였다. 예전보다 더 많아진 관엽식물의 녹음으로 응접실이 느릿느릿 매몰되어가는 것 같았다.

"잠시 일본을 떠나기로 했습니다."

내 말에 의사는 미소를 지으며 슬쩍 고개를 끄덕였다.

"한동안 차분하게 생각을 정리해보려고요. …… 지금까지 있었던 일들. 너무 많은 일들이 있었으니까요."

실내 공기는 따스해서 내 얼었던 피부를 조용히 어루만졌다. 나는 소파에 앉은 채, 입고 있던 코트를 벗었다.

"굳이 일본을 떠날 것까지야……. 돌아오기는 하는 건가?"

의사가 내 얼굴을 정면으로 보았다.

"아마도. 이런저런 관계에서 벗어나서 한번 천천히……."

의사는 다시 고개를 끄덕였다. 하지만 정말로 이해해주는 마음에서 끄덕인 것인지는 알 수 없었다.

"알았어요. 그러면 수개월분의 약을 주지. …… 혹시나 해서 하는 말인데, 약은 꼭 먹는 게 좋아."

"고맙습니다."

조금 전의 여자가 홍차를 들고 들어왔다. 하얀 잔에서 따스한 김이 피어오르고 그 줄기는 왜 그런지 오래도록 사라지지 않았다. 그녀는 웃는 얼굴로 소리 없이 방을 나갔다.

"…… 그녀도 얼굴을 바꾼 거야."

의사가 잔을 들며 말했다. 아직 뜨거울 텐데 의사는 후후 불지도 않고 느긋하게 홍차를 마셨다. 이곳의 홍차는 변함없이 진하다.

"…… 이상한 분들이군요."

"당신도 충분히 이상해."

나는 새삼, 녹음 속에 잠겨 드는 이 방을 둘러보았다.

"선생과 간호사분은 어떤 관계신지……."

내가 물었지만 의사는 눈썹도 꿈쩍하지 않았다. 그저 미소를 지으며 조용히 입을 열었다.

"나와 그녀가 어떤 인생을 거쳐 여기까지 왔는가, 그걸 말하자면 아주 긴 이야기가 되겠지."

의사가 부드럽게 입가를 닦았다.

"세 가지쯤, 한번 상상해서 말해봐요. 그중에서 가장 비슷한 것을 골라줄 테니."

의사가 평소보다 분명한 웃음을 보이며 그렇게 말했다. 나도 잠시 입가에 웃음이 번졌다.

"그럼…… 이루어질 수 없는 사랑 끝에 여기까지 왔다, 라는 건 어떻습니까?"

"정말로 해보는 거야? 좋아, 그다음 두번째는?"

"누군가의 귀한 목숨을 둘이서 죽였다."

"…… 그리고?"

"살아갈 힘이 소진되었다. …… 뭔가 사건을 일으켜 사람들에게, 세상에게 박해를 받아서."

의사는 천천히 홍차를 마셨다.

"…… 세 가지 모두 큰 부분에서는 맞을지도 모르겠군. …… 다만 한 가지 분명한 것은 이곳이 우리의 마지막 터전이라는 거야.”

나는 다시 한 번 방을 둘러보았다. 방의 온도가 따스해졌다.

“…… 그나저나 아주 좋은 얼굴이 됐어.”

의사가 내 쪽으로 거울을 빙글 돌려주었다. 그곳에는 차가운 바깥에서 들어와 상기된 내 얼굴이 있었다. 눈이 크고 턱은 뒤로 당겨졌고 뺨이 조금 파였다.

“새 얼굴이 이제는 정말 당신 것이 됐어. …… 당신 자신의 근육과 연동해서 그 얼굴은 이제는 당신다운 느낌이 묻어나. …… 당신은 뭔가를 통과한 거야. 그렇지? …… 그게 좋은 것이든 나쁜 것이든 얼굴에 다 드러나. 나는 프로니까 잘 알지. 예전보다 더 좋은 얼굴이야.”

“…… 그렇지도 않아요. 내가 한 일은 아무에게도 칭찬받을 수 없는 일이라서.”

나는 시계를 쳐다보지 않고 지금 이 시간을 의식했다. 한없이 앉아 있으려고 하는 내 몸에 억지로 힘을 줬지만 되지 않았다. 오후에는 JL의 이토를 만나기로 약속했는데.

“슬슬 시간이 됐죠?”

의사가 자리에서 일어섰다.

“다 알아. 굳이 시계를 들여다보지 않아도.”

의사가 다시 분명하게 미소를 지었다.

“이건 내가 얼굴 전문가라서가 아니야. 상대의 생각이나 고민을 그냥 다 알아버려. …… 어렸을 때, 부모님이 노상 싸우는 사람들이어서…… 어렸을 때부터 두 사람 사이에 끼어 양쪽 눈치를 보면서 살아왔거든. 어떻게 하면 둘이 싸우지 않게 할까 하고…… 어른이 되었더니 눈치 빠른 것도 큰 장점으로 쳐주니, 그것참, 우습지?"

문을 열어줘서 나는 복도로 나섰다. 의사가 뒤에서 따라왔다.

"근데 마지막으로 한 가지만."

의사가 조용히 말했다.

"만일 당신이 인간으로서는 해결할 수 없는 것을 통과했다면, …… 인간의 생명을 손상시키는 일을 경험했다면, …… 외국에는 신이라는 개념이 있어."

복도의 온도는 방에 비해 한참 추웠다.

"사람을 죽이고 괴로워하고 있다면…… 신을 믿는 개인은 그것을 신께 맡길 수 있어. 괴로워하고 속죄하는 마음을 가진 채로. …… 그 개인이 스스로를 용서하지 못하더라도, 그건 그 사람이 오만하기 때문이라는 거야. 이 세계에서 죄를 용서할 수 있는 존재는 신뿐이라고 여기니까. …… 인간을 아득히 초월한 신만이 그것을 용서할 수 있어."

나는 입을 꾹 다물었다.

"…… 아프리카에는 어린 나이에 테러리스트나 혁명군에 유괴되어 어쩔 수 없이 소년병으로 전투에 참가하는 아이들이 많아. 어느 마을에서는 그런 아이들이 돌아왔을 때, 일정한 의식을 치르게 한다는군. 살인으로 자신을 더럽히고 만 괴로운 기억도 그 의식을 통과하면, 이를테면 어떤 선을 넘어서면 다시 몸이 정결해지는 것이라고. …… 실제로 그렇게 해서 구원을 얻은 소년병들이 많아.”

의사는 옆에 다가와 서서 내 표정을 지켜보았다.

“살인은 인간의 판단을 뛰어넘는 것이야. 그런 때는 인간을 뛰어넘는 개념을 끌어들이는 수밖에 없어.”

나는 잠시 멈춰 섰다가 다시 걸음을 옮겼다. 의사도 조용히 따라왔다. 현관 앞에서 나는 다시 한 번 멈췄다.

“그런 견해도 있겠지요. 그렇게 해서 구원을 모색하는 것도 올바른 일이라고 생각해요. …… 하지만 생명을 손상시키는 데도 저마다 다 경우가 달라서…….”

나는 구두를 신고 의사를 향해 몸을 돌렸다.

“내 경우는 그것을 계속 끌어안고 있는 것이, 처리해버리지 않는 것이 올바른 일이라는 생각이 들어요. …… 타인의 생명을 손상시킨 그 집요하고 번거로운 감촉을 나는 평생 안고 가려고요. 그것이 내게는 올바른 것이니까.”

의사는 온화하게 미소를 지었다.

“…… 나는 그렇게 말하는 자네가 좋아.”

택시에서 내려 낡은 아파트 사이에 낀 좁은 골목길로 들어섰다. 셔터를 내린 가게들을 따라가다가 모퉁이에서 왼쪽으로 돌았다.

교통사고 방지라는 녹슨 간판이 내걸린 조립식 건물 너머에 공장 터가 있었다. 휘어져서 아무 도움도 되지 않는 울타리를 밟고 넘어갔더니 이토의 모습이 보였다. 그는 여전히 회색 니트 모자를 쓰고, 가벼운 검정 재킷 코트에 멋진 블루진을 입고 있었다. 그는 철재 더미 위에 앉아 있다가 나를 잠시 빤히 쳐다보았다. 그 옆에는 제법 큼직한 배낭이 놓여 있었다. 나는 왠지 이 장소에 기시감이 느껴졌다.

"미행한 사람은 없었겠지?"

"택시를 몇 번 갈아탔고, 중간부터는 걸었어. …… 괜찮을 거야."

땅바닥의 물웅덩이는 이제 거의 말라 있었다.

"쫓기던 녀석이 죽었어. 도망친 두 명 중에 나하고 관계가 깊은 쪽이……. 알고 있었어?"

"응, 뉴스에서 봤어."

이토는 왼손의 리스트밴드를 오른손으로 만지작거리며 어금니로 뭔가를 씹듯이 턱을 악물었다. 내가 담뱃불을 붙여도 시선을 돌리지 않았다.

"죽어버렸어. 뉴스에서는 노상에서 사체로 발견되었다고 했지만 자살일 거야. …… 높은 데서 뛰어내려서. 우리와 관련된 증거가 담긴 배낭을 짊어진 채. …… 바보 새끼. 일은 저지르는데 막상 자신이 위급하면 놈들은 갑자기 약해져버려. …… 또 한 놈도 잡힐 거 같아. …… JL은 머지않아 끝장이야."

이토는 힘이 빠져버린 듯 리스트밴드에서 손을 뗐다. 귀를 뚫은 은 귀걸이에 햇빛이 닿았다.

"…… 돈은 가져왔어?"

"그 전에, 너…… 정말로 사람은 죽이지 않았지?"

이토가 미간을 찌푸렸다.

"아직 못 했다니까. 하지만 그런 걸로 나를 겁쟁이라고 판단하지 마."

이토의 눈은 약간 움푹하고 전보다 마른 것 같았다.

"시기가 너무 빨랐을 뿐이야. …… 그래서 일이 이렇게 됐어. 살인은 좀더 조직이 거대해진 다음에 단숨에 해치웠어야 하는데……. 줄줄이 소동을 일으켜 사회를 혼란에 빠뜨린 뒤에, 그때 단숨에 했어야 돼. …… 그 녀석들, 텔레비전 해설자가 어설픈 짓을 하는 꼬맹이들이라고 비웃는 소리를 듣고는 진짜 바보처럼 폭발해버렸어. 우리 일에 대해 미디어에서 큰 반응을 보여주니까 마치 자기들이 이 세계를 이끌어가는 것 같은 착각에 빠지고 만족해서 완전 꼭지가 돌아버린 거야. …… 멍청하긴. 우리가 하려던 건 그런 시시한 만족감이 아니었는데."

"하지만 살인은 하지 않는 게 좋아."

내 말에 이토는 공기가 피식 빠지듯이 웃었다.

"뭐야, 설교하려고? 따분하기는."

"나는 구키 후미히로니까."

"…… 뭐라고?"

햇빛이 조금씩 수그러지고 있었다. 약한 바람이 불어와 맨살이 드러난 얼굴을 스쳤다. 철재 더미 옆에 녹슨 드럼통이 있어서, 바람에 날려온 작은 모래 알갱이가 그 녹슨 자리에 가늘게 튕겨 나갔다. 이토가 내 얼굴을 멀거니 쳐다보고 있었다. 내가 말을 이었다.

"나는 너와 똑같이 '사'야. …… 얼굴을 바꿨어. …… 나는 '사'로 다 키워지기 전에 아버지를 죽였기 때문에 어중간한 '사'가 됐어. …… 너의 첫 감이 맞았어."

이토가 나를 계속 쳐다보았다.

"인간을 죽이면 씻을 수 없는 감촉이 남아……. 언제까지고 그건 내면에 고여 있어. 그 인간의 판단이나 사고에 속속들이 영향을 미치지. 그 사람의 삶의 폭을 철저하게 좁히면서. …… 그러니까 일부러 그런 짓을 할 필요는 없어."

이토는 얼굴을 내게로 향한 채 꼼짝도 하지 않았다. 그와 전에 했던 이야기가 생각났다.

"어째서 계속 살아가야 하는가……. 그 이유는 사람마다 다 다르겠지만, 내 경우는 지우고 싶지 않은 기억이 있기 때문이야. …… 너에게 그런 것이 있는지 없는지는 모르겠다만, 사람 일이란 아직 모르는 거 아닐까? 네 앞날을 말이야. …… 한 인간이 행복했는지 불행했는지는 그가 수명이 다하거나 질병으로 죽어버리기 직전까지 아무도 모르는 거잖아? …… 뭔가 뭉클하게 따스한 것이 과거가 됐든 앞으로 다가올 미래가 됐든 그 사람의 기나긴 인생의 선상 어딘가에 분명 몇 가지쯤은 있을 거야. …… 애초에 네가 사람을 죽이려고 마음먹은 것도 실은 타인에게 관심이 있다는 증거잖아? 너의 바람이나 생각은 타인의 존재가 없으면 이뤄지지 않는 것이니까. 게다가……."

나는 조용히 숨을 들이쉬었다.

"우리 같은 존재가 아니면 만들어낼 수 없는 것도 있어. 우리 같은 존재가 아니면 생각해낼 수 없는 것도 있고. …… 그렇지? 나 자신에 대해 말하는 건 아직 힘든 일이라서 너에 대해 말하겠는데, 그래서 어떤 존재든 이 세계에서 사라질 필요는 없어. …… 사라지지 않아도 돼. 자신을 바꿀 수 있다면 조금씩 바뀌어가면 돼. 바꾸고 싶지 않다면 굳이 바꾸지 않아도 좋아. 사회에 도움이 되느냐 마느냐는 상관없어. 그런 자신의 생각을 어딘가에 발표하지 않아도 괜찮아. 서로 친해진 누군가에게 조용히 말하는 것만으로도 괜찮아. 그냥 머릿속에 있는 채로 그 생각이 이 세계에 존재하는 것이어도 좋아. 너는 자포자기에 빠지는 일 없이 분명하게 생각할 줄 아는 인간이잖아? 분명하게 이러쿵저러쿵 주장할 줄 아는 인간이잖아? 행복이 폐쇄건 뭐건 상관없어. 그렇게 행복이 넘치는 놈이 가끔씩 누군가를 도와주는 정도만 한다면."

햇빛이 조금씩 수그러들었다.

"…… 적어도 지금 나는 그런 생각이 들어. …… 이렇게 생겨먹은 인생이니까 더더욱 살아봐야겠다, 기어코 노인이 되어 죽을 때까지 이 세계를 경험해봐야겠다, 하는 생각."

이토는 내게서 고개를 돌려 조금 떨어진 흙바닥에 시선을 던졌다. 해가 천천히 기울어갔다.

"…… 잘도 떠드네."

"너는 내 분신 같은 존재니까."

이토는 바짝 여위었지만 아직은 평소처럼 옷을 멋지게 골라 입을 힘이 남아 있는 것 같았다. 이토는 쓰고 있던 니트 모자를 느릿느릿 벗더니 내게 휙 던졌다. 약간 긴 머리가 바람에 날렸다.

"…… 이거, 다음에 만날 때까지 좀 맡아줘. …… 너의 긴 설교에 대한 답례야. 그때까지 나는 아무 짓도 안 할 테니까."

나는 오른손을 들어 그의 니트 모자를 잡았다.

"다음에 내가 뭔가 하려고 할 때…… 네 의견을 좀 말해줘. 우리는 똑같은 '사'니까 말이야. …… 그리고 돈은 언젠가 꼭 갚을게. …… 너와 대등한 위치에 서고 싶어서."

나는 이토에게 돈이 든 종이봉투와 메모지를 건넸다.

"잠시 일본을 떠날 거야. 그 이메일 주소로 연락해. …… 그리고 혹시 얼굴을 바꿀 필요가 있다면 내가 좋은 의사를 알려주지."

이토는 돈을 배낭에 챙겨 넣고, 주소를 호주머니에 넣고, 일어섰다. 등을 돌리고 걸음을 떼다가 머뭇머뭇 돌아보았다.

"설마 너를 이런 식으로 만날 줄은 생각도 못 했어."

“······ 나도 마찬가지.”

“······ 재미있네.”

이토는 그렇게 말하고 천천히 걸음을 옮겼다. 나는 그 자리에 선 채, 담배에 불을 붙였다. 바람이 조금씩 강해졌다.

이토와 같은 방향으로 가면 택시를 잡기가 쉬웠지만, 나는 반대쪽으로 가기로 했다. 물웅덩이가 말라버린 아스팔트길을 걸어 조금이라도 넓은 도로를 향해 갔다. 작은 공원에 신나게 달음박질을 하는 어린 여자애가 있었다. 그 뒤에서 어머니가 웃고 있었다. 아이는 정신없이 달리다가 뭔가를 발견했는지 우뚝 멈춰 섰다. 그리고 그 발견한 뭔가에 얼굴을 가까이 대고 웃는 얼굴로 찬찬히 들여다보았다.

어린아이가 무엇을 발견했는지, 여기서는 보이지 않았다. 하지만 그것이 꽃이건 벌레건, 어린아이가 갑작스럽게 어떤 사물에 따뜻한 흥미를 보이는 순간에는 특별한 것이 있었다. 아직 지성이나 이성이 성숙되지 않았는데도 빨려들듯이 따뜻한 흥미를 갖고 이 세상의 무언가를 골똘히 바라본다는 것. 가오리도 언젠가 아이를 낳을 것이다. 낳지 않아도 괜찮지만, 언젠가 낳을 것이다. 그 어린아이가 이윽고 성장하는 모습을 멍하니 상상했다. 그때는 이 세상이 지금보다 조금쯤은 살기 편한 곳이 되어 있으면 되는 것이다. 내가 진심으로 그렇게 생각하는지 어떤지는 아직 알 수 없지만, 적어도 그런 생각이 든 순간을 부정할 마음은 없었다.

해가 이제 상당히 기울었다. 오렌지색 빛이 다시 모든 것을 비추기 시작했다.

12

스즈키 야에코와 사에의 묘는 도쿄 근교의 나지막한 언덕 위 공원묘지에 있었다.

비교적 맑은 공기를 쐬며 묘비는 정적 속에 우두커니 서 있었다. 나는 석단의 꽃이 아직 싱싱한 것을 보고 내 꽃을 묘비 앞에 놓았다. 함께 온 탐정이 물 뿌리기를 거들어주었다.

"자네와 직접적인 관계는 없지?"

탐정이 작은 목소리로 물었다.

"그렇긴 한데…… 한번 찾아오는 게 좋을 것 같아서요."

나는 담배 라이터로 향불을 붙이고 눈앞의 묘를 보았다. 그리고 신타니 고이치가 이미 죽었다는 소식을 전했다.

차로 돌아오자 탐정이 말없이 액셀을 밟았다. 나리타 공항까지 가는 길은 비교적 차량이 적어 곧바로 고속도로로 들어섰다. 카오디오에서는 뭔가의 광고가 흐르고 있었다.

"…… 아무튼 일이 아주 잘된 것 같아."

탐정이 핸들을 잡은 채 말했다.

"도주 중에 사망한 그 JL 멤버가 가오리 씨의 맨션 부근에서 목격된 적이 있다는 얘기가 들려왔어. 자칫하면 그 맨션에 침입했을 수도 있고, 가오리 씨가 집에 돌아올 때를 기다렸을 수도 있어. 미리 고니시 아즈사의 맨션으로 보낸 건 아주 잘한 일이었어."

나는 뭔가 말하려다가 바깥을 내다보며 침묵에 잠겼다. 고속도로 아래로 조용히 가라앉은 집들이 보였다.

"야지마 다카유키 건도 나는 그렇게 할 수밖에 없었던 일이라고 생각해. …… 물론 그건 사회적인 상식보다 가오리 씨 쪽에 가치를 두었을 때의 얘기야. …… 그를 마약 단속반에 신고했어도 초범이라서 교도소행이 아니라 금세 집행유예로 다시 나왔을 거야. 사기죄로 신고했어도 피해 여성들은 적극적으로 고발에 나서지 않기 때문에 증거 자료를 만들기도 어려워. …… 그자는 악질적인 결혼 사기꾼이야. 사기꾼이라는 게 밝혀진 뒤에도 계속 온갖 감언이설과 연극으로 여자들에게 파고들었으니까. …… 연애라는 건 강력한 인력을 가진 거야. 그자는 그 인력을 실로 교묘하게 이용했어. 게다가 마약까지 사용했으니……. 피해를 당한 여자들을 만나 얘기하는 동안, 정말 깜짝 놀랐어. 속는다는 걸 뻔히 알면서도 아직까지 그자를 잊지 못하는 여자들이 많았어. 다들 한 번씩은 주위 사람들의 충고가 귀에 들어오지 않는 상태에 빠졌더라니까. 처음에는 마지못해 마약 주사를 맞았지만 점차 거기에 의존하면서 여자 쪽은 그때는 그걸로 잡혀갈까 봐 주위 사람들의 충고에 귀를 기울일 수도 없게 되는 거야. …… 약물중독이라는 게 정말 지독한 거야.”

나는 저 먼 앞쪽을 보았다.

“그리고 그자는 집념도 강했어. 몇 번씩 경고를 보내도 전혀 포기하는 법이 없어. 경찰에 가오리 씨의 보호를 청했더라도 이 경우에는 아마 힘들었을 거야. 그자가 명백하게 스토커 짓을 했다고 하기도 어려웠어. 게다가 경찰은 기본적으로 사건이 일어난 다음에야 움직이는 조직이야. …… 사전에 스토커 피해를 신고했던 여자들이 결국 그 스토커에게 살해되는 일도 비일비재해. 가오리 씨의 안전을 백 퍼센트 확실하게 하자면 그자를 그렇게 처리한 건 그리 특이한 일도 아니지.”

차는 비어 있는 도로를 곧장 달려갔다.

“만일 사회적인 의미의 윤리가 마음에 걸린다면…… 야지마 사건은 그자의 위험성, 그리고 당신과 직접적인 이해관계가 없었던 것과 사건의 특수성이나 긴급성을 감안한다면 실제로는 징역 오년 정도가 떨어졌을 거야. …… 구키 미키히코 건은 그에게 얼마든지 선택할 기회가 있었어. 그리고 그 훨씬 전의 일은 죄를 물을 수가 없어. …… 일정한 연령 미만의 범죄는 죄가 성립되지 않으니까.”

나는 하마터면 그를 돌아볼 뻔했지만, 애써 앞쪽의 길게 펼쳐진 도로만 바라보았다. 그 훨씬 전의 일이라는 말에, 바짝 여위었던 아버지의 모습이 떠올랐다. 하지만 그때 내가 어떤 행동을 취했어야 하는지, 나는 아직도 알지 못한다. 지금 그 나이로 다시 돌아간다고 해도 나는 똑같은 짓을 할지도 모른다. 하지만 그렇다고 뭔가가 용서된다든가 괴로워하지 않아도 된다는 등의 이원론으로 처리될 사안이 아니다. 어떤 이유가 있었건 내가 한 행위의 그 감촉은 사라지지 않고, 또한 나는 그 감촉을 평생 떠안고 가야 할 책임이 있다. 나는 그 훨씬 전의 일이라는 말은 못 들은 척, 야지마의 일에 관해서만 입을 열었다.

"모든 것을 밝힐 생각은 없지만…… 햇수가 얼마나 되느냐는 문제는 별도로 하고, 야지마 건은 자수하는 것도 생각하고 있어요. …… 찬찬히 생각해서 어떻게 할지를, 어떻게 하면 가장 좋을지를 결정할 생각입니다."

나는 말을 이었다.

"야지마에 관해서는 그리 실감이 나지는 않아요. 하지만 그 사람 일로 내가 자주 악몽에 시달리는 모양이에요. …… 땀을 흘리면서 잠이 깰 때마다 또 꿈을 꾸었구나 할 때가 있으니까요. 눈앞에 의자가 늘어선 묘한 꿈을 꾸게 된 것도 그때부터예요. …… 내 몸이 그를 죽인 것을 비난하고 있어요. 이건 상당히 진한 충격입니다……. 똑같은 짓을 하려는 사람이 있다면 나는 그만두라고 말리고 싶어요. 자신의 인생을 헛되게 만드니까요. …… 좀더 지혜를 발휘하는 게 좋아요. 그때는 내가 이미 죽은 사람이라는 생각이 있어서…….

이걸 전쟁으로 바꿔서 말한다면 수십 수만 명의 사람들이 그런 감촉을 떠안게 되는 일이죠."

"…… 자네는 이미 그 방법을 알고 있을 텐데?"

탐정이 갑작스럽게 그렇게 말하고 천천히 뒤를 이었다.

"백 퍼센트는 아니더라도 야지마에게서 가오리 씨를 보호할 가능성이 높은 또 다른 방법……. 그건 자네가 가오리 씨의 연인이 되는 게 아니었을까? …… 그렇게 되면 야지마라는 연애의 강한 인력은 애초에 힘을 쓰지 못해. 그런 사기꾼은 특정한 남자가 있는 상대에게는 접근하지 않으니까. 하지만 가오리 씨는 혼자였고, 그때 주위 사람들이 손님과는 사귀지 말라는 충고를 해줬는데도 이미 야지마에게 호감을 가졌을 정도였어. …… 하지만 당신이 연인이 되었다면 가오리 씨도 야지마를 상대하지 않았을 것이고, 야지마도 웬만해서는 접근하지 못했겠지. 하긴 구키 미키히코가 뒤에서 조종을 했다면 온갖 강제적인 수단을 썼을 테니까 역시 힘든 일이었을 수도 있지만……. 어쨌든 자네는 그렇게 하지 않았어."

나는 침묵에 잠겼다.

"나는 자네가 잘해냈다고 생각해. …… 잘되지 않은 건 자네의 연애뿐이지."

목재를 실은 트럭이 급하게 내달려 추월해갔다. 중앙분리대를 사이에 두고 우리와는 목적지가 다른 자동차들이 차례차례 스쳐갔다. 카오디오에서는 온화한 기타 연주곡이 울리기 시작했다.

"하지만 지금 자네는 분명하게 몸에 힘이 있어. 전에 만났을 때는 불길한 상상을 했을 정도였는데. 지금 자네를 보면 나중에 호호 노인으로 죽기 직전에 어때, 자살하지 않았지, 하고 신에게 중얼거릴 것 같은 느낌이 들어."

탐정이 미소를 보였다. 나도 잠깐 웃었다.

"당신에게는 정말 큰 신세를 졌어요. 얼마나 많은 도움을 받았는지."

"…… 고니시 아즈사는 가오리 씨와 정말로 친한 친구가 된 것 같아. 나도 항상 신경을 쓰겠지만, 고니시가 자연스럽게 곁에 있어주는 게 가오리 씨에게는 가장 좋은 일이지."

탐정이 왠지 머뭇거리며 말을 이었다.

"…… 우리가 처음 만났을 때, 자네도 나름대로 나를 테스트해본 것이겠지만, 구키 쇼조의 의뢰로 조사했던 자료를 보여달라고 했었지? 내가 그걸 내주지 않은 건 물론 직업윤리를 존중한다는 뜻도 있었지만, 그 조사 자료가 노출되면 파장이 엄청나기 때문이었어. …… 실은 아직도 내놓지 않은 자료가 많아. 하지만 이제 상관없겠지, 구키가의 일은?"

고속도로에서 내려와 넓은 도로로 들어섰다. 스쳐가는 자동차와 민가, 신호등, 행인이 문득 눈부시게 보였다. 나리타 공항에 도착해 차에서 내리자 탐정은 내 여행 가방을 꺼내주었다. 나는 감사 인사를 건넸다. 그가 나를 바라보며 입을 열었다.

"옛날에 자네를 그 저택에서 한 차례 본 적이 있어."

주위에 정차하는 택시가 불어나는 속에서 탐정은 분명 그렇게 말했다. 그의 키가 나보다 조금 크다는 것을 처음으로 알았다. 그가 한 말의 의미, 그것을 받아들인다는 뜻으로 나도 그를 정면으로 바라보았다.

"자네가 아직 여섯 살 때쯤이야. 구키 쇼조에게 조사 결과를 보고하기 위해 나고야의 그 저택에 갔었지. …… 그때 그 넓은 저택 복도에서 나무 장난감을 들고 있는 바짝 여윈 자네를 처음으로 봤어. …… 자네는 아마 그것까지는 기억나지 않겠지? 나는 아주 조그마했던 자네하고 눈이 마주쳤어. …… 그 눈은 사랑에 굶주린 눈이었어. 따스한 것을, 누군가의 사랑을, 진심으로 원하는 눈빛……. 어렸을 때의 나와 똑같은 눈빛."

약간 지친 듯한 탐정의 얼굴을 나는 잠시 바라보았다. 주름이 졌지만 그 얼굴은 의연하고 단정했다. 공항으로 가려는 사람들이 우리 옆을 지나갔다. 나는 오른손을 내밀어 탐정과 악수를 했다.

"…… 정말 고맙습니다."

"언젠가 일과는 관계없이 술이라도 한잔하지."

티켓 수속을 마치고, 입고 있던 코트의 단추를 채우고 여행 가방을 끌면서 걸었다. 아직 시간은 여유가 있었지만, 짐 검사를 받아 여행 가방을 맡기고 출국 수속을 끝낸 뒤에 일찌감치 탑승구 12번 게이트로 향했다. 게이트 앞 대합실에는 아직 사람이 거의 없었다. 끽연실로 들어가 담배를 피우고 다시 게이트 앞으로 돌아왔다. 손에 든 가방까지 수속 때 모두 맡겼으면 좋았을 텐데, 하고 나는 무심코 생각했다.

문득 저 앞을 보니 아이다 형사가 앉아 있었다. 그는 천천히 의자에서 몸을 일으키며 나를 바라보았다.

13

아이다는 나를 바라보며 슬슬 다가왔다. 내가 모른 척 가까운 의자에 앉자 그는 내 옆의 의자에 와서 앉았다. 12번 게이트의 대합실 의자에 나와 아이다는 나란히 앉아 있었다. 나는 손에 든 가방만 멍하니 바라보았다. 아이다가 조용히 입을 열었다.

"당연한 일이지만, 이건 우연히 만난 게 아니야. 너를 기다리고 있었어."

나는 옆자리의 아이다를 돌아보지 않고 그냥 앞만 보았다. 왜 그런지 아이다도 앞을 보고 있었다.

"······ 이십사 년 전에 종교 단체 라무라가 원자력발전소를 점거했던 사건은 너도 알고 있지?"

아이다가 내게 얼굴을 돌리지 않고 조용히 말했다. 사람이 적은 대합실은 휑뎅그렁한 기계 속처럼 보였다. 아이다가 여전히 앞만 바라보며 다시 입을 열었다.

"라무라라는 종교 단체는 그 전부터 이런저런 문제를 일으켰어. 탈퇴하려는 신자와 트러블이 잦아서 나도 몇 번 그쪽 수사팀에 가서 조사했었지. …… 그들이 원자력발전소를 점거, 폭파하려다가 그 계획이 실패로 돌아가자 집단으로 자살했을 때…… 어떤 남자의 유서 같은 사후 성명서가 남겨져 있었어. '영구히 마르지 않을 진흙탕의 사념(邪念)의 씨앗은 이윽고 그에 합당한 무의식과 인(因)의 반복에 의해 태어나고 크게 자라 각지에서 꿈틀거린다……'. 글을 쓴 것으로 추정되는 인물은 필적으로 봐서 당시 도쿄 대학 대학원생이자 라무라 간부였던 이토 료카이라는 사람이었어. 이 사람이 구키 그룹을 통괄하는 구키가의 친족이라는 건 당시 매스컴에서는 언급하지 않았지. 하지만 나는 그 말이 계속 마음에 걸렸어. 어떤 범인이 체포될 때마다 반드시 라무라와 관련이 있는지 조사해봤을 정도야. …… 왜 그랬을까. 나도 잘 모르겠어. 그 당시 나는 뭔가를 바라고 있었어. 물론 원자력발전소를 폭파하다니, 그건 안 될 일이지. 하지만 어쨌거나 나는 그 세계에서 뭔가를 바라고 있었어. 그 해답을 알고 싶었던 거야. 당시 매스컴이 열광했던 걸 생각하면, 나와 똑같은 생각을 가진 사람들이 많았을 거야. 라무라가 집단 자살을 했을 때는 나도 모르게 기운이 쭉 빠졌어. 내가 범죄자를 잡아들이는 감각도 아마 그거야…… 범죄자를 미워하는 정의감은 당연히 있지. 하지만 그와 동시에 그들과 관계를 맺으며 점점 가까이 다가가면 나도 모르게 마음이 편안해지는 것도 분명 있었어. …… 내가 그들에게까지 뭔가를 바라는 마음이 있는 모양이야."

아이다는 아직 앞을 바라보고 있었다.

"JL 사건으로 세상이 시끄러워지기 시작할 때…… 나는 곧바로 라무라가 생각났어. 이건 분명 뭔가 관련이 있다 싶었어. 뭔가의 반복이 일어날 거라고 말이야. 나는 이토 료카이에 대해 새롭게 조사했어. 하지만 결과는 똑같았지. 그에게 아이가 있다는 기록은 없었어. 아내도 사망했고."

이토 료스케는 출생신고가 되어 있지 않았다는 것이 생각났다. 이토 료스케의 존재는 이토 료카이의 의지에 따라 비밀에 부쳐져서 나도 아버지의 서류를 보기 전까지는 알지 못했다.

"라무라 사건 때, 공안과 경찰은 구키가에 대해서도 비밀리에 내사를 했어. 참으로 기묘한 가계야. …… 의지(意志)에 따라 아이를 낳는 관습이 있었거든. 이토 료카이의 아버지, 육군 간부였던 그자는 그런 관습에 의해 태어난 인물이라는 조사도 나왔어. …… 그러다가 한 남자의 존재가 떠올랐어. 후미히로라는 인물이야. 구키 쇼조가 예순 살 때에 낳은 아이. 현재 행방불명 상태인 이자가 어쩌면 JL에 멤버로 참여한 게 아닐까 하고. …… 상사에게 그런 내 생각을 말했는데, 당연하지만 상대도 해주지 않더라고. …… 그건 어쩔 수 없는 일이지. 그저 공상 같은 얘기인 데다 애초에 구키가에 대해서는 사법부에서도 되도록 건드리지 않으려고 하니까. 그야말로 힘이 막강하거든. 검찰과 경찰의 퇴직자가 낙하산으로 내려갈 자리도 확보할 수 있는 거대 그룹이잖아."

나는 내내 앞만 보았다. 왠지 마음속이 정적에 휩싸여서 굳이 냉정하려고 노력할 필요도 없었다.

"근데 여기저기 알아봤지만 구키 후미히로의 행방을 찾을 도리가 없었어. …… 나는 결국 단념하고 수사 방향을 다른 라무라 간부의 혈연 쪽으로 돌렸어. 그러던 중에 일이 흐지부지되어버렸지. 사건이 커지면서 업무 대부분이 공안 쪽으로 넘어가고 우리에게는 단순한 협조 요청만 들어왔으니까. 그러다가 내 부하가 담당한 사건에 대해 내게 의견을 물으러 왔을 때, 네가 내 눈에 들어왔어. 바로 야지마 다카유키가 죽은 그 사건 때. …… 나는 옛날 일이 생각나더라. 야에코 씨에게 연락해봤더니 병이 들어 누워 있다고 하더라고. 나는 항상 규모가 작고 그러면서도 사람들의 생활과 밀착된 사건을 맡는 게 나한테 어울린다고 생각해왔어. 이제는 그냥 다 말하겠는데, 나는 그때 네가 야지마를 죽인 거였으면 좋겠다고 생각했어. 그런 희박한 기대를 품고 너희 집에 갔던 거야. 네가 살인죄로 체포되고 그 얘기를 야에코 씨에게 해준다면, 그 가엾은 모녀도 조금쯤은 가슴이 후련하겠다 싶어서. …… 하지만 수사는 난관에 부딪혔어. 야지마가 마약 주사로 사망했다는 게 알려지자마자 그 술집의 단골이었던 자들이 죄다 자취를 감췄어. 점원까지 싹 바뀌었더라고. 누구를 붙잡고 탐문 조사를 해봐도 야지마 따위는 본 적도 없다는 거야. 그래도 나는 어떻게든 그 사건에 매달려보기로 했어. 하지만 JL 멤버 한 사람이 우리 관할구역에 산다는 게 밝혀져서 갑작스레 그 일로 바빠졌어. 야지마 사건쯤은 수사본부도 꾸려지지 않아. 애초에 그런 살인 사건은 범인을 특정하기도 힘드니까. 어쨌든 도망친 JL 멤버가 임대했던 집을 찾아서 수색을 해보니까 네 사진이 나왔어. …… 나는 혼란에 빠졌지. 만일 네가 JL과 관련해서 체포된다면 그것도 야에코 씨에게는 좋은 뉴스라는 생각도 했어. 하지만 그 참에 야에코 씨가 병으로 세상을 떠나버렸어. 아니, 그보다 애초에 너는 JL 같은 활동에 동조할 만한 인간이 아니야. 형사로서의 내 감이 그건 절대 아니라고 도리질을 쳤어. 내가 그렇게 혼란에 빠져 있는 중에 구키 미키히코 사망 뉴스가 날아들었어."

아이다는 말을 계속하면서도 몸을 움직이지 않았다. 내가 탈 예정이 아닌 비행기의 안내 방송이 플로어의 먼 곳에서 울렸다.

"그자가 뒤에서 교묘하게 JL에 자금을 대줬다는 것도, 그자가 소유한 몇몇 경비 관련 회사가 그에 따른 막대한 이득을 얻었다는 것도, 아직 명확한 증거는 없지만 서서히 파악되기 시작했어. 하지만 왜 하필 이 타이밍에 그자에 대한 정보가 새어 나오고, 게다가 JL에게 자금을 대준 그자가 왜 하필 JL의 폭탄에 의해 사망했는지, 도무지 갈피를 잡을 수가 없었어. …… 그리고 나는 다시 한 번 깜짝 놀랐어. 구키 미키히코의 방에서도 네 사진이 나왔기 때문이야. ……
게다가 구키 미키히코는 야지마 다카유키와도 관련이 있었어. 야
지마 다카유키가 죽기 직전에 갔던 '달파로'라는 술집에는 너도 갔
었지. 그리고 또 한 사람의 인물도 떠올랐어. …… 바로 구키 가오
리야."

나는 계속 앞만 바라보았다.

"구키 가오리에 대해서는 일단 구키가를 조사했을 때, 그 이름
정도는 인식했었어. 하지만 JL에 적극적으로 뛰어든 건 분명 남자
일 거라는 선입견이 있어서 그 여자는 거의 염두에 두지 않았지.
…… 그런데 구키 미키히코의 방에서 대량으로 구키 가오리의 사
진이 발견되었고, 야지마 다카유키의 소지품에서도 수많은 여자들
의 사진과 함께 구키 가오리의 사진이 발견되었어. 게다가 도망친
JL 멤버의 소지품에도 그 여자 사진이 있었고, 그자가 도주 중에 목
격된 장소도 구키 가오리의 맨션 바로 옆길이었어. 야지마 다카유
키가 결혼 사기를 치려고 그 여자에게 접근했었다는 정보도 들어
왔고."

아이다가 슬쩍 팔을 움직였다.

"구키 미키히코에게서 흘러들어간 JL 자금이니 뭐니 그 거창한
사건을 잠시 옆으로 밀어두고, 한 가지 의지의 흐름만 추적했더니
이런 것이 나오더라고. …… 구키 가오리에게 피해를 끼치려고 했
던 인물들이 모두 죽었다는 것. …… 그리고 죽은 사람들은 모두 너

와 뭔가 관계가 있었어. 구키 미키히코와 JL멤버는 네 사진을 소지했고, 너는 야자키 다카유키와 같은 술집에 있었지. 그리고 네가 한 차례 구키 미키히코가 묵었던 호텔에 불려갔다는 것도 구키 미키히코의 비서가 실토했어. 하지만 네 인생과 구키 미키히코는 전혀 접점이 없었고, 구키 가오리와의 관련도 찾아볼 수 없었어. 나는 정말 뭐가 뭔지 알 수가 없게 됐어. 하지만…… 나는 거기서 한 가지 가설을 세웠어."

아이다가 천천히 숨을 들이쉬었다.

"네가 구키 후미히로라면…… 그렇다면 모든 일이 정확하게 맞아떨어진다는 거야. …… 구키 후미히로는 구키 가오리와 함께 구키가의 저택에서 자랐고, 직접적인 혈연관계는 없으니까 서로 친했을 가능성이 높아. 여자 문제에서 그리 곱지 않은 소문이 돌던 구키 쇼조가 구키 가오리가 사춘기에 접어들 즈음에 불가사의하게 행방불명된 것도 마음에 걸려. 다시 한 번 말해볼까. 구키 가오리에게 피해를 끼치려고 했던 인물들이 모두 죽었어. 구키 후미히로라면 JL에도 관심을 가졌을 거야. 오랜만에 만난 너, 신타로 고이치의 인상이 싹 바뀐 것도 그걸로 설명이 되지. 하지만 나는 그 가설을 세우면서도 나 스스로 확신할 수가 없었어. 왜냐하면 너는 구키 후미히로와는 귀 생김새까지 달랐으니까!"

아이다가 내게 시선을 던졌다. 나는 앞만 바라본 채, 다양한 기억이 떠올랐다 사라지는 것을 조용히 느끼고 있었다. 나는 숨이 새어 나오듯이 작은 웃음을 흘리며 입을 열었다.

"…… 모든 게 상상이로군요. 증거는 어디에도 없고. 상상이라면 무슨 말이든 못 하겠습니까. 전부 다 맞을 수도 있고, 일부만 맞을 수도 있고, 전혀 맞지 않을 수도 있고…… 어떻게든 말할 수 있어요. 마음대로 꿰맞춘 상상입니다."

나는 아이다의 몸이 꼿꼿해지는 것을 느꼈다.

"그리고 지금 당신은 나를 덮치거나 빈틈을 노려 내 머리칼을 채취할 생각이죠? …… 내 방은 이미 말끔히 정리하고 나왔으니까. 내 몸의 일부는 직접 나를 찾아오지 않고서는 구할 수 없었겠지요."

아이다는 꼼짝도 하지 않았다. 나는 이토의 회색 니트 모자를, 이미 수속을 마치고 맡겨버린 여행 가방에 넣어두었다는 것을 퍼뜩 생각했다.

"하지만 그것도 소용없어요. 왜냐하면……."

아이다가 나를 계속 바라보았다. 나는 다시 입을 열었다.

"구키 후미히로가 행방불명이라면 그의 DNA를 입수하는 건 불가능한 일이죠. 그렇다면 내 머리칼과 구키가 사람 중의 누군가의 DNA를 비교하면 되겠군요. …… 하지만 그렇게 해서 당신이 원하는 방향으로 뭔가 밝혀진다고 해도 그건 기껏해야 신타니 고이치가 구키가의 누군가와 배다른 형제라는 선에서 끝날 뿐이에요. 즉, 갓난아기 때 버려져 유아보호시설에 있었던 신타니가 실은 구키 쇼조의 어느 여자의 자식이었다는 것뿐……. 경찰 내부에서도 그건 아, 그런가, 하는 정도겠죠. 야지마 사건에서는 범인이라는 증거가 없고, 구키 미키히코 건도, JL 멤버도 이미 자살로 처리되었는데, 그런 정도로는 당신의 가설을 반증하는 재료로 써먹기에는 너무 약해요. 게다가……."

나는 숨을 들이쉬었다.

"당신은 스즈키 사에의 교통사고 때, 병적으로 나를 의심한 전력이 있지요? 그건 당신이 스즈키 사에와 그 어머니와는 각별한 친분이 있었기 때문이죠. 그건 이미 경찰 관계자들 사이에 잘 알려진 일이에요. 주위에서는 당신이 이번에도 나를 무리하게 그 사건들과 엮으려고 한다고 생각할 겁니다. 그런 당신이 주장하는 공상 같은 얘기에 진지하게 귀를 기울여줄 사람은 없어요. 당신의 상상은 거기서 끝입니다."

"아니, 아직 네가 자백한다는 길이 남아 있어."

"나는 자백할 생각이 없습니다."

12번 게이트의 대합실이 약간 붐비기 시작했다. 애초에 정원이 적은 모양인데도 대합실에 모인 사람은 손으로 헤아릴 정도밖에 보이지 않았다. 나는 천천히 자리에서 일어섰다.

"그래도 꽤 오래도록 나와 함께해주셨어요. 그래서 마지막으로 당신의 상상에 잠깐 귀를 기울여봤습니다."

아이다는 앉은 채로 나를 보고 있었다.

"매번 나를 귀찮게 하는 게 너무 싫었지만, 형사님에 대해서는…… 뭐라고 제대로 표현을 못하겠지만, 그리 싫지는 않았습니다. …… 그럼 건강하게 잘 지내시기를."

내가 말하자 아이다가 조용히 입을 열었다.

"앞으로 어떻게 할 생각이지?"

아이다의 눈빛에서는 왜 그런지 날카로움이 거의 보이지 않았다. 사람들이 하나둘 탑승구를 향해 가고 있었다.

"…… 살아갈 거예요."

나는 그렇게 말하고 가방을 들고 탑승구로 향했다. 등 뒤로 다가오는 아이다의 시선을 느꼈지만, 티켓을 기계에 넣고 비행기로 이어진 통로로 들어서자 이윽고 그 느낌도 조금씩 사라졌다.

통로 중간에 멈춰 서서 비행기에 타기 전에 담배를 피우고 싶었지만, 아직 아이다가 지켜볼 가능성이 있어서 관두기로 했다. 몇 명 되지 않는 승객들이 앞서서 걸어갔다. 가방을 다른 손으로 바꿔 들고 걸음을 옮기려는데, 앞쪽에 불쑥 요시오카 교코가 서 있었다.

"…… 엇?"

놀라는 내 얼굴을 보고 그녀는 조용히 웃었다. 청재킷에 검은 타이트스커트를 입고 손에는 작은 가방을 들고 있었다.

"험상궂은 사람하고 오래오래 이야기를 하고 있어서, 대체 무슨 일인가 하고 걱정했는데, 괜찮았던 모양이지?"

"어, 어떻게……?"

나는 가슴의 고동이 흐트러졌다.

"뭔가 이상하게 후줄근한 양복을 입은 아저씨가 찾아와서, 당신이 탈 비행기라면서 티켓을 줬어. …… 눈빛만 엄청 날카로운 아저씨라서 뭔가 미심쩍었는데, 정말이었지 뭐야."

탐정 사내의 얼굴이 머릿속에 떠올랐다. 이어서 룰 위반이라는 말도 떠올랐다.

"혼자서 멀리 떠나는 건 힘들잖아. …… 아니, 그보다 어딘가로 떠날 거면 연락이라도 해줄 것이지, 살짝 원망도 했고."

"…… 도착하면 메일을 보낼 생각이었어."

통로는 하얗게 빛나고, 지나가는 승객도 이제 거의 없었다.

"…… 저기, 당신에게는 내가 첫번째 사람은 아니겠지만, 나도 그리 나쁘지는 않지? 두번째가 첫번째가 되기도 하는 게 인생이거든. 무조건 첫번째만 원하는 것도 뭔가 이상한 삶이야."

"…… 나는 자격이 없어."

나는 그녀를 보았다.

"나한테는 이제 아무것도 없어. 돈도 전액을 기금으로 기부할 생각이고, 얼굴까지 바꿨고, 사람도 죽였고."

"하지만 당신은 여기 있잖아."

그녀가 내 눈을 보았다.

"그리고, 살아갈 거지?"

탑승 안내 방송이 흘러나왔다. 그녀가 비행기 입구로 걸음을 옮겼다. 나도 그 뒤를 따라갔다. 옆에 나란히 서자 그녀가 입을 열었다.

"이대로 살아봐야 나한테는 분명 별로 좋을 일도 없어. ······ 그래서 바로 지금의 이 느낌을 소중하게 간직하기로 했어."

"나, 일본에 돌아와 자수할지도 몰라."

"······ 몇 년만 기다리면 되지? 그 아저씨가 그러더라. 그렇게 되면, 뭐, 딴 남자는 만들지 않기로 약속해줄까."

비행기 좌석에 앉자 그녀는 자신의 지금까지의 인생을 내게 이야기하겠다고 말했다.

"내 얘기 듣고 화들짝 놀라더라도 비행기 안이라서 도망도 못 칠 거야."

그녀는 그렇게 말하고, 잠깐 소리 내어 웃었다. 안전벨트를 매고 이륙 준비에 들어갔다. 그녀가 옆에 앉은 나를 보며 말을 이었다.

"근데 그 전에 당신 얘기부터 듣자."

그녀가 입고 있던 청재킷을 벗었다.

"······ 좋아, 한 번도 제대로 얘기해본 적이 없으니까······."

비행기는 서서히 속도를 올려 이윽고 이륙했다. 바깥 경치가 차례차례 바뀌었다.

"내 얘기를 누군가에게 들려주는 건 처음이야. ······ 어디서부터 얘기해야 좋을까."

비행기는 계속 상승했다. 나는 멀어지는 창 밑의 도시를 바라보며 저곳에도 무수한 인생이 있을 거라고 생각했다. 몇 줄기의 선을 한데 묶어 쑥쑥 커나가듯이 비행기는 이윽고 구름을 뚫고 올라갔다. 그 위는 강렬한 햇빛이 가득했다.

"아, 그렇지, 그것부터 얘기하자……. 열한 살 때, 아버지가 나를 서재로 불러서 이렇게 말했어. 지금부터 너의 인생에……."

창문으로 들어오는 햇빛이 그녀의 눈에 반짝였다. 그 눈의 강하고 작은 반짝임이 나를 비춰준 것을 언제까지고 기억해두자고 생각했다.

한국 독자들께 드리는 글

　우선 2011년 3월 11일 발생한 동일본 대지진과 관련하여 한국에서 보내주신 따스한 지원과 격려에 깊이깊이 감사드립니다. 여러분의 후의에 일본은 큰 힘을 얻었습니다. 지진 피해의 비극 속에서도 저희가 고립된 것은 아니라는 점을 새삼 실감했습니다. 참으로 감사합니다.

　이 소설은 『흙 속의 아이』, 『모든 게 다 우울한 밤에』, 『쓰리』에 이어 한국에서 네번째로 출간되는 작품입니다. 한국에서 이처럼 순조롭게 저의 책을 발표할 수 있는 것은 한국의 독자 여러분과 출판, 번역에 관여해주신 많은 분들 덕분입니다. 기쁘고 고마운 마음 가득합니다.

　『악과 가면의 룰』은 지금까지 제가 발표했던 소설 중에서도 가장 분량이 많은 작품입니다. 긴 이야기인 만큼, 곳곳에 다양한 복선을 짜 넣어 몇 번을 읽어도 새로운 것을 발견할 수 있도록 나름대로 노력했습니다. 한국 독자 여러분께 그런 점에서 즐거움을 드릴 수 있다면 좋겠습니다.

올해는 일본에서 『쓰리』의 시리즈 소설인 『왕국』이 간행될 예정입니다. 제가 할 수 있는 일은 오로지 글을 쓰는 것밖에 없습니다. 앞으로도 묵묵히 소설을 쓰고, 여러분을 찾아가려고 합니다.

읽어주신 모든 분들께 진심으로 감사드립니다. 이 세계는 언제 어떤 비극과 맞닥뜨리게 될지 모르는 곳입니다. 하지만 우리는 혼자가 아니라는 것을 하루하루 실감하고 있습니다. 문학도, 인간의 생각도, 국경을 뛰어넘습니다. 함께 더불어 살아냅시다.

2011년 7월
나카무라 후미노리

악과 가면의 룰

© 나카무라 후미노리, 2011

초판 1쇄 인쇄 2011년 7월 13일
초판 1쇄 발행 2011년 7월 23일

지은이   나카무라 후미노리
옮긴이   양윤옥
펴낸이   강병철
주간   정은영
책임편집 박소이
외서팀   조찬희 김찬영 노유리
제작   장성준 박이수
영업   조광진 안재임 강승덕
마케팅   박제연 정지운
웹홍보   정의범 한설희 전소연 이혜미 김성아

펴낸곳   자음과모음
출판등록 2001년 5월 8일 제20-222호
주소   121-753 서울시 마포구 동교동 165-1 미래프라자빌딩 7층
전화   편집부 02) 324-2347 경영지원부 02) 325-6047
팩스   편집부 02) 324-2348 경영지원부 02) 2648-1311
이메일   neofiction@jamobook.com
홈페이지 www.jamo21.net

ISBN 978-89-5707-577-7 (03830)